Newton Compton Editores

Título original: *No One Saw A Thing*

© 2023, Andrea Mara. First published by Bantam, an imprint of Transworld. Transworld is part of the Penguin Random House group of companies.
© 2026, de la traducción por Tatiana Marco Marín
© 2026, de esta edición por Antonio Vallardi Editore S.u.r.l., Milán

Todos los derechos reservados

Primera edición: febrero de 2026

Newton Compton Editores es un sello de Antonio Vallardi Editore S.u.r.l.
Pl. Urquinaona, 11, 3.º 1.ª izq. Barcelona, 08010 (España)
www.newtoncomptoneditores.com

Gruppo editoriale Mauri Spagnol S.p.A.
www.maurispagnol.it

ISBN: 979-13-87575-26-7
Código IBIC: FA
DL: B 16.710-2025

Diseño de interiores:
David Pablo

Composición:
Rafael Medel López

Impreso en febrero de 2026 en Puntoweb s.r.l., Ariccia (Roma), en Italia.

Andrea Mara

La niña del tren

Traducción de Tatiana Marco Marín

Newton Compton Editores

Barcelona, 2026

*Con amor para
la reina guerrera,
Alice Hayes.*

Capítulo 1

Ojalá Sive no les hubiera dicho a las niñas que se adelantaran.

Ojalá su editora no hubiera escogido ese momento para llamarla por teléfono.

Ojalá no hubiera aminorado el paso para mirar la pantalla.

Ojalá hubiera usado el portabebés en lugar del carísimo pero engorroso carrito, que estaba bien para las afueras de Dublín, pero era totalmente inapropiado para el metro de Londres durante la mañana húmeda de un lunes de agosto.

«Ojalá...».

Como ocurre con la mayoría de los desastres, no fue un único acontecimiento, una única decisión o la falta de alineación entre los planetas lo que lo provocó, sino una miríada de vicisitudes diminutas que se habían ido dando a lo largo de la mañana.

Si no hubieran escogido aquel día para ir a disfrutar de un *brunch*...

Si no hubieran escogido aquella semana para visitar Londres...

Si los amigos de Aaron no hubiesen necesitado organizar un reencuentro para conmemorar los veinte años que habían pasado desde que se habían conocido o para ver quién iba ganando en la vida...

«Si, si, si...».

Pero ahí está, empujando el carrito con una mano y sacándolo del ascensor para dirigirse hacia el andén ardiente y atestado en plena hora punta mientras intenta ver quién la está llamando a las 8:30 de la mañana cuando se supone que está de vacaciones.

–¡No te pares, Faye! Sube con Bea –le dice a su hija de seis años mientras ambas niñas, que van agarradas de la mano, se acercan a las puertas abiertas del metro–. ¡Voy justo detrás de vosotras!

El teléfono sigue vibrando y mira la pantalla con los ojos entrecerrados. Las gafas que utiliza para leer (una necesidad reciente y que no ha recibido de muy buen grado) están en la habitación del hotel, pero casi puede distinguir el nombre de la persona que la está llamando. Caroline. Su editora. Su editora, que sabe que no está en la ciudad, pero que, de forma muy oportuna, lo ha olvidado. Mientras sigue empujando el carrito con una mano, pasa un dedo con torpeza por la pantalla para rechazar la llamada, pero se ha cortado sola. Tal vez haya perdido la cobertura telefónica ahora que están bajo tierra. Alza la vista para ver dónde están sus hijas. Justo delante, puede ver dos chaquetas vaqueras de color rosa, una pequeña y la otra aún más. El andén está desbordado de personas que se dirigen al trabajo a toda velocidad y que avanzan con decisión para subirse al tren. Sive intenta abrirse paso entre la multitud mientras murmura «Disculpe» y «Lo siento» a pesar de que, por otro lado, es consciente de que semejante nivel de educación tan propio de los turistas no es necesario en esa situación. Unos metros por detrás de sus hijas, se ve arrastrada hacia las puertas por la oleada. A través de una rendija estrecha entre la marea de pasajeros, ve que Faye se sube al metro sin soltar la mano de Bea y que la pequeña de dos años trepa también al vagón.

Y entonces, de repente, las puertas se cierran.

Sus hijas están dentro, mirando al exterior.

Sive se queda fuera, mirando al interior.

Con el corazón en la garganta, se abalanza hacia delante. El carrito, que tan incómodo le resultaba un momento atrás, se convierte en un ariete muy eficaz mientras se abre paso entre los transeúntes, gritando el nombre de sus hijas. Sin embargo, no sirve de nada. El tren comienza a deslizarse y, cuando al fin entiende lo que está ocurriendo, Faye abre los ojos de par en par.

—¡Bajaos en la siguiente parada! —ruge Sive—. ¡En la siguiente parada, Faye!

Gesticula hacia delante y hacia abajo en una especie de señal que pretende significar «siguiente parada». Es consciente de que es imposible que Faye pueda oírla o comprender lo que le está diciendo, pero tiene la esperanza de que algún otro pasajero descifre el mensaje correctamente y baje a las niñas del tren.

Y, así, el metro se aleja con Faye, de seis años, y Bea, de dos, a bordo y deja a Sive, que se siente impotente y aterrada, en el andén.

La adrenalina o la claridad mental que la han empujado a gritarle a Faye la abandonan. De algún modo, mientras contempla las luces traseras del metro, siente las extremidades flácidas y petrificadas al mismo tiempo.

«Santo cielo».

Sus hijas están en un tren, en una ciudad con ocho millones de personas, durante la hora punta de un lunes por la mañana. Sin ella. Sin ningún adulto. ¿Qué demonios se supone que tiene que hacer? ¿Intentar llegar a la siguiente estación? ¿Ir corriendo hasta allí con el carrito? ¿Pedir un taxi? ¿Llamar a la Policía? Salir de la estación le parece contraintuitivo. ¿Y si regresan y ella ya no está? Pero ¿cómo iban a regresar hasta allí? ¿Las llevaría de vuelta alguien que vaya en el mismo vagón y haya presenciado lo que ha ocurrido? ¿Acaso la gente hace ese tipo de cosas?

Alguien le está hablando. Una mujer que está a su lado en el andén. Con gran esfuerzo, Sive se obliga a concentrarse.

—Así que quédese aquí. Yo iré a buscar a alguien que pueda ayudarla —dice la mujer—. ¿De acuerdo? —Sive asiente como una tonta—. El hombre que iba justo al lado de la más pequeña en el vagón la ha oído. ¿Lo ha visto? —No lo ha visto—. Ha levantado los pulgares. Bajará a sus hijas en la próxima parada. Así que tan solo tenemos que llevarla hasta allí y encontrar a alguien que pueda avisarlos por radio. –Confundida, agradecida y aterrada, asiente una vez más–. El próximo metro llegará en cuatro minutos. Voy a buscar a alguien. Quédese aquí.

Sive hace lo que le dice. Mece el carrito de forma automática mientras contempla las vías como si sus hijas fuesen a reaparecer por arte de magia si lo desea con suficiente fuerza. Alza la vista para mirar la información de los trenes. Tres minutos para el siguiente. Puede hacerlo. ¿Dónde está la mujer? Mira a su alrededor. ¿Dónde están los trabajadores? Por todas partes, los viajeros se arremolinan en el andén con prisa y a empujones. El calor es asfixiante y, en el carrito, el bebé comienza a gimotear. Sive le frota la mejilla y sigue meciéndolo.

«Dios santo, Dios santo, Dios santo… Que estén bien. Que no estén perdidas en esta ciudad enorme».

De pronto, no le gusta la idea de quedarse allí quieta. ¿Cómo puede quedarse en el andén mientras sus hijas se dirigen a toda velocidad hacia un lugar totalmente diferente? Da la vuelta al carrito justo cuando un hombre con una chaqueta naranja brillante se acerca a ella.

–Señora, ¿su hija se encuentra en el tren de la Central Line que acaba de partir en dirección a Oxford Circus? ¿Puede decirme cómo se llama la niña y qué edad tiene?

Pragmático. Sin tonterías. Justo lo que necesita.

–Son dos niñas –contesta sin aliento–. Faye tiene seis años, y Bea, dos.

El hombre alza la radio.

–¿Puede describirlas? ¿Cómo van vestidas?

Cielos, ¿cómo van vestidas? Tiene la mente en blanco.

«Respira. Concéntrate».

No es momento de desmoronarse. Ralentiza sus pensamientos y visualiza a sus hijas tal como las ha visto apenas unos minutos antes.

–Ambas llevan una chaqueta vaquera de color rosa. A juego. –El hombre le hace un gesto con la cabeza para que prosiga–. Faye tiene el cabello rubio brillante. Bea lo tiene castaño claro, como yo. –Hace una pausa. ¿Cómo más podría describirlas? Divertidas, graciosas, monas, irritantes, adorables y exasperantes. Y ausentes–. Ambas llevan vestido. El de Faye es gris claro. El de Bea es morado. También llevan sandalias marrones. Faye lleva una mochila de la segunda película de *Frozen*. La de Bea es de *La Patrulla Canina*.

El hombre ya no la está escuchando. Se ha llevado la radio a la boca y está transmitiéndole a otra persona lo que Sive acaba de decirle. Dos niñas, de seis y dos años. Totalmente solas en Oxford Circus. O no.

«Mierda».

Un minuto para que llegue el siguiente metro. Sive está meciendo el carrito con más fuerza.

–¿Quiere que lo haga yo? –le pregunta la mujer.

La mira por primera vez. Es algo mayor que ella (tal vez esté en mitad de la cuarentena); tiene el pelo rizado castaño y ojos marrones y amables.

–Oh, no quisiera entretenerla. Seguro que va de camino al trabajo, ¿no es así? –le pregunta al fijarse en la identificación que lleva en torno al cuello.

–No pasa nada; es pronto. Además, su tren llegará en cualquier momento. ¿Quiere que la acompañe?

–Ay, Dios, no puedo pedirle que haga eso –replica Sive con énfasis, a pesar de que desea con desesperación que haga justo eso.

El hombre de la radio les ha dado la espalda, pero en ese momento se gira hacia ellas. Un tren acaba de entrar al andén y, colocándose en fila tras un tumulto de pasajeros, la mujer empieza a empujar el carrito hacia la puerta que se está abriendo. El hombre sonríe a Sive y alza los pulgares.

–Las tienen –dice–. Vaya directa a la siguiente parada, Oxford Circus. Mis compañeros de la estación la ayudarán, señora.

A Sive están a punto de doblársele las piernas, pero la mujer la está llamando e instándola a que se suba al tren.

Las puertas se están cerrando, la mujer le está haciendo un gesto con la mano y el hombre le está sonriendo. Todo va a salir bien.

El trayecto es el más largo de toda su vida a pesar de que no puede durar más de un minuto. No pasa nada. Están bien. Las tienen. Van a quedarse con ellas. No van a dejar solas en un andén a dos niñas pequeñas para que esperen a su madre. A la imbécil de su madre. Dios santo, ¿cómo va a explicarle a Aaron lo que ha ocurrido? No importa. Lo único que importa es llegar allí y verlas de nuevo. El aire es caluroso, pegajoso y difícil de respirar. Sive se siente mareada. Enferma. Con más y más ganas de vomitar con cada bocanada superficial de aire que toma. A su alrededor, por todas partes, los pasajeros se aferran a las barras y leen el teléfono, ajenos a su problema. Ajenos a la necesidad desesperada de que el tren se apresure de una puñetera vez y la lleve a Oxford Circus. Y entonces, de pronto, está allí. Las puertas se abren. Entre la multitud de viajeros, empuja el carrito hacia el andén. ¿Dónde están? Mierda, tendría que haberle preguntado al hombre adónde debía acudir cuando llegara allí. ¿Tal vez el personal fuese a buscarla? ¿Existía algún tipo de punto de encuentro para niños perdidos? Entonces lo ve. Hacia el final del andén. Un destello de tela vaquera rosa palo y de unos rizos castaño claro. Echa a correr.

–¡Bea! –Agarra a su hija de dos años, la atrapa entre los brazos y entierra la cabeza en su melena infantil–. Lo siento mucho, cariño. ¿Te has asustado mucho? ¿Te ha cuidado Faye?

Una mujer ataviada con una chaqueta naranja sonríe ante el reencuentro.

–Hola, cielo. Soy Rita –dice.

Es evidente que está encantada de formar parte del feliz desenlace. Con cuidado, le da a Bea una palmadita en el hombro y Sive le devuelve la sonrisa.

¿Necesitarán Rita o el resto del personal de seguridad algún tipo de confirmación de que es la madre de las niñas?

14

El abrazo de Bea es una prueba visible y, con seis años, Faye es lo bastante mayor para corroborar quién es.

«Faye».

Sive mira a su alrededor.

—¿Dónde está Faye?

Rita parece confundida.

—¿Quién?

—Mi otra hija.

—No había ninguna otra niña.

Sive oye las palabras, pero no las asimila. La mujer no puede haber dicho lo que acaba de decir. Se sobrepone al rugido del pánico en aumento y vuelve a preguntarle:

—Mi hija de seis años. Faye. ¿No estaba con Bea?

Ahora Rita parece alarmada.

—Me han dicho que buscara a una niña pequeña con una chaqueta vaquera rosa.

—Dos niñas pequeñas con chaqueta vaquera rosa. Dos. —Sive nota que está usando un tono de voz más alto, aterrado—. Estaban juntas. Faye. Faye tiene seis años. Estaba con Bea. —Se gira hacia la pequeña, a la que sigue teniendo entre los brazos—. ¿Dónde está tu hermana, cariño? Bea, ¿dónde está Faye?

—No está —contesta Bea—. Faye no está.

Capítulo 2

Se desata el infierno. Al menos en la mente de Sive. Rita no tiene a su hija. Nadie del personal de la estación tiene a su hija. Y, mientras ella estaba viajando hacia allí en el metro, su hija estaba desapareciendo, dirigiéndose hacia otro lugar totalmente diferente. ¿Seguirá en el tren? ¿Estará en algún lugar del andén? ¿Justo a la entrada de la estación? Pero no habría hecho algo así. Sin duda, no habría salido de la estación. A menos que creyera que era la mejor manera de encontrar a su madre.

—¿Y qué hay del hombre del vagón? –pregunta.

El pánico hace que le falte el aliento. Rita parece confundida.

—¿Qué hombre?

—La otra mujer me ha dicho que en el vagón había un hombre que me ha visto en el andén y ha levantado los pulgares.

La frase suena incoherente.

—¿La otra mujer?

Sive cierra los ojos un instante y se obliga a tranquilizarse. «Mantén la calma».

—En Bond Street, una mujer ha visto que había un hombre en el vagón. Cuando le he gritado a Faye que se bajaran en la siguiente parada, él ha hecho un gesto para indicar que lo había entendido. Pensaba que debía de haberlas bajado del tren, que por eso habíamos recibido el mensaje de que estaban en esta estación y que por eso Bea estaba aquí. Ay, Dios.

Rita habla a través de la radio. Entonces llega más personal con chaquetas naranjas. A través de la megafonía se oye un anuncio, pero Sive no puede concentrarse en él. Está temblando. Tiene ganas de vomitar. Es presa del pánico. Tiene a Bea colgada de la cadera. El carrito junto a ella. Escudriña la multitud de viajeros. Suben con prisas. Se bajan con prisas. Otro tren. Otra multitud. Otra oleada. Ninguna señal. Ninguna pista. Ni rastro de Faye.

Alguien llama a la Policía. Rita, tal vez. O alguno de sus colegas. Más anuncios. Más chaquetas naranjas. Más ceños fruncidos por la preocupación. Pero sigue sin haber ni rastro de Faye. Una agente de Policía. La petición de una fotografía, a poder ser de ese mismo día. Le hacen preguntas. Da descripciones. Toman notas. Envían fotos. Rostros emborronados más allá de las lágrimas de terror.

–¿Hay alguien a quien pueda llamar? –le pregunta alguien.

Aaron. Tiene que llamar a Aaron.

Al final le tiende el teléfono a Rita y es ella la que hace la terrible llamada a su marido.

–Estamos haciendo todo lo posible. Estoy segura de que la encontraremos enseguida. Todo el mundo está sobre aviso. En cualquier momento. Chaqueta rosa. Vestido gris. Sandalias marrones. Cabello rubio. ¿Sabe adónde iría en caso de perderse? Claro que puede hablar con su esposa…

Aaron está gritando. Sive tiene que mantener la calma. Intenta explicárselo. Le dice todas las cosas que en ese instante ella misma no cree. Faye aparecerá en cualquier momento. En. Cualquier. Momento.

Solo que no aparece.

Capítulo 3

El hombre que ha bajado a Bea del tren se llama Tim. Ahora está frente a Sive, explicándole algo, pero ella no lo está escuchando. Rita está hablando de nuevo por la radio y una policía que se ha presentado como la agente Denham, de la Policía Británica de Transporte, le está haciendo preguntas a Tim. Sive estrecha a Bea con más fuerza y se obliga a concentrarse en lo que está diciendo.

–Mi novia se ha bajado en Bond Street y me estaba despidiendo de ella cuando he visto a la mujer gritando –le está relatando a la policía–. Entonces me he dado cuenta de que había una niña pequeña justo enfrente de mí. –Señala a Bea–. He supuesto lo que había ocurrido y que le estaba diciendo que se bajara en la siguiente parada.

–¿Y qué hay de la otra niña? –le pregunta la agente Denham.

Tim niega con la cabeza.

–Lo siento. No he visto a ninguna otra niña.

Sive va a vomitar.

–Pero también estaba ahí –consigue decir–. Ha subido al tren justo antes que Bea. ¿Cómo es posible que no la haya visto?

Tim se encoge un poco de hombros antes de interrumpirse a sí mismo:

–Lo siento… Me ha costado unos segundos comprender lo que estaba gritando y el vagón estaba atestado. –Alza las manos en un gesto de disculpa–. En ese momento, me he dado cuenta de que la pequeña estaba sola y he preguntado si alguien iba con ella, pero no ha contestado nadie. Supuse lo que había ocurrido, así que la bajé en la siguiente parada.

–¿Iba de camino al trabajo, caballero? –le pregunta la agente de Policía.

Sive cierra los ojos un instante. ¿Acaso eso es relevante? ¿Cómo va a ayudarlos a encontrar a Faye?

–Así es.

–¿Y dónde trabaja, caballero?

–Seis años como jefe de contabilidad de fondos en Anderson Pruitt –contesta Tim, a pesar de que Denham no le ha preguntado cuál es su puesto o cuántos años lleva ocupándolo.

Bajo la neblina del pánico, a Sive le resulta extraño.

–¿Y dónde se encuentra la empresa, caballero? ¿Cerca de aquí? –pregunta la policía.

Sive toma aire entre dientes. De verdad, ¿cómo va a ser de ayuda esa información?

–No, en Liverpool Street.

–Pero ¿se ha bajado aquí?

Tim se sonroja.

–Para asegurarme de que la pequeña estuviera sana y salva. No iba a dejarla sola en el andén.

–¿Y entonces a quién se la ha entregado?

–A un miembro del personal de seguridad. Sabía algo sobre lo ocurrido. Había recibido un mensaje de Bond Street.

–¿Y después?

–Me dirigía hacia las escaleras de salida cuando he visto a esta señora con la pequeña, así que he regresado para… ya sabe… –añade mientras se encoge de hombros.

«Para formar parte del feliz reencuentro –piensa Sive–. Para disfrutar un poco del hecho de ser el buen samaritano».

–Gracias por lo que ha hecho –le dice–, pero ¿está seguro de que no ha visto a otra niña? Tiene seis años. –Con una mano, le indica la altura de Faye–. Llevaba una chaqueta idéntica a la de Bea. Tiene la melena rubia brillante. ¿No la ha visto?

–Lo siento –contesta Tim con impotencia–. Tan solo he visto a la pequeña.

–De acuerdo, caballero. Necesitaré su información de contacto en caso de que precisemos hablar de nuevo con usted –apunta la agente Denham.

Entonces Tim le da su número de teléfono.

Sive se aleja a Bea del hombro para poder mirarla.

–¿Dónde está tu hermana? ¿Dónde está Faye?

–Polis y cacos –contesta la niña con solemnidad mientras mira a Tim y, después, otra vez a su madre–. Polis y cacos en el tren.

Capítulo 4

Aaron se acerca corriendo hacia ella, abriéndose paso entre la multitud y haciendo caso omiso de los gestos de descontento que provocan sus empujones. Con su metro noventa, está allí para ayudar y Sive se siente más ligera al instante. Entre los dos lo solucionarán.

–¿Y Faye? –le pregunta con gesto de impotencia.

Ella sacude la cabeza.

–Todavía nada –contesta en un susurro.

–Dios mío.

Aaron mira en torno al andén atestado y Sive puede sentir hasta el último atisbo de la situación: la multitud, la enorme cantidad de gente, el tamaño de la ciudad, las entradas y salidas sin fin, los túneles oscuros, los trenes que llegan…

–¿Qué ha ocurrido?

Ella se lo explica sin aliento, en ráfagas breves y entrecortadas.

–Pero ¿cómo es posible que no estuvieras subiendo al tren con ellas? –le pregunta él.

–Iba justo detrás; estaba sacando el carrito del ascensor. Les he dicho que se dieran prisa y entonces…

Cierra los ojos.

–¿Y entonces qué?

–Me ha sonado el teléfono. Estaba intentando ver quién era y rechazar la llamada. –Aaron sacude la cabeza–. No he tardado más de un segundo, pero…

–Suficiente para que las puertas se hayan cerrado. Lo sé.

Su marido le frota el brazo y ese gesto de amabilidad hace que se le llenen los ojos de lágrimas.

La agente Denham carraspea y se dirige a Sive:

—Su hija pequeña ha dicho algo sobre «polis y cacos», como si Faye hubiese estado persiguiendo a alguien o algo, como en el juego. ¿Tiene eso algún sentido para usted? ¿Se le ocurre algo tras lo que podría salir corriendo?

Ella niega con la cabeza.

—No tengo ni idea.

Tim sigue por las inmediaciones, observando, y la policía se gira hacia él.

—¿Vio algo así? ¿Vio a una niña corriendo?

—No, pero el metro estaba abarrotado. No creo que nadie hubiera podido ir corriendo a ninguna parte.

Aaron parece confundido.

—¿Y usted quién es? —le pregunta a Tim.

—Este es el caballero que ha cuidado de su hija pequeña, la ha bajado del tren y se la ha entregado al personal de seguridad —le explica la policía.

Él frunce el ceño.

—¿Y asegura que no ha visto a Faye?

«Asegura…». Sive se muerde el labio.

Con las mejillas ruborizadas, el hombre se yergue un poco.

—No vi a su otra hija, no.

La agente Denham los interrumpe:

—Ya hemos hablado de esto y tenemos sus datos de contacto en caso de que necesitemos más información. —Su tono de voz parece decir: «Aquí soy yo la que hace las preguntas»—. Si pudiésemos volver a lo que ha dicho su hija pequeña… A veces, sin pensarlo, los niños pequeños salen corriendo detrás de alguna cosa y se pierden. Persiguen una pelota o una mariposa y…

—¿Una mariposa en el metro?

Aaron suena incrédulo y Sive quiere decirle que se controle, que necesitan toda la ayuda posible y que todo el mundo esté de su parte.

—¿Se le ocurre alguna cosa que su hija hubiera podido perseguir? —pregunta la policía con tono monocorde.

Sive mira a Bea y piensa en lo que ha dicho.

«¿Y si no se trata de eso? ¿Y si Faye no se ha puesto a perseguir una pelota o una mariposa? ¿Y si alguien la estaba persiguiendo a ella?».

–Bea, mi vida, ¿iba alguien corriendo detrás de Faye?

La pequeña la mira con gesto inexpresivo. Un hombre que se apresura para llegar al metro pasa entre ellas y, momentáneamente, separa a Sive de Denham. Sin embargo, ella vuelve a intentarlo.

–Cariño, ¿puedes señalar dónde está tu hermana?

A Bea le tiembla el labio inferior.

–Cheche.

–¿Qué ha dicho? –pregunta la policía mientras se lleva una mano a la oreja para intentar oír algo por encima del clamor de la hora punta.

Sive sacude la cabeza.

–Tan solo quiere leche.

–¿Cree que podría contarnos algo más adelante? –pregunta Denham–. Tal vez ahora mismo esté cansada o hambrienta.

–Acaba de cumplir dos años –replica Aaron de forma seca–. No puede contarnos nada.

«Aaron…», suplica Sive en silencio. Darse esos aires en ese momento no les va a servir de ayuda. La agente de Policía no es uno de sus testigos en los tribunales.

–Todavía no sabe muchas palabras –le explica a Denham–. No sé cuánto podrá contarnos más allá de lo que ya nos ha dicho. Pero ¿y si eso significa que alguien estaba persiguiendo a Faye? ¿Y si alguien la ha asustado y ha hecho que saliera corriendo? Tal vez siga en el tren o se haya escondido en una estación.

–Ahora mismo hay agentes en el tren y están comprobando todas las paradas. El personal del Metro de Londres también está ayudando. La encontraremos. Esta línea tiene una cantidad limitada de estaciones y revisaremos todas y cada una de ellas.

–¿Y si ha salido de una de las estaciones? –susurra Sive.

Un anuncio resuena a través del sistema de megafonía, así que Aaron espera para hacer la siguiente pregunta:

—¿Le habría dado tiempo?

—Han pasado unos seis o siete minutos... —La voz de Sive se apaga, asfixiada por el pánico. Se aclara la garganta—. Entre la espera para el siguiente metro y llegar hasta aquí. El personal de seguridad ya la estaba buscando, pero no es posible que... no es posible que hayan cubierto todas las estaciones de inmediato.

—Dios mío. —Aaron se pasa las manos por el pelo mientras da vueltas en círculos con lentitud. Entonces vuelve a mirar a su mujer—. Estamos en una ciudad con ocho millones de personas y Faye podría estar en cualquier parte.

Ella asiente, incapaz de hablar. Su hija ha desaparecido en un tren en marcha y nadie ha visto nada.

Capítulo 5

Tres días antes, viernes
Hotel Meridian

–¿Estamos listos para marcharnos? Faltan cinco minutos para las tres.

Aaron le dio un golpecito al reloj, el carísimo Tag Heuer recién comprado que, casualmente, se había regalado a sí mismo justo a tiempo para el reencuentro. Llevaba cinco minutos dando vueltas de un lado para otro de la habitación mientras esperaba a que Sive terminase de amamantar al bebé. Ella casi podía ver sus huellas sobre la alfombra azul y dorada. En la salita contigua, Faye y Bea estaban viendo los dibujos animados. No estaba muy segura de por qué Aaron había reservado una *suite* o de por qué necesitaban una salita cuando su propio dormitorio ya contaba con una: un sofá azul pálido con sillones a juego que rodeaban la elegante mesita de café de madera de caoba frente a una enorme aunque discreta televisión, todo ello en consonancia con el lujo en absoluto comedido del hotel Meridian. Aunque, por otro lado, también era agradable poder cerrar la puerta de vez en cuando y no tener que oír *La Patrulla Canina* o *Peppa Pig*.

–Creo que ya casi ha terminado de mamar –le dijo a su marido–. ¿Puedes encargarte de que las niñas se pongan los zapatos?

Tal vez aquella fuese una mejor manera de emplear su tiempo que desgastando la alfombra del hotel. Aaron tenía la costumbre de deambular de un lado para otro. Al conocerlo, había creído que era una muestra de nervios, pero, con el tiempo, tras presenciar cómo se preparaba para los juicios, se había dado cuenta de que más bien era una muestra de energía a punto de estallar, de ganas de ponerse manos a la obra. En aquel momento, parecía como si estuviera a punto de abandonar la alfombra y salir al pasillo del hotel de un salto. Solo que en aquella ocasión no se trataba de un juicio, sino de un reencuentro para conmemorar veinte años de amistad con sus antiguos compañeros de piso de Londres. Ocultando una sonrisa, pensó que, en el caso de Aaron, eso significaba que había muchísimo más en juego.

–¡Se supone que tiene que ser divertido! –le había dicho ella en Dublín mientras preparaba la maleta compartida de Bea y Faye–. Te estás comportando como si fuese una especie de concurso. ¿Y por qué estás husmeando las actualizaciones de trabajo de tus amigos? ¿Por qué no esperas a que lleguemos a Londres para que te las cuenten ellos en persona?

Aaron estaba leyendo los perfiles de LinkedIn de sus antiguos compañeros de piso y actualizando el suyo.

–¿Crees que ellos no van a estar mirando el mío también? ¿Crees que Burner y Trigger no estarán ahora mismo leyendo mi perfil de arriba abajo en busca de algún hueco?

Burner era Scott Burns, el mejor amigo de Aaron desde hacía muchos años, así como su «amienemigo» y rival. Trigger era Dave Taylor, un tipo cuya carrera no suponía ningún tipo de amenaza para su marido. En cierta ocasión, habían llamado «Trigger» a Dave a la cara (se trataba de un mote afectuoso inspirado en el personaje de una comedia al que no se conocía precisamente por su intelecto). En aquel momento, Aaron seguía llamándolo «Trigger», pero solo a sus espaldas.

–¿En serio me estás preguntando si Scott y Dave están husmeando ahora mismo tu perfil de LinkedIn? ¿Quieres una respuesta sincera? –Le sonrió, sacudió la cabeza y comenzó a inspeccionar el contenido de la mochila de mano de Faye: un osito de peluche con un pasaporte de juguete, un cepillo para el pelo, una cajita de ceras y un cuaderno diminuto. Todos los básicos y ni rastro de líquidos u objetos punzantes furtivos. Comenzó a preparar su propia bolsa–. En todo caso, siempre dices que a Scott no le importa lo que los demás piensen de él.

–Y no le importa, pero le encanta buscarme las cosquillas y competir conmigo con el único propósito de molestarme.

–Entonces tal vez deberías convertirte en una persona a la que cueste menos enfadar –replicó ella con ligereza–. Además, viste a Dave el verano pasado y quedaste con Scott en junio. No es como si, desde que vivíais juntos, no os hubierais vuelto a ver cada dos años.

–Sí, pero es la primera vez que vamos a estar todos juntos en un mismo sitio desde… bueno, desde el funeral.

–Ah.

Un silencio.

–No solo han pasado veinte años desde que nos conocimos. También han pasado quince años desde que Yasmin murió. El lunes es el aniversario.

Sive dejó de hacer lo que estaba haciendo.

–Podrías habérmelo contado.

–Lo siento. No me gusta hablar de ello, ya lo sabes.

Claro que lo sabía. Había aprendido que no debía hacer preguntas sobre la prometida de Aaron que había fallecido. Su marido hablaba sin parar y, aun así, también era como un libro cerrado.

–¿Y no será un poco raro? Tal vez no debería asistir. Yo no llegué a conocer a Yasmin.

Él le dio un beso en la mejilla.

–No te preocupes. Brindaremos por ella, pero, más allá de eso, nadie hablará de lo que ocurrió. A Nita no le gusta y todos solemos seguir su ejemplo.

Sive asintió. A Nita, la hermana de Yasmin, le gustaba hablar sobre todo de sí misma, por lo que aquella le pareció una predicción razonable.

–Bueno, ya he terminado de preparar el equipaje de Faye y Bea. Meteré la ropa del bebé con la mía. –Hizo una pausa–. A menos que ya la hayas metido con la tuya, por supuesto.

Con gesto ausente, Aaron negó con la cabeza sin apartar la vista del teléfono. No se había percatado del sarcasmo.

Un día después, en aquella *suite* del hotel londinense, a pesar de que sabía todo lo que había que saber sobre sus antiguos compañeros de piso, a pesar de su certeza silenciosa de que estaba a la altura e incluso los había superado, estaba hecho un manojo de nervios. Y sus hijas seguían descalzas y viendo los dibujos animados.

–Aaron, por favor, termina de arreglar a las niñas y para cuando estéis listos habré acabado de amamantar.

Él asintió y se dirigió a la habitación contigua, donde se encontraban Faye y Bea. En silencio, Sive soltó un suspiro.

En la cama que se encontraba junto a ella, sobre la colcha blanca y prístina perfectamente colocada, su teléfono sonó con la notificación de un correo electrónico. Estiró la cabeza para ver de quién se trataba sin cambiar al bebé de postura. Era de la editora fotográfica del periódico, que quería una fotografía más reciente de un actor al que había entrevistado. Mierda. Echó un vistazo a la puerta que conectaba con la habitación de al lado. Le había prometido a Aaron que no tendría que trabajar durante aquel viaje a Londres, pero aquello no le llevaría ni un segundo. Con una sola mano, tecleó una respuesta: le pediría al publicista otra fotografía y se la reenviaría lo antes posible.

Aaron volvió a entrar en el dormitorio, sacudiendo la cabeza, exasperado.

–¿Ya están listas? –le preguntó ella.

–Faye insiste en quitarse los pantalones cortos y ponerse un vestido, pero le he dicho que no puede.

Aquello también era muy propio de su marido: se había saltado el capítulo del manual sobre crianza de los hijos en el que se hablaba de escoger qué batallas luchar.

–No pasa nada. Déjala que se cambie.

–¡Ay, Sive, ahora no puedo retractarme! Si socavas mi autoridad, nunca van a hacerme caso y seré «papi, el tonto» por siempre jamás.

Puso los ojos en blanco, pero estaba sonriendo. Sabía que le encantaba ser «papi, el tonto».

—No es socavarte si hay un buen motivo. Me apuesto algo a que quiere ponerse un vestido para que no se le vean los puntos de la pierna, eso es todo.

Durante un instante, pareció confuso, como si ya se hubiese olvidado de los puntos. Aunque, claro, no había sido él el que la había tenido que levantar del suelo cuando se había caído de la valla. No había sido él el que había tenido que ocultar un escalofrío al ver el corte que el clavo le había hecho en la pierna. No había sido él el que la había tenido que llevar a una clínica Swiftcare para que le dieran puntos y le pusieran la antitetánica mientras cuidaba también de Bea y de Toby. La noche anterior él había llegado a casa del trabajo y se había enterado de lo sucedido después de que hubiese ocurrido. Así eran las cosas. Él trabajaba a jornada completa y ella solo a media jornada. No era culpa suya no haber podido estar ahí para ayudar, pero sí podía ayudar en aquel momento.

—Toma, cuida a Toby —le dijo mientras se ponía en pie—. Yo me encargo de las niñas.

Aaron tomó al bebé y enseguida le acarició la mejilla. Sive se detuvo un instante para contemplarlo. A veces su marido la volvía loca, pero, cuando se trataba de sus hijos, era un enorme trozo de pan.

Prosiguió hasta el dormitorio de las pequeñas, que se encontraba al otro lado de la salita.

—Muy bien, en marcha —dijo mientras daba una palmada con las manos al más puro estilo Mary Poppins—. Es hora de ir al gran reencuentro de papá.

El bar-biblioteca del hotel Meridian estaba animado y lleno de gente. A pesar de que eran las tres de la tarde de un viernes y, en el mundo de Sive, la mayoría de la gente seguiría trabajando, casi todas las butacas de respaldo alto estaban ocupadas. Unas cortinas pesadas color verde oliva con contrastes en beis cubrían las ventanas que llegaban del suelo al techo y dejaban pasar la luz mientras, al mismo tiempo, creaban una sensación de calidez y privacidad. Encastradas en las paredes había unas estanterías con los libros con cubiertas de cuero que conformaban la susodicha biblioteca. Unos espejos con marcos dorados y unas lámparas altas completaban el efecto. Aquel bar era el epítome del lujo y el buen gusto, aunque no era un lugar al que de normal Sive habría llevado a sus hijos.

Faye y Bea iban por delante de ellos, dando saltitos y bordeando los sillones de terciopelo verde y marrón. Estuvieron a punto de derribar un jarrón con crisantemos rosas de una refinada mesa alta que había en el centro de la sala. Sive ocultó un suspiro. Iba a ser una tarde muy larga y ni siquiera se habían sentado todavía.

Cuando lo hicieron, la incompatibilidad fue evidente de inmediato. Scott, Nita, Maggie y Dave estaban sentados en torno a una mesa baja de caoba, junto a la ventana. Frente a ellos, en posavasos de plata, había un botellín de cerveza, una tónica, una copa de rosado y una pinta de Guinness. Los tres hijos de Sive estaban a punto de fastidiar el ambiente estiloso de un modo inconmensurable. Gruñó para sus adentros cuando Faye salió corriendo hacia la barra gritando algo sobre una naranjada y Bea, que la había seguido, se tropezó por el camino y se cayó.

–¡Ah, aquí están! ¡A tu salud, colega! –dijo Dave mientras alzaba su pinta de Guinness y se ponía de pie para darle a Aaron una palmadita en la espalda–. *Benvenuti! Salute!*

Sive no tenía ni la más remota idea de por qué Dave (que, por norma general, era el menos pretencioso del grupo) estaba hablando italiano, pero mantuvo una sonrisa firme en la cara mientras los demás se ponían de pie y se sucedían los saludos, los abrazos y los besos. A lo largo de los años, Sive había estado con todos ellos en diferentes ocasiones, pero no dejaban de ser los amigos de su marido. Y ninguno de ellos estaba casado. O tenía hijos. Al menos no que tuvieran que cuidar en aquel momento, en aquel opulento hotel del centro de Londres. Se mordió el labio.

—Siento que hayamos llegado tarde —dijo mientras todos volvían a ocupar sus asientos—. Somos los únicos que nos alojamos en el hotel y, aun así, somos los últimos en llegar.

Puso los ojos en blanco con gesto de disculpa.

—No pasa nada —le aseguró Maggie con su suave acento de Edimburgo—. Estamos todos más que encantados de tener una excusa para tomarnos la tarde libre en el trabajo. He disfrutado de estar aquí sentada, con mi rosado, viendo la vida pasar.

—Eso es porque has llegado cuarenta minutos antes —dijo Nita antes de girarse hacia Sive—. Maggie es la mujer más extraordinariamente puntual de Gran Bretaña. Tan solo tiene un modo de funcionamiento: llegar temprano.

—Lo que, como era de esperar, hace que los meros mortales nos sintamos desesperados al pensar que llegamos tarde incluso cuando no es así —concordó Scott—. Y, ahora, con su nuevo y elegante reloj, será incluso peor.

Con un gesto de la cabeza, señaló una caja de regalo abierta que había en el centro de la mesa. De pronto, Sive se sintió inquieta ante la idea de que fueran a intercambiar regalos, de que el aviso se le hubiera pasado por alto. De todos modos, ¿por qué debería haber regalos en un reencuentro como aquel?

Scott se giró hacia Maggie.

—Venga, déjanos verlo.

Ella estiró el brazo para mostrarle un reloj inteligente de un tono gris paloma con la correa en color cobre.

—¿No es precioso? —dijo. Entonces se giró hacia Nita—. ¿Estás segura de que no lo quieres tú?

La otra mujer le sonrió con benevolencia.

—Dios, no. Las diferentes marcas no dejan de enviarme cosas. A estas alturas, tengo como ocho o nueve relojes, así que puedes quedártelo sin problema. ¿Sabes que tiene GPS?

—¡Increíble! No es que sepa cómo usarlo, pero suena muy bien.

Dave ladeó la cabeza mientras contemplaba el reloj.

—Mmmmm. Ese modelo solo funciona si también llevas encima el teléfono. Lo que necesitas es uno que lo haga sin el móvil. ¿Sabíais que pueden utilizarse para encontrar a gente desaparecida? Lo leí el otro día en el trabajo…

—¡No! ¡Dave va a contarnos otra de sus batallitas del trabajo! —comentó Scott con horror fingido—. Eso es incluso peor que la excesiva puntualidad de Maggie.

Maggie estiró el brazo al otro lado de la mesa para darle un manotazo, pero estaba sonriendo.

—Oye, que te he visto fuera dándole caladas a ese cigarrillo electrónico. No tenías demasiada prisa.

Él le devolvió la sonrisa.

—Ay, venga, déjame tranquilo con los pocos placeres que me quedan. He dejado el tabaco de verdad. Ya es algo…

—Ya iba siendo hora. Solo que llega quince años tarde para esos pobres vecinos cuyo cobertizo…

—Sí, sí, no sigamos por ahí. No todos podemos ser tan perfectos como tú, Maggie —dijo Scott, interrumpiéndola. Seguía sonriendo, pero en aquel instante su tono de voz sonaba más afilado—. Sea como fuere, estamos aquí, es viernes, nadie está trabajando y tenemos bebida.

Alzó la copa y los demás lo imitaron. Nita dio una palmada.

—¡Vamos a hacernos una foto ahora que estamos todos!

Se puso de pie con el teléfono en alto para sacar un selfi del grupo.

Sive se mantuvo cerca del límite del encuadre, pues no estaba segura de si debía aparecer en la fotografía o no.

—¿Por qué no os la hago yo? —dijo mientras sacaba su móvil y se ponía de pie.

Apartó de en medio su sillón y rodeó la mesa para tomar la instantánea.

Ahí estaban: Dave, Scott, Nita, Maggie y Aaron, sonriendo en dirección a su cámara. Dave, con su cabeza cada vez más calva y su habitual gesto tímido. Scott, con su melena rubia descolorida, su palidez llena de manchas y unas gafas estilo aviador sobre la cabeza. Nita, la princesa, con unos resplandecientes dientes blanqueados. Maggie, la sensata y discreta Maggie, que se estaba colocando un rizo pelirrojo detrás de la oreja. Y Aaron, que, según su opinión totalmente sesgada, seguía tan apuesto como la primera vez que había posado los ojos en él.

Sacó tres fotos, volvió a sentarse y les prometió que se las enviaría al grupo de WhatsApp a pesar de que, en realidad, no formaba parte de dicho grupo de WhatsApp.

Scott se giró hacia Aaron.

—Bueno, ¿cómo va todo por el mundo del crimen? ¿Algún caso grande en marcha?

«Directo al grano», pensó Sive. Nada de «¿Cómo ha ido el viaje?» o cualquier otro tipo de charla intrascendente. Pero a Aaron le encantaba que fuese así: presentarse ante el tribunal, hablar de trabajo, ser el centro de atención.

—Bien. Ocupado. Ya sabes cómo es: un no parar.

—He leído sobre el tal Brosnan al que estás defendiendo. Eso está a otro nivel. —Scott sacudió la cabeza con lo que parecía envidia disfrazada de admiración—. ¿Seguro que no estás intentando abarcar demasiado?

Con las mejillas rubicundas, se rio para demostrar que estaba bromeando.

—Puedo apañármelas.

—Por lo que he leído —prosiguió el otro con cuidado—, esa banda criminal que tenéis en Dublín, los Callan, está apostándolo todo para que condenen a Pete Brosnan y que su hombre no esté en el punto de mira.

—Estás bien informado, amigo mío.

Aaron alzó la pinta que acababan de dejarle enfrente. Scott sacudió la cabeza, fingiendo estar apesadumbrado.

—Un grupo horrible. Si no recuerdo mal, tienen tendencia a meter a la gente en bolsas y arrojarla al río.

—¿Cómo sabes tanto sobre ellos? —preguntó Aaron por encima del borde de su vaso.

—En mi antiguo bufete, tuvimos un caso en el que estaba involucrado uno de los Callan. Unos tipos intimidantes.

–Exhaló de forma audible con los labios fruncidos–. Debes de estar un poco preocupado por lo que puedan hacer si tu cliente queda en libertad.

Sive dio un respingo. Aquello estaba empezando a sonar como si Scott se hubiera pasado los últimos tres días leyendo los casos de Aaron y se hubiera preparado para atacarle con alguna indirecta pasivo-agresiva planeada con mucho cuidado. Se había pasado veinte años trabajando muchísimas horas hasta que un despido dos años atrás lo había convertido en una persona muy rica, pero que se aburría mucho.

–Si me asustaran todas las personas con intereses personales, no podría hacer mi trabajo. Ya lo sabes, Burner –contestó Aaron con tono monocorde–. O, al menos, lo sabías.

–Ja. Una cosa son los intereses personales y otra muy diferente las bandas criminales asesinas y sanguinarias –replicó Scott con una carcajada–. ¿Tú qué opinas, Sive? ¿No te preocupa que vayan a por tu marido a punta de pistola?

Nita y Maggie sacudieron la cabeza, desesperadas.

–¡Scott, ya basta! ¡Y más cuando las niñas están presentes! –lo reprendió Maggie.

Ella sonrió.

–Aaron ya ha tenido que lidiar con tipos desagradables en el pasado. Puede arreglárselas –contestó mientras entrechocaba su copa de ginebra con la pinta de su marido.

En realidad, odiaba aquel tipo de casos. Odiaba pensar en ellos. Por norma general, enterraba la cabeza y evitaba leer nada al respecto. Sin embargo, por cada caso relacionado con bandas criminales, había otro en el que estaba involucrada una persona del todo normal que había cometido un error y había acabado ante los tribunales, el tipo de persona que se merecía una segunda oportunidad y, cuando menos, la mejor defensa que pudiera encontrar. A toda velocidad, tal como ocurría siempre, una palabra acompañó a ese pensamiento: «Hipócrita».

–En fin… basta de hablar de mí –dijo Aaron–. ¿Cómo va el pilotaje, Burner? ¿Te arrepientes de algo?

Scott también había ejercido de abogado criminalista. Cuando estaban empezando, Aaron y él habían trabajado juntos. Además, habían estrechado lazos todavía más gracias a que habían formado parte del mismo club de remo. Habían compartido una casa en Stratford, en la zona este de Londres, junto con Maggie, Dave y Nita. Ambos se habían casado y habían tenido tres hijos, pero, cuando lo habían despedido, Scott había abandonado la abogacía por completo para empezar a formarse como piloto. Más o menos por aquel entonces, Caron, su esposa, lo había abandonado por un productor musical millonario. «¿Quién lo habría imaginado?», había dicho Aaron al enterarse.

—De nada —contestó el hombre mientras se recostaba en el sillón y se ponía las manos detrás de la cabeza—. Ver el mundo, el cielo... y a las azafatas —añadió con un guiño.

Junto a él, Nita soltó un gruñido y se llevó una mano de manicura preciosa a la frente. Como siempre, a Sive le llamó la atención lo mucho que se parecía a su hermana. O, al menos, al aspecto que habría tenido su hermana si hubiese vivido otros quince años. Yasmin, el fantasma que planeaba sobre cada encuentro. Y, a veces, sobre su matrimonio.

—Tú solo te encargas del despegue y el aterrizaje, ¿no? —comentó Aaron—. El piloto automático se encarga de todo lo demás.

«Ay, Aaron...». Sive le dio un trago a su ginebra.

Scott volvió a inclinarse hacia delante.

—No es tan sencillo. Digamos tan solo que los pros superan con creces los contras. Al menos aquí no monto un circo y me crecen los enanos.

—O, en tu caso, más bien los pitufos —bromeó Maggie para relajar el ambiente.

Sive le dedicó una sonrisa. Al igual que el resto de los compañeros de piso, Maggie tenía cuarenta y dos años, pero siempre había parecido mayor. No tenía nada que ver con su apariencia: la piel sin arrugas y sus rizos rojos, largos y preciosos, hacían que resultase difícil adivinar su edad. Sin embargo, poseía el tipo de madurez tranquila que poseen algunas personas. Según Aaron, en el tiempo que habían compartido, siempre había sido la sensata, la que se acordaba de pagar la factura de la electricidad y sacaba la basura; la aburrida, según él, un poco pedante y a veces criticona. Sive tenía la impresión de que Aaron se sentía criticado de forma automática solo porque Maggie no bebía tanto como el resto, porque, hasta donde sabía, la mujer jamás había pronunciado una sola palabra que sugiriera que estaba juzgando a ninguno de ellos. En el pasado, también había trabajado en la abogacía, en una oficina de un piso cuarenta en Canary Wharf. Al igual que Scott, había cambiado de carrera. Pero, a diferencia de él, había optado por algo menos glamuroso y era la gerente de una clínica de medicina familiar en un barrio de las afueras.

—No lo entiendo —dijo Dave mientras se metía un caramelo de menta en la boca.

Maggie soltó un leve suspiro.

—«Pitufos»… Una forma de referirse a los policías —le explicó Scott—. Dave, eres un policía de pega, ¿cómo es posible que no hayas captado el chiste?

—No empieces con lo de que soy un policía de pega, Burner —replicó él mientras les ofrecía a todos el paquete de caramelos de menta Polo—. Esa broma tiene que tener plazo de prescripción.

—¡Jamás! —contestó Aaron mientras alzaba su vaso.

Los demás hicieron entrechocar sus propias copas, incluido Dave, que se estaba sonrojando.

Sive se sentía mal por él. Mientras las carreras de los demás habían ido viento en popa dentro de sus respectivos rascacielos, Dave había comenzado a trabajar como investigador civil (o civi, como se llamaban a sí mismos él y sus colegas) para la Policía Metropolitana. Y, veinte años más tarde, seguía haciendo básicamente lo mismo. De vez en cuando había cambiado de puesto, pero, a ojos de los demás, mientras ellos estaban en los tribunales, salvando el mundo caso a caso, el trabajo de su amigo consistía sobre todo en buscar y recopilar información.

Por lo que Sive sabía, aquel era un trabajo esencial dentro de cualquier cuerpo de seguridad, pero los demás, con sus salarios de siete cifras, tendían a menospreciar a Dave en silencio. La broma de siempre consistía en que, según ellos, en realidad quería ser un agente de Policía «de verdad» y, a lo largo de los años, cada vez que se reunían, sus antiguos compañeros de piso le habían regalado lupas, esposas y un suministro interminable de cuadernitos negros. En aquel momento, su trabajo consistía en seleccionar candidatos para los puestos de Policía, por lo que estaba lo más lejos que se podía estar del trabajo policial consistente en actos de servicio, pero, por lo que podía ver, parecía contento y más que capaz de restar importancia a las bromas.

—Hablando de eso… —dijo Scott mientras estiraba el brazo hacia una bolsa de regalo que tenía a los pies—. Como siempre, tenemos un regalo para ti, Dave.

Aaron hizo un redoble de tambores sobre la mesa. Dave soltó un gemido, pero estaba sonriendo. Nita negó con la cabeza, pero también tenía una sonrisa en la cara. El gesto de Maggie era impasible. Scott sacó una gorra de béisbol azul marino con el dibujo de una placa de Policía en la parte frontal, se estiró sobre la mesa y se la colocó a su amigo en la cabeza. Todos vitorearon y Dave hizo una pequeña reverencia mientras decía que era perfecta para cubrirse la creciente calvicie.

Mientras pasaba la vista en torno a la mesa, Sive pensó que todos ellos adoptaban con mucha facilidad sus antiguos papeles. Todos excepto tal vez Nita, que acababa de experimentar el mayor cambio de todos.

—¿Cuándo sales de cuentas? —le preguntó.

—En febrero —contestó la otra mujer—. Todavía queda mucho tiempo —añadió mientras daba un sorbo a su copa—. No es ginebra, por cierto. Tan solo es tónica.

Sive sonrió.

—El primer embarazo es toda una revelación.

—Solo si no estás preparada —replicó Nita—. He investigado mucho de antemano. Nunca entenderé a la gente que se lanza a la piscina sin haber leído nada al respecto.

Sive asintió con gesto educado. Cuando la raya había aparecido en el test aquella primera vez, ella no sabía absolutamente nada sobre embarazos. Y, durante la mayor parte del suyo, había permanecido en un estado de desconcierto mientras tanteaba el terreno sobre la marcha. En cualquier caso, las circunstancias no eran las mismas. Nita había planeado su embarazo de forma meticulosa y había optado por ser madre soltera con inseminación intrauterina en lugar de, tal como decía ella misma, «conformarse con algún perdedor de Tinder». Sive, por el contrario, no había planeado su primer embarazo en absoluto.

Echó un vistazo a Faye, que estaba sentada en la alfombra verde y suave, quitándose los zapatos. Había tomado el teléfono de su madre y se había alejado un poco de Bea, deseosa sin duda de poder descansar de la compañía de su mayor fan y provocadora constante.

Nita siguió su mirada.

—Dos niñitas… qué ricura. Es muy probable que sean mejores amigas.

Sive negó con la cabeza.

—¡Ja! Qué va. Se matarían la una a la otra.

La otra mujer pareció sorprendida.

—¿De verdad? Eso es horrible.

—Bueno, tan solo me refiero a las cosas típicas entre hermanos. Bea quiere hacer todo lo que hace Faye, quien se cansa de que la siga a todas partes e intenta escapar. A cambio, Bea hace todo lo posible por mantener las atenciones de su hermana: puede que le dé un abrazo o puede que le dé una patada.

Como si le hubieran dado pie, Bea se acercó de forma furtiva a Faye y se sentó tan cerca que casi estaba encima de ella. El tema del espacio personal no era su punto fuerte.

–¡Dios mío! Es terrible que no se lleven bien.

–Ah, no… Aunque a veces Faye se enfade con Bea, es muy paciente con ella. Y que los dioses se apiaden de cualquiera que haga llorar a su hermanita, porque saltará a defenderla de inmediato. Por casualidad, me oyó contándole a Aaron que había un niño en la guardería que no dejaba de darle pellizcos a Bea y…

–¡Pellizcos! ¡Qué horror! ¿Se impuso alguna medida disciplinaria?

«Santo cielo…». Nita iba a sufrir un duro golpe cuando su hijo empezase a ir a la guardería.

Sive sonrió.

–Es algo normal entre niños pequeños. No pasa nada. Sin embargo, Faye nos oyó hablando del asunto y, al día siguiente, cuando fuimos a recoger a Bea, se acercó al otro niño y le dijo que, si volvía a pellizcar a su hermana, volvería a por él y le pellizcaría el doble de fuerte. Así que, aunque a Faye pueda irritarle su sombra diminuta, si alguien le hiciera daño a Bea, iría hasta los confines de la Tierra.

Nita tomó su móvil y tecleó algo. Después la miró.

–Estoy tomando nota para buscar libros sobre guarderías y violencia. Investigo mucho –le explicó–. Como es evidente, dado que voy a hacer esto yo sola, no puedo confiar sin más en que todo salga bien. Tengo que ser organizada.

Sive nunca había conocido a una persona más organizada que Nita y no había dudado de ella ni por un instante. Si bien Maggie era la mamá de la casa (aquella de la que dependían para que hiciera las cosas sin darles mucha importancia), Nita era la administradora, un papel que no siempre había sido necesario o bien recibido. Según Aaron, había elaborado hojas de cálculo para la rotación de las tareas de limpieza, había creado fórmulas de Excel para los cálculos ponderados de las facturas que pagaban a medias y había pegado en la nevera una lista de normas muy estrictas para la casa. Aquella meticulosidad, de la que no se avergonzaba, le venía bien en el trabajo: al igual que Aaron, trabajaba en el ámbito legal y disfrutaba de la atención al detalle que requería su puesto como jefa del departamento jurídico de un banco multinacional. Cuando aún compartían casa, aquellas habilidades no habían logrado que ganara ningún concurso de popularidad, pero eso nunca le había importado.

–Por supuesto. Y serás una madre increíble –dijo Sive mientras echaba un vistazo a sus hijas, que estaban discutiendo por el teléfono móvil.

Nita también las miró.

–La más pequeña, Bea, es muy guapa. No se parece en nada a ti, Sive… ¡Es una niñita de papá!

–Eh… Gracias, supongo.

La otra mujer prosiguió como si nada:

–Y Faye también es bastante guapa, con ese precioso cabello rubio. Tanto tú como Aaron tenéis el pelo mucho más oscuro… ¿De dónde ha sacado esa hermosa melena? –Soltó una carcajada tintineante–. Me apuesto algo a que la gente os pregunta si es adoptada. Yo me planteé la adopción, pero pensé que la inseminación intrauterina sería una mejor opción para mí, más propia del siglo XXI… –Sive asintió, pues no sabía muy bien qué contestar a eso. En su lugar, echó un vistazo al carrito donde se encontraba el bebé–. ¿Qué tiempo tiene ahora…? –Nita hizo una pausa. Al parecer, no estaba muy segura del nombre–. ¿Qué tiempo tiene ahora el pequeño?

–Toby tiene cuatro meses –contestó ella–. Así que, gracias a Dios, todavía duerme mucho por las tardes. Las otras dos ya dan bastante guerra.

Ambas volvieron a mirar a Faye y a Bea, que seguían sentadas juntas, pegadas a algo que estaban viendo en el móvil. Mientras las observaban, Bea golpeó con el pie el vaso de su hermana, lo que hizo que los restos del refresco de naranja salpicaran una de las correas de la mochila de *Frozen* que a Faye tanto le gustaba. Sive contuvo la respiración. La salpicadura era pequeña. Si su hija no se daba cuenta, ella no iba a decirle nada. El bar-biblioteca del hotel Meridian no parecía el mejor lugar para que tuviera una rabieta porque su hermana le había estropeado la mochila. Sin embargo, Faye seguía absorta en el móvil (gracias, YouTube) y Sive se salvó por los pelos.

—Con mi hijo, no pienso seguir la ruta tecnológica —caviló Nita—. Los cuentos y las canciones infantiles son muy importantes para el desarrollo del cerebro.

—Bueno, si quieres practicar, puedo sacar un cuento para que se lo leas a las niñas —dijo Sive con una sonrisa radiante—. Me vendría bien recuperar el teléfono. Aunque supongo que eso significará que las tendremos encima... Pero, por otro lado, te servirá para acostumbrarte a lo que está por venir...

Un gesto de preocupación atravesó los hermosos rasgos de Nita.

—Ay, pero parecen muy contentas ahora mismo. Es mejor que lo dejemos estar mientras el pequeño...

Miró el carrito.

—Toby —dijo Sive.

—Mientras el pequeño Toby esté durmiendo.

—Desde luego —contestó ella mientras tomaba su ginebra.

Aquellos cuatro días en Londres iban a ser muy largos.

Capítulo 6

—¿Tenían algún plan establecido en caso de que se perdiera?

Se trata de una policía diferente. Una mujer, la agente Hawthorn, que les ha dicho a los Sullivan que la han asignado como enlace con la Policía. Se han trasladado al andén dirección oeste de la Central Line en Oxford Circus, ya que Hawthorn les ha explicado que, si alguien encuentra a Faye y la lleva de vuelta, llegará allí. A Sive le da miedo moverse; está pegada al sitio que ocupa en ese andén estrecho y sin aire y, con cada tren que pasa, sigue teniendo la esperanza de que de él vaya a apearse la figura diminuta de su hija.

Mira fijamente a la agente Hawthorn mientras Bea, que le pesa entre los brazos, se acurruca contra su cuello.

—¿Algún plan?

—Un lugar de encuentro, una norma según la cual tuviera que buscar a alguien de uniforme o algo así…

Sive niega con la cabeza.

—En casa sí. O sea, si estamos en el parque infantil, le decimos que vaya al tobogán grande si se pierde. Pero en Londres… no conocemos ningún sitio en Londres.

Dios, deberían haber tenido un plan…

—¿Sabe la niña el nombre de la estación en la que se encontraban cuando se han separado? ¿Se lo mencionó?

Sive hace memoria. Salir con prisas del hotel porque llegaban tarde a la cita con Maggie. Rebuscar a tientas la tarjeta Oyster al llegar a la estación. La docena de veces que se ha maldecido a sí misma por aceptar aquel plan… ¿Por qué no se habían quedado en el hotel mientras Aaron asistía a su carrera? No estaba preparada para encargarse de tres niños pequeños en una ciudad desconocida.

«Y ahora mira lo que ha ocurrido...».

—No —contesta al final—. Estaba sola con mis hijos. Si Aaron hubiese estado presente, tal vez habríamos hablado entre nosotros sobre hacia dónde nos dirigíamos, pero creo que lo único que les he dicho a las niñas ha sido: «Daos prisa».

—Ya veo. ¿En qué zona del andén se encontraban?

—Eh... No estoy segura.

—Es para poder acotar en qué vagón se ha subido.

—¡Ah! Hemos bajado en ascensor, así que estábamos en un acceso cercano a un ascensor.

Hawthorn toma nota.

—¿Y se sabe Faye su número de teléfono?

—Se lo enseñé el año pasado, pero hace tiempo que no se lo hago repetir. Mierda. Lo siento. Esto es horrible. Dios mío... Está sola en Londres y no tiene ni idea de cómo ponerse en contacto con nosotros.

Aaron mece el carrito mientras, a su alrededor, los pasajeros se dirigen a raudales hacia un metro que está a la espera.

—Pero, en cuanto alguien la encuentre, les dirá quién es —comenta él—. Se sabe su nombre completo, así como los nuestros.

Hawthorn asiente, dándole la razón.

—La gente se fijará en una niña de seis años que va sola y avisará a las autoridades. Hemos subido su fotografía y descripción a las redes sociales, así que no tardará demasiado. Y, dado que son sus padres, son los más indicados para verla si vuelve por aquí —comenta la mujer mientras, con un gesto, abarca el andén, el metro que está a punto de salir y la multitud—. No se preocupe, señora Sullivan: antes de que se dé cuenta, la tendrá de vuelta con usted. Los niños se pierden a todas horas.

—Pero ¿y si no se ha perdido? —pregunta Sive con voz queda y ronca. Le cuesta creer que esté pronunciando esas palabras—. ¿Y si alguien se la ha llevado?

Aaron sacude la cabeza.

—La gente no se lleva a niños sin más. La encontraremos, te lo prometo.

—De acuerdo. —Traga saliva—. Está bien. Tenemos que mantener la calma y seguir buscando. ¿Qué hacemos con Bea y Toby?

—¿Quieres llevarlos de vuelta al hotel? —le pregunta su marido.

La respuesta de su cuerpo es visceral.

—No. Ni en broma pienso marcharme hasta que no encontremos a Faye.

—Yo tampoco —dice Aaron en voz baja—. Voy a intentar llamar a Nita o a Maggie para ver si una de ellas puede venir y llevarse a los niños.

—Prueba primero con Maggie. Dios, es probable que siga esperándome en el Rooftop Bar. —Sive titubea—. Anoche, cuando salimos, Nita se cayó y puede que hoy siga un poco conmocionada.

—Mierda… ¿Y el bebé se encuentra bien?

—Bueno…

La agente Hawthorn interrumpe a Sive.

—Señora Sullivan, ya tengo todos los detalles y la foto de Faye. ¿Hay alguna otra cosa que pueda contarme? ¿Algún rasgo distintivo? ¿Algo en lo que podría reparar cualquier persona?

—Tal vez les llame la atención su mochila. Es de *Frozen*.

—Eso ya lo he apuntado. ¿No tiene ninguna marca de nacimiento?

—No. Bueno, ahora mismo lleva puntos en la pierna. Aunque no sé si alguien se percataría de ese detalle si pasase a su lado…

—Está bien. Esa información puede ser útil si, por el momento, nos la guardamos. Así podremos descartar cualquier llamada de broma —comenta Hawthorn. Después señala el carrito con un gesto de la cabeza—. ¿Necesita amamantar al pequeñín? —pregunta, señalando uno de los bancos.

—Vamos a llamar a unas amigas para que los cuiden —contesta mientras Aaron se dirige hacia las escaleras mecánicas en busca de cobertura.

—Bien. Hay agentes buscando en cada estación y también estamos revisando las grabaciones de las cámaras de seguridad, así que no tardaremos demasiado...

—Ay, Dios mío, me había olvidado de las cámaras de seguridad... En tal caso, ¿pueden ver lo que ocurrió en el vagón? ¿Pueden ver por qué se alejó y a dónde fue?

Hawthorn niega con la cabeza.

—Por desgracia, no hay cámaras de seguridad dentro de los trenes de la Central Line. Está previsto para dentro de unos años, pero todavía no se ha llevado a cabo. —Sive se desinfla y, entre sus brazos, Bea se remueve—. Sin embargo, sí hay cámaras en todas las estaciones —añade la agente—. Sin saber en cuál se ha bajado, nos llevará un tiempo revisar todas las grabaciones, pero lo conseguiremos.

—¿No pueden poner a muchas personas a desempeñar esa tarea al mismo tiempo?

—Tenemos a todos los agentes disponibles trabajando en este asunto —contesta la mujer, lo que, en realidad, no le dice gran cosa.

Aaron vuelve a intervenir en la conversación:

—Maggie no me contesta al teléfono y Dave va de camino al trabajo, pero verá qué puede hacer con ayuda de la Policía. —Se gira hacia Hawthorn—. Tengo un amigo que trabaja como investigador civil para la Policía Metropolitana.

La agente lo mira como si estuviese intentando ocultar un gesto de escepticismo. Sive supone que no hay gran cosa que alguien como Dave pueda hacer.

—He conseguido hablar con Scott —prosigue su marido—. Estaba bastante cerca, así que viene de camino para llevarse a los niños. Se reunirá con nosotros en el vestíbulo, donde se sacan los billetes. —Se pasa una mano por la frente reluciente—. Gracias a Dios, hoy se ha tomado el día libre por la carrera. —Una vez más, se gira hacia la policía para darle explicaciones—. A primera hora de la mañana, teníamos una carrera de remo virtual. Por eso no estaba aquí cuando ha ocurrido todo.

No pretende que suene como una acusación, pero Sive es capaz de oírla: si Aaron hubiese estado allí, no habría dejado que su hija desapareciera.

Aaron va empujando el carrito y Sive lleva a Bea de la mano y, cuando se bajan de las escaleras mecánicas, ella se gira hacia su marido.

—Lo siento muchísimo. No me puedo creer que haya permitido que ocurriera esto.

—Podría haberme ocurrido a mí también —contesta él mientras le aprieta el brazo—. Pero ¿quién te estaba llamando? ¿Por qué no has ignorado la llamada sin más?

Justo en ese momento, a Sive vuelve a sonarle el móvil y se lo saca del bolsillo trasero.

«Tal vez sea para informarnos de alguna novedad sobre Faye».

Pero no lo es. No la saluda el alegre acento londinense. En su lugar, lo que oye es la cadencia danzarina de Kerry, tan propia de su editora.

—¡Sive! Lo siento muchísimo. Lo he visto en las noticias. ¿Puedo hacer algo?

Al final, es esa voz familiar lo que lo logra: las lágrimas que llevan una hora amenazando con caer se le escapan en ese momento y le sofocan la voz. Se pasa una mano por la cara, intentando recobrar la compostura.

—¿Sive?

«Respira hondo. Cálmate».

—Gracias. No lo sé… —Bea se le agarra a la pierna y Sive la levanta con un solo brazo. Aaron, que sigue meciendo el carrito, está hablando por teléfono de nuevo—. ¿Podrías hacer que la cuenta del periódico retuitee la información?

—Por supuesto. Espera. Tengo una idea. Jude Barr vive en Londres ahora mismo y creo que esta semana está cubriendo un caso judicial. Tal vez pueda ayudar. ¡Sí! —Caroline se anima con ese tema—. Hablaré con su editora para ver si podemos hacer que se ponga en contacto contigo. Puede acompañarte, ayudarte con la búsqueda, subir novedades a las redes, actualizar la situación en directo y ese tipo de cosas.

—No sé…

—La decisión es tuya, Sive, pero eso supondría un par de ojos más, un rostro familiar y una mayor cobertura. Haz que la foto de Faye se mueva por todas partes y que la gente hable de ello y la busque, ¿de acuerdo? —Sive asiente—. Yo me encargo. ¿Dónde estás?

Le da todos los detalles y se despide de ella. Entonces se da la vuelta y le explica lo que está ocurriendo a Aaron, que no parece demasiado convencido.

—¿Cómo va a ayudarnos aquí que un periódico irlandés vaya subiendo todas las actualizaciones?

—Será en la versión digital y estoy segura de que el *Daily Byte* también tiene lectores en Reino Unido. En cualquier caso, nunca está de más.

—Está bien. ¿Era Caroline la que te estaba llamando cuando Faye y Bea se han subido al tren? —Sive asiente y él menea la cabeza—. Se supone que estás de vacaciones. No debería haberte llamado.

—Por eso mismo estaba rechazando la llamada. En cualquier caso, hablar de esto no va a servirnos de nada. —En ese momento vuelve a sentirlo: la comprensión, el pánico abrumador…—. Dios, ¿dónde estará? ¿Qué vamos a hacer?

—Vamos a encontrarla. Eso es lo que vamos a hacer. ¿Qué te parece si, cuando Scott se lleve a los niños, tú vuelves a Bond Street en caso de que Faye sepa que es allí donde os habéis separado y consigue que alguien la lleve? Yo recorreré todas las estaciones de la línea de una en una.

Sive asiente justo cuando llega Scott y con una habilidad inesperada le quita a Bea de los brazos doloridos. Bea, quien lo ha visto todo pero no puede decirles nada. La frustración es tan aguda que hace que le duela el estómago.

—Yo me encargo —les dice el hombre mientras apoya una mano en el carrito—. Dadme las llaves del hotel e id a buscar a Faye.

Capítulo 7

Tres días antes, viernes
Hotel Meridian

Scott se dirigió a uno de los camareros del bar del hotel con un gesto circular que significaba: «Lo mismo». Siempre era el primero en pedir otra ronda, lo que, en el pasado, había hecho que fuera el más divertido, pero, en aquel momento, con niños en la ecuación y peores resacas, lo convertía en un hueso duro de roer.

Sive contempló cómo Dave se bebía rápidamente el resto de la pinta, listo para tomar otra. Siempre era el primero en terminarse la copa, pero nunca parecía demasiado dispuesto a ser el primero en pedir otra ronda. Ella puso la mano sobre la suya.

—Será mejor que me pase al agua con gas —le dijo a Scott—. No es muy divertido tener que cuidar de tres niños cuando vas borracha como una cuba.

—Venga ya, ¡si solo te has tomado una!

Sive sonrió.

—Tal vez más tarde, pero ahora prefiero el agua con gas.

Él se encogió de hombros y volvió a llamar al camarero para modificar el pedido. Tenía las mejillas más rubicundas de lo habitual, tal vez sonrojadas tras haberse tomado unas cervezas a mediodía. En la amplia nariz le habían aparecido venillas nuevas y sus ojos le parecieron pequeños y hundidos en una cara más carnosa de lo que recordaba. Según se decía, cuando aún vivía con Aaron, era el típico chico de Oxford rubio y de ojos azules que se ligaba a todas las tías. O, al menos, a las tías buenas que querían un «buen partido»: un hombre apuesto con una carrera prometedora y suegros con una enorme casa de campo. Y, por supuesto, que procediese de una de esas familias adineradas de toda la vida. Sin embargo, en aquel momento parecía estar viniéndose a menos de forma prematura.

—Hablando de lo que vamos a hacer más tarde… —dijo Dave—. Esta noche he reservado mesa para seis en Giumbini. ¿Os va bien a todos a las ocho?

Sive miró a Aaron, pero él parecía ocupado con el teléfono.

—Creo que los niños y yo tendremos que abstenernos de la cena —le dijo al hombre con tono de disculpa.

—¡Ay! ¡Lo siento! Ni siquiera había pensado en reservar para los niños. ¿Irían a un restaurante? ¿Cómo lo haríamos…?

Dave parecía confuso. No tenía hijos. Según Aaron, tan solo se había enamorado en una ocasión, de una chica que había conocido en internet. Aquello había ocurrido en la década de los 2000, cuando lo de salir con gente que habías conocido en línea era algo relativamente nuevo y de lo que no todo el mundo se sentía cómodo hablando. Pero a Dave no le había importado. Al parecer, hablaba de ella a todas horas. Sin embargo, cuando los demás le pidieron conocerla, siempre les daba alguna excusa: trabajaba hasta tarde, tenía que madrugar al día siguiente, se había resfriado, tenía que visitar a sus padres… Al final, Aaron y Scott llegaron a la conclusión de que la novia misteriosa de Dave no debía de ser, en sus palabras, «ninguna Kate Moss».

«No seas tan malo», le dijo Sive a su marido la primera vez que le contó aquella historia. Sin embargo, él insistió, afirmando que su amigo tampoco era un supermodelo, por lo que habría tenido sentido. Sin duda, aquel comentario sí había sido malicioso. Dave no encajaba con el estereotipo de chico de calendario, pero tenía un aire jovial y amable que a Sive le gustaba. Era más bajito y robusto que sus amigos y, con una calvicie cada vez más grande que le ocupaba la coronilla, le recordaba a un monje; a un monje un poco soso y que hablaba demasiado, pero que aun así era dulce.

Cuando Aaron le contó aquella historia de la ex que no era ninguna Kate Moss y que nunca tenía tiempo para conocerlos, Sive se preguntó si tal vez Dave se hubiera inventado a la novia misteriosa para intentar seguirles el ritmo a Aaron y Scott. Sin embargo, su marido le dijo que quedaba con ella de forma constante: cuatro o cinco noches a la semana. Simplemente, los demás nunca habían llegado a conocerla. Entonces lo abandonó y le rompió el corazón. Por lo que sabía, desde entonces no había vuelto a enamorarse, aunque el año anterior había estado saliendo con alguien una temporada. Sin embargo, aquella relación también había llegado a su fin y Dave se había resignado a una vida de soltería.

—No te preocupes por el restaurante —le dijo—. Las ocho es muy tarde para los niños y, siendo sincera, tan solo serían una molestia para todos. —Con un gesto de la cabeza, señaló a Faye y a Bea, que estaban discutiendo por el teléfono móvil—. Para todos incluyéndome a mí —añadió con una mueca.

Aaron se giró hacia ella.

—Podríamos contratar a una niñera. Seguro que en el hotel disponen de ese servicio.

—No pasa nada, no me importa quedarme con ellos.

—¡Venga, va! —dijo él mientras sacaba el labio inferior, lo que le daba un aspecto aniñado y ridículo al mismo tiempo—. ¡No quiero ir sin ti! El hotel debe de tener gente a la que contrate a todas horas para este tipo de situaciones.

Ella negó con la cabeza.

—Faye estaría bien con una niñera, pero Bea no. Y no sé si Toby querría tomarse el biberón. Será mejor que me quede con ellos. ¡Pero tú puedes ir!

—Cuando se trata de nuestros hijos, mi encantadora esposa es una mártir.

Aaron suspiró de forma audible y ella lo hizo para sus adentros. No estaba siendo una mártir. A Bea no le gustaban nada los desconocidos y a ella le parecía bien dejar a su marido y sus antiguos compañeros de piso con sus historias compartidas sobre los tiempos anteriores a que ella los hubiera conocido: la del cono de tráfico («¡Buenísima!»), la del microondas (también «¡buenísima!») y, por supuesto, la de Yasmin. No necesitaba estar presente, convertida en una voyeur de la tragedia que compartían. Sobre todo teniendo en cuenta que era el aniversario de su muerte.

Miró a Nita, que se encontraba al otro lado de la mesa. ¿Le resultaba difícil estar con aquella gente que había conocido a su hermana? ¿O, por el contrario, le sentaba bien porque podía hablar de ella? Aunque nunca lo hacía. Al menos no cuando Sive estaba presente. Todo lo que sabía sobre Yasmin era gracias a los breves retazos que su marido le había ido contando a lo largo de los años y a una foto de ambos que había encontrado en una caja. Se trataba de una tira de cuatro fotografías de carné tomadas en uno de esos fotomatones que todo el mundo utilizaba antes de la llegada de los smartphones y las selfis. En la parte trasera, habían garabateado: Stratford, 2008. Con el pelo oscuro y largo en la parte superior, los ojos arrugados y la boca ancha, el aspecto de Aaron era muy similar al que tenía en aquel momento. Con el pelo teñido de rojo con henna, los enormes ojos marrones y la sonrisa bonita, Yasmin se parecía mucho a Nita, pero atrapada para siempre en los veintiséis años.

Faye se acercó corriendo con el teléfono de Sive todavía en la mano.

—¡Tengo una idea! —anunció—. Dado que es muy molesta, yo cuidaré de Bea en nuestra habitación. Puedo ponerle los dibujos animados en la televisión y darle galletas y así tú no tendrías que cuidar de ella. Tan solo necesito que nos enciendas la televisión y me des las chucherías y entonces puedes volver y yo me encargaré de todo.

—Eh… no.

—¿Por qué? —preguntó la niña con los ojos muy abiertos a causa del desconcierto.

Sive llevó la cuenta de los motivos con los dedos:

—Porque hoy ya habéis tenido bastante televisión. Porque, en realidad, esto no es más que una estratagema para que te diga dónde he escondido las chucherías. Y porque tienes seis años y no puedes quedarte sola en una habitación de hotel. Ahora largo.

La despachó de allí, haciendo caso omiso de sus protestas.

—¿Y cómo llevas lo de ser mamá a tiempo completo? —le preguntó Nita mientras observaba a Faye alejarse—. Debe de ser muy agradable no tener que trabajar.

—¡Ah! Pero sí que trabajo. Ahora soy autónoma, pero sigo escribiendo para el mismo periódico en el que trabajaba antes de que nacieran los niños.

—Y, entonces, ¿quién cuida de los pequeños? —intervino Dave, que parecía perplejo.

—Por las mañanas, van al colegio y a la guardería, así que trabajo entonces.

—¿Incluso el bebé?

—No, todavía no. Trabajo mientras duerme y por las noches, cuando todos se han acostado.

—¿No estás de baja por maternidad? —le preguntó Nita mientras se daba golpecitos en la comisura de los labios con una uña larga y carmesí.

—Bueno, reduje un poco la carga de trabajo tras el nacimiento de Toby, pero es difícil rechazar encargos cuando eres autónoma: te preocupa que tu editora se olvide de ti.

—Creo que es estupendo que tengas un trabajito que te mantenga a flote —dijo Nita—. Obviamente, no lo necesitas, dado que Aaron gana mucho dinero —añadió, guiñándole un ojo al susodicho—. En mi caso es diferente. Como estoy sola, sí que tengo que trabajar.

—Pero no solo se trata de que tenga que hacerlo. También es algo que quiero hacer —contestó ella, intentando no sonar enfadada.

Aaron sonrió.

—Incluso en vacaciones. —La apuntó con un dedo, fingiendo

exasperación–. Te he visto contestar a escondidas mientras arreglaba a las niñas.

Sive reprimió un suspiro.

–Si tuviera un ayudante que se encargara de las llamadas mientras yo no estoy, la vida sería sin duda mucho más fácil –dijo con tono despreocupado.

–Touché. En cualquier caso, si sirve de algo que lo diga yo, a Sive se le da muy bien su trabajo y su editora tiene suerte de poder contar con ella.

Se sonrojó ante aquel cumplido de su marido.

–¿Y sobre qué clase de cosas escribes? –le preguntó Scott.

–Sobre estilo de vida –contestó con una sonrisa irónica–. La clase de artículos que hacen que la gente se pregunte: «¿Es que hoy no había más noticias?».

–Me encantan esos artículos –dijo Maggie–. Los disfruto mucho más que todas las malas noticias.

Sive quiso abrazarla. Aunque aquello era algo que ocurría siempre que la veía. Maggie era agradable. No agradable en un sentido aburrido, tal como creía Aaron, sino agradable en un sentido cálido, amable y empático. Cada vez que se habían visto a lo largo de los años, se había descubierto deseando que pudieran ser amigas de verdad, que vivieran en el mismo país, que se conocieran mejor. Cuando se reunían durante aquellas breves visitas a Londres, casi se sentía como si lo fueran: mejores amigas que estaban en la misma onda y que estrechaban lazos mientras los demás discutían. Sin embargo, en cuanto volvía a casa, todo se disipaba en la nada: un mensaje de Sive para decirle lo bien que había estado el viaje y una respuesta amable de Maggie, pero ninguna pregunta abierta que diera pie a seguir la conversación. Pero ¿por qué iba a haber nada más? Sive no era más que la esposa de su antiguo compañero de piso, alguien a quien, en el mejor de los casos, veía una vez al año. Apenas había base para sustentar una mejor amistad. Pero aun así…

–¿Viajas a menudo? –le preguntó Scott.

—Ay, Dios, ojalá. Pero con los niños no es posible. Envidio a los periodistas más jóvenes, que pueden ir a cualquier parte sin tener que pensarlo demasiado.

—Seguro que consiguen cubrir las mejores primicias —apuntó Nita, lo cual no era de mucha ayuda.

Sive sonrió.

—Es cierto que tienen mayor libertad para aceptar cualquier cosa que les ofrezcan, desde luego. Si implica tener que viajar, yo tengo que rechazar la oferta. Irónicamente, esta semana se celebra un juicio en Londres con cierto aire irlandés y estoy en la ciudad, pero no soy yo la que va a cubrir la historia, sino una periodista más joven y sin hijos que tiene todo el tiempo del mundo para hacer todo lo que le pidan.

¿Sonaba amargada? No pretendía sonar amargada. No cambiaría a sus hijos por nada del mundo, aunque un poco de ayuda para cuidarlos por las tardes no le vendría mal. Seguro que Jude Barr, la periodista que iba a cubrir el juicio, no querría tener hijos jamás. Sonrió para sus adentros. Estaba siendo ridícula. Era probable que Jude, con la que había coincidido en un par de eventos del sector, fuese muy amable bajo esa superficie eficiente, rubia y fría como el hielo y ese acento de irlandesa que vive en Londres tan propio de Sharon Horgan. Era cinco años más joven que ella, lucía el tipo de flequillo recto que a ella jamás le quedaría bien y llevaba un tatuaje en la nuca con forma de telaraña. También se le daba muy bien su trabajo y a veces Sive se sentía intimidada —y, en otras ocasiones, irritada— por su energía constante y su seguridad inquebrantable.

—Supongo que puedes encargarte de todos los artículos que escribes desde casa con bastante facilidad —comentó Maggie—. Y, en un par de años, cuando los niños hayan crecido un poco, podrás viajar por todo el mundo para entrevistar a famosos.

—Eso espero —dijo Sive mientras alzaba su copa en un brindis.

—¡Famosos! —Nita pareció interesada en ese momento—.

¡Cuéntame! Obviamente, como ya sabrás, soy *influencer*, así que tengo mucha relación con famosos.

«Ay, santa madre de Dios…».

—Bueno, ahora mismo estoy haciendo una serie de entrevistas con los hijos adultos de algunos famosos.

A Nita le centellearon los ojos.

—¡Vaya! ¡Guau! ¿Beckham, Kardashian y gente por el estilo?

Aaron se echó a reír y Sive se sonrojó.

—Famosos irlandeses. La mayoría son estrellas deportivas o chefs. Muchos chefs.

—Ah… —La otra había perdido el interés—. Hablando de chefs, ¿habéis visto la foto que subí de la apertura de un restaurante a la que fui la semana pasada? ¿Esa en la que aparezco con Nigella? —Tomó su teléfono y entró en Instagram—. Mis seguidores se vuelven locos con ese tipo de contenido. Me llevó horas revisar todos los comentarios.

Puso los ojos en blanco, pero el gesto no engañó a Sive. Aquella mujer vivía para leer los comentarios de sus seguidores. En aquel momento, sostuvo el teléfono en alto para enseñarles la fotografía y todos asintieron de forma amistosa para complacerla.

—¿Y en tu trabajo no les importa todo ese asunto de que seas *influencer*? —preguntó Scott—. Podría pensarse que no casa demasiado bien con el aire serio y legal interno de la empresa.

Scott era una persona que decía «podría pensarse que» al principio de muchas de sus frases. Normalmente, cuando intentaba soltar una indirecta.

Nita arrugó la nariz.

—Dios mío, sí que estás chapado a la antigua. Claro que no les importa. A veces, en las reuniones, la gente me reconoce y el asunto se convierte en un buen tema de conversación. En otras ocasiones, la gente no se cree que sea abogada, por supuesto. Ya sabéis, me dicen «¡Pero eres demasiado guapa!» y otras cosas ridículas por el estilo. Dios, cómo lo odio.

Las mejillas se le sonrojaron ante aquella mentirijilla. Sive sabía que no había nada que aquella mujer disfrutase más que poder destrozar a alguien con su afilada inteligencia después de que le hubiera dicho que era demasiado guapa para ser abogada.

A Nita se le iluminaron los ojos de nuevo y se inclinó sobre la mesa en dirección a Sive.

—Ay, me encanta tu colgante. ¡Es deslumbrante! ¿De qué diseñador es? Estoy pensando en darme un capricho.

—Me lo regaló Aaron por Navidad. La marca es algo así como... ¿Miss Victoria? ¿O Miss Victoria London? Aaron, ¿dónde decías que lo compraste?

Su marido frunció el ceño y negó con la cabeza.

—Ahora mismo no me acuerdo.

Apartó la vista y Sive tuvo la sensación repentina de que se estaba mostrando reservado sobre dónde había comprado el colgante de forma deliberada. ¿Por qué? No tenía ni idea.

Tampoco importó, dado que Nita ya había sacado su móvil y lo estaba buscando en Google. Apenas unos segundos después, les mostró una imagen con un colgante similar al de Sive: un disco de oro entretejido, aunque sin las piedras preciosas engarzadas.

—El mío está personalizado con las piedras de nacimiento de nuestras hijas —le explicó ella—. Solo las de Faye y Bea, ya que Toby no había nacido todavía.

—Me encanta. A ver si puedo conseguirlo en algún lugar cerca de aquí... No. Al parecer, solo está disponible en una tienda en la zona este de Londres. Eso queda demasiado lejos. —Hizo una pausa—. ¡Ay! ¡Puedo comprarlo *online*! Excelente. —Echó un vistazo en torno a la mesa—. Perdón. Mi segundo nombre es «Satisfacción Inmediata».

Y, apenas quince segundos más tarde, Nita se había comprado un disco de oro entretejido idéntico al de Sive.

—Lo subiré a Instagram y etiquetaré a la diseñadora. Por supuesto, también te etiquetaré a ti, Sive. ¡Ahora eres prácticamente una *influencer*!

Sive oyó que le sonaba el teléfono al recibir un mensaje, así que entrecerró los ojos para poder leerlo sin tener que tomar el móvil. Era del publicista al que había escrito antes. «Mierda». Pensara lo que pensase Aaron, iba a tener que echar un vistazo. Toqueteó el dispositivo.

–Este pequeñín está empezando a estar inquieto –dijo–. Voy a dar vueltas por el pasillo un minuto para ver si vuelve a dormirse. Aaron, ¿puedes vigilar a las niñas, por favor?

Él asintió de forma ausente mientras les mostraba su nuevo reloj a Dave y Scott.

Sive sacó el carrito del bar y miró el móvil. El correo electrónico incluía un archivo adjunto, así que sintió una oleada de alivio. Una cosa menos de la que preocuparse. Ya que estaba allí, entró en Google e hizo clic en la barra de búsqueda. No necesitaba teclear las palabras. El buscador ya sabía el nombre que buscaba casi a diario. Nada nuevo. De todos modos, cuando su rostro apareció en la pantalla, una sensación enfermiza le asaltó el estómago.

Capítulo 8

Sive vuelve a estar en la estación de metro de Bond Street, de pie en el andén, en el mismo lugar exacto en el que estaba una hora antes mientras veía las puertas cerrarse. Estaba muy segura de que Faye se encontraría allí, esperando con paciencia tras la línea amarilla; de que, de algún modo, su hija, el universo o algún amable desconocido habrían sabido cómo desandar los pasos de la niña y encontrar el punto de partida. Pero la pequeña no está allí. Sive recorre el andén, se aleja todo lo posible, zigzagueando entre los pasajeros que están a la espera, y después regresa hasta el otro extremo. Sin embargo, no encuentra a ninguna niñita con una chaqueta rosa. No encuentra a ninguna niñita con una mochila de *Frozen*. El pánico amenaza con apoderarse de ella una vez más, con paralizarla, así que se esfuerza por reprimirlo y se obliga a respirar con lentitud en medio del calor opresivo. El pánico no le va a servir de nada. Tiene que buscarla.

—Disculpe, ¿ha visto a esta niña? —le pregunta a una mujer mientras le tiende el teléfono para mostrarle una fotografía de Faye.

—No, lo siento —contesta ella antes de seguir avanzando para subirse a un vagón.

Lo intenta de nuevo con un hombre cercano.

—¿Ha visto a esta niña? Es mi hija. Está desaparecida.

Él tan solo echa un breve vistazo a la imagen.

—No, lo siento, no la he visto. Pero le deseo suerte.

Lo intenta con otra persona. La mujer tampoco mira demasiado la fotografía, así que Sive la interrumpe antes de que diga nada:

—No, por favor, mírela bien. Es mi hija. Tan solo tiene seis años.

—Ya la he visto, cielo —contesta la mujer—. La he visto en internet. Lo siento muchísimo. Aunque he estado pendiente por si la veía, ¿vale? Seguiré haciéndolo. —Entonces le toca el brazo—. Buena suerte, cielo.

Vuelve a recorrer de un lado para otro el andén estrecho y claustrofóbico a pesar de que le parece que no tiene sentido. Faye no está. ¿Debería volver a Oxford Circus? Pero Faye tampoco está allí.

«Dios. No puede ser».

Podría estar en cualquier parte. Hay demasiadas estaciones, demasiadas líneas, demasiadas vías y demasiados túneles. Se le revuelve el estómago. No quiere pensar en las vías y los túneles. ¿Por qué no hay policías? ¿Por qué es la única registrando ese andén? Faye lleva desaparecida una hora. Sin duda, tienen que tomarse el asunto en serio. Se desploma contra la pared, pero entonces se urge a sí misma: no tiene tiempo para eso. Va a comprobar de nuevo la entrada y el andén donde llegan los trenes que van en dirección oeste. Al menos tiene un plan definido.

La mente se le adormece mientras sube por las escaleras mecánicas. Los pósteres pasan junto a ella con lentitud, horribles en su mundanidad. Una cara sonriente en un anuncio de vitaminas. Una cara sonriente en el anuncio de una película. Ofertas otoñales para Disneyland Paris. Le había prometido a Faye un viaje a Disneyland cuando fuera más mayor. «Dios…». Un póster de Crimestoppers. Un concierto que se celebra en Stratford la semana siguiente: Jasmina Langford, cantante de ópera. Una conferencia en el Royal Victoria Dock ese mismo día: Joe White, orador motivacional. «¡Encuentra tu nueva versión!», le ordena el cartel con enormes letras amarillas.

«¡Tan solo necesito encontrar a mi hija!», grita Sive para sus adentros.

Le suena el teléfono y está a punto de tropezarse cuando se baja de la escalera mecánica.

—Sive —dice con tono conciso y serio la persona que la llama—. Soy Jude Barr. Acabo de enterarme de lo ocurrido. ¿Dónde estás ahora?

—En la estación de metro de Bond Street. Pero Faye no está aquí.

La voz se le quiebra.

—De acuerdo. Voy para allá. Voy a subir algo a las redes mientras estoy en el taxi. Ya tengo una fotografía y la descripción, pero necesito darle algo de vidilla. Diré que estoy involucrada en la búsqueda y retransmitiendo en directo. Eso llamará la atención. Suena a *clickbait*, pero con tal de que funcione…

No es una pregunta y Sive se alegra de que no se espere que dé su opinión. Desde luego, Jude Barr es muy eficiente.

—Así que tanto la Policía Británica de Transporte como el personal del metro la están buscando y le estás pidiendo a los ciudadanos que estén atentos por si la ven… Veamos, la estáis buscando tú y tu marido, Aaron, ¿verdad?

—Sí.

Una mujer masculla algo cuando intenta pasar junto a ella. Sive se hace a un lado y se pega a la pared de baldosas para no estar en medio.

—De acuerdo. ¿Y para qué habíais venido?

—Para ver a los compañeros de piso de Aaron, con los que compartía casa cuando vivía en Londres.

—Genial. Lo añado para darle más vidilla a la noticia. Todo ayuda. Tu marido es el abogado defensor de Pete Brosnan en un juicio por asesinato, ¿verdad?

—Sí, pero…

—Bien, ya tengo algo de información sobre ese asunto y podría subir las declaraciones de tu marido. ¿Cuándo podemos ver a Aaron?

Pegada al teléfono, Sive sacude la cabeza. ¿Jude está ahí para ayudarla o para sacarle todo lo posible para un artículo?

—No creo que…

—Un segundo, tengo que subirme al taxi. —Por un instante, tan solo oye los sonidos amortiguados de la calle, pero entonces vuelve a oír a Jude—: Y tienes otros dos hijos. ¿Cómo se llaman y qué edades tienen?

La mujer suena como si tuviera un bolígrafo en la boca.

—Bea tiene dos años, y Toby, cuatro meses.

—¿Alguien más? ¿Tienes familia en la ciudad?

—No, no tenemos familia aquí. He llamado a casa para avisarles.

El estómago le da un vuelco al recordar la llamada, la voz aterrada de su madre y el silencio consternado de su padre.

—Muy bien. Con eso tengo suficiente. Estoy en el taxi ahora mismo. ¿En qué parte de la estación estás? —Sive le dice que la encontrará en el andén dirección oeste de la Central Line—. Nos vemos enseguida —replica la otra mujer antes de colgar la llamada.

Las preguntas de la periodista le resuenan en los oídos y hay una en particular que la reconcome: la del caso de Aaron. ¿Lo ha mencionado porque «añade vidilla» a la noticia o porque quiere una primicia mayor? Un pensamiento repentino hace que frene en seco. ¿Acaso Jude cree que hay algún tipo de conexión entre el trabajo de su marido y la desaparición de Faye? ¿Podría haberla? No. Corta ese pensamiento antes de que empiece siquiera, hace clic en la fotografía de Faye y se acerca a otro viajero para preguntarle si ha visto a su hija desaparecida.

Capítulo 9

–¡Señor Sullivan!

Cuando Aaron se gira, ve que la agente Hawthorn se acerca hacia él a través del abarrotado andén de la Central Line.

–¿La ha encontrado?

–No, caballero, lo siento mucho. Pero nuestros agentes están registrando todas las estaciones. Quería preguntarle…

–Un momento… Si sus agentes están registrando todas las estaciones, ¿por qué no veo a ninguno aquí más allá de usted? Empiezo a pensar que tan solo mi esposa y yo nos estamos tomando en serio este asunto.

–Le aseguro que nos lo estamos tomando muy en serio. Tenemos a todos los agentes disponi…

–Sí, sé lo que significa eso –dice Aaron con tono cortante–. Se refiere a los agentes de los que pueden prescindir. ¿De cuántos estamos hablando?

–Caballero, creo que deberíamos centrarnos en…

–Por favor, no me diga en qué deberíamos centrarnos. Mi hija de seis años ha desaparecido. Eso es en lo único en lo que estoy centrado.

Ella asiente con los labios apretados. Intimidada hasta el punto de guardar silencio como si fuera una testigo en el estrado. Solo que no es una testigo en el estrado y, si Sive estuviera allí, le recordaría que gritarle a la policía no va a ayudarlos a encontrar a Faye.

–Mierda. Lo siento. Normalmente no me comporto así.

–Nota un temblor desconocido en la voz. Carraspea–. Es solo que estoy aterrado, maldita sea.

–Lo entiendo. Y le prometo que estamos haciendo todo lo que está en nuestras manos. Sé que se marcha para registrar el resto de las estaciones de esta línea, pero quería preguntarle si tiene más fotografías que podamos utilizar. Sobre todo alguna de la mochila o de la chaqueta vaquera, dado que son los dos elementos que más llamarán la atención.

Aaron nota que se le hunden los hombros.

–Claro. –Saca el teléfono y empieza a revisar las fotografías–. Puede que mi esposa tenga una de la mochila. Al parecer, yo no –dice tras un instante.

–¿Ni siquiera una captura de pantalla de alguna foto extraída de internet de la tienda donde sea que la compraran? –le sugiere la agente Hawthorn.

Aaron niega con la cabeza.

–No tengo ni idea. No recuerdo cómo es.

Se produce un silencio.

–No se preocupe, caballero. Mi colega de Bond Street le preguntará a su esposa. O, si habla con ella, tal vez podría pedirle que le envíe una.

La mujer se aleja y lo deja en el andén, rodeado de pasajeros. ¿Acaso lo está juzgando por no saber cómo es la mochila de su hija? Intenta llamar a Sive para preguntarle al respecto, pero no tiene cobertura. Frustrado, sube las escaleras mecánicas hasta no encontrarse bajo tierra, pero, antes de que pueda intentar llamarla de nuevo, empieza a sonarle el móvil y el nombre «Trigger» aparece en la pantalla.

Dave.

Dios, lo último que necesita es una llamada de Dave. Evita a una oleada de viajeros y se aparta a un lado para contestar.

–Dave, no es un buen momento… Faye sigue…

–Mira, Aaron, colega… siento lo que te dije.

–¿Qué?

–La otra noche.

–¿La otra…? Ah, eso. Dios, Dave, olvídalo.

–No. Lo digo en serio. Fue una reacción desproporcionada y ahora, con lo que ha ocurrido, he puesto todo en perspectiva y…

–De acuerdo, está bien, pero tengo que colgar. Necesito que la línea esté libre en caso de que haya alguna novedad.

Sofocado y nervioso, Aaron se pega el teléfono a la oreja con el hombro mientras intenta quitarse la sudadera.

–Lo sé, colega. Siento no estar ahí para ayudarte. Por ahora, estoy atrapado en el trabajo, pero mi hermano iba de camino. ¿Ha llegado ya?

–¿Jerry? No, todavía no.

Consigue quitarse la sudadera por la cabeza y atársela a la cintura. La camiseta se le pega a la espalda.

–Pero Scott está contigo, ¿verdad?

–Ha venido y se ha llevado a Bea y a Toby de vuelta al hotel.

–Ah, claro… ¿Y Maggie?

–No he podido ponerme en contacto con ella. Dave, tengo que dejarte –insiste Aaron.

Empieza a parecerle que a su amigo tan solo le da miedo perderse algo y no tiene tiempo para eso. Sin embargo, Dave sigue hablando:

–Ah… Es probable que Maggie siga esperando a Sive en el Rooftop Bar.

–Sí, seguiré intentando hablar con ella. Cuanta más gente haya buscándola, mejor –dice mientras mira a su alrededor–. No hay tanta policía como nos gustaría, así que otro par de ojos nos vendrían bien.

–¿De verdad? Normalmente, cuando se trata de una persona desaparecida tan joven como Faye, habría al menos…

«Dios, ya empieza a darme la vara con sus conocimientos policiales…».

–Dave, voy a colgar. Echaré un vistazo para ver si veo a Jerry.

En cuanto cuelga, el teléfono empieza a sonarle de nuevo. El número de la esposa de Pete Brosnan aparece en la pantalla. Aaron rechaza la llamada. Sin duda, incluso una pesada como Carmen Brosnan debe de ser consciente de que no es el momento más indicado para llamarlo. Por Dios santo, su hija está desaparecida. Cierra los ojos un segundo, toma aire para calmarse y se prepara para emprender de nuevo la búsqueda.

En Dublín, Carmen Brosnan deja el teléfono sobre el reposabrazos del sofá y entierra la cara entre las manos.

Capítulo 10

9:46 h

Jude Barr. Periodista. Cafetera. *Kick-boxer*. Buscavidas (derechos de autor: su madre, que lee religiosamente cada artículo que escribe desde una silla de su cocina de Longford). Fan de *Ozark*, el *sushi*, la ciencia ficción y los tatuajes. Aunque no es fan de los lunes.

En ese momento, en esa mañana específica de lunes en Londres, está tecleando en el móvil mientras las calles de la ciudad pasan a su lado en un borrón de calor pegajoso:

Niña irlandesa desaparece en Londres

Faye Sullivan, una niña irlandesa de seis años, hija de Sive Quinn, periodista del *Daily Byte*, y del afamado abogado Aaron Sullivan, ha desaparecido en Londres a las 8:30 de esta mañana.

Deja el teléfono sobre el regazo y suspira. Lo más probable es que la niña esté sentada en un banco en alguna parte, esperando a su madre. Ahí no hay ninguna historia que contar, pero, por algún motivo, a su editora le ha parecido oportuno apartarla del gigantesco caso de fraude financiero que estaba cubriendo para que, en su lugar, informe sobre este asunto. Otro colega (un hombre, por supuesto) se encargará del caso de los tribunales mientras ella se dedica a esa historia, que tiene «interés humano».

—Es porque soy mujer, ¿cierto? —le ha preguntado a su jefa a pesar de que sabe que no es ese tipo de editora—. Crees que estrecharé lazos con la madre y conseguiré un artículo mejor.

—Tu peor defecto es tu cinismo —le ha contestado, negándose a morder el anzuelo.

—Mi cinismo es mi superpoder —ha replicado ella.

—No te envío a ti por tu capacidad para estrechar lazos con la gente, créeme. No te ofendas, Jude, pero tienes la misma capacidad para estrechar lazos que un trozo de celo usado. Te envío porque eres buena. Y esta historia es importante. Y porque Sive es una de las nuestras y le vendría bien tener cerca una cara conocida.

Así que ha aceptado reunirse con Sive y se ha prometido a sí misma que volvería a estar en los tribunales a la hora de la comida. Vuelve a tomar el teléfono y relee la primera línea que ha escrito mientras se mordisquea un padrastro.

Aaron Sullivan es un abogado muy conocido y está representando a un antiguo miembro de una banda criminal en un caso de asesinato. ¿Debería incluir esa información? No es relevante para el caso de la niña desaparecida, pero a la gente le resultaría interesante.

Cubrió la primera comparecencia ante los tribunales, por lo que presenció las multitudes que se congregaron en el exterior y el furor que se apoderó de los medios de comunicación. Gente que quería que a Pete Brosnan lo colgaran por lo que (presuntamente) había hecho. Gente que aseguraba que lo habían incriminado los Callan, la banda criminal que, en realidad, estaba (presuntamente) detrás del asesinato. Gente que no tenía ningún tipo de opinión sobre el resultado pero quería encender una vela por un hombre muerto. Un padre de tres hijos, asesinado en un caso de identidad equivocada. No era la primera vez que ocurría en Dublín, pero había algo en esa historia en particular que de verdad había captado la atención del público. Tal vez el hecho de que los hijos de la víctima fuesen muy pequeños («Y muy fotogénicos», le dijo Jude a su editora, lo que le granjeó un gesto irónico de la cabeza) o que la esposa de la víctima fuese muy joven y fotogénica. El hombre asesinado era auxiliar sanitario en una residencia de ancianos y, por las noches, estudiaba fisioterapia. A la gente también le gustaba eso: un hombre con una profesión dedicada al cuidado de otros que estaba intentando mejorar. No todas las víctimas son iguales. Jude sacude la cabeza. Incluso ella puede admitir que, a veces, se pasa demasiado con el cinismo. Pero, pensándolo mejor, va a incluir la historia de Brosnan. Comienza a teclear de nuevo.

Al llegar a la estación de metro de Bond Street, mientras se abre paso hacia el andén de la Central Line, Jude divisa un poco más adelante a Sive, que le está mostrando la pantalla del teléfono móvil a un transeúnte. Han coincidido en eventos del sector en un par de ocasiones, pero, sobre todo, se conocen gracias a Twitter. Sive escribe el tipo de artículos ligeros sobre estilo de vida que ella asocia con delantales, galletas y niños pequeños, aunque probablemente sea una valoración injusta, dado que en realidad nunca los lee y, por lo tanto, no puede estar segura.

La última vez que se vieron fue durante la cena de 2019 en honor a las mujeres que trabajan en los medios de comunicación, en la que las sentaron en la misma mesa. Sive no debe de tener más de cinco años que ella (cuarenta, si es que llega), pero le pareció muy adulta. Aquella noche charló sin esfuerzo con el resto de los asistentes de un modo que ella nunca lograría y le pareció que conocía a los invitados de cada mesa. Jude también los conocía, pero solo a nivel profesional. Nunca había sido capaz de adivinar cómo hacer progresar la relación hacia una amistad y, tras un tiempo, se había dado por vencida. Dejaría aquel asunto a las Sives del mundo. Aquella noche Sive estaba despampanante con un vestido estilo sirena de color verde botella que resaltaba su melena castaña con mechas y sus ojos azul oscuro. Su maquillaje era impecable. Jude recuerda haberlo estudiado mientras se preguntaba a qué edad conseguiría ella aplicarse un maquillaje impecable.

Se había vestido para la cena con una falda larga rosa de tul y un toque de pintalabios aplicado con prisas. Se pasó la mitad del evento fuera, fumando, y se marchó antes del postre para salir de fiesta con una chica del Departamento de Ventas del periódico.

Ahora, esa mañana de lunes en Londres, Sive tiene un aspecto muy diferente. Lleva el pelo recogido en una coleta y tiene el rostro tan pálido como la muerte. Ataviada con unos vaqueros con el dobladillo vuelto, un suéter azul claro y unas sandalias planas de color marrón, parece atormentada y perdida entre las multitudes de un lunes por la mañana. Jude levanta el teléfono para sacar una fotografía y después se dirige hacia a ella.

Sive alza la cabeza conforme se acerca y el rostro se le desfigura.

—Lo siento. Por norma general, no me comporto así —dice mientras se frota los ojos—. Creo que es por haber visto un rostro conocido.

Jude asiente.

—No te preocupes. Ahora estoy aquí y haré todo lo que esté en mis manos para darle altavoz a la historia y que tenga más cobertura.

«Y para estar de vuelta en el tribunal número 5 antes de la hora de comer».

—¿Puedo utilizar la fotografía que acabo de sacarte?

Le tiende el móvil para enseñársela. La ha tomado desde la mitad del andén y la ha centrado en Sive. A su alrededor, ligeramente borrosos, hay docenas de londinenses anónimos. De fondo, las paredes de la estación de metro parecen sombrías y austeras.

—Sí, por favor, adelante —contesta ella—. Usa todo lo que pueda ser de ayuda. No tienes por qué preguntarme.

—Estupendo. —Jude teclea en el teléfono—. En cuanto la reciba la jefa de redacción, la subirán a internet y la compartirán en redes sociales. ¿Qué hacemos a continuación?

—Estaba a punto de registrar de nuevo los otros andenes de

esta estación. Me parece que no tiene mucho sentido, pero tengo que hacer algo.

Jude la contempla durante un instante.

—Tal vez deberíamos intentar usar la cabeza.

—¿Qué quieres decir?

—Vamos a hacer una lluvia de ideas e intentar adivinar dónde podría haber ido tu hija.

Sive se muerde el labio.

—Puede que estés sobrestimando cuántas vueltas le da a las cosas una niña de seis años...

Jude se encoge de hombros.

—Es cierto. No tengo hijos. Pero, mira, la Policía está haciendo el trabajo de investigación y tú eres la persona que mejor conoce a tu hija, ¿no es así? —La otra asiente—. Entonces vamos a tomarnos tres minutos para proponer algunas ideas.

—De acuerdo.

—Bien. En tal caso, si se perdiera, ¿se quedaría en el sitio y te esperaría o intentaría regresar al lugar donde te hubiera visto por última vez?

—No lo sé.

Sive niega con la cabeza, impotente.

—¿Puedes recordar algún otro momento en el que se haya perdido? Supongo que le habrá ocurrido alguna otra vez. Mis sobrinas se pierden a todas horas.

Justo en ese momento, un metro entra en la estación y la otra mujer se da la vuelta para escudriñar con frenesí a los viajeros que se apean. Jude también los mira, pero no ve a ninguna niña pequeña con chaqueta vaquera rosa. La multitud disminuye hasta disiparse y entonces Sive vuelve a girarse hacia ella.

—¿Alguna otra ocasión en la que se perdiera? —insiste para darle pie—. ¿Qué hizo?

—Eh... Hubo una vez, en el colegio... Estaba jugando con el resto de los niños y acabó al otro lado de un edificio prefabricado sin saber cómo regresar conmigo. Tuve que reunir a un grupo de las madres que conocía de la puerta del colegio para buscarla.

Jude asiente con gesto compasivo. Una vez leyó un artículo sobre las madres que se reúnen al ir a recoger a sus hijos al colegio y las relaciones e intrigas entre ellas no le parecieron en absoluto atractivas.

—¿Qué hizo Faye al darse cuenta de que se había perdido?

—Esperó donde estaba con la esperanza de que la encontrara.

—Estupendo. Eso quiere decir que es sensata.

—Ay, Dios, no lo sé. Además, perderse en Londres… es algo totalmente diferente. Esto es… —Sacude la cabeza—. Creo que necesito sentarme.

Señala un banco vacío y, juntas, se dirigen hacia allí. El calor que hace en el andén es insoportable y, antes de sentarse, Jude se quita la chaqueta. Sive, con su suéter de manga larga, no parece darse cuenta, pero lo más probable es que no sienta nada.

—¿Y qué me dices de los desconocidos? —prosigue ella en cuanto se sientan—. ¿Seguiría a un desconocido? —Sive palidece visiblemente, así que se esfuerza por suavizar el tono de voz. No van a llegar rápido a ninguna conclusión si la otra mujer no deja de ser presa del pánico ante cada pregunta que le hace—. Es muy muy poco probable que se la haya llevado algún desconocido, pero merece la pena tenerlo en cuenta. Así que ¿seguiría a un desconocido?

—No… No lo sé. Hemos recreado la situación en un par de ocasiones. Recuerdo que Aaron y yo nos reíamos. Dios mío…

—¿Perdón?

—Yo fingía ser una desconocida que se encontraba en el parque y le preguntaba si quería ver un perrito en su coche. —Sive sacude la cabeza—. Dios, parece una tontería.

Sí que parece una tontería, pero, a juzgar por sus cuñadas, gran parte de lo que hacen los padres parece una tontería. Una de ellas chupa el chupete de su bebé cuando se cae al suelo para limpiarlo, otra le reproduce música a su tripa y Jude ha visto a las tres olisqueando los pañales para ver si necesitan cambiarlos. Siempre le dicen que es lo normal, así que tendrá que creerles.

—Prosigue.

—Le pregunté si vendría al coche conmigo, una desconocida, si le decía que tenía un perrito dentro. Ella contestó que dependería de si era un perrito de verdad o no. Si era real, sí que iría. Pero, si era de mentira, no iría ni en broma. —Jude sonríe y Sive consigue devolverle una sonrisa acuosa que pronto se convierte en lágrimas—. Nos echamos a reír y lo dejamos estar. Nunca pensé que de verdad...

Jude asiente.

—Nadie lo piensa. El año pasado escribí un artículo sobre niños desaparecidos y... Bueno, no es eso lo que quieres oír. ¿Estarías dispuesta a ponerte frente a la cámara para hacer un breve reportaje?

—¿Qué? ¿Ahora mismo? —pregunta la otra mientras se frota las mejillas para quitarse las lágrimas.

—Sí, ahora. Subiremos para tener cobertura. El drama de un reportaje en directo llamará la atención. Sé que suena como un ardid miserable, pero si nos ayuda a obtener más clics y a que se comparta más...

—Lo haré. —Sive se enjuga las lágrimas con la palma de la mano—. Lo que sea necesario.

Diez minutos más tarde, Jude está intentando subir un vídeo corto pero sorprendentemente coherente mientras Sive observa lo que hace por encima de su hombro. Más que oír, siente cómo vuelve a disolverse en un renovado ataque de sollozos silenciosos.

«Dios santo...».

Reprime la impaciencia y, con las cejas enarcadas, se gira para mirarla.

—Lo siento —dice Sive mientras entierra el rostro entre las manos—. Es solo que el vídeo hace que parezca más serio. No como si Faye se hubiera perdido de forma momentánea, sino más bien como si fuese una persona desaparecida. Mierda. Tengo que recobrar la compostura.

—Escucha... —Jude extiende la mano para tocarle el codo,

pero se detiene justo antes de hacer contacto. Ella, con el rostro manchado de rímel, alza la vista–. Antes he mencionado que el año pasado hice un artículo sobre niños desaparecidos. Los secuestros llevados a cabo por desconocidos son muy poco habituales. Casi todos los secuestros proceden del ámbito doméstico, del progenitor que no tiene la custodia y le arrebata al niño al que sí la tiene.

Un gesto atraviesa el rostro de Sive. Por un instante, parece haberse olvidado de las lágrimas y estar meditando algo. Jude espera, pero la otra no dice nada.

–Así que, a menos que Aaron y tú estéis en medio de un divorcio secreto y él haya orquestado algún plan muy elaborado para raptar a su hija, dudo que nos encontremos ante un caso de secuestro.

Sive asiente.

–Está bien. Está bien.

Jude piensa que parece apaciguada, pero no del todo.

–¿Hay algo que quieras contarme?

–No. Aaron y yo no nos encontramos en medio de un divorcio secreto. –A continuación, con un hipido, suelta un medio sollozo–. Debería llamarlo –añade mientras le da un toque a la pantalla de su móvil y se lo lleva a la oreja.

Jude se queda a la espera, prestando atención por si hay algún tipo de novedad y porque la relación entre ellos le despierta curiosidad: el abogado altivo y pretencioso y la periodista humilde y modesta. Por lo que sabe, se conocieron en los tribunales: ella había ido a presenciar un caso en el que él era el abogado defensor. Jude recuerda que se trata de un caso que Aaron perdió: una rareza que destaca entre su expositor de victorias. Un tipo que se había metido en una pelea durante la fiesta de Navidad de su oficina. La empresa era un banco holandés con una oficina pequeña en el IFSC de Dublín y una gran sede anónima en La Haya que se había esforzado mucho por evitar la publicidad. Así que al final nadie se había interesado por la historia. Nadie, al parecer, excepto Sive, que, antes de tener a los niños, cubría casos judiciales. Y hay que ver hasta dónde la ha llevado ese encuentro en particular: hasta un marido apuesto, aunque –en opinión de Jude– arrogante, una casa enorme en Ailesbury Road y tres hijos preciosos. Solo que ahora una de ellas ha desaparecido.

Vuelve a concentrarse en lo que está diciendo Sive, pero ya está colgando la llamada.

–Nada –le dice, sacudiendo la cabeza–. Aaron está recorriendo estación tras estación buscándola y la agente Hawthorn quiere que nos reunamos con ella a las once en Oxford Circus para reagruparnos. Es nuestro enlace con la Policía.

–Está bien. –Jude se mira el reloj–. Termino de subir el vídeo y nos ponemos en marcha. ¿Estará allí también tu marido?

–Sí. ¿Por qué?

–Estaría bien poder entrevistarlo. Sé que de normal es bastante reservado con respecto a su vida privada y familiar, así que será una buena oportunidad. –Sive frunce el ceño y, de pronto, parece suspicaz. Jude se recuerda a sí misma que debe trabajar en tener más tacto–. Quiero decir que será una buena oportunidad para conseguir que la desaparición de tu hija reciba más cobertura.

Sive asiente y se dirige hacia otro pasajero con el teléfono extendido, pero el hombre pasa a toda velocidad y acelera el paso para rodearla.

El vídeo se sube a internet con éxito y el teléfono de Jude sigue iluminándose cada vez que recibe una notificación. Más de cuatrocientas personas han retuiteado ya la foto de Sive que ha subido antes. Ha recibido una docena de mensajes privados en los que le dicen que está haciendo un buen trabajo. Otros seis en los que insisten en que se está aprovechando del trauma de otra mujer. Suspira. No había imaginado que acabaría pasando el día de ese modo. Escribe un mensaje para su editora:

> Ya he subido el vídeo con Sive. Lo he movido mucho por redes sociales. Te he enviado la nota que he

escrito antes. Mi intención es volver a los tribunales a mediodía. ¿Puedes hacer que alguien me sustituya? Sive es... mucho con lo que lidiar. Rompe a llorar a cada momento, etc. Es comprensible, desde luego, pero envía a alguien que sea... ¿paciente?

Sin apartar la vista del teléfono, empieza a dirigirse hacia las escaleras mecánicas y se gira para comprobar si Sive la está siguiendo. Sin embargo, con el móvil pegado a la oreja, la otra mujer permanece inmóvil en medio de la multitud que pasa junto a ella a toda velocidad. Con curiosidad, Jude observa cómo, en respuesta a quienquiera que sea que esté al otro lado de la línea, el rostro se le contrae y pasa de la esperanza a la conmoción y a un terror que la hace abrir los ojos de par en par.

Capítulo 11

10:16 h

Sive está intentando procesar lo que le está diciendo la agente Hawthorn. Algunas palabras se han colado a través de la bruma. Una mochila de *Frozen*. Cámaras de seguridad. St. Paul. Un hombre. Un hombre que sostiene la mano de una niña mientras sale de la estación de metro de St. Paul. Una niña que se parece a Faye y una mochila que se parece a la de Faye. Un hombre que no ha llamado a la Policía, que no se ha presentado en ninguna comisaría y que no ha respondido a ninguna de las peticiones de ayuda que se han lanzado al público. Dios santo... ¿Por qué?

Hawthorn le dice que, en ese mismo instante, hay agentes de Policía que se dirigen hacia allí y que volverá a ponerse en contacto con ella en cuanto tenga alguna novedad.

–Yo también voy –dice Sive.

–No es necesario. Lo tenemos controlado –la tranquiliza la agente.

Pero Sive no está tranquila. No discute con ella. Se limita a colgar la llamada y a entrar en Google Maps.

–¿Qué ocurre? –le pregunta Jude. Con frases entrecortadas, la pone al día–. Voy contigo. La estación está en la Central Line.

La periodista la conduce hasta el andén y Sive intenta calmar la respiración. ¿Qué significa? ¿Quién es ese hombre? Y... ¿se trata de una pista positiva o de una pesadilla aún peor?

Sin mediar palabra, Sive y Jude toman el metro hasta St. Paul y salen de la estación, pestañeando ante el resplandor de media mañana.

«¿Y ahora qué?».

Frenética, Sive escudriña el entorno. Por todas partes hay gente con cafés, teléfonos y fundas para el portátil, pero nadie lleva de la mano a una niña pequeña. Nadie lleva una mochila de *Frozen*.

Sintiéndose impotente, se gira hacia la periodista.

–No… no sé adónde ir. ¿Qué hacemos?

–Antes de nada, tienes que recordar que la Policía ya está trabajando en ello. Aquí no somos más que dos pares de ojos más. Que no cunda el pánico, ¿de acuerdo?

Asiente, aunque esas palabras no le sirven de nada. ¿Cómo no va a ser presa del pánico? Al otro lado de la calle, ve a un agente de Policía interrogando a los viandantes. Un poco más lejos, en la misma calle, hay otros dos. En el semáforo, hay un coche patrulla y varios vehículos detrás divisa uno más. Se permite un pequeño suspiro de alivio.

Jude le sugiere que peinen las calles cercanas a la estación, alejándose de ella poco a poco. A Sive no se le ocurre nada mejor, así que, en medio del calor pegajoso de la ciudad, eso es lo que hacen.

Pasa media hora. Un policía pasa a su lado y le pregunta por su propia hija desaparecida. Sive no tiene energía suficiente para explicarle la situación. Jude le cuenta al sorprendido agente quién es y lo que están haciendo y después prosiguen su camino. Miran en las tiendas, revisan el interior de las cafeterías y doblan las esquinas a toda velocidad. Empezando por la estación, calle tras calle, emprenden una búsqueda minuciosa. Una búsqueda minuciosa, frenética e inútil. Las calles están repletas de trabajadores que llevan cafés: banqueros, reclutadores y vendedores. Pero hay muy pocos niños y ninguno de ellos es Faye. Jude se para en la esquina de una calle para encenderse un cigarro. A Sive le parece un gesto incongruente que choca con la seriedad de la situación.

La periodista exhala y se gira hacia ella.

–Por aquí hay un parque –dice, señalando con el pulgar–. Vamos a echar un vistazo rápido.

A falta de cualquier otra idea, Sive la sigue.

En el parque, paran para tomarse un respiro. Las ramas de los sauces llorones cuelgan bajas y bloquean el sol de media mañana. Unos tulipanes de color amarillo brillante se mecen en sus parterres, plantados de forma ordenada. Entre el césped bien cortado, un camino serpentea en dirección a un pequeño parque infantil vallado. Pero está vacío. Incluso desde su posición, Sive puede ver que está vacío. De todos modos, se acercan hasta allí para echar un vistazo a través de los barrotes negros. Es diminuto. Dos columpios que se balancean. Un tobogán pequeño que tiene uno de los lados oxidados. No hay ningún niño jugando. No hay ni una sola persona.

El camino prosigue hacia un grupo de árboles y un estanque y, dado que no se le ocurre nada mejor que hacer a continuación, Sive comienza a recorrerlo.

Entonces la ve.

Abandonada entre la hierba alta que bordea el agua, se encuentra la mochila de Faye.

Empieza a correr.

Capítulo 12

Sive agarra la mochila de entre la hierba mientras grita el nombre de Faye y mira con frenesí a izquierda y derecha. La sangre le palpita en los oídos y dirige la vista hacia el estanque. El agua inmóvil resplandece en silencio bajo la luz del sol. No hay ondas. No hay movimiento. Pero sí hay sombras. Una sombra oscura a varios metros de distancia, algo que se encuentra bajo la superficie marrón y dorada del agua. Da un paso al frente con la boca seca. Es incapaz de seguir gritando el nombre de Faye. Está a punto de meterse en el agua cuando Jude la agarra del brazo.

–Es solo el árbol –le dice la periodista mientras señala–. Tan solo es el reflejo del árbol. No pasa nada. No hay nadie bajo el agua.

Sive se desploma y exhala, con la sangre todavía martilleándole en los oídos.

–¿Seguro que es la mochila de tu hija? –le pregunta Jude–. ¿No podría ser la de otra persona?

Baja la vista hacia la mochila que tiene entre las manos. El dibujo es el mismo: Elsa con un vestido blanco. La cremallera azul, la correa rosa, la mancha naranja. Asiente.

–Es… es la misma.

–¿Estás segura? Debe de haber centenares de niños con la misma mochila.

Como si estuvieran respondiendo a la pregunta, oyen un carraspeo a sus espaldas.

–Eh… ¿disculpen? Eso es mío…

Un hombre aparece por un camino que se encuentra a la derecha. Detrás de él va una niña que, más o menos, tendrá la misma edad que Faye.

El hombre se acerca y extiende el brazo hacia la mochila.

–No debería haberla dejado de esa manera. Lo siento. –Sonríe y, con un gesto de la cabeza, señala el cubo de plástico que la niña lleva en las manos–. Estábamos buscando moras.

Sive no le devuelve la mochila. El hombre parece un poco incómodo, como si quisiera insistir en que se la devolviera pero no consiguiera encontrar una forma educada de hacerlo.

–Sive –dice Jude–, si no es la mochila de Faye, tenemos que ponernos en contacto con la Policía lo antes posible para hacerles saber que se trata de una pista falsa. –Entonces se dirige hacia el hombre–. La policía querrá hablar con usted para comprobar si es la persona que han visto en las cámaras de seguridad.

–¿Disculpe? ¿Qué?

La periodista le da una breve explicación y le pide a Sive el número de teléfono de Hawthorn. Entonces se gira de nuevo hacia el hombre.

–Tendrá que esperar aquí hasta que llegue la Policía.

Él asiente.

–Eh… por supuesto.

Sive sigue teniendo la mochila entra las manos y la niñita (esa niñita con el mismo tamaño que Faye) da un paso al frente para recuperarla y rodea una de las correas con la mano. Sin embargo, sigue aferrándose a ella. Sabe que va en contra de las normas más básicas de la cortesía, pero hay algo que la reconcome. Algo de esa mochila. La niña parece perpleja y empieza a hablar mientras se da la vuelta hacia su padre. Sin apartar la mano de la correa, le dice algo sobre la mochila, pero Sive no la está escuchando. Pasa los ojos por la superficie: los personajes animados tan familiares, el asa diminuta de la parte superior, la cremallera azul, la correa rosa, la mancha naranja… Y, de pronto, lo sabe.

Capítulo 13

11:02 h

La correa rosa con la mancha naranja. Eso es lo que la reconcome. El refresco de naranja que Bea le derramó encima en el hotel. Sive arranca la mochila de las manos de la niña y examina la correa más detenidamente. No se equivoca. Es la mochila de Faye.

–¿Dónde la han encontrado? –dice con la voz elevada–. ¿Por qué tienen la mochila de mi hija?

–No lo sé –contesta el hombre con impotencia–. No me he dado cuenta de que no era la nuestra. Eva acaba de decírmelo ahora mismo. No... no lo entiendo.

–A ver un momento –interviene Jude–. ¿La mochila no es tuya? –le pregunta a la niña, que niega con la cabeza.

–En la mía, Elsa lleva el vestido azul –les explica la pequeña–. En esa lleva el vestido blanco. Todo lo demás parece igual...

Sive abre la mochila y empieza a derramar sus contenidos sobre la hierba. Un osito de peluche con un pasaporte de juguete. Un cepillo para el pelo. Una cajita de ceras. Un cuaderno diminuto. Las cosas de Faye. Todas las cosas de Faye. No puede hablar.

–¿Dónde la han encontrado? –le pregunta Jude al hombre–. Rápido, es una urgencia.

–No... no lo sé. Cuando hemos salido de casa, llevábamos la de Eva. Le había metido aperitivos y una botella de agua. Pero no la habíamos abierto todavía. Ahora mismo volvíamos para hacer un pícnic.

—¿Han venido en metro hasta aquí? ¿Se han bajado en St. Paul?

—Sí.

—¿Y se ha quitado la mochila en algún momento?

—Creo que no.

El hombre no parece muy seguro.

—Me la he quitado en el tren, papá —interviene su hija—. La correa me apretaba demasiado, así que la he dejado en el suelo, ¿te acuerdas?

Es evidente que el padre no se acuerda, pero asiente.

—Puede ser…

—Sí, la he dejado. Después, cuando nos hemos bajado del tren, me la he vuelto a poner. Creo que me he puesto la que no era.

Parece ansiosa, como si fuera consciente de que eso es un problema pero no estuviera muy segura de por qué. En cualquier otra situación, Sive habría intentado tranquilizarla, pero no se ve capaz.

—¿Alguien ha intercambiado las mochilas? —le pregunta a Jude en un susurro ahogado—. ¿Alguien se ha llevado a Faye y ha intercambiado las mochilas para confundirnos?

—O Faye se ha puesto la mochila equivocada. Eso no significa que alguien se la haya llevado. —Ni siquiera la periodista suena muy convencida—. Está bien. Voy a llamar a la Policía.

Capítulo 14

—¡Voy a llamar a un taxi! —dijo Aaron desde la salita de la suite del hotel.

—Usa una aplicación. Ya nadie llama por teléfono —le dijo Sive desde el dormitorio de las niñas mientras sonreía y ponía los ojos en blanco en dirección a la niñera.

La niñera (la misma que ella se había negado en redondo a contratar) era increíble. Había llegado a la habitación del hotel a las 7:30 de la tarde, hora exacta. No había llegado tarde, pero, lo que era aún más crucial, tampoco había llegado pronto. Se llamaba Willow y, mientras contemplaba su melena larga y ondulada y su piel dorada y perfecta, Sive pensó que aquel era un nombre muy adecuado para una *millennial*. En apenas diez minutos había conseguido que tanto Faye como Bea estuvieran comiendo de la palma de su mano. Había llevado libros consigo. De algún modo, aquella desconocida, aquella chica de veintiséis años que el hotel les había recomendado, había sabido con exactitud la clase de libros que les gustaban a sus dos hijitas y cómo conectar con ellas. Incluso Toby parecía embelesado y la seguía con los ojos mientras le llevaba un vaso de agua a Bea.

—Si no te importa, tendrás que cambiar a Bea antes de que se vaya a la cama —le dijo a Willow—. Normalmente Faye puede arreglárselas sola, pero ayer se cayó y se hizo un corte en la pierna con un clavo, así que lleva puntos y tal vez necesite ayuda con el pantalón del pijama. –Entonces bajó la voz–: Se siente un poco cohibida con ese tema.

–No pasa nada. Tengo cuatro hermanas pequeñas, así que estoy más que acostumbrada a cortes y rasguños.

Cómo no. Sive se preguntó si podrían llevársela a casa con ellos. Podrían disfrutar de muchas más citas si tuviesen a alguien como Willow a una llamada de distancia.

Faye le tiró de la manga.

–¿Debería encargarme de las chucherías por si la niñera quiere comer unas pocas?

–Muchísimas gracias por el ofrecimiento, pero le diré a Willow dónde están y así podrá buscarlas ella misma.

La niña se mordió el labio y entonces comenzó a susurrarle al oído:

–Está bien, pero ¿sabe que puedo quedarme despierta hasta más tarde que Bea y que, en realidad, soy cuatro años mayor que ella?

El mayor miedo de Faye era que la trataran igual que a su hermanita pequeña.

–Willow sabe todo lo que tiene que saber –la tranquilizó Sive–. No te preocupes.

–¿Estamos listos? –preguntó Aaron mientras asomaba la cabeza por la puerta.

Él se estaba arreglando en la envidiable quietud de su dormitorio mientras ella, que todavía no estaba preparada del todo, calentaba un biberón en un cuenco de agua caliente.

–Tan solo quiero comprobar si Toby se tomará el biberón –contestó.

–Claro que sí. Si tiene hambre, se lo tomará.

–Mmmmm.

Sive no estaba convencida. Aunque, por otro lado, al contemplar a Willow leyéndole un cuento a Bea mientras, al mismo tiempo, le trenzaba el cabello a Faye, pensó que tal vez ella tuviera éxito allí donde todas las demás niñeras habían fracasado. Tal vez pudiese disfrutar de una salida nocturna, tal vez Aaron acabase encantado y tal vez a ambos les pareciese bien que hubiese tenido razón sobre el asunto de contratar a una niñera. Como era de esperar, dos minutos más tarde, Toby estaba en brazos de Willow, mirándola mientras se tomaba el biberón con satisfacción.

–Te lo dije –soltó Aaron con una sonrisa mientras el taxi avanzaba con lentitud entre el tráfico de Londres.

–Sí, bueno, todavía me parece raro dejar a nuestros hijos con una persona a la que no conocemos.

–El hotel investiga a esas personas.

–¿De verdad? ¿Acaso no son personas a las que, sencillamente, contratan a menudo? No es que comprueben sus antecedentes penales ni nada por el estilo.

–Podríamos pedirle a Dave que lo hiciera –bromeó su marido–. Pero, hablando en serio, ¿en qué se diferencia con contratar a una niñera cuando estamos en casa? El hotel conoce a Willow tan bien como tú conoces a… como se llame. La hermana de la niña que va con Bea a la guardería. Ahora relájate y disfruta de la velada.

El taxi siguió abriéndose paso por las calles repletas de gente bebiendo pintas después del trabajo y disfrutando del sol de las últimas horas de la tarde y Sive siguió preocupándose mientras su mente pasaba de una cosa a otra.

El vehículo se detuvo ante un semáforo en rojo y Aaron le tomó la mano.

–No les va a pasar nada de nada en un par de horas.

–Ya lo sé… Tan solo espero que a Faye no le duela la pierna. Me he olvidado de decirle a Willow que le diese Calpol.

–Ah, cierto –replicó Aaron, como si se hubiese olvidado de nuevo de que su hija llevaba puntos–. Por cierto, ¿tienes la factura de Swiftcare? Se la mandaré a Garvin para que la procese.

Sive sacó la factura de la clínica del bolso y se la tendió a Aaron, que le hizo una fotografía y empezó a teclear algo en el móvil.

–No estarás enviándosela ahora, ¿verdad? A las ocho de la tarde de un viernes. Garvin habrá terminado de trabajar.

–Garvin nunca deja de trabajar. Y tan solo es una factura. Si no se la envío ahora, se me olvidará.

Mientras miraba por la ventanilla del taxi, Sive pensó que sin duda Aaron podría descargarse la aplicación del seguro y enviar él mismo sus propias solicitudes médicas. Sin embargo, él afirmaba constantemente que sus conocimientos tecnológicos se limitaban al correo electrónico y los mensajes de texto y se aferraba a ese discurso de forma obstinada. Aquello formaba parte de su marca personal: abogado superinteligente de pelo sedoso que apenas es capaz de enviar un WhatsApp. Se trataba de un esnobismo inverso: era demasiado intelectual para usar la tecnología. En realidad, era pura vagancia. Aunque, si Sive tuviese un ayudante como Garvin, tal vez ella tampoco volviese a hacer nada por sí misma nunca más.

–Es un santo –le dijo a su marido mientras él terminaba de enviar la factura–. Espero que le estés pagando una buena cifra.

–De hecho, me ha pedido un aumento. Me dijo que ha tenido que buscar una residencia de ancianos para su madre y que va a costarle una fortuna.

–Bueno, lamento oír lo de su madre, pero me alegro de que vaya a recibir ese aumento. Se lo merece.

Aaron negó con la cabeza.

–No se lo he concedido. –Sive enarcó las cejas de golpe y él alzó las manos–. ¿Qué pasa? No le concedes a alguien un aumento salarial solo porque su madre esté en una residencia. ¿Qué tiene eso que ver con su trabajo?

–Lleva los últimos diez años siendo un ayudante leal y muy trabajador. Tal vez eso sí tenga que ver.

Aaron le tomó la mano y se la estrechó.

–Eres una blandengue y te adoro.

–Entonces, ¿le vas a conceder el aumento?

Una sonrisa.

–Tal vez. Pero no le digas que he dicho eso.

Cuando Aaron y Sive llegaron, los demás ya estaban en el restaurante. Dave, que lucía con orgullo su nueva gorra, estaba sumido en una de sus largas historias sobre el trabajo, intercalando la narración con tragos de *whisky*. Scott, que se estaba bebiendo un botellín de cerveza, estaba sonrojado y tenía los ojos vidriosos. Nita se acunaba el vientre (del todo invisible) y Maggie sostenía una copa de vino rosado. Los habían sentado en una mesa redonda y, en silencio, Sive dio gracias por ello: de aquel modo, todos podrían charlar con todos. La superficie pulida de la mesa resplandecía bajo las velas titilantes y la brillante cristalería. En el centro, dentro de una cubitera de plata, había una botella de champán llena de gotas de condensación, a la espera de que llegaran los últimos comensales. Las dos sillas vacías se encontraban entre Maggie y Dave y, sintiéndose solo un poco culpable, Sive se agenció con discreción el asiento contiguo al de la otra mujer.

Maggie la saludó con una sonrisa y, desde el otro lado de la mesa, Nita juntó ambas manos con una palmada, como si fuera una niña emocionada.

–¡Sive! Estás fabulosa. Me encanta ese aire minimalista. Hay que tenerlos bien puestos para aparecer en un sitio como este con un vestido negro sencillo. Bien hecho.

–Ay, gracias. Me alegro de verte de nuevo. ¿Cómo te encuentras? –le preguntó con tono educado mientras se quitaba la chaqueta.

–Genial –contestó ella con una sonrisa resplandeciente–. Esta mañana tenía muchas náuseas. ¿Lo he mencionado antes? Tal vez no. No me gusta hablar de mí misma a todas horas. Ya sabes cómo son algunas personas cuando están embarazadas. Son todo «yo, yo, yo». –Puso los ojos en blanco–. Pero ahora mismo me encuentro muy muy bien.

Sive asintió mientras tomaba la carta, consciente de que tal vez los demás ya hubiesen decidido qué pedir.

–Lamento oír que esta mañana te encontrabas mal. ¡Es lo peor! Pero me alegro de que estés mejor. En mi caso, las náuseas solían durarme todo el día. Recuerdo que mis amigas y yo nos preguntábamos por qué las llamaban *náuseas matutinas*.

–¿De verdad? Qué extraño…

Nita ladeó la cabeza con el ceño fruncido. Sonaba como si pensara que Sive no había hecho bien aquello del embarazo.

–Se me pasó en torno a la semana catorce, y ya no te queda mucho para llegar a ese punto. –Echó un vistazo a la carta y después volvió a mirar a la otra mujer–. ¿Te han hecho la ecografía del primer trimestre?

–Ay, sí. La semana pasada. Fue maravilloso. Una experiencia increíble. Me siento bendecida.

Sive sonrió. Cielo santo, ¿cómo era posible que a Nita todo le pareciera increíble? Ella tan solo recordaba haberse sentido enferma y agotada.

–Eso es estupendo, Nita –dijo Maggie con su tono de voz amable–. ¿Tienes alguna imagen de la ecografía?

–¡Por supuesto! Es la que subí la semana pasada a Instagram. Estoy segura de que ya la habréis visto.

Pasó el dedo por el teléfono y, orgullosa, sacó una imagen de la ecografía y se la enseñó a toda la mesa. Todos profirieron varios «ah» y «oh» mientras volvían a felicitarla. Sive tuvo la oportunidad de leer la carta, Scott sirvió el champán y la velada comenzó de verdad. Un camarero tomó nota de otra ronda de bebidas, llegaron más botellas de vino y cada uno empezó a interpretar su papel. Nita disfrutó del brillo que desprendía como embarazada y puso la mano con orgullo sobre su copa cuando el sumiller intentó rellenársela. Dave comenzó a hablarles de un caso en el que estaba trabajando con una narración repleta de «En realidad, no debería hablar de ello» y «Me despedirían si se enteraran, pero esperad a que os lo cuente». Sive sabía que Aaron se quejaría más tarde, pues tenía muy poca paciencia con Dave y sus larguísimas historias, pero aquella noche estaba en buena forma y consiguió prestar atención sin parecer aburrido. Por el contrario, Scott estaba sacando de quicio a su marido y no estaba segura de si lo hacía de forma intencionada o no. No dejaba de hablar de la libertad de su nueva carrera como piloto y lo poco que echaba de menos los días en los que había estado atado a la oficina. Les dijo que, en realidad, se alegraba de que hubiesen adquirido el bufete a pesar de que, en su momento, la compra le había resultado devastadora.

–Algún día entrarás en razón –dijo mientras alzaba su copa en dirección a Aaron–. Te cansarás de defender a los malos.

–Qué va. Echaría en falta el dinero que se gana –contestó Aaron mientras frotaba el pulgar con el resto de los dedos.

Sive hizo una mueca. Scott enarcó una ceja.

–Se gana mucho más dinero como piloto que como abogado.

Apuró la copa de champán y comprobó la botella. Vacía. Hizo un gesto para pedir otra.

Aaron sacudió la cabeza.

–Tal vez en tu caso. No olvides que yo soy abogado principal; estoy en otra liga. –El rostro de Scott se sonrojó y Sive le dio un golpecito en la rodilla a su marido con la suya. Sin embargo, o no se dio cuenta o la ignoró. Aaron sonrió–. Es una broma. Relájate, Burner. Estoy hablando por hablar.

Maggie intervino en ese momento y su voz fue como un bálsamo:

–¿Cómo están los niños, Scott?

–Están bien. –Se le tensó la mandíbula–. De hecho, están en Florida. Caron se mudó allí a principios de verano. Es por un contrato del trabajo y no deja de decir que no es algo permanente, pero… joder, ¿cómo se supone que voy a verlos? –Se sonrojó aún más y alzó la voz–. No es como si pudiera pasarme por allí cada dos fines de semana. Nunca piensa en nadie más que en sí misma.

Se hizo el silencio mientras todos asimilaban aquella nueva información.

–No debe de resultarte fácil –dijo Maggie mientras posaba una mano sobre la de Scott–. ¿Cómo lo llevas?

Él apartó la mano.

–¿Tú qué crees? –Más silencio–. Lo siento, Maggie. No pretendía contestarte de mala manera. Es solo que estoy furioso con Caron y echo de menos a los niños.

Aaron tomó la botella de vino tinto y vertió los restos en la copa de su amigo.

—Toma, bébete eso y no seas tan llorón. Cuando vivían aquí, siempre te estabas quejando de ellos.

Sive se estremeció. Sin embargo, Scott se limitó a sacudir la cabeza y le dedicó a Aaron una sonrisa pesarosa y casi agradecida. Durante un extraño momento, los envidió por la capacidad que tenían de hacerse trizas el uno al otro y seguir siendo amigos. No creía que hubiese nadie en su vida que pudiese marcar esa casilla de incondicionalidad.

Mientras el camarero tomaba nota de lo que iban a comer, Aaron le mostró la botella vacía para pedir otra.

—¿No vas a pedir para todos en italiano, Dave? —preguntó Nita antes de girarse hacia Sive—. Dave está aprendiendo italiano con Duolingo. Empezó a estudiarlo durante la cuarentena. Y alemán también. —Estiró el brazo y le dio una palmadita en la cabeza—. Nuestro pequeño erudito.

Dave sonrió.

—Creo que nos limitaremos al inglés. De lo contrario, puede que acabemos comiendo pasta para el postre.

Todos se rieron a pesar de que no había sido especialmente gracioso. Sive pensó que todos se alegraban de alejar la conversación del asunto del divorcio de Scott.

—Maggie, querida, tengo algo que es tuyo —dijo Nita cuando regresó del baño del restaurante, sosteniendo un reloj de pulsera en el aire—. Te lo has dejado junto al lavabo.

—Ay, gracias, Nita. Me daba miedo mojarlo mientras me lavaba las manos.

Maggie tomó el reloj y se lo cerró en torno a la muñeca. Nita sacudió la cabeza, exasperada, y volvió a sentarse.

—La última vez fue el teléfono ¡y pasaron horas antes de que te dieras cuenta! Ya sé que el reloj es nuevo, pero ¿cómo es posible que alguien no se dé cuenta de que ha perdido el móvil?

La otra se encogió de hombros.

–Porque no lo revisa quince veces por minuto, como hacen otras personas –contestó Scott–. Y no miro a nadie en particular.

Con las cejas enarcadas, miró a Nita, que, en ese mismo instante, estaba pasando el dedo por la pantalla del teléfono.

–Tengo que pensar en mi público –contestó ella con tono pícaro.

Todos se rieron, incluida ella. Sive sonrió, pues formaba parte de ese «público»: era una más de las 46.000 personas que la seguían en Instagram. Gracias a @NitaGsWorld, lo sabía todo sobre el ajetreado trabajo, los carísimos bolsos, las gloriosas vacaciones y los suelos de mármol de aquella mujer. También lo sabía todo sobre su proceso de inseminación intrauterina y se había enterado de su embarazo a través de un directo de Instagram. Aaron pensaba que todo aquel asunto era absurdo: ¿quién usaba las redes sociales para contarles a sus amigos que estaba embarazada? Sin embargo, él no usaba las redes sociales para nada, así que su reacción no había sido una sorpresa. No le gustaban en absoluto y las agrupaba en la misma categoría que las telenovelas y las revistas femeninas, aunque, cuando Sive estaba en Facebook, no le disgustaba echar un vistazo por encima de su hombro de vez en cuando. Por supuesto, la cuenta de Nita lo desconcertaba. ¿Por qué había 46.000 personas que querían saber lo que estaba haciendo una mujer tan normal como ella, que ni siquiera era famosa? Por el amor de Dios, era abogada, no una estrella del pop. Con paciencia, Sive le había explicado que en las redes sociales no tenías que ser una estrella del pop para ser famoso y que en eso precisamente consistía la belleza del asunto: cualquiera podía conseguir seguidores si su contenido era interesante o bonito. El proceso de inseminación había sido la guinda del pastel del Instagram de su amiga: la gente, que no podía imaginarse haciendo algo así en solitario, había acogido su historia con entusiasmo y la había colmado de clics y «Me gusta». Y Nita prosperaba gracias a ello.

En aquel momento, dejó el teléfono bocabajo junto a su copa con una sonrisa de modestia.

—¿Veis? Incluso yo puedo tomarme la noche libre.

Y, durante un rato, la conversación giró en torno a temas seguros: viajes, libros, películas y sus propias carreras. Dave les contó otra historia del trabajo (en aquel caso, sobre un caso de suplantación de identidad) e incluso sacó un cuaderno para corroborar algunos de los detalles. Aquello provocó las carcajadas ruidosas de los demás y algunas bromas afectuosas sobre Sherlock Holmes y Jessica Fletcher. Scott y Aaron rememoraron sus primeros años como becarios y se quejaron de un jefe al que odiaban, dejando de lado las pullas que se habían lanzado antes. Entonces llegó la comida y la conversación se acalló momentáneamente hasta que Scott se percató de lo que había pedido Nita.

—¿Vas a comer langostinos? —le preguntó mientras miraba con sorpresa el plato chisporroteante que le habían dejado enfrente.

Cuando Nita había hecho el pedido, Sive también se había preguntado lo mismo, pero no le gustaba hacer comentarios al respecto. Y tal vez la agotadora y poco exhaustiva lista de las cosas que podías comer o no durante el embarazo fuese diferente en Reino Unido. De hecho, había cambiado tanto entre el embarazo de Faye y el de Bea como entre el de Bea y Toby. Al final, jamás había sido capaz de recordar qué mariscos o qué queso azul habían caído o no en desgracia.

—No es a mí a la que no le gustan los langostinos —contestó Nita con sencillez—. Me confundes con otra persona.

—No, lo que quiero decir es que… —comenzó a decir Scott, pero Dave lo interrumpió:

—Scott, la que odiaba los langostinos era Yasmin —dijo en voz baja.

El silencio se posó sobre la mesa. Lo único que se oía era el tintineo del tenedor de Nita contra su plato.

—No pasa nada, ¿sabéis? —dijo al final—. Podemos hablar de ella.

Maggie asintió, pero no dijo nada. Dave tenía la vista fija en su plato y Sive no podía estar segura, pero le pareció que tal vez se le hubieran llenado los ojos de lágrimas. Aaron carraspeó y miró a su alrededor, pero, al igual que Maggie, no parecía saber qué decir. Scott se entretuvo con su copa.

–El lunes es el aniversario y, de hecho, deberíamos hablar de ella –prosiguió Nita–. Ella habría querido que fuese así. Habría odiado el silencio que se produce cada vez que mencionamos su nombre. Ya la conocíais: siempre era el centro de atención.

–Bueno, eso es cierto… –dijo Scott con tono tentativo mientras miraba a los demás con una ceja enarcada. Entonces sonrió–. ¿Os acordáis de la que ella denominaba su «canción especial»? Siempre que veía una máquina de karaoke acababa cantando *Killing me softly* a pleno pulmón.

Nita soltó una carcajada.

–Y era una cantante terrible. Absolutamente espantosa.

En ese momento, todos se echaron a reír conforme la tensión se disipaba.

–¿Os acordáis de aquella horrible chaqueta de borreguito que solía ponerse? La que se compró en aquella tienda solidaria de Covent Garden… –preguntó Scott, al que estaba empezando a gustarle lo de ser el que rompía el hielo.

–O «tienda de segunda mano», que era como la llamaba ella porque sonaba mucho mejor –intervino Aaron.

Sive se giró hacia él con curiosidad. Casi nunca lo había oído hablar de Yasmin. Era un tema de conversación que ella tampoco había abordado nunca, dado que se había dado cuenta al inicio de su relación de que no le gustaba hablar del asunto.

–¡Es cierto! ¡Lo había olvidado! –exclamó Maggie mientras se pasaba los dedos con suavidad sobre un tatuaje de dos soles que llevaba en la cara interna de la muñeca. A Sive le fascinó, pues aquella mujer no parecía el tipo de persona que se haría tatuajes–. Le encantaba la ropa retro –prosiguió mientras se giraba hacia Nita–. No como a ti, con tus vestidos de diseñador. La gente nunca se hacía a la idea de lo diferentes que erais, ¿te acuerdas? Os parecíais muchísimo físicamente, pero aun así erais polos opuestos.

—Ah, ¿sí? –preguntó Sive, por decir algo.

Aquella era una forma inocente de intervenir en una conversación complicada en la que resultaba evidente que ella era la intrusa. Aunque también estaba interesada en aquella chica con la que su marido había querido casarse.

—Ay, sí –contestó Nita–. Yo era tal como soy ahora. Me encantaban las camisas de Moschino, los bolsos de Marc Jacobs…

—Ay, Dios, no menciones el fiasco de la camisa de Moschino… –dijo Scott, mirando a Dave con una mueca.

La mujer prosiguió como si no hubiera dicho nada:

—Incluso entonces adoraba mis tacones y mi maquillaje. Pero Yasmin… bueno, Yasmin pensaba que todo eso era un gran timo.

—Es que es un gran timo –bromeó Scott–. Y tú sigues cayendo.

—Dijo el hombre cuya mujer iba al *spa* cada dos semanas –replicó Nita, aunque sin maldad.

—Exmujer –la corrigió Aaron, ante lo que su amigo lo fulminó con la mirada.

—Me gustaría saber más sobre ella –dijo Sive, encauzando de nuevo la conversación–. ¿Cómo era?

—Se compraba la ropa de segunda mano siempre que podía. Le gustaba el estilo retro. Sobre todo el *boho chic*. Era como una Sienna Miller morena –le explicó Nita.

—Llevaba cosas con la que a ti no te habría gustado que te vieran por la calle ni muerta –comentó Scott con una carcajada que sonó como un rebuzno. La mujer bajó la vista y, una vez más, el grupo se quedó en silencio ante las palabras que Scott había escogido con tan poco tacto–. Mierda. Lo siento, no tendría que haber dicho eso.

—No pasa nada. –Nita volvió a alzar la mirada–. De verdad, no pasa nada. Tenemos que ser capaces de hablar de ello, de lo malo igual que de lo bueno. De lo contrario, a todos nos da miedo decir algo que no debemos decir y nunca la mencionamos. Era mi hermana, mi polo opuesto en todos los sentidos posibles, mi única familia en este mundo… La quería y murió. –Coloca bien el cuchillo sobre el mantel de la mesa–. Retiro lo que acabo de decir. No fue algo pasivo. Alguien la mató. –Pasó la vista en torno al grupo–. Y algún día descubriré quién lo hizo.

Capítulo 15

–¿Dígame? ¿Nita? Sí, soy Sive. Sí. Lo sé. Es solo que… Gracias por llamar, pero preferiría mantener la línea libre. Mi madre también acaba de llamarme y necesito… Lo sé. Sí, pero las cosas han empeorado y, de verdad, sería mejor que…

Jude tan solo puede oír la parte de Sive de la conversación, pero parece ansiosa y distraída. O más ansiosa y distraída que antes. Acaban de regresar a la estación de Oxford Circus tras haber esperado en el parque con el hombre y su hija a que llegara la Policía para interrogarlos. Sive ha querido conservar la mochila de Faye, pero la Policía se la ha quedado. Ahora es una prueba, por supuesto, aunque no están seguros de que se haya cometido ningún delito. Todos (los agentes, Jude y el hombre del parque) se han esforzado mucho por tranquilizar a Sive con respecto a eso: haber descubierto la mochila no significa que hayan secuestrado a su hija; tan solo significa que Eva, la otra niñita, se ha puesto la mochila equivocada.

En ese momento, Jude merodea por allí mientras Sive intenta poner fin a la llamada de la tal Nita con un tono mucho más educado del que habría usado ella, dadas las circunstancias. Mira a su alrededor mientras espera y, un poco más adelante, cerca de los tornos de acceso, reconoce a Aaron Sullivan, que está hablando con una agente. Es más alto que la mujer y se inclina hacia ella, gesticulando. Ella tiene la espalda apoyada contra un pilar y Jude piensa que, sin ningún lugar al que ir y con Aaron ocupando todo su espacio personal, debe de sentirse intimidada. Sin embargo, ella parece mantenerse firme.

Sive sigue intentando colgar la llamada.

–Oh. De acuerdo. Si estás segura… Oxford Circus. ¿Que en qué entrada? Eh… Te mando la ubicación. Está bien. Gracias, Nita. Adiós.

Cierra los ojos un instante y vuelve a meterse el teléfono en el bolsillo. Un grupo de adolescentes pasa corriendo a su lado y la empuja, pero ella no parece darse cuenta.

–¿Viene alguien a ayudaros? –le pregunta Jude.

–Nita, una amiga de Aaron. Está a un par de minutos de aquí en taxi. La gente es muy amable. –Hace una pausa–. Mierda. Probablemente tendría que haberle pedido que, en lugar de venir aquí, cuidara a los niños…

–¿Necesitas que alguien tome el relevo para cuidarlos?

«Por favor, no me pidas que lo haga yo», añadió, aunque solo para sus adentros.

No se trata solo de que no tenga ni idea de qué hacer con los niños, sino de que va a ser de más ayuda allí, involucrada en la búsqueda. Y, siempre y cuando no se encuentren de verdad ante un secuestro, sigue teniendo la esperanza de volver al tribunal número 5.

–No, Scott puede quedarse. Es solo que no estoy segura de que Nita vaya a ser de mucha ayuda. No es demasiado… Bueno, en cualquier caso, viene de camino. Ha intentado llamar por teléfono a Aaron, pero no le ha contestado.

–Está ahí –le dice Jude mientras señala más allá de las multitudes.

Sive frunce el ceño.

–¿Conoces a mi marido?

–Me encargué de cubrir la primera comparecencia ante los tribunales del caso Brosnan. Lo conocí entonces. Pero lo recuerdo de otros muchos casos a lo largo de los años. Incluso de cuando estaba empezando en esto del periodismo. Lo conociste gracias al caso del empleado del banco Dunner,

¿verdad? El del tipo que mató a otro durante una fiesta de la oficina. Aaron era su abogado, ¿no es así?

Sive se sonroja. Jude sonríe para sus adentros. Ella también suele mezclar negocios con placer, pero nunca ha llegado al punto de casarse con alguien.

—¿Cómo se llamaba el tipo al que encarcelaron por asesinato? —pregunta para desviar la conversación de la parte, al parecer incómoda, sobre mezclar negocios con placer.

«¿Ves, mamá? Yo también puedo tener tacto», dice para sus adentros.

—Joost de Witte.

Sive pronuncia el nombre como «Yust de Vitta».

—Cierto. Ahora me acuerdo. Lo condenaron a ocho años, ¿verdad? Fue una de las pocas derrotas de Aaron.

El rostro de la otra mujer es inescrutable y Jude se da cuenta demasiado tarde de que, en ese momento, es muy probable que mencionar los fracasos de la carrera de su marido no sea ni apropiado ni útil.

«Bueno, ese arranque de tacto no te ha durado demasiado», dice la voz de su madre.

«*Touché*».

—Sea como fuere —dice mientras señala a Aaron con un gesto de la cabeza—, creo que la mitad de los habitantes de Irlanda conoce a tu marido.

—Bueno, tal vez solo en los círculos mediáticos y legales. —Entonces Sive se sacude, como si por un solo segundo se hubiese olvidado de por qué estaban allí—. Cielo santo... —Mira la multitud que se apiña a su alrededor—. ¿Dónde está? ¿Cómo es posible que nadie se haya fijado en una niña de seis años que va sola?

Y eso es precisamente lo que Aaron le está diciendo a la agente de Policía cuando, unos instantes después, se unen a ellos junto a un amplio pilar que se encuentra al lado de los tornos de acceso.

—Con todos los recursos de los que disponen, ¿cómo es posible que nadie haya encontrado a nuestra hija?

Su tono de voz suena brusco. Enfadado. Jude supone que ella también sería brusca y estaría enfadada si su hija hubiese desaparecido.

—Señor Sullivan, estamos haciendo todo lo que podemos. La nueva información que disponemos sobre la mochila es muy útil. Estamos comprobando de nuevo las grabaciones de las cámaras de seguridad para buscar una mochila que encaje con la de la otra niña bajo la suposición de que Faye se la ha llevado por error.

En ese momento, Sive habla en voz tan baja que Jude apenas puede oírla.

—Agente Hawthorn, me resulta imposible imaginarla llevándose la mochila equivocada. Le encanta esa mochila... Me aterra que eso signifique que alguien la ha raptado, que esa persona haya intercambiado las mochilas para enviar a la Policía tras una pista errónea.

La detective asiente.

—Le agradezco el comentario y es algo que debemos tener en cuenta. Por eso mismo... —Hace una pausa para tomar aliento—. Tenemos que hablar de lo que deben hacer en caso de que se pongan en contacto con ustedes.

Sive frunce el ceño, confusa.

—¿«En contacto»?

—Soy consciente de que esto debe de resultarles difícil, pero, si alguna persona se pone en contacto con ustedes para decirles que tiene a Faye, deben informarnos de inmediato. No importa si les dice que no deben contárselo a la Policía o el tipo de amenazas que profiera... —Sive asiente con el rostro pálido bajo los fluorescentes del techo. Hawthorn prosigue—: Y necesito que se queden en la superficie en caso de que alguien intente llamarlos. O, si van a revisar los andenes, que suban a menudo. Ahí abajo la cobertura móvil es casi inexistente. También nos gustaría hacer una rueda de prensa para que el mensaje llegue a una audiencia aún más grande. ¿Estarían dispuestos?

—Por supuesto que lo estamos —contesta Aaron—. Algunos

periodistas ya han intentado hablar conmigo esta mañana. Estoy dispuesto a hablar con quien haga falta para dar a conocer la noticia.

–Bien. Utilizaremos un pequeño salón de actos de un hotel que se encuentra a un minuto o dos de aquí, en esta misma calle. He pensado que tal vez lo prefirieran a la comisaría, dado que está más cerca. –Los Sullivan asienten para mostrar su conformidad–. Está reservado para la una del mediodía. A la luz de lo ocurrido con la mochila, también necesitaré que se sienten con dos de nuestros detectives para responder algunas preguntas.

–¿Preguntas?

Aaron parece perplejo, pero Jude no puede evitar pensar que se muestra obtuso de forma deliberada. Debe de ser consciente de que, si hay la más mínima posibilidad de que se trate de un delito, la Policía tendrá preguntas.

–En el improbable caso de que se trate de un secuestro, necesitamos saber si alguien tiene motivos para ir a por ustedes: si es probable que algún conocido haya raptado a su hija, si hay alguna disputa familiar o relacionada con el trabajo y cosas por el estilo. –Hawthorn ve que Aaron está negando con la cabeza y alza una mano, apaciguadora–. Desde luego, soy consciente de que es muy improbable, pero nuestro trabajo consiste en hacer esas preguntas. Me he encargado de que podamos usar el despacho del supervisor de la estación. –Se mira el reloj–. En unos veinte minutos.

Sive asiente, muda. Aaron se da la vuelta para estrecharla y, al percatarse de la presencia de Jude, mira a su esposa con gesto interrogativo.

–Ah. Esta es Jude, una colega del periódico. Ahora vive aquí, pero es originaria de Longford. Me está ayudando con la búsqueda.

Aaron la mira de arriba abajo.

–Un placer conocerte –comenta de forma automática mientras vuelve a dirigirse hacia la policía.

–Nos conocimos en la primera comparecencia del caso Brosnan –dice Jude.

Entonces el hombre se gira hacia ella con un gesto reservado en la cara.

–¿De verdad?

–¿Puedo preguntar si Brosnan o alguno de sus antiguos camaradas, ahora enemigos, se ha puesto en contacto contigo durante tu estancia aquí?

–Dios, este no es ni mucho menos el momento indicado para intentar pescar una buena primicia. ¿En serio?

–No, no estoy intentando pescar una primicia. Pero me pregunto si hay algún tipo de... –Se detiene–. Déjalo. Tan solo he venido para ayudar en todo lo que pueda.

–Estupendo –interviene la policía mientras da un paso al frente–. Soy la agente Hawthorn. ¿Cómo se llamaba?

–Jude Barr, del periódico *Daily Bite*.

La mujer muestra un gesto tan cínico como el de Aaron.

–Si quiere, puede ayudar con la búsqueda y unirse a la rueda de prensa de la una en punto.

El mensaje implícito en la frase es «Sin ningún trato especial».

–Gracias. Me preguntaba... el tipo que ha entregado a Bea al personal de la estación... se llamaba Tim, ¿verdad? –La agente Hawthorn asiente–. ¿Sabría cuál es su apellido?

Sin embargo, la mujer está hablando por la radio y no la oye. Aaron, por el contrario, sí.

–Espera un momento. ¿Estás intentando conseguir una entrevista con él?

–No –contesta Jude–. Tengo curiosidad por una cosa de su historia que no tiene sentido. Probablemente no sea nada.

–Tim Brassil –dice Sive en voz baja–. Así se llama. ¿Qué es lo que no tiene sentido?

–Solo un pequeño detalle. Probablemente no sea nada...

Está tecleando el nombre en la aplicación que usa para tomar notas cuando, de pronto, una mujer diminuta con una larga melena castaña y zapatos de tacón tan altos como un rascacielos se abre paso a empujones entre un grupo de turistas italianos y se abalanza sobre Sive.

—Ay, Dios mío, Sive, Aaron. Lo siento muchísimo. ¿Qué puedo hacer?

—Gracias, Nita. Hay una rueda de prensa a la una y, hasta entonces, vamos a seguir buscando. —Con cuidado, Sive se desprende del abrazo de la mujer—. Aún no me creo que esto esté pasando.

—Siento llegar tan tarde. Me he quedado dormida y me he perdido la carrera.

Nita pasa la vista hacia Aaron y, después, a su esposa, y Jude está casi segura de que ambas mujeres intercambian una mirada. Una pregunta silenciosa por parte de Nita y una sacudida de cabeza imperceptible de Sive.

«¿De qué va eso?», se pregunta.

La mujer sigue hablando:

—Si lo hubiera sabido, habría venido mucho antes. He mirado el teléfono y, cuando lo he visto, casi me muero —dice mientras se aparta de Sive y toma la mano de Aaron.

Jude examina a la recién llegada. Es notablemente guapa, con el pelo peinado a la perfección y un maquillaje precioso. Sin embargo, tiene unas bolsas oscuras bajo los ojos y parece como si hubiera estado llorando. ¿Por el asunto de Faye o por algo totalmente diferente?

Deja de prestar atención a aquella mujer cuando recibe un mensaje de su editora: ha encontrado a alguien capaz de encargarse de aquel asunto para que ella pueda regresar a los tribunales. Teclea una respuesta:

> De hecho, me parece bien quedarme aquí, así que no es necesario. Todavía no está claro, pero hay una pequeña posibilidad de que se trate de un secuestro. Si fuese así, sería una historia importante. Además, ahora mismo no hay ningún otro periodista con los Sullivan.

Recibe una respuesta de inmediato:

> Me has dicho que querías volver al caso judicial y me he desvivido por encontrar a alguien que te sustituyera. Va hacia allí ahora mismo.

Jude se muerde el labio y vuelve a teclear:

> Soy la que más opciones tiene de exprimir al máximo a los Sullivan. Sive confía en mí.

Otra respuesta:

> A tu sustituto también se le da muy bien su trabajo y he tenido que pedir favores para conseguir que vaya allí. No tiene gracia, Jude. Vuelve al tribunal ahora mismo, por favor.

Mierda. Mira a los Sullivan. Si se trata de un secuestro, será una historia enorme. De esas que te ayudan a hacer carrera. Y está allí mismo. Necesita desesperadamente quedarse y conservar la primicia.

> Sive me ha prometido una entrevista exclusiva.

No es del todo cierto, pero sí le ha dicho que podía utilizar todo lo que quisiera sin tener que pedirle permiso.

«Te ha dicho eso sobre una fotografía, que no es lo mismo que una entrevista exclusiva», le dice una vocecita en la cabeza, pero Jude no le hace caso.

> ¿Cuando acabe todo? Podrían pasar días. Podría cambiar de opinión. La historia podría llegar a su fin. Y, si la niña está sentada en una estación, esperando a su madre, podría quedarse en nada.

No, cuando acabe todo no. Ahora. Para el artículo que estoy escribiendo hoy. Sive me ha dicho que puedo citar cualquiera de las cosas que me diga mientras buscamos a su hija, así que, a todos los efectos, se trata de una entrevista.

Está bien. Más vale que sea algo bueno. Envíame una copia antes de las cinco de la tarde, ¿de acuerdo? Necesito que esté publicado a la hora del té.

Así será.

Comprueba su reloj. Acaban de dar las once y media. Eso significa que tiene tiempo suficiente. Y Sive está tan centrada en encontrar a Faye que a duras penas va a ser consciente (o le va a importar) haberle concedido una especie de entrevista sin darse cuenta. Además, todo eso va a ayudar a que se corra la voz, que es básicamente a lo que ha ido allí.

Entonces vuelve a buscar en internet al caballero de blanca armadura de Bea, el tal Tim Brassil, con su historia que no termina de encajar.

Capítulo 16

Aaron acepta el abrazo de Nita y, por encima del hombro de su amiga, ve que Jude, que con su coleta alta y sus botas de tacón tiene un aire de indiferencia e importancia, está tecleando algo en el teléfono. ¿Qué está haciendo? ¿Intentando entrevistar a Tim, el tipo que ha encontrado a Bea? Piensa que todos los periodistas son iguales y, por un instante, se olvida de que está casado con una. En ese momento mira a Sive y su gesto le parte el corazón. De pronto, le parece terriblemente evidente que, si no encuentran a Faye, no va a sobrevivir. Se aparta de Nita y toma la mano de su esposa.

–Toda la ciudad la está buscando –le promete–. La encontraremos.

–Sí –concuerda su amiga–. Su fotografía está por todas partes. Con su chaquetita vaquera rosa y su preciosa melena rubia. La he compartido en Instagram, obvio. Y todos mis seguidores han dicho que estarán pendientes por si la ven. ¿Qué más puedo hacer?

Aaron no tiene ni idea. Y sabe que Nita está haciendo todo lo que puede, pero necesitan gente que les diga a ellos qué hacer, no al revés.

A través del sistema de megafonía, una voz anuncia que hay un retraso y, junto a ellos, un hombre se golpea la pierna con un periódico mientras masculla algo sobre un incidente en las vías.

Sive y él se miran y Aaron sabe que ambos están pensando lo mismo.

—¿Y si…? —comienza a decir ella.

Él la interrumpe y la atrae hacia sí para darle un abrazo:

—No vayas por ahí.

Nita se aclara la garganta.

—Entonces… ¿debería llamar a Maggie? ¿Os traigo una taza de té?

Mira a su alrededor, como si no estuviera muy segura de dónde podría encontrar una. Nita nunca viaja en metro.

—No he conseguido ponerme en contacto con ella —comenta Sive.

—Supongo que no seguirá esperándote en el Rooftop Bar, ¿no? —pregunta Aaron.

—No, habría visto mis llamadas. Y, sin duda, también habría visto los avisos en redes sociales. —El teléfono de Aaron vibra y baja la vista hacia él—. ¿Alguna novedad?

La voz de su mujer suena ronca a causa de la esperanza.

—No. Es Carmen Brosnan de nuevo, la esposa de Pete. Sabe que no estoy en la ciudad. Y estoy seguro de que, a estas alturas, ya habrá visto que Faye ha desaparecido.

Rechaza la llamada con un gesto enfadado del pulgar. Jude alza la vista.

—¿Has dicho que era la esposa de Pete Brosnan? —pregunta.

—Estaba manteniendo una conversación con mi mujer.

—Aaron… —dice Sive en voz baja—. Jude tan solo intenta ayudar.

—Y me parece bien, pero la desaparición de Faye no tiene nada que ver con mi caso. —Entonces baja la voz para que solo ella lo oiga—: No confío en ella.

—Basta.

Sive lo aparta un poco de Nita y Jude y lo guía hacia un conjunto de máquinas expendedoras de billetes. Un hombre pasa corriendo junto a ellos y, mientras se abalanza sobre una de las máquinas, le da un codazo, pero él apenas se da cuenta.

—Venga, Sive, sabes tan bien como yo que, cuando estás con gente como ella, debes tener mucho cuidado con todo lo que dices. Antes de que te des cuenta, estará inventándose algún titular sensacionalista que sugiera que mi trabajo está relacionado con lo que ha ocurrido solo para conseguir más visitas.

—Pero no es posible, ¿no? ¿Podría estar relacionado con el caso de Brosnan?

Habla en voz tan baja que Aaron casi no puede distinguir lo que dice. Se acerca un poco más a ella. Jude se encuentra a apenas unos pasos de distancia, fingiendo que no está intentando escuchar la conversación. Nita se está grabando a sí misma con el teléfono móvil.

—Esa gente para la que trabajaba Brosnan… —prosigue su mujer—. Los Callan. Son despiadados.

—Sí, pero…

—¿Y si están intentando asustarte?

Aaron niega con la cabeza. Sive ha visto demasiada televisión. A los antiguos jefes de Brosnan no les da miedo poner a uno de los suyos en el punto de mira, pero no van a ir a por un abogado tan notorio.

—No harían algo así, te lo prometo. —Le aparta el pelo de la frente. Tiene la piel pegajosa a causa del calor sofocante del metro—. No funciona así.

Ella le aparta la mano.

—El hecho de que algo nunca haya ocurrido antes no significa que sea imposible. ¡Aaron, se ganan la vida matando a gente! Crees que estás blindado, pero no es así.

Él da un paso atrás.

—Está bien, vamos a seguir el hilo de esos pensamientos un instante. Aunque intentaran asustarme, alguna otra persona se haría cargo del caso.

—Tal vez no estén intentando que abandones el caso y tan solo quieran que lo pierdas. Aposta.

Aaron se encrespa, irritado.

—¿De verdad crees que haría algo así?

—Por norma general, no, claro, pero si secuestraran a Faye… Bueno, harías cualquier cosa con tal de recuperarla.

Sive extiende el brazo para tomarle la mano. A pesar del calor, cuando entrelaza los dedos con los suyos, nota que los tiene fríos.

–Cierto, pero es imposible que nadie supiera que ibas a estar en Bond Street esta mañana en ese momento exacto. O que Faye y Bea iban a subirse al vagón antes que tú. ¿No?

Sive asiente y se desploma contra él. Tiene razón. Sabe que tiene razón. De todos modos, cuando ella se aparta para señalarle a Nita dónde puede encontrar el té que les ha prometido, se aleja hasta un lugar donde no puedan oírle para llamar a su asistente personal. Si alguien puede encontrar algo, ese es Garvin. Es un sabueso, un genio de la tecnología al que se le da muy bien la investigación. Si en el historial de los Callan hay algún secuestro o daño a niños, Garvin lo encontrará.

Capítulo 17

Se encuentran en una especie de oficina. Una oficina de una estación de tren, repleta de papeles y archivos. Están sentados frente a un escritorio amplio con una fina grieta que lo recorre de un lado a otro. Frente a ellos hay dos agentes de Policía. El ocupante habitual del despacho no está por ninguna parte. Es todo un borrón: el lugar, la habitación sin ventanas, el interrogatorio… Sive está fuera de su propio cuerpo y contempla a la pareja sentada frente al escritorio, con las manos entrelazadas, esperando a que les hagan preguntas con la esperanza de que logren que todo cobre sentido, a la pareja que se aferra con fuerza el uno al otro.

Uno de los agentes de la Policía Británica de Transporte se aclara la garganta.

–Muy bien, señor y señora Sullivan. Entiendo que ya le han proporcionado a la agente Hawthorn gran parte de esta información, pero necesito que la repasemos de nuevo. Cualquier cosa que puedan contarme, sin importar lo insignificante que sea, podría ayudarnos a encontrar a su hija. –Es un hombre de unos cincuenta años con las cejas pobladas y ojos serios. Sive es incapaz de recordar cómo se llama–. Voy a empezar preguntándole por su trabajo, señor Sullivan. Tengo entendido que es usted…

–Un momento –dice Sive–. ¿No deberíamos estar hablando de lo que ha dicho Bea? Ahora que creemos que… –Se detiene para recuperar la calma y exhala con lentitud–. Ahora

109

que creemos que hay una leve posibilidad de que alguien se haya llevado a Faye.

El agente de Policía parece confundido.

—¿Lo que ha dicho quién?

—Bea, nuestra hija de dos años. Cuando le hemos preguntado dónde estaba su hermana, ha dicho: «Polis y cacos en el tren». No tiene mucho sentido y no hemos conseguido que nos dijera nada más, pero ahora que sabemos que es posible que alguien haya intercambiado las mochilas… bueno, tal vez signifique que alguien la ha asustado, la ha perseguido y la ha alcanzado.

Toma aire de forma entrecortada. El policía está tomando notas.

—Un momento, ¿no lo sabía? —pregunta Aaron mientras se yergue en su silla.

El gesto del agente es sereno.

—No se preocupe, caballero; está todo en las notas. Y, ahora que el asunto ha tomado un nuevo rumbo, nos centraremos en los detalles relevantes. —Se gira hacia Sive—. ¿Puede aclarar un poco más el comentario de su hija menor? ¿Le ha dado algún otro detalle?

«¿Darme algún otro detalle? ¡Tiene dos años!», quiere gritarle. Pero eso no va a servir de ayuda.

—No. Aún no habla demasiado.

En ese momento, interviene la agente más joven, cuya voz hace que suene mayor de lo que aparenta:

—Señora Sullivan, tengo una hija de dos años. A veces dice cosas muy fácticas. A veces quiere decir algo totalmente diferente. Y a veces se inventa cosas. Teniendo eso en cuenta, ¿qué cree que quería decir Bea? ¿Podría haberlo dicho en un sentido que no fuera literal?

—Bueno, sí… Si Faye estuviera corriendo por pura diversión, Bea podría usar la expresión polis y cacos sin que significara necesariamente que alguien estaba persiguiendo a su hermana en un sentido literal.

Sive es incapaz de decidir si eso es algo bueno o malo. Si

las palabras de Bea han sido literales, son útiles. Pero también aterradoras.

–Bien. Eso nos es de utilidad. No queremos centrarnos demasiado en ello si hay una posibilidad de que no sea una descripción fiel de los acontecimientos. En una situación así, tras haberla perdido a usted de vista, ¿cree que Faye empezaría a correr «por diversión», tal como ha dicho usted?

–Es posible –admite–. Suele explorar. No tiene miedo. No le preocuparía demasiado estar sola. Por el contrario, si me perdiera de vista, Bea se pondría nerviosa.

–Por eso el joven del metro encontró a Bea cuando miró a su alrededor, pero no a Faye. Supongo que la mayor ya había salido corriendo. –La agente mordisquea el bolígrafo durante un instante–. Está bien. Tendremos en mente el comentario de Bea, pero, por el momento, no supondremos que alguien estaba persiguiendo a Faye.

Se mira el reloj y le hace un gesto con la cabeza a su compañero para que prosiga.

–De acuerdo. Volvamos con usted, señor Sullivan. –Habla con el aire de alguien a quien han interrumpido de forma innecesaria–. Tengo entendido que es usted abogado y que ahora mismo representa a un cliente vinculado con el crimen organizado.

–Sí. Pero, como ya he dicho, eso no tiene nada que ver con este asunto.

–Si no le importa, cuénteme los detalles de todos modos.

Así que Aaron se los cuenta e insiste en que, aunque alguien quisiera que abandonara el caso, es imposible que hubiera sabido que Sive y las niñas iban a estar en la estación de metro de Bond Street en ese preciso momento. O que Faye y Bea estarían en el vagón, desatendidas.

«Desatendidas». Sive se estremece. Como si fueran equipaje extraviado. Solo que no son equipaje extraviado. Son niñas humanas. Sus hijas. Y una de ellas está desaparecida. Y es culpa suya. Si no les hubiera dicho que se adelantaran… Si

111

no hubiese mirado el teléfono… Si hubiese llevado el porta-bebés en lugar del carrito…

—¿Señora Sullivan?

Sive se da cuenta de que no es la primera vez que el agente se dirige a ella.

—Disculpe. Sí.

—¿Puede hablarme de todas las personas con las que ha estado a lo largo de su estancia en Londres? Empecemos desde esta mañana. Cuénteme todo lo que ha hecho.

—Aaron se ha marchado pronto para participar en una carrera, así que yo he bajado con los niños a desayunar y, justo después de las ocho, hemos salido hacia la estación. No hemos hablado con nadie que no fuera personal del hotel. Había quedado con una de las amigas de Aaron mientras él estaba en la carrera.

—Hábleme de los amigos a los que ha venido a visitar. Me ha dicho que era un reencuentro, ¿verdad?

Esa pregunta va dirigida a Aaron, quien les cuenta con exactitud lo mismo que le ha contado antes a la agente Hawthorn. También les habla de Willow, la niñera (alguien de quien Sive se había olvidado hasta este momento), y el policía toma nota de los detalles.

—De acuerdo. ¿Algún problema financiero? ¿Deudas? ¿La casa en la que viven es de su propiedad?

La respuesta de su marido es brusca:

—No tenemos problemas financieros. La casa en la que vivimos es nuestra. Bueno, tenemos una hipoteca, obviamente, pero no tenemos problemas económicos.

—¿Alguna disputa en sus respectivas familias? Abuelos con los que no tengan relación, rencillas familiares… ese tipo de cosas. A veces nos encontramos con abuelos que no tienen permitido ver a sus propios nietos y que se toman la justicia por su mano.

—No. Nuestros padres adoran a los niños. —Cortante. Indignado—. No hay ningún miembro de la familia con el que no tengamos relación.

Sive le toca el brazo.

—Aaron...

Él la mira y ella le hace un gesto con la cabeza, dándole instrucciones en silencio: «Tienes que contárselo todo».

—Por motivos evidentes, eso no es pertinente, Sive.

—Es mejor que lo sepan. Cuéntaselo —dice en voz baja, con cansancio.

Así que les cuenta el secreto que nunca le han contado a nadie. Al menos hasta la noche anterior. Sus «orígenes», como lo llama Aaron en casa por si llega a oídos de las más pequeñas. Es extraño que las primeras personas en conocer la historia no sean miembros de la familia, sino una amiga londinense y dos desconocidos en una estación de tren. ¿Lo descubrirá pronto todo el mundo? No importa. En este momento, Sive se siente aliviada. En realidad no sirve de nada. Pero es mejor estar allí sentada, hablando con esos agentes de Policía y fingiendo que les están dando información de utilidad, que volver a estar ahí fuera, de brazos cruzados en el vestíbulo donde se venden los billetes. Se mira el reloj. Las 12:32 del mediodía. Faye lleva cuatro horas desaparecida. Sive cierra los ojos y, en silencio, ruega despertarse y descubrir que tan solo ha sido un sueño, que sigue en su precioso hotel de Londres en medio de un reencuentro con los viejos amigos de Aaron.

Capítulo 18

Tres días antes, viernes
Giumbini

Los amigos de Aaron permanecieron sentados y en silencio con los ojos fijos en sus platos mientras las palabras de Nita reverberaban en los oídos de Sive.

«Alguien la mató».

Por lo que ella sabía, Yasmin, la hermana de Nita, había muerto en un incendio doméstico. Una tragedia terrible que no había sido culpa de nadie. A Aaron no le gustaba hablar del asunto y ella jamás lo había presionado para que le contara los detalles, así que no sabía si había sido cosa del cableado defectuoso de la vieja casa adosada, de un cargador sobrecalentado o de una guirnalda de lucecitas que hubiera permanecido encendida demasiado tiempo.

Al final, Scott habló:

–Nita, sé que es duro, sobre todo teniendo en cuenta que casi es el aniversario, y que, cuando ocurre algo malo, todos necesitamos tener a alguien a quien culpar. Pero la muerte de Yasmin fue un accidente.

Nita sacudió la cabeza.

–La mató él.

En aquel momento, Sive se sintió confundida de verdad. Se mantuvo ocupada con su costillar y lo cortó en trozos diminutos. ¿Quién creía Nita que había matado a su hermana? Sin embargo, nadie hizo la pregunta y entonces se dio cuenta de que eso significaba que ya conocían la respuesta.

—La Policía nunca encontró pruebas de que hubiese un acosador o de que el incendio fuese deliberado —insistió Scott.

«¿Un acosador?». Sive dejó el cuchillo y el tenedor sobre la mesa. Cielo santo, ¿por qué su marido nunca se lo había mencionado? Sin girar la cabeza, lo miró de reojo. Él tenía la vista fija en Nita y su gesto era indescifrable.

—Aaron lo sabe —replicó ella mientras apuntaba al otro lado de la mesa con el tenedor—. Tal vez seamos los dos únicos que creían en su existencia, pero eso no significa que no fuese real.

En ese momento, Sive miró directamente a su marido, que se quedó en silencio un instante, como si estuviera escogiendo con cuidado lo que iba a decir.

—No sé si tuvo algo que ver con el incendio —dijo con lentitud—, pero sí sé que ella creía que alguien la estaba siguiendo. Y también sé que estaba aterrorizada.

Sive se removió en su asiento, desconcertada e intrigada, mientras se percataba de las palabras que con tanto cuidado había escogido: «Ella creía que alguien la estaba siguiendo». ¿De verdad creía que había existido el acosador o tan solo estaba apaciguando a Nita?

La mujer sacudió la cabeza con impaciencia.

—Es demasiada coincidencia. Tenía un acosador y alguien le prendió fuego a su casa, pero ¿resulta que no fue dicho acosador? Venga ya…

Dave, que hasta el momento no había dicho nada, posó una mano sobre la de su amiga. Parecía como si estuviera a punto de echarse a llorar.

—No digas eso, Nita. Es horrible.

—Lo es, pero eso no significa que no ocurriera. El mundo no es ese lugar de color rosa que te gusta creer que es. —Pasó la vista entre sus amigos—. Tengo razón; sé que la tengo. El incendio no fue un accidente. Y no os olvidéis de la vecina que aquella noche vio por la zona a ese matón de Michael Rosco. Era conocido por utilizar incendios provocados como medida de intimidación.

Sive sintió que se le abrían los ojos de par en par. «¿Incendios provocados e intimidación?».

–Entonces, ¿de qué se trata? –preguntó Scott mientras golpeaba el vapeador sobre la mesa como si fuera un juez pidiendo orden–. Hace un momento has insistido en que había sido un acosador. Ahora dices que podría haber sido un gánster que no tenía ni un solo vínculo con Yasmin. –Entonces miró a Sive–. Michael Rosco era un criminal de carrera muy conocido. De hecho, sigue siéndolo, pero… –Se giró hacia Nita–. Yasmin era profesora de arte. ¿Por qué iba a ir nadie a por ella?

Antes de que ella pudiera contestar, Aaron comenzó a hablar con tono paciente:

–Nita, esa vecina que aseguró haber visto a Rosco decía tonterías; tan solo quería meter las narices en el asunto. ¿Cómo iba a saber siquiera el aspecto que tenía Michael Rosco? Quería llamar la atención, eso es todo. Había visto algo en los periódicos sobre el incendio que el tipo había provocado en un polígono industrial, así que sumó dos más dos y le salieron diez.

–Justo lo que acabo de decir –intervino Scott–. ¿Qué iba a querer Rosco de Yasmin?

Nita se cruzó de brazos y los fulminó a ambos con la mirada.

–No lo sé, pero sin duda mi hermana tenía un acosador y la vecina insistió en que había visto al tal Rosco. Me parece que es todo demasiada coincidencia.

–¿No va siendo hora de que pases página, Nita? –le preguntó Scott. Y, aunque Sive estaba segura de que no había pretendido sonar condescendiente, así fue–. Sobre todo ahora que va a haber una nueva vida en el mundo.

La mujer frunció el ceño.

–¿Qué?

–Empezar de cero y todo eso. Trazar una raya que delimite el pasado y que vaya a juego con la de la prueba de embarazo.

Scott parecía encantado con aquella ocurrencia.

Se volvió a hacer el silencio y Sive tuvo la impresión de que los antiguos amigos estaban esperando a que Nita les diera luz verde para proseguir con la velada, para que la conversación volviera a girar en torno a la gentrificación, las criptomonedas y la comida. Nita los miró a todos sin decir nada y, al final, fue el teléfono de Sive, que sonó con fuerza y de forma abrupta, lo que los sacó del apuro.

–Ay, lo siento. –Miró la pantalla–. Es la niñera. Tengo que contestar.

Los demás desestimaron sus disculpas con un gesto de la mano. El mensaje implícito era que todos contestarían la llamada de una niñera. Especialmente la de una niñera desconocida que se encontraba en un hotel.

Alejó el cuerpo de la mesa y se llevó una mano a la oreja para poder oír mejor. Entonces le preguntó a Willow si todo iba bien. La joven le dijo que sí, pero que Faye quería darle las buenas noches. Habló con su hija y, cuando volvió a girarse hacia la mesa, descubrió que la llamada había surtido efecto: había roto la tensión y había permitido que la conversación virara hacia temas más seguros.

–¿Qué tal la niñera? –le preguntó Nita.

–Todo bien. Ahora ya puedo relajarme –contestó antes de tomar su copa de vino y dar un sorbo.

–No me imagino dejando a mi hijo con una niñera. Menos con alguien a quien apenas conozco. Eres muy valiente, Sive.

–Ay, mira, yo estaba convencida de un montón de cosas que no pensaba hacer como madre: la televisión, los chupetes, McDonald's, el azúcar, los sobornos… –Dio un sorbo aún más grande de vino y se encogió de hombros frente a Nita–. Y entonces tuve hijos.

Capítulo 19

Cuatro horas y media. Ese es el tiempo que ha pasado y Sive no puede soportarlo. No puede hablar. No puede pensar. No puede respirar. Daría lo que fuera, lo que fuera para que alguien le dijera: «¡La tengo! ¡Está aquí! ¡Estaba escondida debajo de un banco!». Eso no sirve de nada y es consciente de que no sirve de nada, pero no puede pensar con claridad, no puede ser fuerte y no puede hacer nada. Y quieren que dé una rueda de prensa. Le han pedido que salga de la estación de metro, vaya a un hotel y hable sobre su hija. Siente una presión muy grande en el pecho. Se ha quedado sin palabras.

Jude está junto a ella, impulsándola hacia delante en dirección a una mesa alargada tras la que se encuentra la agente Hawthorn. Aaron está al otro lado, pálido y adusto. Los periodistas se giran hacia ellos. Las cámaras se disparan. Ella mira al frente mientras la mesa y la agente Hawthorn se emborronan hasta disolverse.

—Bien —dice Jude, cortante y seria—. No pasa nada si lloras en la rueda de prensa. De hecho, es buena idea que lo hagas. Es lo que espera la gente y, si no lloras o pareces lo bastante preocupada, pueden volverse contra ti como si nada. —Chasquea los dedos—. Pero asegúrate también de decir algo coherente. Conecta con la audiencia. Las madres tienen algo, ¿sabes? Incluso más que los padres. Eso llamará la atención de la gente.

Tal vez, pero ¿los ayudará a encontrar a Faye? ¿Cuántas veces ha visto ella un mensaje en redes sociales sobre alguien desaparecido y lo ha retuiteado para después olvidarse del asunto? ¿Alguna vez ha prestado atención de verdad por si veía a la persona desaparecida? La gente la escucharía hablar, sacudiría la cabeza y tal vez incluso llorara un poco, pero entonces cambiaría de canal y seguiría con su vida.

Ahora están detrás de la mesa, sentados en sillas acolchadas. Al fondo de la estancia, las puertas se abren y se cierran conforme van llegando más periodistas. Caras llenas de curiosidad se asoman por los huecos que hay en las paredes de cristal opaco: huéspedes del hotel que se preguntan qué ocurre con la pequeña aglomeración de prensa y los dos padres devastados. Hawthorn está hablando. Aaron le estrecha la mano; han acordado que será Sive la que hable, pero que, si no puede hacerlo, se encargará él. La agente de Policía hace un gesto. Ha llegado su turno. Se gira hacia las cámaras. Dios, ¿cómo va a hacerlo? Cierra los ojos y visualiza a Faye. Su preciosa, enérgica, alegre y parlanchina primogénita. Que está perdida, sola y asustada. Abre los ojos.

—Faye tiene seis años, la melena rubia a la altura de los hombros y los ojos azules. Va vestida con una chaqueta vaquera rosa. Lleva una mochila de *Frozen*. Le encanta *Frozen*. Pero no la película original; es muy firme respecto a su preferencia por la secuela. —Los periodistas reunidos sueltan una leve risita—. Le encantan los Maltesers, el chocolate caliente y los libros. Está desesperada por tener un perrito y por probar el helado de chicle. Le prometí que podría probarlo mientras estuviéramos aquí. —La voz se le quiebra, pero sigue hablando—: No es de aquí, así que no conoce la ciudad y no sabrá cómo regresar conmigo.

Traga saliva. Tan solo faltan unos segundos.

«Mantén la compostura».

—Así que, si están viendo esto, por favor, les ruego que la busquen. Por favor, piensen en nosotros cuando salgan hoy de casa. Por favor, miren a su alrededor. Bajen la mirada. Es pequeña. Tal vez no la vean, pero, por favor, búsquenla, porque necesito que vuelva conmigo.

Eso es lo único que puede hacer. Entierra el rostro entre las manos, Aaron le rodea los hombros con un brazo y la agente Hawthorn dice algo sobre una ronda de preguntas. Sive no puede oírlas. Es como si el esfuerzo de hablar hubiese agotado todas las energías que le quedaban. Ninguno de sus sentidos funciona. Sin embargo, nadie le pregunta nada. Hawthorn es la única que está hablando. Logra oír algunas palabras. Ocho y media. Seis minutos. Dos niñas. Todas las paradas. Ni rastro.

«Ni rastro».

Capítulo 20

Jude observa cómo Sive entierra la cara entre las manos y Aaron la rodea con un brazo. Las preguntas que hace la prensa son bastante habituales, sobre las horas y las ubicaciones. Entonces un hombre bajito que se encuentra casi al frente pregunta lo inevitable: «¿Se sospecha que pueda tratarse de un delito?». Sive entierra el rostro aún más y Aaron la estrecha con más fuerza. Es una pregunta legítima y, si no conociera ya todos los detalles, ella misma la habría hecho. Hawthorn da una respuesta estándar y formal sobre las líneas de investigación, sobre la falta de motivos de sospecha, sobre mentes abiertas y puntos críticos. Sin embargo, han pasado casi cinco horas y es difícil imaginar que una niña pueda pasar desapercibida durante tanto tiempo.

Jude sale al pasillo del hotel para tomar algunas notas para el artículo que está escribiendo y se encuentra con Nita, la amiga de Aaron, estirando el cuello para poder ver el interior. En una mano sostiene el teléfono y en la otra una bandeja de cartón con tres tés para llevar que, de algún modo, le ha costado más de una hora conseguir. Cuando vuelve a mirarla, se da cuenta de que está grabando la rueda de prensa a través del cristal.

«Qué elegante», piensa mientras se prepara para tuitear la fotografía que ella misma ha sacado de la rueda de prensa sin ningún tipo de sentido de la ironía.

Nita la mira y el rostro se le ilumina al reconocerla. Jude se fija una vez más en la rojez de los ojos, así como en las sombras que tiene debajo y que ni siquiera el corrector aplicado con mano experta consigue ocultar.

–¡Ay, hola! –Nita deja de grabar–. Me han dicho que estaban aquí, he venido para traerles el té y ¡entonces un agente de prensa me ha informado de que no puedo entrar! –Sus palabras apestan a indignación–. Y ahora estas tristes tazas de agua de fregadero estarán frías. En cualquier caso, no es culpa mía. Bueno, así que eres la amiga periodista de Sive… –Jude asiente–. ¿También eres de Irlanda?

–Sí, pero ahora vivo aquí.

–¿De verdad? ¡Qué bien! Mi vecino es irlandés. Lleva trabajando aquí cuarenta años y todavía habla como si fuera de la Limerick más profunda. Se pasa todo el tiempo libre en el pub Blarney Stone. ¿Lo conoces?

–No… pero es que nunca voy a pubs irlandeses.

–¿En serio? ¿No te gustan?

Jude siente una necesidad de dar explicaciones muy poco propia de ella:

–Bueno, no quería mudarme aquí y limitarme a quedar con otros expatriados. Quiero centrarme en mi carrera, conocer gente nueva…

–Mmmm. Supongo que a tu edad no debe de ser fácil mudarse a otro país y conocer a gente nueva –dice la otra mujer, como si Jude fuese un carcamal. Sonríe mostrando unos dientes deslumbrantes–. No me hagas caso. Seguro que hashecho muchas amistades.

–Eh… sí.

Jude se sonroja. Si la mujer que le corta el pelo cuenta como amiga…

–Y también tienes a tus colegas de la redacción del periódico, claro. Una vida social preparada de antemano.

–Sí… Trabajo desde mi apartamento.

Nita ladea la cabeza y, durante un segundo, Jude detecta un destello de lo que parece pena, como si esa mujer vacua supiera de algún modo que se pasa todas las noches y todos los fines de semana en casa, sola, encorvada sobre el portátil.

–Salgo mucho para cubrir acontecimientos, hacer entrevistas... –añade rápidamente, irritada, tal vez más por su propia actitud defensiva que por nada de lo que la otra mujer ha dicho–. Como hoy aquí.

–Bueno, si estás buscando gente a la que entrevistar, estaría encantada de hacerte un hueco. –Nita se pasa un mechón de pelo largo y sedoso detrás de la oreja–. Hace veinte años que conozco a Aaron. Vivíamos juntos. Estuvo prometido con mi hermana. Estábamos todos muy unidos. Mucho.

Jude asiente de forma evasiva. ¿Qué les pasa a los humanos con ese deseo de involucrarse en todos los asuntos? En cuanto ocurre algo, la gente siempre se apresura a asegurar lo unida que estaba con la víctima. «La hermana de la vecina de mi prima fue a la escuela con el hombre que ha fallecido». Los grupos de WhatsApp de cada rincón del país se llenan de gente curioseando de manera virtual.

–Seguimos estándolo. Unidos, quiero decir –prosigue la otra mujer cuando Jude no contesta–. Ha venido para un reencuentro conmigo y el resto de nuestros amigos. –Sacude la cabeza con tristeza–. Cuesta creer que la cosa vaya a acabar así. Pero sí, si necesitas alguien a quien entrevistar, puedo incluirte en mi agenda.

Jude asiente sin decir nada. Nita echa un vistazo al interior del salón de actos, donde la rueda de prensa está llegando a su fin.

–¿Para qué periódico me has dicho que trabajabas? –pregunta la otra.

–No te lo he dicho.

Se produce una pausa.

–Cierto. Bueno, debería llevarles los tés a los pobres Aaron y Sive. –Estira el cuello–. Creo que ya van a salir. –Mientras sostiene la bandeja de bebidas con una mano, mete la otra en el bolso, de aspecto caro, saca una tarjeta y se la tiende–. Llámame o mándame un privado en cualquier momento. Haré lo que haga falta con tal de ayudar.

Y, tras decir eso, se marcha.

La rueda de prensa ha terminado y Jude vuelve la vista hacia la recepción del hotel mientras se pregunta si habrá algún sitio donde poder sentarse para teclear la entrevista. Es entonces cuando ve un rostro familiar. Un hombre alto con traje, el pelo rizado y la tez sonrojada merodea al fondo del pasillo. Al igual que Nita, está intentando ver la rueda de prensa a través del cristal. O a los Sullivan. ¿Dónde lo ha visto antes? Se queda mirándolo, intentando recordar. Se enorgullece de su excelente atención al detalle, pero no consigue ubicarlo del todo. Curiosa, comienza a dirigirse hacia él, pero el hombre se da la vuelta y comienza a alejarse. Con sus piernas largas, atraviesa la recepción y sale del hotel con zancadas rápidas. ¿Ha visto que se acercaba? Cuando lo pierde de vista, piensa que tal vez se tratase de un transeúnte curioso. Sin embargo, está segura de que lo ha visto antes.

Cuando vuelve al salón de actos, los periodistas se están dispersando, Nita está grabando y los Sullivan susurran entre sí mientras el personal del hotel apila las sillas. Y así, sin más, todo llega a su fin. Los reporteros enviarán los artículos a toda velocidad, los lectores sacudirán la cabeza, sorprendidos, y todo el mundo volverá a lo que estaba haciendo antes. Todo el mundo menos Sive y Aaron, que parecen desesperadamente solos.

Jude se acerca a ellos.

—Lo has hecho bien —le dice a Sive—. ¿Os ha dicho Hawthorn qué hay que hacer a continuación o dónde deberíamos buscar?

La mujer alza la vista para mirarla, negando con la cabeza, y Jude percibe lo inútil que se siente.

—Supongo que volveremos a Oxford Circus —contesta Aaron, que suena perdido.

Y, dado que no tienen ninguna idea mejor, eso es lo que hacen.

Se encuentran en el vestíbulo, en el mismo pilar que hay junto a los tornos, cuando un hombre al que Jude no conoce se dirige hacia ellos a toda velocidad. ¿Un periodista? Supone que no falta mucho para que los reporteros del resto de los periódicos se den cuenta de que los Sullivan están allí y su exclusiva posición se vea socavada. Contempla al hombre que se acerca. Alto y ancho, encorva los hombros como si fuera consciente de todo el espacio que ocupa. Lleva una gorra de béisbol y, cuando se la quita, deja a la vista una cabeza calva por completo.

–Aaron, lo siento mucho, colega. Dave me ha pedido que venga a ayudar –dice.

Aaron le estrecha la mano y se lo presenta a Sive.

–Este es Jerry, el hermano de Dave. Creo que ya os habíais conocido.

Ella asiente.

–Dave ha tenido que ir a trabajar, pero me ha pedido que os ayude, así que he venido directo después de la carrera.

Aaron frunce el ceño.

–Pero no has participado en la carrera. Tu nombre no aparecía en el marcador.

Por un instante, Jerry parece aturullado.

–Sí, lo siento, no podía… En cualquier caso, estoy libre. Y he reunido a un grupo del club de remo, a todos aquellos que no trabajaban hoy. Todos están listos para buscarla. ¿Algún sitio en particular por donde deberíamos empezar?

Aaron levanta las manos en un gesto de impotencia.

–La mejor opción son las estaciones de la Central Line. Ya las hemos registrado, pero…

Jude oye lo vacía que le suena la voz. Todo sería más fácil si tuvieran algún tipo de indicio claro, un plan que no fuera buscar por todo Londres. O si la otra niña, Bea, pudiese darles alguna pista. Que hubiese visto lo que había ocurrido pero no pudiera contárselo era más que frustrante y Jude no puede evitar pensar que merece la pena intentarlo de nuevo.

En el teléfono, recibe un nuevo aluvión de notificaciones y se aparta para leerlas. Más retuits y más mensajes privados, pero nada que le sirva de algo. Sigue pensando en el hombre del traje, así que busca en Google «socios de Pete Brosnan» y hace clic en la pestaña de Imágenes. Un hombre de pecho amplio con una camiseta sin mangas y un gorro rojo. Un hombre menudo con la piel arrugada por el sol y el tabaco. Un hombre rubio con las mejillas rubicundas y los ojos ocultos tras un par de gafas de sol de aviador. Ninguno de ellos es el joven con traje que está buscando. Además, no le ha parecido que fuese un matón. Tenía aspecto de analista junior de algún banco deslumbrante de la City. Y, de pronto, con una claridad gélida, recuerda dónde lo ha visto antes.

Capítulo 21

Dos días antes, sábado
Hotel Meridian

–¿Aaron?

Sive estaba sentada al borde de la cama del hotel, amamantando a Toby, mientras Faye y Bea veían los dibujos animados del sábado por la mañana en la salita contigua.

Aaron apartó la vista del teléfono.

–¿Sí?

–Anoche, en la cena… lo que dijo Nita sobre un acosador… ¿era cierto?

Volvió a mirar el teléfono.

–Nita siempre ha sido un poco histérica.

–Ay, Aaron, no la taches de histérica. Además, odio esa palabra.

Él alzó la vista de nuevo, sonriendo.

–Lo siento. Nita siempre ha sido un poco dramática.

–¿Quieres decir que no es cierto? Tú mismo dijiste que sabías que… –Hizo una pausa, pues no estaba acostumbrada a pronunciar su nombre–. Que a Yasmin la aterraba la idea de que alguien la estuviera siguiendo.

Dios, ¿por qué aquello le resultaba tan incómodo?

Aaron suspiró, se sentó en la cama junto a ella y se inclinó para darle un beso en la frente.

–Esa parte es cierta. Estaba segura de que alguien la estaba siguiendo y vigilando su casa.

–¿Y tú no crees que fuese así?

Él alzó las manos.

—Si te soy sincero, no lo sé. Creo que, sin duda, una noche la siguieron a casa y eso la asustó. Empezó a estar demasiado alerta y, cuantos más peligros buscaba, más encontraba, ¿sabes? —Sive asintió—. Así que, por la noche, miraba por la ventana, veía una sombra enfrente de casa, al otro lado de la calle, y me llamaba. Entonces yo veía la sombra de un árbol meciéndose en el viento donde ella había visto la sombra de un hombre. O tal vez sí que había habido un hombre, pero para entonces ya se había marchado. Es difícil saberlo.

—Dios. Debió de ser horrible para ella.

—Lo fue. Empezó a afectarle de verdad. Le daba miedo salir, le daba miedo volver a casa cuando ya era de noche… Quedaba con ella siempre que podía para volver juntos, pero normalmente yo trabajaba hasta más tarde. Aquello también empezó a afectar a nuestra relación.

—¿Sí?

Estaban en un terreno extraño, pero no quería interrumpirlo.

—Sí. Cambió. —Aaron recogió el teléfono de la cama y después volvió a dejarlo—. Fue como si toda la diversión hubiera desaparecido de su interior.

—Bueno, no es de extrañar… No creo que yo fuese una persona divertida si me estuvieran acosando.

—Cierto. Acudimos a la Policía, pero nunca encontraron nada concreto.

—Y entonces se produjo el incendio —dijo Sive en voz baja.

—Y entonces se produjo el incendio.

Entre sus brazos, Toby se quedó dormido, contento y atiborrado de leche. Le resultaba extraño e inapropiado estar hablando de incendios y muerte, pero le había costado mucho llegar a aquel punto y no podía parar.

—¿Y qué hay de ese tal Michael Rosco que mencionó Nita? ¿De verdad no crees que la vecina estuviera en lo cierto al decir que lo había visto? ¿O tan solo dijiste eso para tranquilizarla a ella?

Aaron sacudió la cabeza con vehemencia.

—No estaba tranquilizando a nadie. La vecina se equivocó.

–De pronto, su voz se volvió dura. Impaciente–. Una cotilla que intentaba involucrarse en todo el drama.

–Ya veo –dijo, antes de cambiar el rumbo de la conversación–. ¿Y qué pensó la Policía que había ocurrido?

–Una vela –contestó él, esta vez en voz baja–. Le encantaban las velas aromáticas y encendía todas las noches. Sobre todo tras empezar a estar asustada ante la idea de que alguien la estuviera siguiendo. Creo que encender llamas por toda la casa la reconfortaba. –Carraspeó–. Mala elección de palabras. Porque eso es exactamente lo que ocurrió. Una noche, después de darse una ducha, se quedó dormida en nuestra cama. Una cortina se prendió y la casa se incendió en apenas unos minutos.

–Santo cielo… –Un mechón de pelo le cayó sobre los ojos, pero, con Toby en un brazo y la mano de Aaron entrelazada con la suya, no podía apartárselo–. Lo siento mucho.

–Me resulta raro hablar de ello –dijo Aaron.

Sacudió la cabeza. Los ojos le brillaron y Sive volvió a estrecharle la mano.

–Tan solo me alegro de que no estuvieras en casa. Un momento… no estabas, ¿verdad?

–No, estaba en el trabajo. –Un gesto defensivo le atravesó el rostro, uno que le había visto a menudo cuando iba a verlo a los tribunales. Era el gesto que ponía cuando se encontraba en terreno pantanoso y quería retar a cualquiera a que lo desafiara. No lo presionó–. En fin –dijo con alegría forzada–, será mejor que preparemos a los niños para el *brunch* con la panda.

Con cuidado, le apartó el pelo de los ojos y le dio un beso en la frente.

–¿No podríamos hacer algo solos por la mañana y reunirnos con tus amigos después? Las niñas se van a aburrir muchísimo.

–Ay, pero solo nos podemos ver de pascuas a ramos. –Aaron le pasó un brazo en torno a los hombros y le frotó el cuello con la nariz–. Hazlo por mí. Por favor.

Era difícil decirle que no. Era cierto que no podía ver a aquel grupo de amigos específico demasiado a menudo. En Dublín, su vida social consistía en eventos del trabajo; no tenía un grupo propio. Había asistido a un internado en Meath porque sus padres habían viajado mucho y, por su parte, sus antiguos compañeros de secundaria se habían asentado por todos los rincones del mundo con sus ilustres carreras y sus resplandecientes perfiles de LinkedIn. Así que sí, le resultaba difícil decirle que no.

–Supongo… Aunque ¿cuánto lo disfrutas realmente? Me refiero a estar ahí sentado, peleando con Scott, mientras él te pone en tu sitio y tú lo pones en el suyo.

Una sonrisa.

–A mí se me da mucho mejor que a él.

–Lo disfrutas, ¿verdad? –le preguntó ella, asombrada.

–Ambos lo disfrutamos. Son solo bromas.

Sive no estaba muy segura de que Scott pensara lo mismo.

–Recuerda que su esposa lo ha abandonado. Tal vez no esté en la mejor situación para aguantar tus supuestas bromas.

–Se recuperará –replicó Aaron con total convicción, tal como hacía siempre.

–Sí, bueno, si voy a tener que aguantar otro día de los comentarios de Nita juzgándome por mis dotes maternales, me debes una. Dios. Esa mujer se cree que lo sabe todo y apenas acaban de hacerle la ecografía de las doce semanas.

–Siempre ha sido así. Es su manera de sentirse bien consigo misma. Se compara constantemente con otras personas y necesita salir victoriosa de dicha comparación para saber que le va bien en la vida. En el trabajo, con la casa, con el dinero, con los zapatos…

–Eh… ¿Le dijo la sartén al cazo? Conozco otra persona que también se está comparando constantemente.

–¿A quién? –preguntó Aaron con los ojos muy abiertos, fingiendo ignorancia–. Sea como fuere, ese es el motivo de que Nita vaya a tener un bebé. Es otra casilla que puede marcar.

Sive bajó la vista hacia Toby, que dormía entre sus brazos.

—Ay, venga ya. Nadie tiene un bebé solo para poder marcar una casilla.

Él enarcó una ceja.

—Conoces a Nita, ¿no? ¿Te parece del tipo mujer maternal?

—El mero hecho de que una mujer lleve zapatos caros no la convierte en alguien incapaz de ser maternal. ¿Crees que todas las madres llevan vestidos de Laura Ashley y delantal?

—¿Laura qué?

Sive puso los ojos en blanco. Su teléfono sonó sobre la mesilla de noche y echó un vistazo. Un correo electrónico de una fotógrafa sobre una de sus entrevistas.

—¿Es del trabajo?

Asintió.

—Pero no tengo por qué leerlo.

Aunque, en realidad, sí que tenía que hacerlo.

Él le dio un beso en la mejilla.

—No pasa nada; no dejes que te detenga. Aunque, en tal caso, ¿podrías programar un mensaje para informar de que estás fuera? Se supone que estas también son tus vacaciones, que vamos a pasar tiempo en familia.

«Un mensaje para informar de que estás fuera». No podía permitirse el lujo de rechazar trabajo. Sin embargo, Aaron, con su personal de apoyo y Garvin, su ayudante extraordinariamente competente, no lo comprendía.

—Está bien. Si puedes encargarte de que Toby eructe, respondo en un momento y después podemos ponernos en marcha.

Le pasó al bebé a su marido y contempló cómo lo levantaba para colocárselo mejilla contra mejilla. Sonrió para sus adentros y, en silencio, dio gracias al universo. Un marido imperfecto y encantador y tres hijos imperfectos y encantadores. Sive Quinn era una mujer afortunada.

Al menos durante dos días más.

Capítulo 22

Cinco horas desaparecida. Sive se enjuga los ojos y se yergue más. Están en el vestíbulo de acceso de Oxford Circus, de brazos cruzados, y tienen que retomar la búsqueda. Las lágrimas no van a ayudar a Faye. Aaron le estrecha la mano. Tiene el rostro pálido y los ojos enrojecidos. Se recuerda a sí misma que la situación es igual de dura para él.

«¿De verdad lo es?», pregunta una vocecilla en el interior de su cabeza. Se deshace de ella.

Jerry, el hermano de Dave, merodea cerca. Tal vez no esté muy seguro de cómo marcharse. Al final, inclina la cabeza en un gesto leve e incómodo y dice que va a reunirse con los amigos del club de remo en Tottenham Court Road para empezar desde allí. Le ha sugerido a Nita que se una a ellos, pero esta ha rechazado la oferta y, en su lugar, ha decidido recorrer las calles cercanas en Uber. A Sive no le parece la forma más eficiente de emprender una búsqueda, pero ¿de verdad sirve de algo todo aquello? Por un breve instante, piensa en lo que descubrió sobre Nita en casa de Maggie la noche anterior. Qué extraño que, en ese momento, le pareciera tan importante que incluso pensó en abordarlo directamente con ella. Ahora no le importa en absoluto. Sus pensamientos se centran en Toby y en Bea. ¿Estarán bien con Scott? ¿Y si Toby se niega a tomarse el biberón? Cruza los brazos con fuerza sobre el pecho al sentir que le sube la leche. Su cuerpo le está mandando un mensaje. Tal vez deberían volver al hotel. Pero no puede hacerlo, no mientras Faye siga por ahí, en alguna parte.

Jude se acerca a ella mientras mira algo en el móvil.

–Sive, ¿puedes volver a contarme la historia del tal Tim? El que ha encontrado a tu otra hi... el que ha encontrado a Bea. ¿Iba de camino al trabajo?

–Sí. Su novia se ha bajado en Bond Street y él me ha visto gritando al otro lado de la puerta cerrada.

–¿Y ha sido entonces cuando se ha fijado en Bea?

–Sí. –Traga saliva a pesar de que tiene la garganta tensa–. La ha bajado del tren en Oxford Circus y ha buscado al personal. –Se para un instante para tomar aliento–. Acababan de recibir la noticia desde Bond Street, solo que nadie sabía que Faye debería haber estado también con ellos.

¿Cómo había permitido que ocurriera algo así? Se desploma contra Aaron.

–De acuerdo –dice Jude, continuando como si no tuviesen tiempo para el consuelo. Y así es: no lo tienen–. ¿Y dónde ha dicho que trabajaba?

–No lo sé. Creo que en una oficina de Liverpool Street.

–¿Y has llegado a conocerlo?

–Sí. Se dirigía hacia la salida, pero, al mirar atrás, me ha visto y se ha acercado.

–Ajá. Esa es la parte que me ha despertado curiosidad –comenta la periodista.

–¿Qué quieres decir?

–Si trabaja en Liverpool Street, ¿por qué no ha vuelto a subirse al siguiente metro? ¿Por qué estaba saliendo en Oxford Circus?

–Ah, cierto. No estoy segura.

Mientras contesta, recuerda haber pensado que había algo raro en Tim. No en él exactamente, sino en algo de lo que había dicho. Intenta recordarlo en ese momento, pero no lo consigue. Jude sigue hablando:

–Mmmmm. No termina de encajar... Y acabo de verlo en el hotel.

–¿Qué?

–Estaba merodeando en el exterior de la rueda de prensa.

Tenía el mismo aspecto que cualquier otro oficinista que estuviese en el descanso para comer. Solo que estaba muy lejos de su oficina.

–Qué raro.

–Así es. –Jude le muestra su teléfono–. Según LinkedIn, trabaja en una empresa llamada Anderson Pruitt que se encuentra en Liverpool Street. Entonces, ¿por qué iba a salir aquí?

Antes de que Sive tenga la oportunidad de contestar, Aaron la interrumpe:

–Eso no es relevante. Es evidente que no ha secuestrado a Faye. ¿Dónde la llevaba? ¿En el maletín?

Sive le apoya la mano en el brazo.

–Aaron…

Jude se muestra impávida ante ese arrebato.

–Estoy muy de acuerdo. Es evidente que no llevaba a Faye consigo, pero ¿por qué ha mentido sobre hacia dónde se dirigía? –Es una pregunta retórica, pero se queda callada y pasa la vista entre Sive y Aaron antes de proseguir–: Cuando alguien miente, merece la pena indagar en esa mentira, por muy pequeña que sea. ¿Por qué mentir?

Lo dice con tanta sencillez y de forma tan calmada que, en esta ocasión, ni siquiera Aaron puede replicarle.

–Tienes razón –contesta Sive–. Es probable que haya una explicación totalmente lógica, pero merece la pena comprobarlo. Se lo diremos a la agente Hawthorn.

Un grito que se oye a unos metros de distancia le llama la atención. Maggie, con los largos rizos rojos flotando a su espalda, va corriendo hacia ellos, abriéndose paso entre un grupo de turistas sorprendidos.

–Ay, Dios mío. Chicos, lo siento mucho. –Tiene el gesto consternado y los ojos desorbitados por la conmoción–. No lo sabía. De lo contrario, habría venido hace horas. ¿Hay alguna novedad? –Sive y Aaron niegan con la cabeza–. Sive, esta mañana me he dejado el teléfono en casa y, cuando no has aparecido, no tenía forma de ponerme en contacto contigo. –Sin aliento, la mujer traga saliva–. Nadie más ha aparecido. Después de la carrera. En el Rooftop Bar. Así que he supuesto que el brunch se había cancelado y he regresado a casa. –Vuelve a tragar saliva–. Me ha costado una eternidad encontrar el teléfono. Si no, habría venido mucho antes. Soy una auténtica idiota. –Parece como si estuviera a punto de llorar–. Estaba entre los cojines del sofá. No me he dado cuenta hasta que me he sentado y esta estúpida cosa ha vuelto a tener cobertura y me han llegado todas las notificaciones –dice mientras señala el reloj inteligente que lleva en la muñeca–. He visto todas las llamadas perdidas y no sabía qué estaba ocurriendo, pero entonces lo he visto en la televisión, en las noticias. –En ese momento, se le derraman las lágrimas–. Ay, Dios mío. Casi me muero. Lo siento muchísimo.

Le da un abrazo, pero Sive no encuentra consuelo en el gesto.

–¿Cómo nos has encontrado aquí? –pregunta Jude con lo que le parece un toque de escepticismo.

Maggie la mira con gesto interrogante.

–Esta es Jude –le explican–. Las dos trabajamos para el mismo periódico.

–Ah… Un placer conocerte. –Maggie vuelve a girarse hacia Sive–. En cuanto he visto la rueda de prensa en televisión, me he subido a un taxi y he venido directa. He intentado llamar a los demás, pero no he conseguido hablar con nadie. Entonces le he mandado un mensaje a Jerry y él me ha dicho dónde estabais. –Mira a su alrededor y después se dirige a Aaron–: ¿Han venido los otros? ¿Están Scott, Dave o Nita por aquí?

–Scott está cuidando a los niños. Dave tiene que trabajar hasta más tarde. Y Nita acaba de marcharse. Ha tomado un Uber para buscar por la calle desde el interior de un coche. –Aaron pone los ojos en blanco–. Y no te preocupes. No eres la única que no se ha enterado hasta ahora. Nita se ha quedado dormida y no ha aparecido hasta las once y media.

Maggie asiente.

—Sí. Se quedó a dormir en mi casa y esta mañana no he querido despertarla después de lo que… —Se interrumpe y mira a Sive—. En cualquier caso, ya estoy aquí. Decidme qué puedo hacer.

Pero Sive piensa que ese es el problema: no sabe qué hacer, dónde buscar o cómo ayudar. Tan solo necesita que alguien lo arregle, que alguien responda a la rueda de prensa y aparezca con su hija.

En ese mismo instante, la agente Hawthorn se acerca corriendo hacia ellos. Sive se percata vagamente de que hay dos o tres personas corriendo tras ella. Piensa que tal vez se trate de periodistas, pero tiene toda la atención centrada en la policía.

—Tenemos a una testigo. —La mujer intenta recuperar el aliento—. Alguien que ha visto a Faye. —Se queda en silencio y pasa la vista entre Sive y Aaron como si estuviera evaluando cómo van a tomarse lo que quiera que sea que está a punto de decirles—. Tal vez deberían sentarse.

Capítulo 23

Dos días antes, sábado
Besk

Habían hecho una reserva a las once para tomar un brunch en una cafetería hípster de Hackney que se llamaba Besk. Estaba llena de parejas y grupos de veinteañeros y treintañeros comiendo aguacate triturado con unos *bloody marys* de sábado por la mañana. Con las mesas separadas por apenas unos centímetros y las sillas desparejadas de estilo escolar pegadas unas a otras, no era un lugar apto para niños. Sive hizo una mueca mientras intentaba mover el carrito a través del local. Aaron se había adelantado con las niñas y, cuando llegó a la mesa, estaba buscando sillas adicionales.

—Ay, lo siento, colega —dijo Dave—. Olvidé que los niños vendrían con vosotros.

Dio un trago a su botellín de cerveza y a Sive se le revolvió el estómago al pensar en beber cerveza antes del desayuno, estuviesen de vacaciones o no.

Scott alzó su copa.

—Una mimosa. Para curar la resaca. ¿Te apetece una?

—No es mi estilo, Burner —dijo Aaron—. Un poco… femenino, ¿no crees?

—Podría pensarse que solo si no te sientes cómodo contigo mismo —contestó Scott con una sonrisa mientras le daba a Aaron un golpe en el brazo con un periódico enrollado.

En silencio, Sive soltó un suspiro.

Veinte minutos más tarde, Sive había acomodado a Faye y a Bea con un poco de papel y lápices para colorear y estaba intentando comerse sus huevos benedictinos mientras sostenía a Toby sobre el regazo. Cada vez que levantaba el tenedor, rozaba con el codo a Maggie, que estaba sentada a su lado. Anhelaba el espacio del que habían dispuesto en el bar del hotel la tarde anterior, sobre todo cuando Faye, aburrida, se levantó para dar una vuelta por la cafetería.

—¿Se encuentra bien? —preguntó Nita con el ceño fruncido.

—Está explorando —contestó Sive—, pero puede que al personal no le parezca bien —admitió antes de pedirle a su hija que regresara. Sin embargo, al parecer, Faye no la oyó y se dirigió hacia el fondo del local, donde se encontraban los baños—. Explorará un poco el interior de los baños y después volverá —añadió mientras estiraba el brazo más allá de Maggie para colocar bien por tercera vez el vasito de Bea.

—Este sitio no es muy adecuado para niños pequeños —dijo Maggie—. Lo siento, Sive, tendríamos que haber pensado en ello. —Ella le restó importancia con un gesto de la mano—. ¿Qué te parece si el lunes por la mañana, mientras todos estos están haciendo la carrera virtual, tú, yo y los niños vamos a tomar un brunch al Rooftop Bar? En esa azotea hay mucho espacio y, siendo lunes, estará tranquilo.

—Ay, es una idea estupenda —contestó Sive, a pesar de que no se lo parecía en absoluto.

Las azoteas y los niños no eran muy buena combinación y no tenía ni idea de dónde se encontraba o cómo llegar hasta allí.

—Buen plan —dijo Scott—. Nosotros estaremos ocupados, así que puedes disfrutar de una buena comida con Maggie.

—¿Cuánto tiempo dura la carrera? —preguntó Sive.

—La carrera en sí no es muy larga, pero para cuando todos hayan terminado de ducharse y esas cosas… —Alzó las manos como si quisiera decir que aquello podría alargarse un tiempo indeterminado—. ¿Qué os parece si nos unimos a vosotras después y nos tomamos unas cervezas para celebrar mi victoria? —añadió mientras le daba un codazo a Aaron.

–Ah, así que vas a ganar tú, ¿eh? Eso habrá que verlo.

–¿Qué máquina vas a usar, Aaron? –preguntó Dave mientras se metía un caramelo de menta en la boca y ofrecía el paquete a los demás. Bea estiró la mano para tomar uno, así que Sive volvió a extender el brazo más allá de Maggie para apartársela con delicadeza–. ¡Ay, deja que coma algo dulce! –Dave volvió a tenderle el paquete–. Tengo muchos.

–Es un poco pequeña para los caramelos de menta –contestó ella con una sonrisa.

–Ah, cierto –dijo él con un tono de voz que sugería que pensaba que estaba exagerando–. Pero, bueno, dinos, Aaron, ¿qué máquina de remo vas a usar?

–Una de las del gimnasio de Scott –contestó su marido–. ¿Tú vas a usar la que tienes en casa?

–Sí. Jerry también tiene una en la suya. Aunque todavía no sabe si va a poder librarse del trabajo. –Dave sonrió–. Espero que no, porque, de lo contrario, nos dará una paliza a todos.

Sive había coincidido con Jerry en un par de ocasiones durante aquellas reuniones. Como su hermano, tenía los rasgos suaves y ese aire de querer complacer y, sin lugar a duda, era el mejor remero de todos ellos. Sin embargo, cuando se trataba de aquel grupo de viejos amigos, se encontraba en el equipo de segunda: era un miembro periférico al que invitaban a los eventos de remo, pero no tanto a socializar en general o a los *brunch* hípster.

–Creo que ahora mismo somos veintidós personas, así que debería ser una buena carrera –dijo Scott, y Nita asintió.

Ella también iba a participar.

Sive los escuchó, desconcertada una vez más ante la idea de una carrera en máquinas de remo. Habían comenzado a hacerlo durante la cuarentena, cuando no podían reunirse para remar en el agua. Utilizaban las máquinas de remo que tenían en casa y se conectaban de forma virtual. Y en aquel momento, en que podían volver a salir al agua, seguían utilizando las máquinas de forma regular para participar en carreras improvisadas. Para ella no tenía sentido, pero, en cualquier caso, eso significaba que Aaron volvería a unirse a ella por la mañana mucho antes que si tuviera que desplazarse para poder remar en agua de verdad.

«Algo es algo –pensó, y, al alzar la vista, vio que Faye iba directa hacia un camarero que portaba platos calientes–. Menos tiempo cuidando a los niños yo sola».

Sive zigzagueó entre las mesas para llevar a Faye de vuelta a su asiento y, cuando ocupó el suyo, Scott estaba señalando algo en el periódico.

–Mira esto… Han encontrado un cadáver en Dublín. Asfixiado con una bolsa de plástico. –Encorvó los hombros con un escalofrío exagerado–. Vinculado a la banda criminal de los Callan, esos tipos a los que te enfrentas, Aaron.

–No me enfrento a ellos –contestó su marido–. Tan solo defiendo a Pete Brosnan de una incriminación evidente.

–Por lo que tengo entendido, encontraron una pistola enterrada en su jardín, ¿no? –insistió Scott, y Sive oyó el tono de desafío que le teñía la voz.

–Sí. Para incriminarlo.

–Pero ¿qué hace que estés tan seguro de que Brosnan es inocente?

–Bueno… –Aaron sonrió con magnanimidad al resto de los rostros interesados–. No estaba en el país cuando se produjo el asesinato.

Scott pareció confundido.

–Entonces, ¿por qué lo llevan a juicio? ¿No demostrarían los registros de vuelo o el control de pasaportes que él no pudo hacerlo?

–Sí, pero, por desgracia, él y Carmen, su mujer, tomaron el *ferry*. Después condujeron por toda Inglaterra y Francia hasta llegar a España. Le da miedo volar.

–Entonces, si no hay ninguna prueba real de que estuviera en España, ¿cómo sabes que es cierto? –le preguntó su amigo.

–Ahí, amigo mío, es donde entra en juego la tecnología.

Aaron le dedicó una sonrisa benevolente.

«Todo un *showman*, como siempre», pensó ella con una mezcla de irritación y orgullo.

–¿Qué quieres decir?

Scott se sacó el vapeador del bolsillo de la americana. Si volvía a ponerse a usarlo como si fuera un juez con un mazo, Sive iba a tener que poner alguna excusa para salir de allí.

–Su teléfono, su Fitbit, su portátil… –le explicó Aaron–. Todas sus pertenencias muestran que estaba en España.

Sonrió satisfecho mientras todos los miembros de su público asentían con admiración. Todos menos Scott.

–Un momento. –Cinco cabezas se giraron hacia él. Golpeó la mesa con el vapeador para dar énfasis a sus palabras y Sive tuvo que ocultar la mueca de disgusto tras el capuchino frío–. ¿No es posible que su esposa hubiera ido sola a España y se llevara con ella el teléfono, la Fitbit y el portátil para que pareciera que él estaba allí?

Cuatro cabezas volvieron a girarse hacia Aaron.

–Eh… no. No estuvo allí sola; estuvo con él. Los vecinos del bloque de pisos los vieron juntos.

–Claro, pero ¿los vecinos los conocen bien? ¿No podría haber ido otra persona con Carmen? Alguien que todo el mundo dé por sentado que es su marido. Se pone la Fitbit, lleva el teléfono y hace un par de llamadas… Podría pensarse que es bastante sencillo.

Scott parecía complacido con su deducción. Dave ladeó la cabeza, meditando el asunto.

–Guau… ¿Funcionaría? Es bastante impresionante, Scott. Serías un buen criminal. Tuve un caso en el trabajo en el que…

Aaron lo interrumpió con un chasquido de lengua.

–Ves demasiado *Ley y orden* –dijo mientras sacudía la cabeza con una sonrisa para mostrar que Scott y sus sugerencias extravagantes le daban un poco de pena.

Su amigo le devolvió la sonrisa.

–Pero tengo razón. No sería tan difícil. Por ejemplo, si Brosnan tuviera un hermano. ¿Tiene un hermano?

Aaron se encogió de hombros. Sive sabía que Pete Brosnan sí que tenía un hermano. Y su marido también lo sabía.

–No tengo ni idea de si tiene un hermano o no, pero estoy bastante seguro de que, en caso de que así fuera, es difícil que decidiera ir hasta España con Carmen Brosnan solo para que su hermano tuviese una coartada.

–¿Y por qué no? Si funciona, tu cliente se va de rositas.

Aaron suspiró como si estuviera intentando explicarle algo a un niño pequeño.

–Mira… –Tomó un trozo de beicon, se lo metió en la boca y lo masticó mientras su público esperaba–. La verdad es que los Callan estaban intentando cargarse a un traficante de drogas e incriminar a Brosnan. Así mataban dos pájaros de un tiro. Sin embargo, mataron al tipo equivocado y Brosnan me contrató a mí como su abogado. –Se dio un golpecito en el pecho con el pulgar y recuperó la sonrisa de satisfacción–. Así que los Callan están jodidos.

A Sive se le hizo un nudo en el estómago y miró a su alrededor de forma instintiva para ver si alguien los estaba escuchando. Sabía que era una tontería. Como si alguien en Londres fuese a oír a su marido e informar a unos criminales que vivían en Dublín… Pero aun así… Eran tristemente conocidos por ser despiadados y aquel tipo de discursos arrogantes de Aaron la inquietaban.

–Por supuesto. –Scott asintió con la cabeza para dar énfasis a su tono sarcástico–. Sin duda, la banda criminal más mortífera de Irlanda estará temblando de miedo.

–Pero es emocionante, ¿verdad? –dijo Dave–. Participar en la ley y la justicia y atrapar a los malos. Yo también siento lo mismo respecto a mi trabajo, respecto a cómo…

Aaron le quitó la gorra de béisbol de la cabeza.

–Sí, sí, ya lo sabemos… ¿Qué sería de nosotros si el agente Dave no mantuviese la ley y el orden en las calles de Londres?

Dave agarró la gorra y volvió a ponérsela.

–Muy gracioso. Pero mi trabajo es importante, ¿sabes? –dijo, aunque estaba sonriendo–. Si la Policía no detuviera a nadie, tú no tendrías a quién defender. Tú y yo somos un equipo.

Entonces le dio un golpe suave a Aaron en el hombro y a Sive le pareció ver que su marido fruncía un poco el ceño.

—Sea como fuere, ahí tienes el artículo del cadáver que han encontrado en Dublín, por si quieres verlo —dijo Scott.

Le pasó el periódico a Aaron, pero en ese momento Bea derribó un vaso de leche que salpicó los bordes del papel.

—Ay, mierda, lo siento —dijo su marido.

—No pasa nada; ya lo he leído. Cuando acabes, tíralo o dáselo a Dave para que haga el crucigrama.

—Ya he hecho el crucigrama en casa, colega, pero déjame echarle un vistazo al artículo sobre el cadáver —replicó este mientras se inclinaba para leerlo también.

—¡Madre mía! ¡Basta de hablar de cadáveres y bolsas de plástico! —exclamó Maggie—. Volvamos a planificar el resto de vuestro viaje. Sive, ¿tengo tu número de teléfono? Deberías dármelo en caso de que surja algún problema el lunes por la mañana.

Maggie tenía su número. Sive lo sabía porque, después de sus visitas a Londres, siempre le mandaba un mensaje para darle las gracias por llevarlos a hacer turismo y pasar tiempo con ellos con la esperanza de que pudieran entablar una amistad. Mensajes de texto que, como era evidente, no significaban lo mismo para la otra que para ella. Su propia necesidad emocional la hizo sonreír para sus adentros.

—Creo que deberías tenerlo, pero, si no es así, dímelo.

—Maravilloso. ¿Quedamos en el Rooftop Bar a las diez? Me he tomado el día libre en el trabajo, así que empecémoslo con estilo mientras todos estos se dedican a sudar en sus máquinas de remo —dijo ella mientras arrugaba los ojos.

—Estupendo —contestó Sive—. Me parece perfecto.

—En los viejos tiempos, nos encantaba ir allí. Era nuestro sitio. Éramos como el elenco de *Friends*, solo que menos guapos y con mucho más tequila —le explicó Maggie con una carcajada—. Chicos, ¿os acordáis de aquella vez que…?

Sin embargo, Dave la interrumpió mientras señalaba algo que aparecía en el periódico:

–¡Aaron! ¿Has visto esto? «Arrestado el conocido empresario Hugh Pemberton». Hace años fue uno de tus testigos, ¿no?

Aaron negó con la cabeza.

–No, no fue uno de mis testigos.

–¿Qué? Hugh Pemberton, con el bigotillo blanco y gafas de montura metálica. Bajito. Rico. ¿Lo recuerdas?

–No. Tal vez formara parte de alguno de tus casos del trabajo.

Dave parecía perplejo, pero entonces su gesto cambió.

–Sí, puede que tengas razón. Así es.

Asintió con lentitud, como si estuviera recordando algo, y Sive se preguntó si iban a recibir la bendición de otra larga historia sobre el trabajo de Dave.

Aaron dobló el periódico y bajó la vista hacia su móvil, que estaba justo debajo.

–Mierda.

Tamborileó con los dedos sobre la mesa, lo que, por norma general, mostraba que estaba nervioso.

–¿Va todo bien? –le preguntó Sive.

–Tengo dos llamadas perdidas de Garvin. –Alzó la vista–. Es mi ayudante –aclaró a los demás–. ¿Qué demonios quiere un sábado por la mañana? –Empujó su silla hacia atrás y estuvo a punto de golpear la que se encontraba a su espalda–. Lo siento, chicos, tengo que devolverle la llamada. Es el precio del éxito –añadió en un susurro–. No tienes tiempo libre.

Se abrió paso entre las mesas y salió de la cafetería con una mano sobre la oreja para escudarse de la cháchara propia de un sábado por la mañana.

Sive contempló a su marido alejándose y, de prozto, fue consciente de que Scott también lo estaba observando con lo que parecía resentimiento apenas contenido surcándole el rostro. Cuando se percató de que lo estaba mirando, neutralizó el gesto con la misma rapidez.

—Desde luego, no echo de menos ese tipo de vida –dijo mientras sonreía de forma educada.

—«No hay paz para los malvados» –canturreó Dave mientras señalaba con la cabeza la espalda cada vez más lejana de Aaron–. Aunque mi trabajo es igual. Hay que estar pendiente en todo momento. Día y noche.

—Eso no es verdad en absoluto –dijo Nita–. Fichas para entrar y para salir a unas horas determinadas y, cuando trabajas de madrugada, es porque te toca el turno de noche.

El hombre se sonrojó y se encogió de hombros.

—Aun así, es importante.

Sive se sintió mal por él. No debía de ser fácil relacionarse con aquellos triunfadores.

—A mí me parece muy interesante –dijo–. ¿De qué clase de casos sueles encargarte?

Nita y Scott gruñeron al unísono.

—¡No le des pie! –exclamó Nita antes de añadir un poco entusiasta–: Es broma.

Dave la ignoró.

—No se me permite hablar de casos específicos, Sive. La gente piensa que solo hago trabajo administrativo, pero tenemos que ser muy éticos, ya que tenemos acceso a mucha información. De hecho… –Miró a su alrededor y bajó la voz–: Uno de mis colegas acaba de recibir una reprimenda por comprobar antecedentes penales de gente que, en realidad, no estaba vinculada a ninguna investigación. Todos nos hemos enterado, pero nadie sabe qué era lo que tramaba. Se dieron cuenta en una auditoría aleatoria. Así que en la oficina tenemos un bote con apuestas sobre sus motivos. ¿Por qué creéis que lo hizo?

—No tengo ninguna duda de que estaba investigando a alguien que le gusta –dijo Scott mientras golpeaba la mesa para dar más énfasis a sus palabras–. Eso es lo que haría yo.

—No. Tiene novia desde hace tiempo. ¿Alguna otra idea? Ya hemos acumulado ochenta libras.

—El hecho de que tenga novia desde hace tiempo no significa que no pueda estar husmeando sobre otras mujeres –insistió Scott.

Nita arrugó la nariz.

–Ugh, qué asco. No todo el mundo es como tú, Scott. No te importa lo más mínimo lo que los demás piensen de ti, ¿verdad?

A él se le ensombreció el rostro.

–Suenas igual que Caron.

–¡Caray! Lo siento. Qué susceptible –contestó Nita mientras le estrechaba el brazo con afecto–. Ooooh, hablando de exparejas… Tal vez el colega de Dave estuviera buscando los trapos sucios del ex de su novia. –Empezó a emocionarse con el tema–. O quería chantajear al ex de su novia. Me decanto por eso. Quería chantajear al ex para conseguir que… pagase la pensión alimenticia.

–Eso es extrañamente específico –dijo Dave–, pero gracias por tu aportación.

Entonces sacó un cuaderno (era famoso por llevar uno encima en todo momento) y anotó algo. Sive no estaba segura de si lo estaba haciendo en serio o tan solo estaba interpretando su papel para el disfrute de sus amigos.

Entonces intervino Maggie:

–Tal vez no haya una pensión alimenticia de por medio. Tal vez tu colega estuviese chantajeando al ex para conseguir dinero.

Nita dio una palmada y declaró que aquello le parecía mucho más interesante. Dave volvió a reírse y dijo que lo más probable era que hubiese una explicación inocente, tal como había sugerido Scott. Ella enarcó una ceja depilada a la perfección y señaló que obtener información de alguien que le gustaba a duras penas podía considerarse algo inocente. Scott se ofendió y desató un acalorado debate que Sive solo escuchó a medias mientras ayudaba a Bea con la comida. Faye volvió a pasearse por la cafetería y empezó a charlar con una pareja joven que se encontraba en una mesa al fondo del local. Sive cruzó los dedos para que a la pareja no le importase que una niña de seis años parlanchina interrumpiera su *brunch* y, aunque sabía que probablemente debería intervenir, no tenía la energía necesaria. A menudo pensaba que, en el ochenta por ciento de los casos, ser madre consistía en decidir cuándo intervenir y cuándo dejar que las cosas siguieran su curso. Dio un último bocado a sus huevos benedictinos, que a esas alturas estaban duros y fríos, y miró en dirección a la ventana de la cafetería. Scott estaba allí con el vapeador, de pie junto a Aaron, que seguía hablando por teléfono con su oficina. Para cuando se dio cuenta de que no se trataba de la oficina, ya casi (aunque no del todo) había dejado de tener importancia.

Capítulo 24

–Tal vez deberían sentarse.

Con los ojos desorbitados, Sive mira fijamente a Hawthorn, pero es Aaron el que responde:

–No, no necesitamos sentarnos. Díganos: ¿alguien ha visto a Faye?

–Sí, en el metro. –Hace una breve pausa–. Según la persona que nos ha llamado, iba de la mano de alguien, de una persona adulta.

Y, aunque era consciente de que algo así iba a ocurrir desde el momento en el que se ha dado cuenta de que la mochila del parque era la de Faye, a Sive se le doblan las piernas conforme el suelo se alza a su encuentro.

–¿Se encuentra bien?

Sive cree que se trata de la voz de Hawthorn, aunque los brazos que siente levantándola son los de Aaron. En algún lugar sobre su cabeza se dispara el *flash* de una cámara. Puede oír a un periodista haciendo preguntas y a una agente de Policía pidiendo que le dejen espacio.

–Lo siento –le dice a Hawthorn, furiosa consigo misma. No tiene tiempo para eso–. Cuéntenos. Por favor. Todo.

La policía se da la vuelta, les dice algo a los periodistas mientras los mantiene a raya y después vuelve a girarse hacia Sive.

–¿Necesita sentarse? ¿O volver a su hotel? –le pregunta con los ojos cargados de preocupación.

–¡No! –dice ella de forma brusca–. No voy a marcharme

de aquí. Lo siento. Normalmente, no soy así. Por favor, díganoslo.

«Santo cielo. Alguien ha tomado a Faye de la mano y se la ha llevado».

Hawthorn vuelve la vista hacia los periodistas y aleja un poco a Sive y a Aaron, en dirección a la pared opuesta a los tornos de acceso. Jude y Maggie los siguen.

–Está bien –dice la agente–. Nos ha llamado una mujer. Por supuesto, hemos recibido numerosas llamadas; es algo que ocurre siempre que hacemos una rueda de prensa. Sin embargo, esta mujer en concreto ha llamado para decir que esta mañana, en el metro, se ha fijado en una niña pequeña que encajaba con la descripción de Faye. Lo que le ha llamado la atención ha sido la mochila. Nos ha dicho que había estado buscando algo similar para su nieta. También recordaba la chaqueta vaquera rosa. Y que la niña iba de la mano de un adulto. –Vuelve la vista hacia los periodistas que merodean por allí y baja la voz–: Lo más importante es que se ha fijado en los puntos que lleva Faye en la pierna. No los hemos mencionado en ninguna de las alertas, no hemos hablado de ellos en las redes sociales y tampoco lo hemos contado en la rueda de prensa, así que esta mujer parece una testigo fiable.

A Sive le da un vuelco el estómago. Y pensar que esa mujer ha visto a Faye sin saber que estaba desaparecida... Que no ha hecho nada porque no era consciente de que hubiese ningún problema.

«Dios mío...».

–Eso es todo lo que recuerda. Ha dicho que el metro iba abarrotado y que tenía la fuerte sensación de que la niña iba agarrada de la mano de alguien. Sin embargo, ni se ha fijado ni le ha prestado atención a la persona adulta, ya que estaba mirando la mochila.

–¿Qué mochila? –pregunta Jude rápidamente–. ¿Con qué dibujo?

–El de Elsa con un vestido azul. Eso significa que debemos suponer que era la mochila de la otra niña, Eva, pero, dado que la testigo también recuerda la chaqueta rosa y los puntos, sabemos que a la que ha visto era Faye y que, por lo tanto, ha debido de ser después de que se intercambiaran las mochilas.

Sive intenta dilucidar qué significa todo eso. Pero la realidad es que, dado que el cambiazo de las mochilas ha podido ocurrir en cualquier punto entre Bond Street y St. Paul, esa información no les dice demasiado.

—De acuerdo. ¿Y dónde estaba la mujer cuando ha visto a Faye? —pregunta Aaron.

—Ese es el problema. Cuando piensa en ello, recuerda la mochila, la chaqueta rosa y el corte de la pierna, pero no ha prestado atención al lugar en el que se encontraba en ese momento.

«Ay, Dios, tan cerca y, aun así, nada…».

—Ella se ha bajado en la estación de metro de South Woodford.

Sive no tiene ni idea de dónde se encuentra ese lugar o lo que significa, pero Hawthorn parece recelosa.

—¿Y eso está cerca de aquí? —pregunta.

La agente toma aire de forma audible.

—Está a unos veintidós kilómetros de aquí. A catorce paradas en metro.

—Joder —dice Aaron—. Joder. ¿Así que quien sea que tenga a Faye podría haberse bajado en cualquier parada entre Bond Street y South Woodford?

Jude se aclara la garganta.

—O incluso más lejos. A menos que la testigo pueda recordar si se han bajado del metro antes que ella.

Hawthorn niega con la cabeza.

—No recuerda haber visto que se bajaran del metro, pero sí cree que, cuando se ha levantado para recoger sus cosas en South Woodford, ya no estaban allí. La multitud había menguado de forma considerable y, cuando piensa en el momento en el que ha mirado a su alrededor, recuerda que ya no estaban allí.

—Muy bien —dice Aaron—. Así que ahora habrá agentes en todas las estaciones entre esta y South Woodford, así como gente revisando las cámaras de seguridad, ¿verdad?

Es una exigencia más que una pregunta.

—Por supuesto. Ya estábamos en ello.

—Y, dado que ahora nos encontramos ante un secuestro, supongo que habrán aumentado la dotación policial, ¿no es así?

La agente alza la mano en un gesto apaciguador.

—Creo que es demasiado pronto para decir que nos encontramos ante un secuestro. Podría tratarse de un viajero con buenas intenciones que esté cuidando de Faye con el propósito de que pueda reencontrarse con ustedes, alguien que no se haya enterado de que ya la estamos buscando.

Aaron suelta un bufido burlón.

—La noticia está en todos los medios de comunicación y las redes sociales. Es imposible que haya alguien que no se haya enterado.

—Nuestra testigo no usa las redes sociales —replica Hawthorn—. Tan solo lo ha sabido cuando ha visto la rueda de prensa.

—Pero, aunque esa persona no hubiese visto las alertas, la habría llevado a una comisaría de Policía —dice Sive—. La gente que encuentra a niños perdidos no se los lleva a casa sin más… Además, ¿no deberíamos suponer que quienquiera que sea ha cambiado las mochilas de forma deliberada con la intención de confundirnos? No parece alguien que, sencillamente, no se ha enterado.

Contempla los rostros que la rodean. La agente se esfuerza por mantener un gesto de calma y profesionalidad, pero, justo por debajo, también muestra un toque de ansiedad. Aaron está blanco, enfadado y aterrado. Maggie sigue conmocionada, todavía poniéndose al día. Y Jude, siempre tan observadora, parece calmada y serena, pero, por primera vez, Sive también detecta en ella un atisbo de preocupación. Y eso la pone más nerviosa que cualquier otra cosa.

Capítulo 25

Dos días antes, sábado
Torre de Londres

Con los ojos como platos, Faye se apoyó contra la valla de madera, embelesada por los actores vestidos con trajes medievales. Bea, que era demasiado pequeña para poder apoyar los brazos en la parte superior de la valla, estaba mirando en su lugar por el hueco que había en medio. Y Toby, bien arropado en el portabebés, dormía profundamente contra el pecho de Sive.

–Me encanta –susurró Faye con un tono casi reverente.

Mientras acariciaba la cabeza aterciopelada del bebé, Sive pensó que era extraño que aquella enorme atracción turística a orillas del Támesis fuese, hasta el momento, la parte más relajada del viaje. Junto a ella, Maggie estaba leyendo el folleto.

–¿Sabías que alimentan a los cuervos de la torre con galletas empapadas en sangre?

–Vaya, gracias, pero no necesitaba saber eso.

–Es gracioso –prosiguió la otra mujer–. Llevo veinte años viviendo en la ciudad, pero nunca antes había venido a la Torre de Londres.

–Supongo que así funcionan las cosas. En Irlanda, yo nunca he estado en los acantilados de Moher o en la piedra de Blarney. Nunca sacamos tiempo para hacer turismo en nuestro propio país.

–Madre mía, ¡hasta yo he estado en los acantilados de Moher! –dijo Maggie–. Yasmin y yo fuimos juntas cuando estudiábamos en la universidad.

–Vaya, ¿fuiste a la universidad con Yasmin? –preguntó Sive mientras comprobaba si Aaron las estaba escuchando.

Estaba a un par de metros de distancia, sumido en una conversación con Dave. En realidad, tampoco es que importara, pero le resultaba raro hablar de la prometida fallecida de su marido delante de él.

–Sí, así conocí a los demás. Yasmin y yo éramos mejores amigas y Nita, que era su hermana, evidentemente, había ido a clase con Scott y Aaron. Todos estábamos buscando un lugar donde vivir al mismo tiempo, así que decidimos mudarnos juntos.

–¿Y Dave? –preguntó mientras Toby comenzaba a removerse en el portabebés.

–Su madre era la propietaria de la casa que alquilamos en Stratford.

–Un momento... Entonces, ¿vivíais todos con la madre de Dave?

Maggie se echó a reír.

–Dios, no. Eso habría estropeado nuestros aires de veinteañeros que intentaban parecer guais y glamurosos en el Londres del cambio de milenio. Ella vivía en un apartamento y Dave era una especie de casero in situ. Me parece que la mujer creía que se aseguraría de que no celebráramos demasiadas fiestas. Una de sus frases favoritas era «Encárgate siempre de las cosas con tus propias manos». En este caso, el pobre Dave era como su apoderado. –Aquel fue el turno de Maggie de echar un vistazo al lugar en el que Dave y Aaron seguían pegados el uno al otro, sin escuchar lo que decían–. Y digamos que Dave no era la persona más eficiente a la que dejar a cargo de los intereses de nadie.

–¿Y eso? –preguntó Sive.

–Ah, no es que nada saliera mal, pero tenía tantas ganas de ser mejor amigo de todos que no creo que hubiese puesto objeción a nada de lo que hubiéramos querido hacer.

–Te entiendo. Sí, no puedo imaginar a Dave dándoos órdenes a todos.

Maggie suspiró.

–No es famoso por tomar la iniciativa, no –dijo.

Sive tuvo la impresión de que detrás de aquello se escondía alguna historia, pero Bea empezó a tirarle de la pierna para pedirle chucherías y puso fin a la conversación.

–¿Vamos ahora a ver las joyas de la Corona? –preguntó Aaron cuando hubo terminado la recreación medieval.

Sive asintió mientras les tendía pastelitos de arroz a Bea y a Faye.

–Claro. Y, al parecer, podemos entrar a la torre en la que encerraron a los príncipes. ¿Os parece bien a todos?

Maggie y Aaron asintieron, pero Dave levantó la mano como si fuera un niño pidiendo permiso para hacer algo.

–Puede que yo me vaya ya a casa. Ya he visto todo esto otras veces. No me malinterpretéis, es estupendo, pero he estado con mi madre siete u ocho veces. Mi madre es fan de cualquier cosa relacionada con la realeza.

–¡Ah, claro! –dijo Sive–. Por supuesto, adelante.

–Pero deberíamos planear algo para más tarde. Sé que hemos reservado en ese restaurante japonés, pero ¿qué os parece si cancelamos y, en su lugar, venís todos a mi casa? Será un poco más relajado. –Sive y Maggie asintieron al unísono–. Bien, en tal caso, me marcho. Aaron, colega, había pensado que tú y yo podríamos tomarnos unas pintas antes. –Aaron dudó. No parecía muy seguro, lo que no era muy propio de él–. Solo una, en The Lion –insistió Dave.

Aaron miró a Sive, tal vez instándola a que interviniera y descartara el plan, pero el otro no esperó a que le diera una respuesta:

–Bien. Nos vemos allí a las siete. A los demás os veo en mi casa a las ocho.

Le dio una palmadita en el brazo a su amigo, se despidió de Maggie y de Sive con un gesto de la mano y desapareció entre la multitud de turistas.

Maggie enarcó las cejas.

—Vaya, Aaron, toda una hora con Dave sin nadie que te rescate. Te deseo la mejor de las suertes.

Había un tono de afecto en sus palabras, pero a Sive le pareció detectar también algo diferente. ¿Tal vez irritación? Todavía no había conseguido comprender del todo las dinámicas de aquel grupo de viejos amigos. Le parecía un grupo desparejado, gente que, si se conociera en aquel momento, no entablaría amistad. Pero, por otro lado, suponía que las cosas funcionaban así. Ella también podría decir lo mismo de los compañeros que había conocido en su primer trabajo como periodista. En aquel momento habían sido inseparables, pero, si los juntaran en aquella nueva etapa de su vida, no tendrían nada en común. Aun así, quedaban una vez al año para rememorar cosas con unas pintas, unidos por los lazos del pasado. Si fuera del todo sincera, probablemente podría decir lo mismo de sus amigas de la universidad. No en voz alta, dado que eran sus mejores amigas, pero nunca les hacía confidencias. No les contaba lo dura que le resultaba a veces la maternidad o lo sola que se sentía y se había sentido, sobre todo durante los primeros días con Faye. No les abría su alma tal como hacían las mujeres en los libros o en la televisión. Y, si fuera muy muy sincera, admitiría que, si bien tenía muchas amistades (antiguos colegas, amigos de la universidad, madres del colegio, compañeros de club de lectura…), jamás había tenido una mejor amiga. Al menos no como las que aparecen en las películas. Y sí, si hubiera conocido a su supuesta mejor amiga en aquel momento, veinte años y toda una vida después de sus días en la UCC, tal vez no habrían tenido demasiadas cosas en común.

Quizá ocurriese lo mismo con los excompañeros de piso de Aaron. Scott con sus pullas y sus peleas. Dave con sus historias interminables. Nita con sus tendencias narcisistas. Y Maggie… bueno, Maggie era encantadora. Maggie era una persona de la que Sive podría ser amiga.

—Me habría gustado que dijeras algo para librarme de quedar con Dave –le dijo su marido.

—¡Oye! Ya eres lo bastante mayor y valiente como para encargarte de tu propia vida social –contestó ella, sonriendo–. Aunque es cierto que significa que no me queda más remedio que preparar a los niños y llevarlos a casa de Dave. Donde sea que esté su casa.

Maggie apartó la vista del folleto.

—Yo te digo dónde está. No queda muy lejos de vuestro hotel.

Aaron estaba negando con la cabeza.

—No, no vamos a llevar a los niños. Será más fácil si solo estamos los adultos.

—Claro que será más fácil si solo estamos los adultos, pero no los hemos traído hasta Londres para dejarlos solos en el hotel todas las noches.

—No estarán solos. Contrata a la niñera. Willow o como se llame.

Sive soltó un suspiro de exasperación. ¿Por qué tenía que encargarse siempre ella de esa tarea?

—¿Por qué no la contratas tú?

—Yo no tengo su número, pero tú sí –contestó él con una sonrisa petulante–. Pero, si quieres que empiece a llamar a veinteañeras que parecen modelos, estaría encantado…

Sive soltó un gemido.

—No sé, me siento mal por dejar a los niños con una desconocida dos noches seguidas.

Su marido sacudió la cabeza.

—A Dave le dará un ataque si apareces con los niños. ¡Sin ofender, peques! –Tomó a Bea en brazos, la alzó por los aires y le enterró la cara en la tripa. Ella se rio a carcajadas–. Su apartamento es todo cristal, superficies cromadas y esquinas afiladas. Además, estoy seguro de que la invitación no incluía a estos pequeñajos.

Volvió a hacerle cosquillas a Bea mientras Faye le tiraba del brazo, indicando que era su turno.

–Está bien. Llamaré a Willow.

–Y, cuando lo hayas hecho –dijo Maggie–, si a Aaron le parece bien quedarse con los niños, ¿qué te parece si tú y yo vamos a por unos cafés?

Sive podría haberle dado un abrazo. Sí, sin duda, Maggie y ella podrían haber sido amigas.

–No sé cómo lo haces –dijo Maggie mientras se ponían en la cola para el café–. Tres niños y un trabajo. Espera, ¿odiáis las madres que la gente os diga eso?

Sive sonrió.

–A mí no me importa lo más mínimo. Si te soy sincera, no sé cómo lo hacen las demás. En cuanto lo haya adivinado, informaré a todo el mundo. –Titubeó–. Hablando de cosas que probablemente uno no debería preguntar... ¿alguna vez te has planteado sentar cabeza? Me refiero a todo eso de casarse y tener hijos.

La otra negó con un gesto.

–Hubo alguien, pero me di cuenta de que me estaba conformando. ¿Sabes ese episodio de *Friends* en el que hacen un pacto para casarse entre ellos en caso de que no conozcan a nadie? –Sive asintió mientras avanzaban en la cola–. Fue así. Por suerte, me di cuenta de que no era un buen motivo para sentar la cabeza con nadie. Soy feliz sola. Tengo a mis cuatro hermanas, que son mis mejores amigas en todo el mundo, y tengo buenos amigos. –Como si estuviera haciendo un aparte, dijo–: Otros amigos, no solo esta cuadrilla.

Sonrió mientras señalaba a Aaron, que estaba haciendo girar a Faye de los brazos mientras Bea daba palmas y Toby se acurrucaba en el portabebés.

–Sí, sois un grupo bastante... ¿ecléctico? –dijo Sive–. Supongo que hace veinte años todos teníais más cosas en común.

Maggie asintió.

–Sí, teníamos en común una carrera nueva y brillante, bastante dinero y un estilo de vida dedicado a la fiesta. Y teníamos a Yasmin. Ella era el lazo que nos unía.

–¿Cómo era?

Cuando aquellas palabras abandonaron sus labios, se dio cuenta de que, por mucho que quisiera saber más cosas sobre Yasmin, también estaba buscando entablar una relación más profunda con Maggie.

La otra sonrió.

–Era la mejor amiga que he tenido nunca. –Extendió el brazo y le dio la vuelta para mostrarle la muñeca–. Incluso nos hicimos tatuajes a juego. ¿No te parece demasiado exagerado? –Se pasó el índice por los dos soles–. Mi madre se puso hecha una furia, pero yo me alegro de haberlo hecho. Es una piedra angular, un recordatorio silencioso y constante.

Sive asintió.

–Es precioso.

–Y muy adecuado como símbolo. Yasmin era como el sol. Todos queríamos bañarnos en su luz. Si no se encontraba de buen humor, todos intentábamos animarla de forma instintiva y, cuando estaba contenta, todos queríamos estar a su lado. Supongo que nos sentíamos atraídos hacia ella.

–¿Nita y ella se parecían mucho? –preguntó Sive.

–Yo diría que Nita palidecía bajo la sombra de Yasmin. ¡Ja! ¡Más analogías manidas sobre el sol! Y, por favor, nunca le cuentes a Nita lo que acabo de decir. Aunque ella nunca lo admitiría, en aquel entonces estaba muy celosa de su hermana.

Sive asintió con gesto cómplice.

–¿Y por qué estaba celosa?

–Yasmin no tenía que hacer ningún esfuerzo, mientras que Nita se esforzaba muchísimo por ser la mejor y ganar en la vida. No se trataba de gustarle a la gente, sino de que la admiraran y envidiaran. Ese era su combustible. Bueno, ya la conoces, así que estoy segura de que eres consciente.

Le dedicó otra sonrisa cómplice mientras la cola avanzaba con lentitud. Delante de ellas, una pareja se movió al unísono. Tenían la mano metida en el bolsillo trasero del otro y el rostro vuelto para mirarse. Sive se descubrió preguntándose si Aaron y Yasmin habrían sido así. Aaron y ella se habían saltado esa etapa y habían pasado directamente a la compra del carrito y las ecografías.

Pasó la vista hacia el lugar en el que se encontraba su marido con los niños. Él le estaba haciendo un gesto con la mano, señalando el reloj, mientras le indicaba que iba a ir para allá. Pero Maggie y ella estaban casi al principio de la cola para el café, así que alzó una mano que quería decir: «Ya casi estamos, espera».

–Aaron no habla de Yasmin –le dijo a la otra mujer.

–No me sorprende. Le costó mucho tiempo superar lo que había ocurrido. Por supuesto, se culpaba a sí mismo.

Sive se giró para mirarla.

–¿Qué? ¿Aaron se culpaba?

Maggie se mordió el labio.

–Ay, cielo, ¿no lo sabías?

–No, nunca habla de ella. Jamás. Solo he visto una fotografía en la que aparecen los dos juntos y él ni siquiera sabe que la he visto. Sabía que existía porque, antes de que os conociera a todos aquella primera vez, me contó una versión abreviada de la historia. –Hizo una pausa–. Supongo que por si mencionabais su nombre.

–Ya veo. ¿Y qué es lo que sabes exactamente? –le preguntó Maggie con cuidado.

Habían llegado al principio de la cola y esta sacó el monedero, lista para pedir.

–Que Aaron y Yasmin se habían mudado juntos y estaban planificando la boda. Ella estaba en casa. Él estaba en el trabajo. Se desató un incendio y ella murió. Eso es todo. No puede culparse por eso, ¿no?

–Oh. –Maggie abrió mucho los ojos–. Sive, ¿de verdad no sabes el resto de la historia?

Capítulo 26

Dos días antes, sábado
Torre de Londres

Antes de que Sive pudiera contestar, el camarero empezó a tomar nota del pedido de Maggie y, de pronto, Aaron y los niños aparecieron también por allí, poniendo fin a la conversación. Al menos por el momento.

Fueron a ver las joyas de la Corona, asistieron a otra recreación y entonces decidieron que iba siendo hora de tomarse un descanso para comer tarta. En aquella ocasión, en un salón de té que recomendó Maggie y que se encontraba a apenas unos minutos de la Torre de Londres. Para deleite de las niñas, el local, ubicado en una preciosa cabaña de madera, se encontraba en medio de un pequeño parque con una zona de juegos infantiles y, en cuanto se hubieron terminado los brownies, rogaron poder ir a los columpios. Aaron fingió reticencia mientras le tiraban de los brazos, pero al final permitió que lo levantaran de la silla.

–¡Me debes una por esto! –le dijo a Sive, simulando estar exasperado.

Después se dio la vuelta y siguió a las niñas hacia el exterior de la cafetería.

–Oye, que yo me quedo con el bebé –le dijo ella–. ¡Es el que más trabajo da de todos!

–Mmmm, yo creo que a Aaron le ha tocado el marrón –comentó Maggie mientras, con un gesto de la cabeza, señalaba a Toby, que estaba durmiendo.

–Bueno… –Sive comenzó a cortar lo que le quedaba de

bollo de canela en trozos diminutos y a darles vueltas por el plato–. Quería preguntarte más sobre lo que has dicho antes, sobre que Aaron se culpa a sí mismo. Me resulta extraño. Lo que quiero decir es: ¿cómo podría haber hecho nada si estaba en el trabajo?

–Ah, pero es que no estaba en el trabajo. Estaba en un bar.

–Oh. –Le dio vueltas a aquello. ¿Importaba que le hubiese dicho que estaba en el trabajo y no en un bar?–. Pero estoy segura de que, aun así, eso no significa que fuese culpa suya.

Maggie le dio vueltas al café.

–¿Te ha contado lo del acosador?

–Sí. Bueno, no. La primera vez que oí hablar de él fue anoche, cuando cené con vosotros. Y le he preguntado al respecto esta mañana. Parece que no está muy claro si el acosador era real o no...

Maggie dejó la cucharilla en el plato y asintió con lentitud, como si estuviera escogiendo las palabras con mucho cuidado.

–Ahora Nita cree que había un acosador, pero en aquel momento no lo creía –dijo al fin–. Yasmin sin duda lo creía; estaba aterrada. Dave también estaba preocupado por ella; de eso me acuerdo. Sentía una gran debilidad por Yasmin y, aunque nunca llegó a ver a ningún acosador, defendía de forma bastante acérrima todo lo que ella decía.

–¿Y tú?

–Nunca estuve segura. Creo que Yasmin se asustó después de aquella ocasión en la que la siguieron a casa. Pero no sé si todo lo demás fueron imaginaciones suyas o no. Scott no lo creía en absoluto y solía decírselo. A veces podía ser un auténtico imbécil.

Sive tomó un trozo del bollo y después volvió a dejarlo.

–¿Y qué hay de Aaron?

–Creo que a él le pasaba lo mismo que a mí: no estaba seguro. Pero sí que intentó cazar al tipo.

–Un momento... ¿qué?

A través de la ventana de la cafetería, Maggie pasó la vista hacia donde Aaron estaba empujando a Bea en uno de los columpios.

–Probablemente no debería estar contándote esto.

Sive estaba perpleja.

–¿Aaron intentó cazar al acosador en el que no terminaba de creer?

La otra asintió.

–Creo que pensó que, si el acosador era real, aquella era una buena forma para intentar atraparlo y que, si tan solo era producto de la imaginación de Yasmin, tampoco haría daño demostrarle que se lo estaba tomando en serio. –Una brisa ligera sacudió los árboles del exterior y ambas giraron la cabeza hacia la ventana y los columpios que se encontraban más allá–. Como diría el propio Aaron, así mataba dos pájaros de un tiro.

–¿De verdad? Pero ¿qué hizo?

Sive no acababa de imaginarse a su marido intentando atrapar a un acosador, pero, por otro lado, cuando se proponía algo…

Maggie sacudió la cabeza y el cabello rojizo dorado le resplandeció bajo la luz del sol.

–Caray… No puedo creer que nunca te lo haya contado. Creo que lo mejor es dejar que lo haga.

–Ah, Maggie, no me dejes en ascuas.

–Te prometo que no fue nada malo –la tranquilizó antes de apurar lo que le quedaba del café–, pero fue la noche en la que Yasmin murió, así que es un tema… delicado. –Maggie frunció los labios–. Y no me corresponde a mí hablar de ello.

Una sombra le atravesó el rostro y, de pronto, la mirada se le puso triste. Sive le apoyó una mano en el brazo.

–Lo siento mucho. No debería haber sacado el tema. Debió de ser horrible.

–Lo fue. Yasmin era nuestro baluarte, el centro de todo. Como es evidente, Aaron la amaba. Dave la idolatraba; para él, no podía hacer nada mal. Scott la tenía en un pedestal. Creo que la veía como un trofeo que Aaron había conseguido y que él también deseaba. Nita, dejando a un lado los celos, la adoraba, por supuesto. Era su única familia en todo el mundo. Y en cuanto a mí... bueno, era mi mejor amiga. Desde entonces, no he vuelto a tener una amiga como ella.

–Lo siento muchísimo. No me extraña que Aaron no hable mucho de ello. Debió de ser espantoso.

«Dios, ¿cuántas veces puede una persona decir las palabras *horrible* y *espantoso* o las mismas frases manidas de siempre?».

–Habla con Aaron sobre lo que hizo aquella noche –dijo Maggie–. Como te he dicho, no me correspon-de a mí hablar de ello, pero, si se lo preguntas, tal vez esté preparado para compartirlo contigo.

Capítulo 27

–Aaron, ahora que sabemos que Faye está con un adulto…
y que podría tratarse de un secuestro, tenemos que plantear-
nos seriamente la posibilidad de que esté relacionado con el
caso de Brosnan.

Sive le toca el brazo a su marido mientras lo dice con tono
de voz urgente pero, en cierto sentido, también amable.

«Está apaciguándolo», piensa Jude.

Entonces ve que Aaron tensa la mandíbula y sacude la cabeza.

–Sive, ¿cómo podrían haber sabido que estarías en Bond
Street esta mañana? ¿Cómo habrían predicho que dejarías que
las niñas subieran al vagón antes que tú? No tiene sentido.

Jude toma nota de ese «dejarías que las niñas subieran al
vagón antes que tú» y se percata de que Sive se encoge con
una mueca. Sin embargo, ella sigue insistiendo:

–¿Y si alguien ha decidido aprovechar una oportunidad inesperada? Tal vez pensaba hacer alguna otra cosa. –La voz
le tiembla–. Pero entonces, al ver que Faye y Bea subían al
metro solas, ha aprovechado la situación.

Maggie, la amiga de ambos, sostiene la mano de Sive y le
frota el brazo.

–Pero, Sive –le dice con suavidad–, ¿cómo podían saber que
tú y yo habíamos quedado esta mañana o que ibas a estar en
la estación de metro?

De pronto, ella se endereza.

–Un momento. Maggie, has dicho que te había desaparecido el teléfono.

—Así es, pero lo he encontrado.

—¿Podría habértelo quitado alguien para descubrir cuáles eran nuestros planes?

Jude mira a Aaron, que está sacudiendo la cabeza. Hawthorn también parece escéptica.

—No, cielo, estaba en mi casa —contesta Maggie con su leve acento escocés—. Entre los cojines del sofá. Es probable que se quedara ahí anoche, cuando estábamos buscando información en Google sobre…

Se interrumpe de forma abrupta y Jude tiene la impresión de que ambas se comunican en silencio. Sive sacude levemente la cabeza y Maggie le dedica una mirada de disculpa.

«¿Qué ha sido eso?», se pregunta.

En ese momento, interviene Hawthorn:

—Aunque parece muy improbable que alguien de esa red criminal irlandesa vaya a por ustedes, quiero asegurarles que estamos en contacto con la Gardaí irlandesa. Hablando de eso…

La agente levanta un dedo, se hace a un lado para responder a una llamada y vuelve a perderse en la vorágine de viajeros y, según observa Jude, un creciente grupo de periodistas.

Le suena el teléfono y ella también se hace a un lado, dando la espalda a Maggie, Aaron y Sive. Se trata de un mensaje de su editora para preguntarle si todo va según lo planeado y si podrá enviarle la entrevista antes de las cinco, tal como le ha prometido. Le quedan algo más de tres horas. Entra en la aplicación con la que toma las notas. Tiene mucha información: todo lo que le ha contado Sive sobre recrear escenarios de peligro relacionados con desconocidos, sobre la ocasión en la que Faye se perdió en el colegio, sobre lo poco que conocen todos Londres y sobre el caso judicial de Aaron. Se muerde un nudillo, pensativa. Cree que puede incluir la visita a St. Paul siempre y cuando no mencione la mochila. Sin duda no puede mencionar ni la mochila ni a la testigo del metro. Está ahí para escribir un buen artículo, no para poner en peligro una investigación policial. O, peor aún, la seguridad de una niña. Teclea una respuesta:

Lo tendrás antes de las 5.

Cuando envía el mensaje, ve por el rabillo del ojo que Hawthorn cuelga la llamada, se gira hacia los Sullivan y les hace un gesto para que se acerquen a ella. Jude sigue mirando la pantalla de su móvil, pero está prestando mucha atención, intentando oír lo que dice la policía. Le llegan retazos de palabras que flotan a la deriva entre el clamor de una estación de metro:

–Willow… Lo comprobaremos de nuevo.

«¿Algo sobre el parque en el que hemos encontrado la mochila?».

Sive contesta, aunque sus palabras resultan ininteligibles. Entonces Hawthorn parece cambiar de tema de conversación. Baja la voz y pasan unos instantes antes de que Jude pueda volver a oír nada:

–Nueva información… Seis meses…

Se arriesga a lanzarles una mirada discreta, pero no le están prestando la más mínima atención.

Le llegan más palabras:

–Local… Compra…

«¿Por qué de pronto parece que estén hablando de asuntos financieros y compra de bienes inmuebles?».

Hawthorn parece estar preguntándoles algo y ambos Sullivan parecen sorprendidos.

Vuelve a oír la voz de la policía:

–La Gardaí Síochána en Irlanda…

Sive empieza a hablar, pero lo hace en voz muy baja y Jude no puede oírla. Sigue observándolos, intentando descifrar el lenguaje corporal. Aaron sacude la cabeza. Negación rotunda. Sive tiene los ojos abiertos de par en par, pero también está sacudiendo la cabeza. Sea lo que sea que la agente

166

de Policía les está sugiriendo, no están de acuerdo. A Jude le sorprende. Dado que su hija está desaparecida, ¿no les parece que merezca la pena seguir cualquier pista? Eso le recuerda otro asunto y, tras una búsqueda rápida en Google, hace clic en el número de teléfono de Anderson Pruitt y pide hablar con Tim Brassil.

La recepcionista le pasa con otra persona. Cuando contesta la voz de una mujer, Jude vuelve a preguntar por Tim.

—Aquí no trabaja nadie que se llame así. Lo siento —dice la mujer antes de colgar la llamada.

Capítulo 28

Dos días antes, sábado
Clarinda Gardens

–¡Vaya! A Dave le va muy bien –le dijo Sive a Maggie mientras les dejaban atravesar la puerta del patio–. No esperaba que viviera en Clarinda Gardens.

El edificio de tres pisos y ladrillo rojo era amplio y extenso y estaba rodeado por suaves pendientes de césped, todo ello dentro de los confines de un muro alto y una puerta de seguridad.

–Sí, es un lugar encantador –concordó la otra mujer–. Es un antiguo colegio que convirtieron en un bloque de apartamentos en los años sesenta. Aquí era donde vivía su madre mientras nosotros tuvimos alquilada la casa de Stratford.

–¡Ja! Y yo que imaginaba a su pobre madre en un piso de un solo dormitorio mientras unos veinteañeros vivían a lo grande en su casa…

–Dios, no. –Maggie enarcó las cejas–. La madre de Dave sabía mimarse. Nada de tugurios.

Sive contempló los jardines bien cuidados y el edificio escolar, que parecía sacado de un libro. Debía de haber costado una fortuna.

Maggie le leyó la mente.

–La mujer cobró un gran seguro de vida cuando murió el padre de Dave. Se cayó por las escaleras y se abrió la cabeza. Murió tres días después.

Sive se llevó una mano a la boca.

–Dios mío, pobre Dave. Qué horrible que ocurriera algo así.

—Mmmm. Bueno, por lo que tengo entendido, su padre tenía las manos demasiado sueltas. Parece que el asunto no fue tan trágico como se supondría –comentó Maggie con una mueca–. Y, desde luego, la botella de vodka que se había tomado antes de la caída no le ayudó a mantener el equilibrio.

—Oh…

Sive no sabía qué decir.

—Exacto. Sea como fuere, Dave y su madre intercambiaron casa hace unos diez años y por eso él consiguió este apartamento tan bonito.

—¿Y qué hay de su hermano? ¿No quería el apartamento o la casa?

—Creo que no pudo opinar al respecto… Dave siempre fue el favorito. Sospecho que a su madre Jerry le recordaba demasiado a su marido.

Sive se detuvo y se giró hacia Maggie.

—No querrás decir que también tiene… según tus palabras, la mano suelta, ¿verdad?

Había conocido a Jerry y le había parecido una persona jovial, amistosa y sencilla.

Maggie se apresuró a tranquilizarla.

—Ay, no. Es solo que se parece mucho a su padre: alto, torpe y pesado, los mismos ojos… Así que ella siempre prefirió a Dave y el pobre Jerry no formó parte del intercambio de casas para nada. A veces me pregunto si estará resentido por ello.

—Yo lo estaría. Este sitio es muy bonito –dijo Sive mientras seguía a Maggie hacia una de las múltiples puertas rojas idénticas–. Dave es afortunado.

El interior del apartamento de Dave no encajaba con el exterior apacible de edificio escolar. Aaron tenía razón: sin duda, estaba repleto de esquinas afiladas. Ventanas que llegaban del suelo al techo, una barra de desayuno de mármol con tres taburetes cromados y forrados en cuero, un piano

169

negro y brillante junto a la pared, un sofá con forma de «L» en un color crema impoluto y una enorme mesita de café de cristal. A las niñas les habría encantado. A Sive le habría dado un infarto.

Dio gracias a Dios por la existencia de Willow. Aquella tarde la niñera se había mostrado tan competente como la noche anterior. Le había quitado a Toby de los brazos para que pudiera arreglarse y había empezado a charlar con las niñas como si fueran viejas amigas. Maggie, que había ido a echarle una mano con los niños mientras Aaron se tomaba una pinta con Dave, se había mostrado feliz de no ser necesaria. Sive incluso había conseguido salir lo bastante pronto como para hacer una parada y comprar una botella fría de rosado y una caja de trufas, que le tendió a Dave.

—Ay, no tendrías que haberte molestado. No somos más que un grupo de viejos amigos que se juntan para cenar comida a domicilio —le dijo él, aunque pareció complacido.

Aaron ya estaba allí, sentado en un sillón de cuero junto a la ventana, con una cerveza en la mano. Sive le sonrió y él alzó la bebida a modo de saludo, pero tenía un gesto serio y los labios fruncidos en una línea apretada. Scott estaba sentado en un taburete pequeño frente a él, hablando de forma animada. No podía oír lo que estaba diciendo por encima del sonido de *One more time*, de Britney Spears, pero tenía la esperanza de que no fueran a tener que enfrentarse a otra velada de Scott y Aaron buscándose las cosquillas el uno al otro.

—Vamos a volver a los noventa —dijo Dave mientras, con un gesto de la cabeza, señalaba el altavoz que había en la barra de desayuno.

Sonreía, pero también parecía tenso.

«Santo cielo, ¿de qué han estado hablando Aaron y él mientras se tomaban las pintas?».

—Más tarde, sacaré la guitarra y disfrutaremos de una pequeña sesión. Interpreto un popurrí bastante bueno de Oasis y Blur con Scott haciéndome los coros. —Se giró hacia Maggie—. ¿Podrías pasarme algunas copas de vino?

Ella rebuscó en un armarito alto que se encontraba a su espalda y regresó con dos copas diminutas que parecían robadas de algún pub.

–Yo no bebo vino –le explicó Dave–. Estas son, básicamente, las dos únicas copas que tengo. ¿La abro? –preguntó mientras tomaba la botella de rosado de Sive–. ¿O te apetece una cerveza?

Tanto Sive como Maggie optaron por el vino, así que esta última sacó un sacacorchos de uno de los cajones. Desde luego, conocía muy bien el apartamento de Dave. Tal vez aquella se hubiese convertido en la nueva casa de las fiestas cada vez que se juntaba el grupo al completo, por muy pocas veces que eso ocurriera.

Nita llegó justo en ese momento con dos botellas de champán y lanzó besos a todos. Scott se puso de pie para saludarla, pero Aaron no. Seguía teniendo un gesto tenso en el rostro y Sive decidió que había llegado el momento de interrumpir la conversación que mantenía con Scott.

Dave bajó la música y señaló las botellas de champán con un gesto de la cabeza.

–Gracias, Nita. Aunque no tengo copas de champán. ¿Servirá esto? –dijo mientras le mostraba un vaso de cristal.

–El sabor será igual de bueno independientemente de qué usemos para beberlo –replicó Nita–. ¿Os acordáis de aquella ocasión en la que, en la boda de alguien, se habían quedado sin cristalería más allá de los vasos de pinta y me sirvieron una pinta de champán?

–Ah, sí, ¿no fue en la boda de Burner? –dijo Aaron desde el fondo de la sala.

«Ahora sí que habla», pensó Sive, avergonzada en nombre de Scott, y se dirigió hacia su marido.

–Ah, sí… Siento haberlo mencionado, Scott –replicó Nita mientras abría el champán.

Scott hizo una mueca.

–Si no habláramos de las cosas incómodas, no nos quedaría nada de lo que hablar, ¿no es así?

—Eso es cierto —contestó la mujer, que, mientras se servía un vaso de champán, tal vez estuviera pensando en Yasmin, en el incendio y en el acosador real o imaginario.

Sive se sentó en un extremo del sofá con forma de «L» y Nita se unió a ella. Estaba preciosa con un vestido corto y negro estilo blusón y unos tacones altísimos, como los que Sive solía ponerse antes de que trabajar desde casa e ir al colegio se hubiese convertido en su rutina. En aquel momento, se sintió poco arreglada con su conjunto de vaqueros, camisa bonita y sandalias planas.

—Dios, estoy agotada —dijo la mujer mientras se apartaba el pelo de la cara—. Después de la semana de trabajo que he tenido, tendría que haber reservado un día de spa para hoy, pero, oh, no, Nita tenía que ir de compras.

Dio otro trago de champán.

«Por favor, no te pases toda la noche hablando de ti misma en tercera persona», pensó Sive, aunque solo para sus adentros.

—¿Te has comprado algo bonito? —le preguntó de forma educada.

—Un par de cosillas en Harvey Nicks. ¡Oh! —Se llevó a la boca una mano de manicura perfecta—. Dios, ¡tendría que haberte invitado a venir de compras conmigo! Lo siento mucho, Sive. Qué maleducada.

—En absoluto, no te preocupes. Tenía a los niños y entradas para la Torre de Londres. Maggie también ha venido. Y Dave ha estado un rato.

—Vaya, ¿de verdad? —Nita enarcó las cejas—. Qué agradable. Si lo hubiera sabido, tal vez habría ido…

No habría ido ni en broma y Sive era consciente de ello.

—Ay, lo siento… Pensé que Aaron os lo había dicho a todos cuando estábamos organizando el viaje.

Miró a su marido en busca de ayuda, pero él estaba contemplando su teléfono, ajeno a la conversación. Fue Maggie la que intervino:

—Sí, sí que nos lo dijo —confirmó. Después añadió—: Nita, cariño, no te preocupes. Habrías odiado cada segundo que hubieras pasado allí. Hemos tenido que andar y aguantar de pie mucho rato. Había niños por todas partes. Yo lo he disfrutado, pero te prometo que ha sido mejor que estuvieras en Knightsbridge.

Aquello pareció apaciguar a Nita.

–¿Alguien quiere otra copa? –preguntó mientras apuraba su vaso y se ponía en pie.

Al parecer, a todos les apetecía otra bebida, incluida Sive, que estaba empezando a alegrarse mucho de que no hubieran llevado a los niños. Estaban mucho mejor en la habitación del hotel con sus cuentos y sus dibujos animados y ella estaba mucho mejor sin tener que proteger la mesita de café con superficie de cristal de sus hijas, que eran como el conejito de Duracell.

–Tienes una casa preciosa –le dijo a Dave mientras Nita le vertía rosado en la copa diminuta y, para su sorpresa, se servía otro vaso de champán.

–Vaya, gracias. Sí, tuve que renovarla cuando mi madre se mudó. Tenía un aire muy de señora mayor.

–Y ahora lo tiene de hombre de mediana edad –comentó Scott con una sonrisa.

–Muy gracioso. Aunque todo salió bien. Mi madre quería volver al hogar de su infancia y yo quería tener menos habitaciones que limpiar.

–¿Nunca habéis vuelto a alquilar la casa de Stratford? –le preguntó Sive.

–No, no habría sido lo mismo. Sobre todo después de…

Se calló y dio un trago a su cerveza *lager*.

–Quiere decir: «sobre todo después de la muerte de Yasmin» –dijo Nita en voz baja.

Dave se quitó la gorra y se pasó la mano por la cabeza.

–Sí. Para entonces, Aaron y ella ya se habían mudado a otro sitio, pero esa casa siempre me hará rememorar aquellos tiempos en los que estábamos los seis juntos. No me gustaba la idea de que se mudara allí otro grupo.

–El tiempo que vivisteis allí todos juntos suena idílico –dijo

Sive mientras se preguntaba si era extraño decir algo así, teniendo en cuenta cómo había acabado la situación.

–Lo fue –contestó Maggie–. Pensábamos que lo sabíamos todo, por supuesto. Y que éramos muy adultos y sofisticados. Dave, ¿todavía tienes los antiguos álbumes de fotos? Podríamos enseñárselos a Sive.

–No, ya no están.

–¿Qué quiere decir que ya no están?

Él se encogió de hombros.

–Que se han perdido. O los han tirado. Probablemente mi madre.

Maggie frunció el ceño.

–¿Estás seguro? ¿No están en…? –Se detuvo–. En fin… qué lástima. Habría estado bien poder echar la vista atrás. En aquel entonces no había *smartphones*, por supuesto, así que la mayoría eran fotografías terribles de gente con un maquillaje mal aplicado e iluminado por el *flash* demasiado brillante de la cámara.

Sive pensó en la tira de fotografías de carné de Aaron y Yasmin que había visto y se imaginó un álbum entero lleno de imágenes de ellos enamorados. Tal vez no fuese tan malo que no pudiera verlas.

Pasó la vista hacia Aaron. Ya no estaba mirando su teléfono, pero tampoco parecía demasiado pendiente de la conversación. Nita, que había dejado la botella de champán junto a sus pies, estiró el brazo para servirse un tercer vaso.

–Nita, ¿no se supone que debes dejar de beber alcohol cuando estás embarazada? –le preguntó Scott.

Ella alzó el vaso.

–¿Has visto lo pequeñitos que son estos vasos? Tres de estos equivalen a uno normal.

Eso no era del todo cierto, sobre todo teniendo en cuenta que se los estaba llenando hasta arriba. Sive estaba sorprendida y, al mismo tiempo, molesta consigo misma por sorprenderse. Se enorgullecía de no juzgar a nadie en absoluto, sobre todo en cualquier debate con Aaron, que nunca se contenía a la hora de expresar sus opiniones sobre el comportamiento de los demás. Observó cómo Nita daba sorbos a la bebida. Le parecía extraño que se hubiera sometido a todo el embrollo de la reproducción asistida para después no seguir unas directrices básicas para la salud… En todo caso, no pensaba decir nada. Ella misma había recibido demasiados comentarios indeseados sobre sus propios embarazos, especialmente durante el primero. Dios santo, al darse cuenta de que estaba embarazada de Faye, la gente había tenido mucho que decir al respecto. «¿No es muy pronto?», «¿Hace cuánto que conoces a Aaron?», «¿Lo habías planificado?», «¿Vas a seguir adelante?», «¿Estás segura de que es suyo?». Se deshizo de aquellos recuerdos. Ahora que eran una familia tradicional y feliz, con dos ingresos y una casa preciosa en el mejor distrito, nadie les preguntaba jamás por sus orígenes.

Se puso de pie y se dirigió a la ventana.

–La vista de los jardines es muy bonita –dijo, apartando la atención de Nita y su champán–. Es como un rincón secreto en medio de Londres. Cuando hicisteis el cambio, ¿tu madre no lo echaba de menos?

–No mucho –contestó Dave–. Siempre le ha encantado la vieja casa de Stratford, incluso después de que empezara a tener problemas de rodilla y no pudiera seguir subiendo las escaleras.

–¡Soy incapaz de imaginarme a tu madre como una ancianita con problemas de rodilla! –comentó Nita–. Cuando vivíamos allí, era toda una bruja. ¿Os acordáis de que nos aterraba que entrara en casa para comprobar si habíamos limpiado la cocina en condiciones?

–O el baño, porque siempre dejabas manchas de maquillaje por todo el lavabo. ¡Y después culpabas a Yasmin!

–Bueno, no podía distinguirnos, así que me aprovechaba de ello. «Esas dos chicas morenas… nunca sé cuál es cuál» –dijo Nita con un fuerte acento cockney que, supuestamente, pretendía imitar el de la madre de Dave.

–¡Nita! Nunca dijo algo así. No podía distinguiros porque erais hermanas. No estaba siendo racista.

–Ya...

La mujer dio otro trago, pero estaba sonriendo contra el vaso.

–Creo que el motivo principal de las visitas sorpresa era comprobar que no tuviéramos invitados a pasar la noche –dijo Scott–. Decía que no regentaba una casa de mala reputación. Imaginaos qué habría pasado si hubiera descubierto lo que estaba ocurriendo justo delante de sus narices: Yasmin pasando todas las noches en el dormitorio de Aaron. –Miró a Sive–. Uy, lo siento. Probablemente eso haya sido inapropiado.

Ella sonrió para mostrarle que no le había molestado.

«Ni lo más mínimo».

–Me encantaría volver a verla algún día –dijo Nita con suavidad–. Aunque supongo que no podríamos quedarnos todos a dormir en casa de tu madre, ¿verdad, Dave? ¿O sí?

Maggie se aclaró la garganta y Sive la miró. ¿Había dicho Nita algo malo? Con las manos entrelazadas sobre el regazo, Maggie tenía la vista agachada.

–Ya no tenemos la casa –contestó Dave en voz baja–. Tuvimos que venderla.

–Oh.

La respuesta de Nita fue una exhalación suave de sorpresa y tristeza. Sive se dio cuenta de que la última vez que había vivido con su hermana había sido en aquella casa de Stratford.

–No lo sabía –comentó Scott–. Entonces, ¿dónde vive ahora tu madre?

A Dave se le sonrojaron las mejillas.

–Ha tenido... ha tenido que irse a una residencia para ancianos. No podía seguir arreglándoselas sola y yo...

Se encogió de hombros con impotencia.

–¿No podría haberse mudado aquí? –le preguntó Scott, y Sive detectó un toque de provocación–. Podría pensarse que hay espacio suficiente...

Dave hizo una mueca.

—Supongo, pero…

—No seas un imbécil, Scott. —De forma inesperada, fue Nita y no Maggie la que salió en defensa de su amigo—. Dave está en el trabajo todo el día y su madre necesita que la cuiden. La residencia para ancianos es el mejor lugar para ella. No tienes que avergonzarte de ello, Dave —añadió en un tono de voz más amable.

Sive volvió la vista hacia Maggie y descubrió que estaba mirando fijamente a Dave y a Nita con un gesto de perplejidad en el rostro.

—¿Te encuentras bien, Maggie?

—¿Qué? Sí. Todo bien.

Una breve sonrisa.

Sin embargo, al ver cómo juntaba y separaba las manos, Sive estuvo segura de que le ocurría algo. No parecía estar bien en absoluto.

Capítulo 29

En Regent Street, Aaron aferra la mano de Sive mientras se obligan a sonreír para una videollamada con Bea. Scott le está sosteniendo el teléfono a la pequeña y gira la cámara hacia Toby, que está dormitando entre sus brazos. Más tranquilo, Aaron corta la llamada y, juntos, en silencio, los Sullivan vuelven a entrar en la estación de metro de Oxford Circus y regresan al vestíbulo.

Los demás periodistas han desaparecido, al menos de forma temporal, pero justo enfrente Aaron puede ver a Jude, apoyada en la pared contraria a los tornos de acceso, alejada del flujo interminable de pasajeros.

«Como una sanguijuela aferrándose a su primicia», piensa.

¿Habría oído algo de las novedades que les ha contado Hawthorn antes? No puede evitar sentir que ha intentado prestar atención. No es la primera vez en el día que desea que Sive no le hubiera contado a la Policía su secreto.

Cuando alcanzan a la periodista, Aaron mira a su alrededor.

—¿Dónde está Maggie?

—Tenía que hacer una llamada y ha salido para poder oír mejor. —Se muerde el labio un instante—. Mientras tanto, yo he estado hablando con Hawthorn sobre Tim Brassil, el tipo que encontró a Bea.

Aaron intenta no poner los ojos en blanco.

—¿Por qué? —pregunta Sive.

—Porque no trabaja donde ha dicho que trabajaba.

—¿Qué? ¿Creen que ha tenido algo que ver con la desaparición de Faye?

—No es muy probable –contesta Jude–, pero van a ponerse en contacto con él para ver por qué ha mentido. Para descartarlo. Por otro lado, Aaron, he estado hablando con algunos colegas del periódico sobre el crimen organizado y los Callan. –Toma aire con los dientes apretados–. Tal vez merezca la pena…

Aaron la interrumpe:

—Esto no tiene nada que ver con ellos.

—Déjala hablar –dice Sive–. Jude, continúa, por favor.

La mujer pasa la vista entre ella y Aaron antes de proseguir:

—Al parecer, no les da miedo ir a por gente rica e influyente cuando les conviene. Bien. Sabemos que el caso de Aaron gira en torno a la idea de que han incriminado a Brosnan porque quería dejarlo y los Callan no pueden permitir que la gente abandone la organización. Podrían haberle disparado, pero, de este modo, mataban dos pájaros de un tiro. Dispararon al otro tipo y le tendieron una trampa a Brosnan para que cargara con la culpa. Solo que a él lo defiende el mejor abogado criminalista de toda Irlanda, ¿no es así?

Aaron la mira a los ojos. ¿Se está burlando de él? Sin embargo, su gesto es serio.

—Tenemos una muy buena defensa preparada. Es poco probable que Brosnan vaya a la cárcel –dice con tono monocorde.

—Entonces, ¿acaso no tienen los Callan motivos para ir a por ti para que abandones el caso o lo pierdas de forma deliberada para que Brosnan sí vaya a la cárcel?

Jude lo está observando de un modo que no le gusta y siente una extraña sensación de inquietud. Tal vez sea mejor mantenerla cerca.

—Estoy seguro de que no se trata de eso. –La periodista está a punto de decir algo, así que él levanta una mano–. Pero, de todos modos, se lo contaré a Hawthorn.

Jude asiente, sin duda feliz por haber dejado claro su punto de vista.

Sive se gira hacia él.

—¿Tienen antecedentes de…? ¿Le harían daño a una niña?

Aaron saca el teléfono móvil.

—Le he pedido a Garvin que lo comprobara. —Un gesto que podría ser de satisfacción atraviesa el rostro de Jude—. Voy a ver si ha encontrado algo.

Garvin contesta de inmediato, como si hubiera estado esperando la llamada de su jefe. Antes de que tenga que preguntarle, empieza a relatarle sus descubrimientos con su habitual tono formal. Uno de sus muchos talentos es adelantarse a las necesidades de Aaron. Sive dice que es porque lo tiene aterrado, siempre listo para responder, como un perro nervioso. Sin embargo, nunca ha tenido personal que tuviera que responder ante ella y no comprende cómo funcionan las relaciones entre un jefe y sus empleados.

—En el tiempo que he tenido hasta ahora para investigar —dice Garvin—, he encontrado algunos indicios de que los Callan han estado vinculados con tres secuestros extorsivos, dos de los cuales involucraron a niños. Los pequeños no sufrieron ningún daño. O, para ser más exacto, si sufrieron algún daño, no quedó registrado.

—Así que podemos afirmar con seguridad que no hacen daño a los niños.

—Eh… bueno, supongo…

—Está bien. ¿Algo más?

—Por ahora, nada. Pero ¿puedo ayudar con la búsqueda de algún modo?

Aaron se pasa una mano por el pelo.

—¿Cómo ibas a ayudarnos con la búsqueda cuando estás en Dublín y nosotros en Londres? —Sin pretenderlo, la voz le suena brusca—. Tengo que mantener la línea telefónica libre. —Corta la llamada y mira a Sive, que está a la espera, expectante—. Garvin dice que no van a por niños. Nunca.

No es más que una pequeña mentira y, si eso hace que su mujer esté menos preocupada, merece la pena.

En silencio, ella suelta un leve suspiro de alivio justo cuando a Aaron empieza a sonarle el teléfono.

Un número oculto. Contesta.

—Aaron Sullivan.

La voz de una mujer comienza a hablar de forma lenta y deliberada. Pronuncia cada palabra con cuidado:

—Tengo a Faye.

De pronto, Aaron nota la boca seca. Cuando las piernas se le doblan, extiende el brazo hacia el pilar que tiene detrás para mantener el equilibrio.

La mujer sigue hablando. Sin prisa. Con tono desapasionado:

—Voy a decirte cómo recuperarla.

Cualquier respuesta que podría ocurrírsele se le atasca en la garganta. Se derrumba contra el pilar y ella prosigue:

—Puedes optar por seguir mis instrucciones o puedes perder a tu hi… —Un anuncio resuena a través del sistema de megafonía y, por un instante, ahoga la voz de la mujer. Aaron se presiona el teléfono contra la oreja, desesperado por no perderse ni una sola palabra—. No te gustará lo que voy a pedirte que hagas. Puede que sea la cosa más difícil a la que te hayas enfrentado nunca. Un dilema. Ya lo verás.

Entonces se corta la línea.

Capítulo 30

Dos días antes, sábado
Clarinda Gardens

Para cuando la cena llegó al apartamento de Dave el sábado por la noche, Maggie parecía ella misma de nuevo y Sive se preguntó si se habría imaginado el peculiar gesto que le había atravesado el rostro mientras sus amigos hablaban sobre la madre de Dave. Observó cómo la otra mujer se ocupaba de poner los tenedores, servir los vasos de agua y apartar tanto un tablero de ajedrez como una pila de periódicos de la mesita de café (después de tantos años, seguía siendo la madre no oficial del grupo) mientras Dave rellenaba las bebidas.

Una vez sentados en torno a la mesita con los platos en las rodillas, la conversación se centró en cómo se habían conocido Aaron y ella. Se estremeció. Odiaba aquel tema.

–Nos conocimos en los tribunales –dijo él con una sonrisa, tal como hacía siempre.

Le gustaba provocar algún tipo de reacción en la gente.

–Oh, ¿qué había hecho? ¿Robar en una tienda? ¿Fraude con la tarjeta de crédito? –preguntó Scott con una carcajada. Entonces añadió–: Solo estoy bromeando, Sive.

Aaron no le hizo caso y prosiguió con la historia:

–Yo representaba a un tipo que había matado a uno de sus compañeros de trabajo. Incluso con mi defensa, el pobre desgraciado no tenía la más mínima oportunidad. Lo encarcelaron. Estoy bastante seguro de que ese fue el último caso que perdí. Y, para ser sincero, todavía me avergüenza. La parte buena es que allí conocí a mi encantadora esposa.

Le dirigió una sonrisa.

–Bueno, dicen que la mayoría de la gente se conoce en el trabajo, así que supongo que cumplís ese requisito, aunque no fuese exactamente «y nuestros ojos se encontraron por encima de la fotocopiadora» –dijo Scott–. Yo conocí a Caron en la fotocopiadora. No es que me sirviera de mucho, dado que ahora se ha quedado la mitad de lo que tengo y ha huido con ese productor de mierda.

Maggie le dio una palmadita en la rodilla.

–Ahora tienes tres hijos encantadores. Algo es algo.

–Aunque estén en otro continente –comentó Aaron.

Sive le hizo un gesto silencioso de advertencia con la cabeza, pero él no se dio cuenta. O fingió no darse cuenta. Aquella obsesión por sobreponerse a todo el mundo le funcionaba muy bien en los tribunales, pero era menos agradable en situaciones sociales. Sin embargo, su marido nunca diferenciaba entre el trabajo y su vida personal. Recordó lo que Maggie le había contado sobre el intento de Aaron de atrapar al acosador de Yasmin. No le había sorprendido lo más mínimo. Era muy propio de él. Nada de quedarse de brazos cruzados: su *modus operandi* era ponerse en marcha y hacer algo. Siempre estaba enfrascado en alguna cosa, intentando ganar, conseguir algo o ser más astuto que los demás. Sobre todo esto último. Y detectando las mentiras de la gente. Su pasatiempo favorito era descubrir las mentiras de los demás. Sive prefería darle a todo el mundo la oportunidad de decir la verdad (en especial a sus hijas), pero a Aaron le encantaba jugar al gato y al ratón, poner trampas y ver cómo la gente caía en ellas. Lo hacía en los tribunales, por supuesto, donde formaba parte de su trabajo. Pero también lo hacía entre bambalinas, en la oficina, con el personal de apoyo.

Todavía se encogía al recordar el momento en el que le había hablado de los primeros tiempos con Garvin, el perfeccionista de su ayudante, que, en un descuido muy raro y que nunca más se había repetido, había olvidado organizar una comida con un cliente muy importante durante un ajetreado viernes de diciembre. Aaron había descubierto el error al llamar al restaurante en el último momento para pedir un tipo específico de champán. Sin embargo, en lugar de informar a Garvin, tal como habría hecho ella, le había puesto un cebo para ver si le mentía o le decía la verdad. Le había preguntado si el restaurante había llamado para confirmar. Había visto la mueca del ayudante al darse cuenta de lo ocurrido y había dejado que mintiera sobre la llamada del local para concretar los números. Lo había visto salir corriendo para hacer una llamada urgente en un intento desesperado por conseguir una reserva. Había esperado mientras Garvin intentaba adivinar cómo era posible que hubiera una reserva si él mismo no la había hecho. Y después, en los ocho años que habían pasado desde entonces, se lo había mencionado en todas y cada una de las revisiones de rendimiento. «La confianza lo es todo, Garvin. Mentir sobre detalles insignificantes significa que esa persona podría mentir sobre cosas más importantes. No hay humo sin fuego».

Y así una y otra vez, hasta la saciedad. En opinión de Sive, nunca tendría que haber llegado tan lejos. Si Aaron no hubiera empujado a Garvin a intentar encubrir lo ocurrido, el asunto habría terminado antes de empezar. Pero ¿qué sabía ella? Nunca había tenido personal a su cargo. Y, dado que era uno de los abogados más exitosos de Dublín, era de suponer que Aaron sabía lo que hacía.

Así que sí, sin duda podía imaginarlo intentando atrapar al acosador de Yasmin y sentía curiosidad por descubrir más sobre lo que había hecho. Sin embargo, tras la visita a la Torre de Londres, Maggie había vuelto con ellos al hotel y se había quedado para ayudarla con los niños mientras Aaron iba a tomarse una pinta con Dave. Por lo tanto, Sive tendría que esperar para hacerle todas las preguntas que quería hacerle.

La conversación pasó entonces de la separación de Scott al embarazo de Nita, los muchos ahijados de Maggie y, una vez más, de vuelta a los hijos de Scott y su reacción al divorcio de sus padres.

—Fue un mazazo para ellos —dijo el hombre mientras se le tensaba el músculo de la mandíbula—. Dios... qué culpable me sentí. Me cortaría el brazo derecho con tal de evitarles el dolor de lo que han tenido que vivir... —Pasó la vista en torno a los presentes y le dio un trago a su cerveza—. Lo digo muy en serio. Pero supongo que es algo que solo puedes comprender si tienes hijos.

Maggie soltó un suspiro de exasperación.

—Scott, por favor, no empieces con eso de «solo lo entienden los que son padres». De verdad. La gente que no tiene hijos también tiene empatía, ¿sabes? Además, todos tenemos padres. —Chasqueó la lengua—. Y no voy a dar el brazo a torcer con este tema. La gente sin hijos no es incapaz de comprender cómo debe de sentirse un padre.

Sive dio un sorbo a su copa de rosado mientras asentía para darle la razón. Sin embargo, Scott no estaba dispuesto a ceder.

—Hasta que no sepas que estarías dispuesta a morir por tus hijos, no serás capaz de comprenderlo.

—Lo estaría —dijo Maggie.

—¿El qué?

—Si llegáramos a ese punto, nos encontráramos en una situación imposible y se tratara de mi vida o la de un niño, creo que estaría dispuesta.

Scott se rio.

—Espero que no estuvieras dispuesta a morir por mis hijos... Mocosos desagradecidos.

—Supongo que nadie puede estar seguro hasta que no se encuentra en esa situación —meditó Maggie—. Y tal vez, si ocurriera de verdad, diría algo muy diferente, pero... un niño, que tiene toda la vida por delante, frente a mí, que ya llevo en este mundo cuarenta y dos años... Creo que lo haría.

Dave intervino en ese momento:

—Me parece estupendo, Maggie, pero no cuentes conmigo. Los niños son adorables y todo eso, pero no tanto.

Se encogió de hombros y sonrió. Nita se echó a reír.

–No cuentes conmigo tampoco. Vuelve a preguntarme en seis meses. Pero por ahora no, gracias.

Maggie sacudió la cabeza.

–Precisamente a eso me refiero. Acabas de decir: «Vuelve a preguntarme en seis meses», como si fueras a sufrir un gran cambio, como si yo fuese a ser incapaz de comprender ese tipo de amor en algún momento. Comprendo el amor. Tengo a mis hermanas, a mis padres, a…

–Qué suerte tienes –replicó Nita de forma sencilla, haciendo que a la otra se le encendieran las mejillas.

–Lo siento. No debería haber dicho eso.

Entonces se produjo un silencio y Sive intervino:

–Oíd: tengo tres hijos y ni siquiera yo estoy segura de estar dispuesta a morir por ellos.

Todos se rieron con más fuerza de la que merecía aquella broma. Pensó que tal vez se alegraran de volver a dejar de lado el espectro del fantasma de Yasmin.

Tan solo Aaron permaneció serio.

–¿No morirías por ellos? –le preguntó a Sive–. Yo sí –prosiguió, sin esperar a la respuesta–. ¿Que si daría mi vida por mis propios hijos? Desde luego.

Sive sintió un escalofrío involuntario ante las palabras que había escogido y, en silencio, deseó que nunca tuviera que ponerlas a prueba.

Maggie comenzó a recoger los platos. Sive se levantó para ayudarla. Nita también se puso en pie y, tambaleándose sobre los tacones, sacó otra botella de champán del frigorífico. Nadie más estaba bebiendo champán. ¿De verdad se había acabado una botella entera? Sive se mordió el labio. Tal vez se tratara de que estaban rememorando antiguos recuerdos de Yasmin. O del aniversario. ¿Acaso la alteraba la presencia de Aaron? Sin embargo, aunque aquel fuese el reencuentro oficial, lo había visto muchas veces a lo largo de los años.

Se colocó junto a Maggie mientras llenaban el lavavajillas, donde nadie las podía oír gracias a 5ive, cuya canción *If ya gettin' down* sonaba a través del altavoz que estaba en la barra de desayuno.

–¿Se encuentra bien Nita?

Maggie sacudió la cabeza.

–No lo sé. Intentaré hablar con ella con calma.

–Es que… el bebé… No puede ser bueno. Aun así, es una mujer adulta, así que no podemos prohibirle que beba, ¿no?

–Lo sé… Es el tipo de cosa que crees que te resultará fácil hasta que de verdad te encuentras en esa situación.

Maggie metió la mano debajo del fregadero para sacar pastillas para el lavavajillas.

–¡Sí que conoces bien este sitio! –comentó Sive–. ¿No debería ser Dave el que estuviese recogiendo?

La otra mujer puso los ojos en blanco.

–Sí. –Volvió la vista hacia los demás, que estaban sentados y charlando, mientras encendía el electrodoméstico–. Aunque creo que es posible que esté… lidiando con algunos asuntos. Por ahora voy a dejarlo en paz.

Sive abrió la boca para preguntar por aquellos «asuntos», pero no había manera de hacerlo sin parecer una entrometida. Miró a Aaron, que se encontraba en el otro extremo de la habitación. Tal vez él lo supiera. Por el momento, lo añadiría a su lista creciente de preguntas sobre aquellos amigos de Londres y su complejo pasado.

Capítulo 31

Lunes, 14:31 h

Sive se queda boquiabierta de la sorpresa cuando a Aaron se le escurre el teléfono de la mano y repiquetea sobre las baldosas.

—Aaron, ¿qué ocurre? ¿La han encontrado? —Él sacude la cabeza en silencio. Sive le agarra el brazo—. ¡Aaron! ¿Quién te ha llamado por teléfono?

Aaron, con los ojos abiertos como platos, mira a Sive y después a Jude. Entonces, con un esfuerzo evidente, consigue hablar:

—Jude, ¿podrías concederme un minuto a solas con mi esposa?

La mujer asiente.

—Por supuesto.

Se aleja y saca su teléfono móvil mientras él recoge el suyo del suelo.

—Aaron, me estás asustando. ¿Quién era?

—No lo sé. —Le cierra los dedos con fuerza en torno al brazo y la aleja todavía más de la periodista—. Me ha dicho que tiene a Faye.

«Ay, Dios».

—¿Quién? —susurra.

—No lo sé. —La voz de Aaron suena queda, perdida—. Una mujer. Me ha dicho que tiene a Faye y… que tengo que hacer algo para recuperarla.

—¿Qué es lo que tienes que hacer? —le pregunta, sacudiéndole el brazo.

–No me lo ha dicho. Tan solo ha dicho que, si sigo sus instrucciones, la recuperaremos. Y que, si no las sigo, entonces... entonces no.

–¿Es cuestión de dinero? Tenemos dinero. Podemos vender la casa. Podemos darles lo que quieran.

Sin embargo, su marido está negando con la cabeza.

–La mujer no ha mencionado nada sobre dinero. Creo que... se trata de algo diferente.

Sive empieza a llorar y a sacudirse con fuerza.

–Pero ¿cómo se supone que vamos a saber qué hacer?

–Shhhh, Sive. Tenemos que mantener esto entre nosotros. –Echa un vistazo por encima del hombro–. Ha vuelto uno de los periodistas de antes –masculla–. Ven por aquí.

La conduce a lo largo de la pared, apartada del camino de los viajeros que están de paso y fuera del campo visual de los periodistas.

–Aaron, ¿qué demonios vamos a hacer ahora?

–Volverá a llamar –contesta él con sencillez. Justo en ese momento, el móvil empieza a sonar–. ¿Sí? –dice mientras pone el altavoz y ambos se apretujan para escuchar.

–Confío en que hayas tenido tiempo de digerir mi primera llamada. –La voz suena clara y modulada. Educada. Normal. No es la voz de alguien que rapta niños. Tampoco es la voz de nadie que Sive conozca–. Ahora te diré lo que te voy a pedir que hagas. Pero, antes de nada, déjame que sea clara: nada de Policía. Si acudes a la Policía, no volverás a ver a Faye nunca más. Soy la única persona en este mundo que sabe dónde se encuentra, así que no me pongas a prueba. –Sive comienza a responder para decir que no van a contárselo a nadie, pero la otra persona sigue hablando–: No va a gustarte, Aaron, pero tu tarea es la siguiente.

Capítulo 32

Dos días antes, sábado
Clarinda Gardens

Más tarde, Sive pensaría que había sido inevitable. La forma en la que Nita se puso de pie poco a poco, tambaleándose sobre los tacones. Cómo se giró hacia atrás para rebuscar su móvil en el sofá. Cómo estiró el brazo para agarrar el bolso que estaba en el suelo. Un bolso negro de la marca Miu Miu que se había comprado esa tarde. Cómo se le escapó la correa y volvió a abalanzarse hacia delante para agarrarla. En aquella ocasión, atrapó uno de los extremos del bolso abierto y consiguió volcarlo. El contenido se esparció por todo el suelo de hormigón pulido de Dave. Seis personas se movieron al unísono para recoger sus pertenencias desparramadas. Una cartera de Marc Jacobs abierta sobre la alfombra. Media docena de tarjetas de crédito. Un billete de cincuenta libras. Un pintalabios de la marca Charlotte Tilbury. Un paquete de pañuelos de papel de bolsillo. Una caja de antihistamínicos. Un tubo de Bio-Oil. Un neceser pequeño pero pesado de maquillaje que, por suerte, estaba cerrado. Un blíster de paracetamol medio vacío. Una caja de Ovidrel. Un bálsamo labial de Baume de Rose. Un paquete de suplementos Pregnacare. Y una fotografía de Yasmin.

Fue Sive la que recogió la fotografía y no pudo evitar quedarse mirando fijamente la que no era más que la segunda imagen que había visto de la prometida fallecida de su marido. En aquella, Yasmin aparecía sola, sentada en un banco iluminado por el sol bajo una palmera. Parecía más joven que en la otra foto (supuso que en ella tendría unos diecisiete o dieciocho años) y, aunque también llevaba el pelo teñido de rojo con henna, el tono era más oscuro, menos vibrante. Tal vez en aquel momento tan solo hubiese estado tanteando la idea de teñirse. Vestía una camiseta azul turquesa de tirante fino y unos vaqueros a los que les había cortado las perneras para que fueran cortos. Tenía las piernas cruzadas a la altura del tobillo y estaba comiéndose un helado. Tal vez la hubiesen tomado durante unas vacaciones familiares. Aunque, por lo que Sive sabía, los padres de Nita y Yasmin habían muerto cuando ellas eran pequeñas y las había criado una prima de su madre que vivía en la zona norte de Londres. Sin dejar de mirarla, Sive le tendió la instantánea a Nita. Había algo en la imagen que la reconcomía, pero no sabía qué. Tal vez ella también hubiese bebido demasiado.

Nita metió sus pertenencias en el bolso y, mientras lo hacía, se disculpó. El derramamiento parecía haberla puesto sobria de nuevo. De hecho, en aquel momento, mientras la observaba colocarse bien el bolso y atravesar la sala para recoger su chaqueta, Sive pensó que parecía del todo bien. ¿Había sido todo ese asunto de estar achispada una farsa para llamar la atención? En el caso de Nita, no le extrañaría. La atención era su gasolina. Tal vez ni hubiera bebido champán. Recordaba haber vertido una copa de Pinot Grigio en una de las macetas de casa de una amiga cuando aún era demasiado pronto para contar que estaba embarazada de Bea. Y había hecho lo mismo con una taza de té cuando su suegra le había añadido la cantidad de leche con la que lo tomaban los Sullivan. Sin embargo, allí no había ninguna maceta. Y de verdad le había parecido que Nita (la mujer perspicaz e inteligente que tenía el embarazo planeado al detalle) se había acabado una botella de champán ella sola.

Mientras se despedía con un gesto alegre de la mano, les dijo que el Uber la estaba esperando en la puerta principal del edificio, que lamentaba marcharse tan pronto, pero que por la mañana tenía que ponerse al día con el trabajo. Aaron se puso de pie, dejó su copa y la acompañó. Los otros asintieron y Nita no protestó. Maggie fue la que interrumpió el breve silencio que se produjo cuando Aaron cerró la puerta:

—Bueno, Sive, ¿y cómo te va a ti con el trabajo? ¡Espero que no tengas que ponerte al día un domingo por la mañana, como Nita!

Ella sonrió.

—Espero que no.

—Sive es su propia jefa, ¿verdad? –dijo Scott–. Puede tomarse todo el tiempo libre que quiera. Debe de ser agradable.

Ella siguió sonriendo.

—Más bien, nunca puedo tomarme tiempo libre. Pero no me importa. Me gusta lo que hago.

—Supongo que puedes dejarlo cuando quieras –comentó Dave–. Aaron gana un buen sueldo.

Scott negó con la cabeza.

—No se gana tanto dinero en la abogacía como podrías imaginar, Dave.

—Eh… ¿has visto su casa? Es una mansión grande. No, enorme. Con verjas eléctricas y cámaras de seguridad. –Dave sonrió a Sive, avergonzado–. La he buscado en Google.

Scott volvió a sacudir la cabeza.

—En Irlanda, las casas son más baratas.

—Te aseguro que no –replicó Maggie–. Créeme. Me planteé comprarme una casa en la zona occidental de Irlanda, pero estaban muy por encima de mi presupuesto.

—Entonces tal vez Aaron saque el dinero de alguna otra parte –dijo Dave, guiñando un ojo.

Sive se retorció. Vaya conversación más extraña. Tal vez fuese un vestigio de los tiempos en los que eran jóvenes y comparaban abiertamente los salarios iniciales de sus respectivos trabajos.

En ese momento, Aaron regresó y, aliviada de tener un respiro en aquel debate sobre cuánto cobraba, Sive le preguntó si Nita se encontraba bien.

—Está bien –fue todo lo que dijo antes de recuperar su copa

y unirse a Dave y Scott, que habían empezado a admirar la televisión de cincuenta pulgadas del primero y a comentar los diferentes servicios de *streaming* que utilizaban.

Había pocas cosas en las que Aaron y Scott estuvieran de acuerdo, pero, cuando se trataba de aparatos de televisión, estaban unidos: cuanto más grande, mejor.

Sive vio que su marido le pasaba un brazo por los hombros a Scott y soltó un leve suspiro de alivio. Aunque se dio cuenta de que se trataba de un alivio teñido de envidia por las amistades libres de dudas.

Se giró hacia Maggie.

—Bueno... todo eso ha sido un poco... ¿raro? Me refiero a Nita.

La otra frunció los labios.

—Después de ver lo que llevaba en el bolso, tengo una corazonada, pero no estoy segura... —Hizo una pausa y después añadió—: ¿Qué te parece si mañana por la noche organizamos una noche de chicas? Tú y yo, una copa de vino en algún lugar bonito... Invitaré también a Nita y podemos intentar llegar al fondo de lo que está ocurriendo.

—Suena bien. Aunque necesito hablarlo con Aaron. Tal vez sea un poco duro dejarlo en el hotel con los niños cuando se supone que este viaje es suyo...

—También es tuyo y, de todos modos, mañana todos los chicos van a quedarse en casa para dormir bien antes de la carrera del lunes por la mañana. Así que no tiene sentido que tú también lo hagas, ¿no?

Eso era cierto. De hecho, tal vez a Aaron le gustase la idea tanto como a ella. Si se quedara en el hotel, ambos sentirían la necesidad de hacer algo: poner una película, pedir al servicio de habitaciones, hablar... Si se quedaba solo, podría leer los periódicos dominicales y ver deportes. Si lo pensaba bien, era una noche de ensueño para él.

—Trato hecho —le dijo a Maggie—. En fin, será mejor que me lleve pronto a casa a ese marido mío o la pobre niñera pensará que hemos abandonado para siempre a nuestros hijos.

Captó la atención de Aaron y se dio un golpecito en el reloj. Él asintió sin sonreír. Sive recordó lo tenso que había estado antes. Y la historia que Maggie no le había contado sobre el acosador de Yasmin. ¿Acaso el reencuentro estaba haciendo aflorar malos recuerdos? Lo observó desde el otro extremo de la sala. ¿O se trataba de que el caso en el que estaba trabajando le estaba afectando más de lo que dejaba ver? Tal vez los comentarios que había hecho Scott en la cafetería habían dado en el clavo. Tal vez la coartada de su cliente no fuese tan irrefutable como él había creído al principio. Tal vez… Sin embargo, no podía evitar pensar que se trataba de algo totalmente diferente.

Capítulo 33

«No va a gustarte, Aaron, pero tu tarea es la siguiente».

Sive y Aaron contienen la respiración al unísono mientras esperan para oír lo que su interlocutora quiere a cambio de devolverles a Faye. Sin embargo, se produce una pausa. Ni una palabra. Ninguna voz. A su alrededor, los sonidos del Metro de Londres resuenan, atronadores, pero, al otro lado del teléfono que Aaron sostiene con mano temblorosa, no se oye nada. Sive siente un pánico creciente. ¿Ha cortado la llamada la mujer? ¿Y si ha colgado y nunca vuelve a llamarlos? ¿Y si le ocurre algo a la interlocutora y no pueden encontrar a Faye jamás? ¿Y si…?

Se oye un chasquido y entonces la voz comienza a hablar de nuevo:

—Esto no va a ser fácil, Aaron. Pero recuerda que tienes elección. Lo que tienes que hacer para volver a ver a Faye es lo siguiente: grábate en vídeo ahora mismo y cuéntale al público la verdad sobre lo que has estado haciendo todos estos años.

Sive mira fijamente el teléfono y después pasa la mirada hacia Aaron.

«¿De qué está hablando?».

Como si estuviera esperando a que asimilen lo que dice, la mujer prosigue tras una pausa:

—Sobre cómo ganas los casos, Aaron.

Se produce otra pausa. En esta ocasión es tan larga que a Sive vuelve a preocuparle que la mujer haya colgado. Se inclina hacia el teléfono para hablar:

195

–¿Hola? ¿Sigues ahí? ¿De qué estás hablando?

Aaron sacude la cabeza para acallarla. Se oye un chasquido a través de la línea y entonces vuelven a oír la voz de la mujer:

–Creo que a tus colegas de los tribunales les gustaría saber cómo ganas los casos. Y algunos jueces también estarían muy interesados. Y la Gardaí.

Sive no puede seguir esperando:

–¡Dinos dónde está Faye! ¡Podemos darte dinero! ¡Podemos darte todo lo que quieras! Pero necesito recuperar a mi hija. Por favor.

Sin embargo, la persona que está al otro lado de la línea sigue dirigiéndose a Aaron como si Sive no hubiese dicho nada:

–Creo que a la Policía le gustaría saber cómo pagas la hipoteca de la casa de Ailesbury Road o el colegio privado de Faye. Ni siquiera el proclamado «mejor abogado de Irlanda» podría estar ganando tanto dinero como tú.

Hay algo profundamente desalmado en la voz. Es casi robótica, como si fuera la de una estafa telefónica, aunque no del todo.

–Un momento, ¿cómo podemos saber que dices la verdad? –pregunta Sive–. Déjame hablar con mi hija.

Silencio. Otro leve chasquido.

–Ahora mismo no estoy con tu hija. Está durmiendo en otra ubicación. No será posible hablar con ella hasta que se le haya pasado el efecto de las drogas. Y, para entonces, si has hecho lo que tienes que hacer, podrás verla en persona.

–¿Dónde…?

La mujer sigue hablando. Todavía calmada, sin prisa y sin emociones.

–En cuanto hayas hecho lo que te he pedido, te diré dónde está.

Aaron abre la boca para hablar, pero Sive se le adelanta:

–Si no puedes dejarme hablar con ella y tampoco estás con ella ahora mismo, ¿cómo voy a saber que de verdad está donde dices que está?

Otro silencio. Otro chasquido.

–He estado con tu hija hace una hora. Te echa mucho de menos. Ha llorado un poco, pero la mayor parte del tiempo ha sido valiente. Le duele la pierna, por supuesto. Se le ha abierto uno de los puntos. Pero puedes llevarla a que la cosan de nuevo cuando la recuperes. –Una pausa–. Eso si es que quieres recuperarla, por supuesto.

Capítulo 34

14:36 h

–¡Claro que queremos recuperarla! –espeta Aaron a su interlocutora mientras Sive se queda mirando el teléfono en silencio, intentando asimilar lo que está ocurriendo. Al otro lado de la línea, de esa línea invisible, se encuentra la única conexión con su hija.

«¿Cómo es posible que esté ocurriendo esto? ¿Quién es esta mujer fría como el hielo que ha raptado a Faye?».

Aaron toma aire de forma entrecortada.

–Dime lo que tengo que hacer. Adónde tengo que ir. Cómo puedo recuperarla.

Sive se obliga a concentrarse y, de forma casi automática, saca su propio teléfono y hace clic en el icono de la grabadora. Sin embargo, tan solo se oye silencio.

–¿Hola? –pregunta su marido mientras se acerca el teléfono a los labios.

Entonces se oye otro chasquido.

–Es sencillo. Grábate en vídeo. Cuéntale a todo el mundo la verdad sobre lo que has estado haciendo, sobre cómo presionas a los testigos para que cambien su declaración, sobre las extorsiones que mantienen a tus clientes alejados de la cárcel y que te llenan los bolsillos de dinero. Sube el vídeo a Twitter y etiqueta a las diez cuentas que aparecen en la lista que acabo de mandarte por mensaje. Vas a dar mucho que hablar. Y no vas a volver a trabajar nunca. Tal como te gusta decir: «No hay humo sin fuego». –Una pausa y un chasquido–. Pero ni se te ocurra pensar en decir que te han obligado a hacer una confesión falsa. Si lo haces, no volverás a ver a Faye nunca más.

La llamada llega a su fin.

Sive está helada, con ganas de vomitar y mareada, intentando con desesperación recuperar la compostura, pasar a la acción y hacer lo que tengan que hacer para recuperar a Faye.

—¿Tienes…? ¿Tienes el mensaje? —le pregunta a Aaron mientras él hace clic en la pantalla del teléfono.

—Sí. RTÉ. Sky. La BBC. El *Irish Times*. El *Daily Bite*, etc. —Alza la vista hacia ella—. No puedo hacerlo. Me lincharían.

—¡Aaron! ¿A quién le importa? Hazlo. ¡Esa persona tiene a Faye!

—Pero ni siquiera estamos seguros…

—¡Por el amor de Dios! Sabía lo de los puntos de la pierna. Nadie lo sabe. Y, aunque solo hubiese un uno por ciento de probabilidades de que esto sea cierto, de que esa loca la haya raptado y de verdad vaya a devolvérnosla, ¡tenemos que intentarlo! ¡Graba el puñetero vídeo!

—Oye —dice él mientras le hace gestos apaciguadores con las manos y mira en dirección a Jude—, baja la voz.

—No me digas que baje la voz. Alguien ha secuestrado a Faye y quiere que grabes un estúpido vídeo de confesión, ¡así que graba el puñetero vídeo de confesión!

—Pero no…

—No me puedo creer que estemos teniendo esta conversación. ¡Hazlo ya!

Le arrebata el teléfono de la mano y abre la cámara. De pie a tan solo quince centímetros de distancia de él, hace clic en el botón de grabar y le hace un gesto con la cabeza para que hable. Él niega con la cabeza.

—¡Esto es una locura! No voy a hacer una confesión demencial. No crees que haya hecho nada de eso, ¿verdad?

—Claro que no, pero ¿a quién demonios le importa? ¡Dilo y ya está! Así es como podemos recuperar a Faye. Y, en cuanto la tengamos con nosotros, podrás hacer otro vídeo para contarle a todo el mundo lo que ha ocurrido y que te han obligado a hacer una confesión falsa.

«¿Por qué no lo entiende?».

—Pero algunas personas se la creerán, Sive. Tal como ha dicho la mujer, pensarán que no hay humo sin fuego.

—¿Y qué? No te importa lo que la gente piense de ti. Nunca te ha importado. Hazlo. Por Faye.

—Pero habrá investigaciones.

—Pues deja que investiguen. Es una puñetera confesión inventada. ¡Santo cielo! El sábado por la noche, en casa de Dave, dijiste que darías la vida por tus hijos. No estamos hablando de tu vida; tan solo de un vídeo. —Se produce un silencio mientras Aaron mira fijamente el teléfono, aunque sigue sin decir nada—. Aaron… —susurra ella—. ¿No será porque…? ¿Acaso…?

—¡No! No es eso. Es solo que es difícil. Esto podría suponer el fin de mi carrera. No importa lo que diga después; siempre habrá gente que lo creerá. Pero voy a hacerlo. Claro que sí. Joder. Empieza a grabar.

Capítulo 35

14:41 h

Se supone que Jude tiene que darles espacio, pero no puede evitar acercarse un poco. Parece como si Aaron estuviese a punto de dar algún tipo de discurso mientras Sive graba. ¿Una súplica al público? Da otro paso. Ninguno de los dos le presta atención. Ahora está lo bastante cerca como para oírlos. Un anuncio de la estación de metro sofoca las palabras de Aaron, pero, en cuanto se acaba, vuelve a escuchar:

—Y he… he estado extorsionando a los testigos para presionarlos y ganar los juicios. Por desgracia.

Jude se queda mirándolo. ¿De verdad acaba de decir eso? Sive deja de grabar y comienza a hacer algo con el teléfono. Jude deja de fingir del todo que está dándoles espacio.

—¿De qué iba eso? —pregunta mientras se coloca junto a ellos.

Sive y Aaron se miran y, en silencio, se comunican. Él abre un poco más los ojos, pidiendo permiso, pero ella niega con la cabeza. Es un movimiento muy leve, pero Jude alcanza a verlo.

—Un vídeo. Lo verás ahora. Lo vamos a subir a Twitter —contesta Sive de forma brusca mientras teclea sobre la pantalla de su móvil a la velocidad del rayo.

—¿Sobre extorsiones?

Aaron cierra los ojos un instante.

—Sí. Teniendo en cuenta la situación, esa palabra tiene cierta ironía.

—Aaron —dice Sive con un tono evidente de advertencia en la voz.

—¿Has estado extorsionando a los testigos? —Jude siente incredulidad—. Para que se retracten de las declaraciones en contra de tus clientes. ¿Es eso?

—No, no lo he hecho —contesta él de forma entrecortada y enigmática.

—Entonces, ¿por qué acabas de…? ¿Qué está ocurriendo? Sive aparta la vista del teléfono.

—Jude, no podemos contártelo, así que no nos preguntes. —Entonces se gira hacia su marido—. Está hecho. Lo he subido a Twitter y estoy etiquetando a las cuentas de la lista.

Jude asiente, sorprendida ante el tono seguro y tenso de su compañera. La mujer que lleva toda la mañana derrumbándose parece haberse recompuesto al fin. Saca su propio teléfono y entra rápidamente al perfil de Twitter de Sive. Ahí está el vídeo con un mensaje en el que se etiqueta a diez cuentas: canales de televisión y de radio, así como periódicos, incluyendo el suyo.

«¿Qué demonios?».

Presiona el botón de reproducción y se lleva el móvil a la oreja. El vídeo no es mucho más largo de lo que ya ha oído.

—Acabas de confesar ser culpable de extorsión. ¿Alguien te ha obligado a hacerlo? ¿Tiene algo que ver con la desaparición de Faye?

—Jude, por favor —insiste Sive—, no nos preguntes. Ella frunce el ceño.

—Está bien. —Baja la vista hacia el teléfono. La gente no ha visto el vídeo todavía. La otra mujer no tiene muchos seguidores y las cuentas de los medios de comunicación todavía no lo han descubierto—. ¿Queréis que lo retuitee? —pregunta—. ¿Necesitáis que tenga difusión?

—No —contesta Aaron—. Ya hemos hecho lo que nos han pedido. Nadie ha dicho que tengamos que pregonarlo.

Jude asiente. Así que alguien le ha obligado a hacerlo y está siguiendo unas instrucciones específicas.

«Dios. Esto es un bombazo». Significa que, sin lugar a duda, ha sido algo premeditado y, además, vinculado con el trabajo de Aaron. Es una noticia mucho más importante que cualquiera de las que haya cubierto antes.

El teléfono de Aaron empieza a sonar. Mientras contesta, mira a Jude y a Sive:

—Sí. —Jude tan solo puede oír lo que dice Aaron—. Pero hemos hecho lo que nos has… Pero… —Alza la vista—. Ha colgado.

—¿Qué te ha dicho? —le pregunta Sive.

—Que tenemos que hacer que el tuit se difunda un poco. Y que entonces ella volverá a llamarnos.

Jude pestañea.

«¿"Ella"? ¿La secuestradora es una mujer?».

—Te ha mencionado —prosigue Aaron mientras mira a Jude—. Me ha dicho que ha visto tus tuits y que sabe que llevas toda la mañana con nosotros, que te pidamos que lo retuitees. —Alza la vista hacia el techo de la estación y se frota el rostro—. Joder.

Jude asiente mientras teclea en el teléfono.

—Por supuesto.

Retuitea el vídeo de Sive con un sencillo «Mirad esto, por favor». A los pocos segundos recibe respuestas, «Me gusta» y retuits. Las respuestas van desde «¿Qué demonios?» hasta «¿Le han obligado a hacerlo?» o alguna variación de «Siempre he sabido que no era de fiar». Sin embargo, consiguen el efecto deseado. En apenas unos minutos, el vídeo se retuitea más de cuatrocientas veces y los medios de comunicación empiezan también a difundirlo.

—¿Esto es lo que quería esa persona?

Aaron y Sive asienten con el rostro ceniciento. Han dejado de fingir. Faye Sullivan no se ha perdido ella solita. Faye Sullivan no está con un desconocido con buenas intenciones. Jude siente una oleada de miedo entrelazado con adrenalina. Sive tenía razón: a Faye Sullivan la han secuestrado de verdad. Y Jude Barr tiene una entrevista exclusiva.

Capítulo 36

14:52 h

Sive clava los ojos en los de Jude.

–De acuerdo. Esto es muy importante. No puedes decir una sola palabra. A nadie.

En voz baja, Aaron masculla algo sobre los periodistas y entonces añade en voz alta:

–¿Qué ha pasado con eso de no decirle nada? Hace cinco minutos me estabas lanzando advertencias para que mantuviese la boca cerrada.

Tiene razón, pero Sive no le hace caso. Jude ya ha oído lo suficiente como para poder adivinar lo que está ocurriendo. Es mejor incluirla y mantenerla cerca que arriesgarse a ponerla en su contra o, peor, a que publique algo que ponga en peligro la seguridad de Faye.

–Ni una sola palabra. Al menos por ahora –prosigue ella–. Por supuesto, cuando la hayamos recuperado, necesitaremos tu ayuda para que cuentes toda la historia y deshacer así el daño causado. Pero, por ahora, nada.

«Porque son todo mentiras, por supuesto. –Se desprende de la molesta preocupación de que haya algún tipo de verdad en lo que Aaron se ha visto obligado a confesar–. Ahora no es momento para esto».

Jude titubea y después asiente.

–Pero ¿qué pasa con la Policía? ¿No verán el vídeo e imaginarán lo que ha ocurrido?

Aaron maldice en voz baja y Sive siente en sus adentros el peso de cada palabra. No han pensado en eso.

Se muerde el labio mientras repasa todas las opciones.

–Diremos que es un vídeo falso, un *deepfake* que ha subido alguien ahora que, como es evidente, Aaron no está en situación de defenderse.

Jude parece escéptica.

–De acuerdo. Entonces, si Hawthorn nos pregunta, ¿eso será lo que le diremos? No estoy segura de que sea muy creíble.

–Tendrá que bastar. Voy a adelantarme y decírselo de inmediato.

Teclea un breve mensaje para la agente de Policía:

> Han subido un *deepfake* de Aaron haciendo una confesión. Ignórenlo. Es una distracción, alguien que está yendo a por él ahora que está demasiado vulnerable como para gestionarlo.

–Está bien –dice la periodista–. Te respaldaré si me pregunta.

–No puedo pedirte que le mientas a la Policía, Jude…

Ella se encoge de hombros.

–Tan solo voy a repetir lo que tú me has dicho. ¿Cómo iba a saber que no era cierto? Sea como fuere… ¿qué os ha dicho la persona que ha llamado?

Sive mira a su alrededor, pero nadie les está prestando atención.

–Es una mujer y ha llamado a Aaron para decirle que tiene a Faye, que tenía que hacer esta confesión y subirla a internet para que pudiéramos recuperarla. Así que ahora tenemos que esperar a recibir otra llamada para descubrir dónde está.

«Por favor, que sea así de sencillo. Por favor, que el vídeo de Aaron sea suficiente».

–¿Os ha dicho algo más? –le pregunta Jude.

–Que Aaron tenía elección: hacer el vídeo y recuperar a Faye o no. Que tenía que confesar, aunque eso signifique que los jueces y la Gardaí van a tener que involucrarse.

La periodista enarca las cejas.

—¿Ha utilizado el término *Gardaí*? —Ella asiente—. Entonces es posible que sea irlandesa. ¿Tenía acento irlandés?

—Ay, Dios, tienes razón. El acento era bastante neutral; no me ha sonado especialmente inglés…

—¿Y estás segura de que era real? —insiste Jude—. El hecho de que fuese una mujer me parece extraño.

—No podemos estar seguros de nada, pero tenemos que mantener la esperanza de que lo sea, porque es la única pista que tenemos.

La otra mujer saca un cuaderno y un bolígrafo del bolso.

—¿Puedes recordar alguna otra cosa de lo que os ha dicho?

—Lo he grabado. Al menos la última parte —le contesta mientras saca su teléfono.

Aaron la mira, sorprendido.

—¿De verdad?

—Es la costumbre —dice de forma brusca—. Deformación profesional.

Hace clic en la aplicación del teléfono y los tres se inclinan para escuchar el mensaje:

—«… y etiqueta a las diez cuentas que aparecen en la lista que acabo de mandarte por mensaje. Vas a dar mucho que hablar. Y no vas a volver a trabajar nunca. Tal como te gusta decir: "No hay humo sin fuego"».

Presiona el botón de pausa, rechaza una llamada de la agente Hawthorn y mira a Jude.

—Cuesta un poco oír lo que dice con el ruido de fondo, pero es evidente que se trata de una mujer, aunque la voz suena un poco robótica. Y creo que tienes razón sobre lo de que sea irlandesa.

—¿Puedes enviarme la grabación? —pregunta la periodista mientras garabatea de forma frenética en su cuaderno.

Aaron niega con la cabeza.

—Ni en broma.

—Cuando Faye esté a salvo, sí. Pero ahora mismo no —contesta Sive—. Es demasiado arriesgado. Si la persona descubre que se lo hemos contado a alguien…

–No pasa nada. ¿Puedes reproducirla de nuevo? ¿Dice algo más?

Presiona el botón de reproducción y Jude se inclina un poco más. Tras un instante, se yergue.

–¿Qué son esas pausas y ese chasquido extraño? Es como si se parara y empezara de nuevo.

Ella niega con la cabeza.

–No lo sé.

Sive echa la vista atrás. Ahora la llamada y el desarrollo de los acontecimientos le resultan borrosos, pero hay algo que la reconcome. Vuelve a reproducir la grabación y se la acerca más al oído. Entonces sacude la cabeza.

–¿Qué ocurre?

–En esta grabación no se nota, pero, ahora que lo pienso, tengo la sensación de que, cuando intentábamos intervenir, la mujer seguía hablando. Casi como si nosotros no estuviéramos ahí o no pudiera oírnos.

–¿Como si estuviera reproduciendo una grabación de sí misma? ¿Un archivo de audio?

–Exacto –confirma ella–. Pero ¿por qué? ¿Porque no podía hacer una llamada en vivo y en directo?

–O tal vez porque estaba distorsionando su voz, acelerándola o ralentizándola.

–Tal vez –dice Sive mientras se gira hacia Aaron–. Eso significa que es posible que se trate de alguien a quien conoces.

Capítulo 37

Un día antes, domingo
Hotel Meridian

Cuando se despertó el domingo por la mañana, Sive tenía la boca seca y un leve dolor de cabeza. No se trataba de una resaca, tan solo de la inevitable modorra que ahora, por muy tranquila que hubiese sido la velada, parecía seguirla cada vez que salían de noche. A su lado, Aaron estaba roncando. Toby se removió en la cuna que había junto a la ventana, pero no se despertó. Sive pensó que, si hasta él seguía durmiendo, debía de ser temprano. En la salita, todavía no se oía el ruido de los dibujos animados, así que las niñas también debían de seguir en la cama.

Aquella calma habría sido un placer si no estuviera preocupada por Aaron. La noche anterior, al llegar al hotel y después de que la niñera se hubiera marchado, había intentado hablar con él.

—¿Va todo bien? —le preguntó mientras se ponía el pijama—. Antes parecías distraído.

—¿Eh?

Aaron ya se había metido en la cama y estaba mirando el teléfono.

—Me ha parecido que estabas un poco… tenso. Me preguntaba si Dave o Scott te habían dicho algo que te hubiera molestado. Tal vez mientras os tomabais la pinta en The Lion. —Él no apartó la vista del móvil—. O… ¿se trata de Yasmin? ¿Malos recuerdos?

En aquel momento sí que la miró.

–No. Solo estoy cansado.

«Solo estoy cansado». La respuesta que utilizaba siempre que no quería hablar.

Para ser justos, también era la suya. Tal vez a todas las parejas casadas les ocurriera lo mismo. Buscó una forma de preguntarle por el acosador de Yasmin, pero nada le terminó de parecer apropiado. En cierto sentido, le parecía una intromisión. Algo propio de una cotilla. Aaron se volvió a tumbar en la cama y apagó la lámpara de su mesilla de noche.

–Estoy destrozado. Buenas noches –fue lo único que le dijo mientras le daba la espalda.

Y, en apenas unos minutos, había empezado a roncar, tal como estaba haciendo en aquel momento.

Sive miró su teléfono. Eran las seis y media de la mañana. Tenía que volver a dormir. Toby nunca dormía pasadas las seis. Qué desperdicio estar despierta antes que él. Justo en el momento en el que esa idea se le pasó por la cabeza, el bebé se removió y empezó a llorar. Y eso fue todo: el domingo había comenzado en Londres.

–Ay, Dios, mi cabeza –gimió Aaron media hora más tarde–. ¿Qué hora es? ¿Y por qué bebí tanto?

–Son las siete. Pero no bebiste tanto. Es solo que nos hacemos viejos –contestó ella, que estaba sentada en la cama con Toby acurrucado entre los brazos, soñoliento tras haberse alimentado.

–¿Cómo puedes estar tan alegre? –preguntó él mientras se apoyaba en un codo para darle un beso al bebé en la cabeza y otro a ella en la mejilla.

–Tú empezaste a beber antes que yo. Me refiero a la pinta que te tomaste con Dave. Que, por cierto, ¿cómo fue?

A su marido se le nubló el rostro.

–Bien. Ya sabes cómo es Dave. Nunca deja de hablar.

–¿Y Scott? Parecías tenso mientras hablabas con él.

–Scott es Scott –contestó él, lo que, en realidad, no le aclaraba absolutamente nada.

–En visitas como esta, debe de ser duro cada vez que alguien menciona a Yasmin.

–Fue hace mucho tiempo. Y Nita tiene razón: pasamos demasiado tiempo evitando el tema. –Se incorporó hasta estar sentado y se apoyó contra el cabecero de la cama–. Me refiero a hablar de ella. Sobre todo durante el aniversario.

–Maggie me contó que intentaste dar caza a su acosador.

«Ahí, agarrando el toro por los cuernos».

–Sí, la noche que murió.

Aaron le tomó la mano y empezó a trazarle círculos.

–¿De verdad? –Se giró hacia él para poder mirarlo mejor–. No tenía ni idea. ¿Qué hiciste?

Una carcajada vacía.

–En realidad, fue una estupidez, pero la primera noche que siguieron a Yasmin fue mientras volvía a casa desde el Rooftop Bar. Y, desde entonces, cada vez que iba allí, sentía que alguien la seguía hasta casa. Solo cuando estaba sola, no las veces que yo la acompañaba.

–¿Solía ir al bar ella sola?

De inmediato, Sive se preguntó por qué le había preguntado algo así. Ella misma había ido sola a bares en muchas ocasiones, especialmente durante los viajes por trabajo. Sin embargo, todo lo que le habían contado sobre el pasado de sus compañeros de piso había provocado que tuviera la sensación de que vivían pegados en todo momento.

–No. Me refiero a cuando quedaba allí con los demás y yo trabajaba hasta tarde, por lo que tenía que volver sola a casa. Era en esas ocasiones en las que la seguían. O creía que la seguían.

Sive asintió.

–Entiendo. ¿Y qué ocurrió?

–Yasmin empezó a asociar al acosador con el Rooftop Bar. Estaba segura de que debía de tratarse de uno de los clientes y de que visitaba el local con la frecuencia suficiente como para estar allí siempre que iba ella. Al final dejó de querer ir siquiera.

–Comprensible.

–Pero entonces empezó a verlo en el exterior de nuestra casa. Sombras que decía que eran de una persona. Se volvió muy paranoica.

Sive frunció el ceño.

–¿Creías que se lo estaba inventando?

–No. Desde luego, ella creía que era real. Y yo estoy convencido de que sí la siguieron aquella primera noche. Pero, como ya te dije, nunca pude estar del todo seguro respecto al resto de las veces.

Desde la salita les llegó el sonido de una puerta al abrirse. Después susurros y la televisión. Pronto se rompería la magia. Ella se irguió y se cambió a Toby de brazo. Aun así, Aaron siguió trazándole círculos en la mano.

–¿Y qué hiciste?

Aaron soltó un largo suspiro.

–Bueno, esto te va a parecer una tontería, pero subí una foto a Facebook. En aquel entonces, Facebook era la brillante novedad y todos estábamos intentando adivinar cómo funcionaba, así que…

–Espera… ¿Tenías Facebook?

No podía pasar por alto aquella información. Aaron no tenía ningún tipo de red social y sentía un especial desprecio hacia Facebook.

Él le dedicó una sonrisa avergonzada.

–Era joven. En cualquier caso, subí una foto que habíamos tomado en el bar una noche diferente. Era una foto terrible y granulada, pero… ¿cómo se decía? Etiqueté a Yasmin e hice que pareciera que estaba allí aquella noche. Fue idea suya. Entonces yo debía ir al local para ver si distinguía a alguien que la estuviera buscando.

–Parece… poco probable.

–Lo era. Pero ¿quién sabe? Podría haber funcionado. –Comenzó a darle vueltas al anillo de casada que llevaba Sive, el cual lucía un antiguo diamante que había pertenecido a la abuela de Aaron–. Me habría dado la oportunidad de vigilar al vigilante, por decirlo de algún modo.

–No pretendo criticar vuestro plan ni nada por el estilo, pero dudo que el acosador fuese amigo de Facebook de Yasmin.

Aaron se echó a reír.

–Ay, Dios. En aquel entonces no teníamos ni idea de lo que eran los ajustes de privacidad. Todo era público. Así que, si alguien la estaba acosando, la habría podido encontrar en Facebook.

–¿Y qué ocurrió aquella noche?

–Nada –contestó él.

Al decirlo, apartó la vista y Sive no pudo evitar pensar que había algo más detrás de aquella historia.

–¿No había ningún acosador?

–No. –Bajó la mano–. No había ni rastro de alguien que estuviera solo o vigilando al resto de los clientes. Y entonces... –Tragó saliva de forma audible–. Regresé a casa y me encontré la casa en llamas.

–Dios mío, Aaron...

A Sive se le llenaron los ojos de lágrimas.

–Sí.

Aaron se calló y ella dejó que el silencio se asentara mientras Toby resoplaba contra su pecho y desde la habitación contigua les llegaba el sonido de *La Patrulla Canina*.

Tras un instante, le preguntó en voz baja si creía que había sido el acosador el que había iniciado el incendio.

–Tal como dijo Nita la otra noche, cuesta pensar que ambas cosas no estén relacionadas.

Se encogió de hombros de un modo que le pareció un poco falso. Tal vez necesitase creer que el acosador había sido real y que había alguien a quien culpar. Aunque durante la cena del viernes se había mostrado menos convencido. ¿Qué había cambiado desde entonces?

–Es un asunto muy triste.

Él le rodeó la cintura con un brazo.

–Tú y yo tenemos nuestra dosis de ex escabrosos, ¿eh?

–Los dos tenemos nuestra carga, eso sin duda –contestó

212

Sive con una sonrisa burlona mientras pestañeaba para desprenderse de las lágrimas.

—¿Cuánto tiempo queda?

—Dieciocho meses.

—Y no has sabido nada de la familia, ¿verdad?

—Nada de nada.

Él le dio un beso en la sien.

—Ya te lo dije. Tienes que dejar de preocuparte. Nadie va a descubrirlo jamás.

—Eso espero —replicó mientras le tendía a Toby y se bajaba de la cama para ir a ver cómo estaban las niñas.

Cuando se trataba de sus «orígenes», Aaron se mostraba mucho más tranquilo que ella.

En el bufé de desayuno las niñas estaban exultantes, encantadas con el concepto de «come todo lo que puedas» tras haber comprendido cómo funcionaba. Faye programó por accidente la máquina de las tortitas para que preparara quince, que Sive procedió a esconder en diferentes platos de la mesa en lugar de admitir que habían desperdiciado demasiada comida. Por primera vez en su vida, Bea se comió un cuenco de Coco Pops que le sirvió su amable hermana mayor y después, cuando su madre no la estaba mirando, devoró dos de aquellas porciones en miniatura de mermelada. Sive se bebió tres tazas de café mientras se preguntaba cuándo comenzaría la parte vacacional de aquellas vacaciones. Aaron, que llevaba a Toby en el portabebés, estaba leyendo los periódicos dominicales. Sive hizo una mueca. Tendría que haberse quedado con Toby y haber dejado que fuera su marido el que saltara de un lado para otro con las niñas.

—¿Cambiamos? —le preguntó después de un rato.

Con reticencia, Aaron le entregó al bebé y, cuando lo hizo, le dio un beso en la cabeza. Sive se acercó el periódico y soltó un suspiro de satisfacción. Las reglas eran sencillas: quienquiera que tuviera al bebé en brazos no tenía que moverse. Le dedicó una sonrisa a su marido.

–¿Habría alguna posibilidad de que me trajeras algo más de bollería?

El periódico estaba abierto por una página con noticias locales y, mientras Sive le echaba un vistazo, atisbó un nombre que le resultaba familiar. Pemberton. El hombre del que habían hablado el día anterior durante el *brunch*. Arrestado y condenado por una retahíla de crímenes que se remontaban décadas atrás. Leyó el artículo por encima mientras se terminaba el café y pasó a la siguiente página, donde otro nombre le llamó la atención. Rosco. La Policía estaba buscando a Michael Rosco para que la ayudara con sus pesquisas en una serie de investigaciones.

–¿Aaron?

Su marido acababa de regresar del bufé con un plato lleno de bollos en miniatura y Bea apoyada en la cadera. Faye seguía en la barra, ocupada con la máquina de zumos.

–¿Sí?

–Acabo de ver esto en el periódico… una mención a Michael Rosco. ¿No es ese el nombre que mencionó la vecina en relación con…?

Se interrumpió. No pensaba hablar del incendio delante de Bea, a pesar de que era demasiado pequeña como para comprenderlo.

–Sí, pero está metido en muchos asuntos, por lo que no es raro ver su nombre en los periódicos. Bueno –dijo con una sonrisa–, antes de que nos marchemos, ¿te apetecería otra tortita?

Aquel día habían planificado un viaje en teleférico y en un taxi fluvial que los llevaría por el Támesis hasta el mismo Big Ben. Tan solo Scott iba a unirse a ellos: Nita tenía que trabajar, Dave iba a ir a visitar a su madre y Maggie había quedado con su hermana. Sive se alegraba de tomarse un respiro de las actividades en grupo, sobre todo porque los adultos tendían a caminar más rápido que Faye y Bea. En cierto sentido, deseó que Scott tampoco apareciese y de inmediato se sintió mal por haber pensado algo así. Suspiró mientras apuraba el café. En cualquier caso, tan solo quedaban dos días antes de que regresaran a la agradable mundanidad de la vida hogareña en Dublín. Dobló el periódico, le dio un beso a Toby en la cabeza y se puso en pie para sacar a Bea y a Faye del restaurante. Mientras las hacía avanzar entre las mesas, miró hacia atrás y vio que Aaron estaba leyendo detenidamente el periódico con el ceño muy fruncido. No podía estar segura, dado que se encontraba lejos y el periódico estaba bocabajo, pero le pareció que se trataba de la misma página que le había mostrado ella: la página con el artículo sobre Rosco, el artículo al que él mismo le había restado importancia. Mientras leía, tamborileaba con los dedos sobre la mesa. Era un tamborileo rápido e inconsciente, algo que de normal hacía cuando se estaba preparando para los tribunales, un indicio demasiado familiar de tensión y nerviosismo. Sive se preguntó si sería por Rosco o por algo totalmente diferente.

Capítulo 38

Lunes, 15:01 h

Pasan cinco de los minutos más largos de la vida de Sive mientras Aaron, Jude y ella esperan en el vestíbulo de Oxford Circus a que la mujer que ha secuestrado a Faye vuelva a llamarlos. Se aprietan contra la pared mientras los viajeros de la tarde van de un lado para otro, atraviesan los tornos y prosiguen su día, ajenos al pánico de los Sullivan.

Cuando el teléfono suena al fin, Aaron pone el altavoz y los tres se apelotonan para escuchar la llamada:

—Estupendo, Aaron. Bien hecho —dice la voz de la mujer, que suena clara y tranquila, como si fuera una profesora alabando a su alumno—. Tu historia está por todas partes. Al menos en Twitter. ¿Sabes? No soy idiota: sé que te retractarás y dirás que estabas bajo presión. Pero la cuestión es que revisarán tus casos. Investigarán a fondo. Tomarán distancia. Y hablarán. No hay humo sin fuego.

Sive no puede seguir esperando:

—¿Dónde está? ¿Dónde está Faye?

Una pausa y un chasquido.

—Para encontrar a tu hija, lee tus mensajes de texto. Ve allí con tu esposa. Nadie más. Si aparece la Policía, le haré daño a Faye. Créeme.

Y eso es todo. La llamada se corta.

—¡Rápido! ¡Compruébalo! ¿Has recibido un mensaje?

«Por favor, Dios mío, que haya un mensaje de texto. Por favor, que Faye esté allí».

Aaron está manipulando el teléfono demasiado despacio y Sive estira el cuello para poder leer.

—Es una dirección.

—¿Dónde?

—En Leytonstone. Tan solo ha mandado la dirección; no sé qué clase de edificio es...

—No importa. Tenemos que ir allí ya.

—¿No deberíais contárselo a la Policía? —pregunta Jude.

Sive casi se había olvidado de que estaba allí.

—¡No! —grita Aaron—. Ya has oído lo que ha dicho esa chiflada. Nada de Policía o le hará daño a Faye.

—Pero deben de tener alguna forma de presentarse allí sin que los vean. Son la Policía, se dedican a eso. Y podrían detener a quienquiera que haya hecho esto.

Aaron se da la vuelta hacia ella con los ojos en llamas.

—¡Me da igual quién haya hecho esto! Ahora mismo tan solo tenemos que recuperar a Faye. Sive, vamos fuera a tomar un taxi —añade mientras se gira en dirección a las escaleras mecánicas.

Sin embargo, Sive está mirando un mapa en el teléfono.

—Es más rápido en metro.

—Iré con vosotros hasta Leytonstone —dice Jude—. Puedo quedarme atrás y perderme de vista cuando lleguéis a dondequiera que la tengan retenida.

Aaron niega con la cabeza, pero Sive contesta antes de que pueda decir nada:

—Muchas gracias Jude, pero no. Tenemos que seguir las reglas a rajatabla. Si pudieras esperar aquí por si la agente Hawthorn viniera a buscarnos, te lo agradecería. Se supone que tiene que volver en unos minutos y sé que está intentando contactar conmigo por el asunto del vídeo, pero lo último que necesitamos ahora mismo es explicarle todo esto. Así que, por favor, haz todo lo que puedas por distraerla. Y lo mismo con el resto de los periodistas. —Echa un vistazo a Maggie, que se encuentra un poco alejada, cerca de la salida, hablando por teléfono—. Y a Maggie también. Supongo que sigue hablando con Dave, pero se preguntará adónde hemos ido. Invéntate algo.

Jude asiente mientras Sive y Aaron se acercan con prisa a los tornos de acceso.

«Treinta y tres minutos hasta Leytonstone. Treinta y tres minutos hasta Faye».

Capítulo 39

Un día antes, domingo
The Grapevine

Mientras recorría el brillante bar, iluminado por las velas, hacia un puñado de taburetes que rodeaban una mesa alta al fondo del local, Sive pensó que aquello era más de su estilo. Sin Scott y Aaron discutiendo, sin Dave con sus historias interminables y (sin ofender a sus hijos) sin niños. Tan solo las chicas charlando. Maggie y Nita ya estaban allí. Maggie tenía frente a ella una pinta de Guinness y Nita lo que parecía agua con gas. ¿O era ginebra con tónica? No estaba segura. Sí sabía que Maggie albergaba la esperanza de que aquella noche tuvieran la oportunidad de llegar al fondo de lo que estaba ocurriendo con su amiga, una especie de intervención. Ella también albergaba esa esperanza, pero iba a tener que interpretar un papel más pasivo. Había coincidido con Nita unas cinco ocasiones en total, por lo que no le correspondía participar en ningún tipo de intervención, fuese ligera o no.

Las dos la saludaron con la mano conforme se acercaba. Maggie resplandecía con un vestido camisero negro y tres cadenas de oro en torno al cuello que centelleaban bajo la luz de las velas. Nita también estaba preciosa con un vestido de tirantes verde oliva que, en su opinión, era el equilibrio perfecto entre una noche de fiesta y una noche de domingo con la Chica Irlandesa A La Que No Conozco Muy Bien. Llevaba los labios pintados de un tono carmesí brillante y, una vez más, Sive se sorprendió de lo mucho que se parecía a Yasmin.

Unas sombras oscuras bajo los ojos eran el único indicio de los excesos de la noche anterior.

–Acerca un taburete. ¿Qué quieres beber? –le preguntó Maggie mientras le hacía un gesto a un camarero.

Sive se decidió por una copa de cava, que le sirvieron enseguida. Mientras daba sorbitos, Maggie le preguntó por el viaje en teleférico. Ella les contó que había estado bien y que el día había sido perfecto a excepción de… Titubeó y se preguntó si eran los tragos de cava o el irresistible atractivo de estrechar vínculos lo que la hacía desear hacerles confidencias. A excepción de Aaron y Scott discutiendo de nuevo.

Con los ojos centelleantes, Nita y Maggie se inclinaron hacia ella, dispuestas a compartir historias.

–¡Son tan irritantes! –dijo Nita–. O sea, Dios mío, todos sabemos que Aaron tiene mucho éxito y bla, bla, bla. Y lo mismo se puede decir de Scott. ¿No pueden cerrar el pico de una puta vez?

Sive se echó a reír. El acento de Nita, claro, refinado y tan propio de la BBC, era perfecto cuando decía alguna palabrota.

–Y supongo que el pobre Dave habrá intentado seguirles el ritmo –le preguntó Maggie.

–No –contestó Sive–. Hoy iba a visitar a su madre así que no estaba allí.

–¿De verdad? –Parecía sorprendida–. ¿Eso os ha dicho Dave?

–Bueno, es lo que me ha dicho Aaron. –Dio otro trago de cava–. ¿Por qué lo preguntas?

–Por nada –contestó Maggie, aunque era evidente que lo preguntaba por algún motivo.

Sin embargo, no la conocía lo suficiente para insistir.

–Y ahora estamos solo las chicas, sin esos hombres irritantes –dijo Nita mientras alzaba la copa–. ¡Salud, señoritas!

Entrechocaron las copas y Sive volvió a preguntarse qué estaría bebiendo Nita y cómo iba a abordar Maggie el asunto. No tuvo que esperar demasiado.

–Me maravillas, Nita –dijo Maggie–. Por hacer esto tú sola.

Obviamente, nunca he tenido hijos, pero imagino que el embarazo no debe de ser fácil. ¡Hay tantas normas…!

Una amplia sonrisa. Sive hizo una mueca. Maggie era maravillosa, una de las personas más cálidas y diplomáticas que había conocido jamás. Al menos basándose en el puñado de ocasiones en las que se habían visto. Pero aquella situación le resultaba muy incómoda.

—Me pregunto si Sive tendrá algún consejo que darte --prosiguió mientras enarcaba las cejas en un gesto innecesario para transmitirle en silencio un mensaje.

—Por supuesto. ¡Pregúntame lo que quieras! —dijo ella con valentía–. Aunque tampoco es que sea una experta.

Un gesto receloso atravesó el rostro de Nita y, de algún modo, las sombras que llevaba bajo los ojos se profundizaron.

—He leído todos los libros habidos y por haber, así que estoy bastante informada de todo.

—Bueno, claro, pero no hay nada como la experiencia de alguien que ya lo ha vivido –insistió Maggie–. Sive, ¿cómo te sentiste al descubrir que estabas embarazada de Faye? ¿Abrumada por tener que cambiar tu estilo de vida?

Sive se mordió el labio.

«Ay, Dios mío. Qué conversación más torpe».

Pero ya no podía echarse atrás.

—Bueno, durante los dos primeros meses no supe que estaba embarazada, así que me costó un poco más cambiar mis hábitos.

Se echó a reír y dio otro sorbo. Estaba empezando a sentirse mareada.

—¡Oh! ¿No fue buscado? –le preguntó Nita, que nunca había hecho nada sin planificarlo antes.

Estaban pisando terreno pantanoso.

—No. Entonces no llevábamos juntos mucho tiempo. Faye fue una sorpresa.

—¡Madre mía! ¿Fue un rollete de una noche que se convirtió en un matrimonio? –preguntó Nita mientras se le encendían los ojos.

–No del todo. Estábamos juntos; no fue un rollete de una noche.

«Dios, menuda actitud defensiva tan hipócrita…».

Apuró la copa y llamó a un camarero.

–¿Pido otra ronda?

–Ay, sí –contestó Nita mientras se daba la vuelta y hacía un gesto circular con el dedo para indicar que les sirvieran lo mismo.

–Ahora recuerdo –dijo Maggie–. Aaron nos contó que había conocido a alguien gracias al trabajo y que iba a ser padre. En aquel momento sí que nos pareció que había ocurrido todo muy rápido. –Alzó las manos–. Dios, eso ha sonado a crítica. No te estoy criticando. Yo también he tenido mi buena dosis de desastres amorosos.

Nita se inclinó hacia ella.

–¿En serio? Cuéntanos, Maggie. Nunca nos cuentas nada sobre tu vida amorosa.

La otra le guiñó un ojo.

–Ni hablar. Hay cosas que esta chica se llevará a la tumba.

Su amiga le rogó, pero Maggie se mostró firme, lo que solo hizo que Nita pareciera aún más decidida. Le preguntó por qué no quería contárselo. ¿Era porque se trataba de alguien famoso? ¿Alguien a quien conocían?

Cuando llegaron las bebidas, el flujo de preguntas se vio interrumpido de forma momentánea, pero después Nita prosiguió: ¿era un hombre casado? Ante eso, Maggie alzó las manos y le aseguró que jamás se acostaría con alguien que estuviera casado. Nita se encogió de hombros En su opinión, todo valía en el amor y en la guerra y la monogamia estaba sobrevalorada. Añadió, mientras se señalaba a sí misma, que, de hecho, las relaciones en general estaban sobrevaloradas. Sive miró a Maggie, dudando si aquella era otra puerta para sacar a relucir el asunto de la bebida, pero la otra seguía hablando, preguntándole si se avergonzaba de la persona con la que había salido. A Maggie se le sonrojaron las mejillas.

–¡Es eso! –exclamó Nita con tono triunfal–. ¡Te avergüenzas! ¿Es terriblemente feo? ¿O muy malo en la cama? ¡Venga, Maggie! Tómate otra copa y cuéntanos el chisme.

Con los ojos vidriosos, hizo un gesto para que les llevaran otra ronda a pesar de que tan solo se habían bebido un cuarto de las copas que acababan de servirles.

Maggie suspiró.

–No me avergüenzo. Tan solo era más fácil que quedase entre nosotros.

Seguía sonrojada, por lo que Sive no pudo evitar cuestionarse la afirmación de que no se avergonzaba.

–¡Ay, venga! ¡Cuéntamelo para que pueda burlarme un poco de ti sin compasión! ¿Lo conozco?

Maggie negó con la cabeza, pero se estaba riendo.

–Ni en broma.

Nita retrocedió.

–¡Es alguien a quien conocemos!

Maggie sacudió la cabeza, pero estaba empezando a vacilar.

Sive se quedó observándola y, de pronto, recordó que la noche anterior había sido ella la que había puesto la mesa y la que había recogido, así como el hecho de que sabía dónde se encontraba cada cosa: las copas, el sacacorchos, las pastillas del lavavajillas…

–Guau, se trata de Dave, ¿verdad?

Ella se llevó una mano a la boca.

––¡Mierda! ¿Cómo lo has adivinado?

A Nita se le desencajó la mandíbula.

–¡Dave! ¿Nuestro Dave? Maggie. No es posible. Tú no harías eso. ¿De verdad? ¿Cuándo? ¿Durante cuánto tiempo?

Maggie enterró la cara entre las manos y habló a través de los dedos:

–Estuvimos juntos seis meses. Rompimos hará un año más o menos. Eso es lo único que ocurrió. –Alzó la vista con una sonrisa avergonzada–. Y ahora dejemos este asunto.

–Siento que la cosa no funcionara –comentó Sive.

Nita soltó un bufido burlón.

–¡Yo no! ¡Se trata de Dave! –En ese momento, debió de percatarse del gesto de su amiga–. Ay, Maggie, me estoy comportando fatal. ¿Querías una relación seria con él? –La otra asintió–. ¿Y qué ocurrió?

–Seguía colgado de su ex.

Nita parecía perpleja.

–¿Qué ex? ¿Cómo es que no sé nada sobre todas las mujeres con las que ha estado saliendo?

–Me refiero a alguien de hace mucho tiempo –le aclaró Maggie–. La chica que no era ninguna Kate Moss, aquella que rompió con él antes de que llegáramos a conocerla.

–Ay, por el amor de Dios… ¿Por qué sigue colgado de ella?

–Lo sé… –Maggie suspiró–. Pero no parecía capaz de pasar página. Intentaba fingir, pero, tras una temporada, me resultó obvio que estaba fingiendo. Así que lo dejé.

–¿Y…? Supongo que no llegasteis a vivir juntos, ¿no? –preguntó Nita, que seguía evidentemente confundida.

–No, pero pasábamos mucho tiempo juntos. Pasaba la mayoría de los fines de semana en Clarinda Gardens.

–Y ninguno lo adivinamos… Cada vez que quedábamos teníais que llegar y marcharos por separado, ¿no?

Maggie se echó a reír.

–En realidad nos marchábamos juntos, pero nadie se daba cuenta.

–Dios mío… ¿Y nadie lo sabía?

–Tan solo Jerry, el hermano de Dave, y su madre.

–¿La vieja bruja?

–Ah, solo lo parecía cuando éramos veinteañeros, y ella, nuestra casera. Luego en realidad no estaba mal. –En ese momento, a Maggie se le nubló el rostro, como si hubiese algo que la molestara. Sin embargo, sonrió con la misma rapidez–. En cualquier caso, ese es mi secreto. –Una carcajada–. Dios, ahora que lo he soltado, me pregunto por qué no os lo he contado antes.

–Tal vez porque, como diría él mismo, Dave no es «ninguna

Kate Moss» –comentó Nita con una sonrisa ladeada–. Y tampoco es que sea el más inteligente…

Maggie negó con la cabeza.

–Dave es tan inteligente como cualquiera de nosotros, créeme. Todo ese asunto de Trigger no es más que el papel en el que lo encasillamos y al final se ha quedado con ello.

–¿De qué estás hablando? ¿Qué papel? –Nita se tambaleó levemente sobre el taburete–. No lo encasillamos en ningún papel.

–Sí que lo hicimos. Nosotros nos autoproclamábamos personas de éxito, mientras que él no era más que el hijo de la casera: el único que no había ido a la universidad ni tenía una carrera estelar como futuro ejecutivo de primer nivel. Así que hicimos suposiciones sobre él y dimos por sentado que no era tan inteligente como nosotros.

–Eh… porque no lo es.

Maggie volvió a sacudir la cabeza con paciencia.

–¿Cuántos instrumentos tocas, Nita?

–Ninguno. ¿Qué tiene eso que ver con…?

–Dave toca el piano y la guitarra. ¿Cuántos idiomas hablas?

–Uno: inglés. No necesito…

–Dave ha aprendido italiano y alemán por su cuenta y habla ambos muy bien. Juega al ajedrez para relajarse. Hace crucigramas todos los días. En el trabajo, lo han ascendido varias veces. Que no fuese a la universidad y aceptase el papel de «el que no es listo» cuando vivíamos juntos no significa que, en realidad, no sea inteligente. Sencillamente, nosotros éramos unos imbéciles.

Nita parecía seguir albergando dudas.

–Bueno, desde luego que éramos unos imbéciles. Pero no sé a qué te refieres cuando hablas de papeles.

–Claro que lo sabes. El tuyo es el de la princesa: la que es demasiado guapa y superficial como para ser una abogada brillante, pero que después sorprende a todo el mundo con su inteligencia, afilada como una cuchilla.

Nita sonrió.

—Dios, ¿tan obvia soy? Esto empieza a parecer *El club de los cinco*. ¿Qué hay de los demás? ¿Cuál es el de Aaron?

—El macho alfa directo que no deja títere con cabeza, pero que se derrite en cuanto ve a sus hijos.

Al decir aquello, Maggie le dedicó una sonrisa a Sive.

—¿Y Scott? —Nita alzó un dedo—. Espera, ese me lo sé: el rey del mambo, al que no le importa lo que los demás piensen de él.

—Solo que en realidad le importa muchísimo, por supuesto —replicó la otra con tono sombrío.

—¿Y tú, Maggie? —le preguntó Sive.

—Yo soy la sensata. Siempre lo he sido. —Parecía melancólica—. Mi hermana mayor era poco fiable y siempre se estaba metiendo en problemas, así que yo me decanté por ser sensata. Y se me daba bien. —Sonrió—. La mayor parte del tiempo. —Le dio un sorbo a la Guinness, que estaba intacta—. Dios, debería tomar otra cosa. No puedo seguiros el ritmo con vuestras delicadas copas. Sive, lo siento por abandonar la bebida de tu nación.

—Mi país y yo te perdonamos. Prueba el cava: está bueno, es ácido y entra con demasiada facilidad.

Sin duda, así era. Una hora más tarde, se había tomado dos copas más y estaba empezando a desear haber cenado algo más consistente para que empapara. Le mandó un mensaje a Aaron para avisarle de que debía estar listo para encargarse de Toby cuando se despertara en medio de la noche y de que tuviera un biberón preparado. Aunque… Miró el reloj. Teniendo en cuenta la carrera del día siguiente, probablemente ya estuviera durmiendo. Estaba ansiosa por contarle el cotilleo sobre Maggie y Dave. Mientras pasaba la vista entre Nita y Maggie, que estaban intercambiando historias sobre el pasado y le daban detalles y contexto para que no sintiera que la estaban dejando de lado, Sive se preguntó qué otros secretos se estarían ocultando unos a otros en aquel grupo de amigos.

–¿No fue esa la noche que Scott incendió el cobertizo de sus vecinos? –preguntó Nita en ese momento.

Maggie asintió.

–Menudo desastre. –Se giró hacia Sive para explicárselo–. Cuando iba a visitar a sus padres, Scott se escabullía detrás de la casa para fumarse un cigarrillo. Tenía veinticinco años, pero no era capaz de admitir que fumaba. Sea como fuere, aquella noche, tal como estoy segura de que ya sabrás, su madre salió a buscarlo y, presa del pánico, arrojó el cigarrillo al jardín de los vecinos por encima del muro.

–En aquel entonces, Scott era un idiota –comentó Nita mientras se removía sobre el asiento, balanceándose un poco. Se agarró a la mesa con ambas manos para recuperar el equilibrio y se giró hacia Maggie–. Había un montón de césped cortado o algo así que se prendió fuego, ¿no? Y entonces el cobertizo se incendió por completo. Menudo capullo.

Sive sonrió mientras sacudía la cabeza.

–Voy a añadir eso a la lista de las muchas historias que Aaron nunca me había contado.

Maggie la miró, pestañeando.

–Pero ese es el motivo de que lo apodáramos «Burner». Ya sabes, 'quemador' –dijo Nita–. ¿Cómo es posible que no lo supieras?

–Un momento. ¿No lo llamáis así porque se llama Scott Burns?

Las otras dos estallaron en carcajadas.

–¡Se llama Scott Callanan! –le explicó Nita–. Después del incidente del cobertizo, Aaron empezó a llamarlo «Burner» y ya se quedó con eso.

–Ay, Dios, no deberíamos estar bromeando sobre eso. Si la casa también se hubiera prendido, podría haber sido una catástrofe –dijo Maggie mientras intentaba controlar la risa. A Scott lo acusaron de destrucción y daño a una propiedad privada. Acabó condenado y creo que tuvo que pagar una multa.

–Sí. –Nita se llevó la copa a los labios, pero calculó mal el ángulo y dos cubitos de hielo repiquetearon sobre la mesa.

Sive se preguntó si estaba borracha. Sin hacer ningún comentario al respecto, la mujer metió los hielos en un vaso vacío y siguió hablando–: Acabar con antecedentes penales por un descuido con un cigarrillo... Y todo porque le tenía miedo a mamá Callanan. Durante mucho tiempo, fue un tema de conversación delicado. –Una sonrisa–. No creo que le gustara demasiado el mote.

Arrastró las últimas cuatro palabras, amontonadas: «gusstardemassiadelmote».

Maggie ladeó la cabeza y, de pronto, se sentó más erguida. Tenía un gesto de confusión al que enseguida siguió uno que a Sive le pareció el de una epifanía, de resolver un acertijo.

–¿Qué ocurre? –le preguntó.

–Algo sobre Scott que, de pronto, tiene sentido... O, más bien, no lo tiene. –Negó con la cabeza–. No me hagas caso. ¿Pedimos más copas?

Entonces ocurrieron dos cosas: Nita se cayó del taburete y ellas descubrieron la verdad.

Capítulo 40

En el exterior, el mundo pasa a toda velocidad, pero Sive y Aaron no lo ven. No ven nada. Tienen las manos entrelazadas y la vista fija en el suelo. No hablan mientras el metro se desliza de una parada a la siguiente y los lleva hacia Leytonstone. Hacia Faye.

«Por favor, Dios mío, que nos lleve hacia Faye».

Sive no cree en Dios; es una persona que cree en la ciencia hasta la médula. Excepto cuando está desesperada. En esas ocasiones, reza.

«Por favor, Dios, que esté allí. Que esté sana y salva. Tan solo tiene seis años. Por favor, por favor… que esté bien».

Se obliga a concentrarse en su hija. En las cosas buenas. En los recuerdos felices. Faye el primer día de colegio, intentando sin éxito ocultar su miedo. Faye en la exhibición de gimnasia, siendo con toda probabilidad la niña con menos coordinación de toda la sala, pero encantada con la medalla de participación. La nota que le había escrito hacía poco y que se suponía que era de parte de Aaron: «Para mamá: compale a Faye un perito. De papá». Faye tratando de huir de Bea y buscándola apenas unos minutos más tarde porque sin ella se aburre. Los abrazos de Faye, que, con la mejilla pegada y un gran estrujón, lo arreglan todo. Dios, lo que daría por recibir uno de esos.

El metro para en Leytonstone. Sive entra en Google Maps y, con dedos temblorosos, lo actualiza. La dirección que les han dado está a seis minutos caminando desde la estación de metro, en Halford Road, justo al lado de Leytonstone High Road.

Street View le muestra una hilera de tiendas pequeñas con fachadas sencillas y nada distintivas, pero bien conservadas. No es el tipo de lugar que asociarías con un delito. Una carnicería, una lavandería y lo que parece una tienda de regalos. No puede distinguir cuál de todas es el número 13. El lugar tiene un aspecto muy propio de los barrios de las afueras, normal y mundano.

Tras correr para alcanzar a Aaron, Sive le cuenta lo de que tienen que andar seis minutos, así como lo de la carnicería, la lavandería y la tienda de regalos. Uno al lado del otro, salen a la calle soleada mientras los despreocupados transeúntes prosiguen su tarde de lunes.

–Creo que es por aquí –dice ella–, por Church Lane. –Su voz es casi un susurro y, con un nudo en el estómago, le cuesta pronunciar cada palabra. Vuelven a ir corriendo, Aaron un poco por delante mientras ella mira la aplicación Maps en el teléfono–. Hay que cruzar en el paso de cebra; tenemos que estar en el otro lado de la calle.

Aaron cruza sin echar la vista atrás y ella lo sigue. Una anciana los mira fijamente, sin duda preguntándose de qué van huyendo. Pasan frente a locales donde venden pescado con patatas, tiendas pequeñas, una tienda de segunda mano y un supermercado. Entonces, cuando llegan al final de Church Lane, se detienen frente a una librería.

–¿Izquierda o derecha? –pregunta Aaron sin aliento.

–A la derecha. Después tenemos que cruzar y entonces encontraremos Halford Road a la izquierda.

Se abren paso entre el tráfico, ignorando el pitido de un claxon, y echan a correr de nuevo por Leytonstone High Road. Sive mira el teléfono y vuelve a alzar la vista.

–En el pub hay que girar a la izquierda.

Aaron desaparece al doblar la esquina con Halford Road. Ella lo sigue apenas unos segundos después. Ya no están muy lejos.

«Por favor, que esté bien».

Justo enfrente, Sive ve la hilera de tiendas.

–Aaron, hemos llegado. –Traga saliva e intenta recuperar el aliento–. Es aquí. El 13. Busca el número 13.

Dos adolescentes pasan por delante de ellos con el rostro pegado al teléfono, pero alzan la vista, sorprendidos, ante las palabras teñidas de pánico de Sive.

La carnicería no tiene número. La lavandería tampoco. Sin embargo, sobre un azulejo con un diseño azul y blanco, la tienda de regalos sí lo tiene y es el número 13.

«Ay, Dios mío. Hemos llegado. La tienen aquí».

Se quedan en el exterior, paralizados momentáneamente. ¿Y ahora qué? ¿Estará Faye en el interior de la tienda? ¿O acaso hay algún tipo de apartamento sobre el negocio? Eso tiene más sentido. Tal vez aquel asunto no tenga nada que ver con la tienda de regalos. Sin embargo, desde el exterior no hay acceso a lo que quiera que haya encima, así que entran en el local.

Sive mira a su alrededor. Se trata de una tienda de regalos propia del siglo XXI: tarjetas extravagantes, grabados abstractos, joyería elaborada a mano y todo tipo de cosas de bambú. Tiene un aire familiar (tal vez no la tienda en sí, tal vez algo en su interior), pero es tan efímero que Sive no consigue captar de qué se trata.

La chica que se encuentra detrás del mostrador alza la vista. Tendrá unos veinte años, lleva el pelo morado y un pendiente en la nariz y dedica una media sonrisa a la pareja que acaba de llegar.

–Estamos buscando a nuestra hija –dice Sive.

¿De qué otro modo se supone que debería comenzar una conversación como aquella?

–Oh –contesta la joven–. Pero aquí solo estoy yo.

Con grandes zancadas, Aaron se acerca al mostrador y la chica se pone en pie, erguida y ligeramente alarmada.

–¿Es este el número 13 de Halford Road?

–Sí. ¿Su hija se ha escapado?

—Nos han dicho que estaba aquí. ¿Cómo podemos subir al piso superior? ¿Qué hay ahí arriba?

—Hay un apartamento. El acceso se encuentra en la parte de atrás.

Se encoge de hombros, pero también parece recelosa.

—¿Quién vive ahí?

—Victoria. La dueña.

—Necesitamos subir ahí. Ahora mismo.

—Bueno, lo siento, pero Victoria está ocupada con la contabilidad.

—No me importa lo ocupada que esté. Tenemos que subir; nuestra hija está ahí.

La chica parece desconcertada.

—De verdad, no creo que…

Sin embargo, Aaron no le está haciendo caso. Se dirige hacia la puerta que se encuentra en la trastienda.

—¡Oiga! ¡Esa es una zona privada!

Su marido abre la puerta y Sive lo sigue, consciente de que la chica ha salido de detrás del mostrador y todavía los está llamando. Se encuentran con un pasillo pequeño, al final del cual hay una puerta trasera y una escalera. Aaron sube los escalones de dos en dos e intenta abrir la puerta que se encuentra arriba del todo, pero está cerrada con llave. Llama con fuerza mientras grita el nombre de Faye, pero dentro no se oye nada.

Sive se queda dos peldaños por debajo de él, esperando y rezando.

«Por favor, que esté bien. Por favor, Dios mío, haré lo que haga falta».

A su espalda, la chica se encuentra a los pies de la escalera.

—Voy a llamar a la Policía.

—No llames a la Policía. Por favor, no lo hagas —le ruega Sive mientras se gira hacia ella—. Alguien ha raptado a nuestra hija y nos ha dicho que viniéramos aquí, pero que no se lo contáramos a la Policía. Por favor, deja que la encontremos antes.

La joven sacude la cabeza, pero se aparta el teléfono de la oreja.

Aaron golpea la puerta una y otra vez.

—¡Faye! Faye, ¿estás ahí? ¡Grita si puedes oírme!

Entonces la puerta se abre.

Capítulo 41

Un día antes, domingo
The Grapevine

Todo ocurrió a cámara lenta. Sive estiró el brazo para sujetar a Nita mientras se caía del taburete alto, pero era demasiado tarde: cayó de bruces al suelo y se golpeó la cabeza contra las baldosas.

–¡Ay, Dios mío! –Maggie se arrodilló de inmediato junto a su amiga–. ¿Puedes oírme?

Nita parecía desorientada. Tenía los ojos abiertos, pero no parecía capaz de contestar a Maggie. Al menos al principio. Una de las camareras se acercó corriendo y se arrodilló junto a ellas.

–¿Se ha golpeado la cabeza? –preguntó–. ¿Llamo a una ambulancia? –añadió mientras se sacaba el teléfono del bolsillo trasero del pantalón.

–Sí. Está embarazada. Creo que lo mejor sería que le hicieran una ecografía. –A Maggie se le quebró la voz–. Llame a una ambulancia, por favor.

Nita, que seguía tumbada en el suelo, comenzó a incorporarse sobre un codo. Sacudió la cabeza, hizo una mueca y se llevó la mano a la sien.

–No. –Un susurro–. No llaméis a una ambulancia.

–Cielo, estoy segura de que al bebé no le ha pasado nada, pero es mejor que te hagan un chequeo. –Maggie miró a la camarera y asintió–. Adelante, por favor. Mi amiga es famosa por ser una cabezona y no va a hacer caso a la voz de la razón –añadió mientras le dedicaba una sonrisa a la otra mujer.

Nita se incorporó.

—Basta, por favor.

—Nita, te has golpeado la cabeza y estás bo… —Maggie miró a Sive—. Te has tomado unas cuantas copas y no piensas con claridad.

—Estoy pensando con claridad. No necesito una ambulancia.

—Pero el bebé…

—Maggie, no hay ningún bebé.

Sive pasó la vista entre ambas mientras procesaba lo que Nita acababa de decir y se daba cuenta de que no estaba tan sorprendida como debería haberlo estado. Le dio vueltas a esa idea. En cierto sentido, debería haber sido consciente de que el bebé no existía. Era imposible que Nita no supiera qué cosas eran seguras y cuáles no; era imposible que se hubiera acabado una botella de champán ella sola si de verdad hubiese habido un bebé.

Mientras volvía a ponerse en cuclillas, el rostro de Maggie resultaba inescrutable. La camarera se marchó. Sive se puso en pie y estiró el brazo para ayudar a Nita a incorporarse.

—Voy a pedirte un poco de hielo para la cabeza.

La camarera se había adelantado: se acercó con una bolsa de hielo envuelta en un trapo de cocina antes de volver a desaparecer a toda velocidad.

—Gracias. —Nita estaba de pie, apoyada contra la mesa alta. Se llevó la compresa fría improvisada a la cabeza y sonrió con gesto sombrío—. Supongo que me retiraré de la carrera de mañana.

—Nita —dijo Maggie en voz baja—. Lo siento mucho. Anoche, cuando vi la caja de Ovidrel que llevabas en el bolso… La reconocí gracias a que hago los pedidos de medicamentos de la clínica. —Se giró hacia Sive—. Es un tratamiento de fertilidad. Nita tendría que inyectárselo antes de una inseminación —le explicó antes de girarse hacia su amiga—. Me pregunté si tal vez… Nita, lo siento muchísimo.

La otra mujer abrió los ojos de par en par.

–Ay, Dios, Maggie, no. No se trata de eso. Es… Nunca he llegado a estar embarazada.

–¿Qué?

–Cielo santo… Vamos a pedir otra copa. Necesito ginebra para pasar esto –dijo Nita.

Sive hizo un gesto para que les llevaran otra ronda y las tres ocuparon su asiento. Entonces Nita se giró hacia Maggie.

–Pensé que estaba embarazada. Tienes que creerme, de verdad. Me sentía diferente. Me dolían los pechos. Tenía ganas de vomitar. Cualquier olor me provocaba náuseas… Todas las cosas de manual. –Suspiró–. Y me dejé llevar. Estaba muy emocionada. Hice el anuncio en Instagram y, obviamente, lo visteis todos: vosotros, mis compañeros de trabajo, el resto de mis amigos… Entonces, cuando descubrí que no lo estaba, no fui capaz de contárselo a nadie.

Su amiga estaba sacudiendo la cabeza, desconcertada. Pero Maggie no tenía 46.000 seguidores en Instagram. De hecho, ni siquiera tenía Instagram. Sive, que en el mejor de los casos podía considerarse una aficionada a las redes sociales, lo entendía. Había presenciado la emoción reinante en los comentarios del anuncio de Nita. Sus seguidores estaban extasiados. La dinámica, exitosa y preciosa Nita, huérfana e hija de padres inmigrantes, iba a enfrentarse ella sola a ser madre soltera. «Te quiero mucho», decían los comentarios. «Eres una inspiración». «¡Eres la mejor! ¡Tú puedes!».

Sin embargo, se daba cuenta de que Maggie estaba perpleja.

–¿Cuánto tiempo pensabas seguir fingiendo? Aunque, joder, con todo lo que estabas bebiendo, no es que estuvieras disimulando demasiado.

–Sí. Mi psicóloga diría que estaba pidiendo ayuda. O intentando llamar la atención. –Se golpeó los labios con una uña–. Tengo que cambiar de psicóloga.

Maggie seguía desconcertada.

–Pero ¿qué hay de la ecografía que nos enseñaste?

Nita pareció avergonzada.

—Es una que encontré en Google Imágenes. Necesitaba algo visual para mis seguidores de Insta.

—Muy bien, olvídate por un instante de tus puñeteros seguidores de Instagram. ¿Por qué no nos contaste la verdad? Somos tus amigos.

—Lo sé, lo siento. Pero los reencuentros son duros cuando a todo el mundo le va tan bien en la vida.

—¿De qué estás hablando? ¡Eres jefa del departamento jurídico de una multinacional enorme! Ganas un millón al año, tal como nos has dicho en múltiples ocasiones. ¿Cuál es tu definición de que te vaya bien en la vida?

—La carrera profesional no es más que una de las casillas que rellenar. ¿Qué hay de las relaciones y los hijos? Por un lado, tienes a Aaron y a Sive con sus tres hijos y, por el otro, me tienes a mí, que no tengo a nadie.

Maggie se quedó boquiabierta.

—¡Nita! Sentada frente a ti tienes a una mujer soltera y sin hijos. ¿Es que yo no cuento?

—Pero tú sí tienes una familia, Maggie. Tienes a tus hermanas y a tus padres. Tú misma lo dices muy a menudo: tus hermanas son tus mejores amigas. Yasmin era mi única familia en todo el mundo. Sí, tengo una casa preciosa y un gran salario, pero no tengo familia. A nadie en absoluto. Necesitaba que ocurriera. Necesitaba que fuese cierto.

—¿Y qué pensabas hacer? ¿Intentarlo de nuevo y quedarte embarazada antes de tener que admitir que no lo estabas?

Su amiga asintió levemente. Nita, quien, por norma general, era segura de sí misma y el centro del universo, parecía pequeña y vulnerable.

—Lo siento.

Entonces llegaron las copas, lo que les proporcionó una agradable distracción. En el tiempo que tardaron en repartírselas, Maggie pareció calmarse un poco.

—¿Qué tal la cabeza? —preguntó cuando la camarera se hubo marchado.

—Me pondré bien.

Sin embargo, una hora más tarde, cuando se pusieron de pie para marcharse, la mujer parecía un poco inestable todavía, así que Maggie decidió que debería pasar la noche en su casa y le prometió otra copa para que la oferta le resultara más atractiva. Sive no estaba segura de si los pasos tambaleantes de Nita se debían a la caída o a la ginebra, pero aceptó acompañarlas a casa de Maggie para tomar la última. Podía volver al hotel desde allí y, aun así, estar en la cama antes de medianoche.

Maggie vivía en Silchester Road, en una casa adosada de piedra rojiza con una enorme ventana saliente en la parte frontal. A Sive le pareció la típica casa de las series inglesas que había visto toda su vida: bonita, compacta, pulcra y urbana. Muy Maggie. El interior también lo era. Los suelos de madera originales del salón estaban barnizados con mucho brillo y medio cubiertos por una alfombra persa descolorida. Sobre un nido de mesas de roble reposaba un modesto aparato de televisión y, sobre él, colgaba un tapiz que representaba lo que parecía una cruz celta irlandesa. Y, en el centro de todo aquello, había una chimenea negra ornamentada con azulejos marroquíes incrustados.

Nita, que seguía frotándose el bulto de la cabeza, decidió olvidarse de la copa e irse directamente a la cama. Cuando se lo dijo, ya casi había atravesado la puerta del salón. Maggie la siguió para acompañarla hasta la habitación de invitados y le dijo a Sive que se acomodara como si estuviera en su propia casa.

Mientras las otras dos no estaban, no pudo evitar echar un vistazo a la estancia: a los libros de las estanterías, los grabados de las paredes y las fotografías de la repisa de la chimenea. Tomó una foto enmarcada en la que aparecían dos chicas. En una de ellas reconoció de inmediato a Maggie. En la imagen aparentaba unos dieciocho o diecinueve años y rodeaba con un brazo a la otra chica. Ambas sonreían y tenían mochilas a los pies. Iban envueltas en unos sensatos cortavientos y posaban frente a lo que estaba casi segura de que eran los acantilados de Moher. En ese instante, recordó que Maggie le había mencionado que había viajado allí durante sus años universitarios. A la otra chica, que tenía el pelo oscuro y era casi una cabeza más bajita que su amiga, no la conocía, aunque, al entrecerrar los ojos, no pudo evitar pensar que tenía un aire familiar. Cuando oyó que la dueña de la casa bajaba las escaleras, volvió a dejar la fotografía sobre la repisa de la chimenea y se sentó en el mullido sofá color crema.

Maggie apareció un instante después con una botella de Baileys y dos vasos con hielo.

—¡Bueno, es difícil saber cómo digerir todo esto! —Ladeó la cabeza con los ojos desorbitados en un gesto exagerado de confusión—. ¿Un trago?

Sive asintió y la otra mujer le sirvió una copa.

—¿Nita se encuentra bien?

—Se ha quedado dormida antes de rozar el almohadón. Maldita sea, si no fuera una paciente herida a mi cuidado, la estrangularía gustosa. ¿En qué demonios estaba pensando? Se supone que somos amigas.

—Lo sé, pero, cuando cuentas una gran mentira, es muy muy difícil retractarte.

«Eso es quedarse muy corta».

Maggie la miró con gesto interrogante.

—Suena como si hablases por experiencia propia.

A Sive se le encendieron las mejillas.

—Ja. Tal vez si contamos mentir sobre la cantidad de televisión que ven mis hijas.

Durante un instante, la otra no dijo nada y Sive sintió la necesidad repentina de llenar el silencio, de contarle su secreto (sus verdaderos orígenes, el origen de Faye), de contárselo a esa persona a la que en realidad tampoco conocía demasiado. Tal vez en eso residiese el atractivo de la idea. En su lugar, le dio un sorbo a su copa y cambió de tema de conversación:

—He estado admirando tus fotografías. Si no me equivoco,

eso son los acantilados de Moher, ¿verdad? –dijo mientras señalaba la repisa de la chimenea.

–Sí –contestó Maggie, y, de pronto, los ojos se le llenaron de lágrimas–. Dios, mírame: me estoy poniendo sensible. Es el alcohol.

–Ay, lo siento. No sabía que se tratara de algo triste…

Se le fue apagando la voz, pues no estaba muy segura de qué decir.

La otra se puso en pie para tomar la fotografía y volvió a sentarse mientras sonreía y una lágrima le corría por la mejilla.

–Dios santo, ¿por qué se me escapan las lágrimas? –dijo mientras quitaba el polvo del cristal del marco–. Todavía la echo de menos.

–¿A quién?

Maggie pareció sorprendida.

–A Yasmin –contestó mientras señalaba a su amiga en la foto.

Sive se quedó mirándola fijamente, confundida, mientras ella pasaba el dedo con afecto sobre la imagen de la otra chica. El pelo oscuro, el rostro desconocido. Esa no era la chica de las fotografías de Aaron. Sive no había visto a aquella chica en toda su vida.

Capítulo 42

Lunes, 15:37 h

La mujer que está en la puerta del apartamento sobre la tienda de regalos es alta y delgada, tiene el pelo canoso corto y unas gafas enormes en lo alto de la cabeza. Sive no piensa con claridad, en absoluto, pero sí que piensa una cosa: que esa mujer no tiene a Faye. Incluso antes de que Aaron deje de gritar y la mujer niegue con la cabeza, confundida, lo nota en las entrañas. Su marido no escucha. Da un paso al frente, pasa junto a la mujer con un empujón y entra en el apartamento a grandes zancadas mientras grita el nombre de Faye. La dueña de la casa tiene las mejillas rojas y las manos en las caderas. Parece enfadada y también un poco nerviosa, como lo estaría cualquiera ante un desconocido de metro noventa enfurecido que no deja de gritar sobre su hija desaparecida.

Sive lo sigue, pero tiene el corazón en la garganta. Todo va mal. Les han mentido. ¿O acaso se encuentran en el lugar equivocado? Mientras Aaron sigue gritando, pasando de una habitación a otra del piso diminuto, y la chica de la tienda de abajo llama a la Policía, Sive mira Google Maps. Están en el lugar adecuado. ¿Ha copiado bien la dirección del mensaje de Aaron? Le pide el teléfono a su marido y, en su lugar, él le grita y le dice que lo ayude a buscar a Faye. Ella le contesta que no está allí, que esa mujer no es una secuestradora, que están en el lugar equivocado.

Pero Aaron no la escucha. Aparta la ropa de las camas, mira dentro de los armarios y busca la trampilla de algún ático.

241

—¡Aaron! —grita Sive. La conmoción hace que la escuche—. Dame tu teléfono. Deja que compruebe que tenemos la dirección correcta.

Él lo hace, pero sigue buscando.

—La Policía está de camino —dice la chica del piso de abajo mientras la propietaria, de pie en medio del salón, le grita a Aaron que se vaya.

La dirección es la correcta; no se ha equivocado. En tal caso, están dando palos de ciego. Por el motivo que sea, la secuestradora los ha enviado al lugar equivocado. Vencida y alicaída, Sive se deja caer al suelo.

Eso parece llamar la atención de la mujer y calmarla. Se acerca a ella y se acuclilla a su lado.

—¿Va a vomitar?

Sive niega con la cabeza.

—Han raptado a nuestra hija y nos han hecho venir aquí.

—Vaya… Bueno, eso no es algo que ocurra todos los días. ¿Acaso no la está buscando la Policía? —Se produce una pausa y la comprensión le atraviesa el rostro—. ¡Ah! Son esa pareja. ¿Los padres de la niña irlandesa?

Ella asiente.

—Hemos recibido un mensaje con esta dirección. Nos han advertido de que no avisáramos a la Policía.

—Ya veo. —Entonces, en voz más baja, añade—: No está aquí. Lo siento muchísimo.

—Si viene la Policía, la situación va a empeorar —susurra Sive—. No sé por qué nos han enviado aquí, pero nos advirtieron de que no volveríamos a verla nunca más si se lo contábamos a la Policía.

Mira a la mujer, suplicante.

—¡Kayla! —grita ella—. ¿Puedes llamar de nuevo a la Policía y decir que ha sido una falsa alarma? Pásamelos si es necesario.

La joven se asoma, tal vez para comprobar si Sive la está obligando a retractarse a punto de navaja. Satisfecha de que no se trate de eso, asiente, se da la vuelta y se saca el teléfono del bolsillo.

Aaron vuelve al salón mientras se pasa una mano por el pelo.

—¿Dónde está? ¿Dónde demonios está Faye?

—Aaron, no está aquí. Nos han mandado aquí por algún motivo desconocido, pero Faye no está aquí y esta mujer...

—Victoria —le dice ella.

—Victoria no es una secuestradora. Tenemos que contactar con la persona que nos ha llamado y preguntarle dónde está Faye de verdad. Por favor. ¿Puedes volver a llamar al número que ha utilizado?

Aaron duda y después saca el móvil. Pone el altavoz y, juntos, oyen el mensaje pregrabado que salta:

—El número que ha marcado no existe.

Capítulo 43

15:37 h

Jude está sentada con Maggie en un banco bajo de piedra que se encuentra en Oxford Street. Lleva un rato escribiendo la entrevista con Sive, tecleando las palabras en su teléfono mientras Maggie mantiene la vista fija en la pantalla del suyo y observa cómo el contador de retuits y «Me gusta» del vídeo de Aaron no deja de crecer. La mujer ha regresado al vestíbulo justo cuando los Sullivan han desaparecido en medio de su carrera hacia Leytonstone y Jude le ha sugerido que salieran para tomarse un respiro y, en su caso, un muy necesario cigarrillo. Desde ese momento, han permanecido allí sentadas, esperando a recibir noticias. Aunque supone que Maggie no sabe con exactitud qué clase de noticias esperar, dado que se ha mostrado muy poco precisa y tan solo le ha explicado que los Sullivan han recibido una pista, pero que, si revela demasiada información, podría poner en peligro la vida de Faye.

Con el ceño fruncido, retoca un párrafo del artículo por tercera vez, pero sigue sin estar bien. Nada le suena bien. Va a necesitar una prórroga. Le envía un mensaje a su editora para informarle de que no podrá enviarlo antes de las seis y después cierra el teléfono para dejar que sus palabras reposen un rato.

«Seguro que fluyen mejor cuando las lea con una perspectiva más fresca. Sin duda».

Se enciende otro cigarro y se gira hacia la otra mujer.

—Supongo que el vídeo de Aaron se ha vuelto viral oficialmente —dice.

–Dios, todavía no puedo creerlo. Al principio me he preguntado si estaba manipulado. –Maggie se muerde el labio–. Sé que no puedes contarme nada, Jude, pero doy por sentado que alguien le ha obligado a grabarlo y que está vinculado con la desaparición de Faye… Y que, además, todo está relacionado con dondequiera que sea que hayan ido y con esa pista que están siguiendo…

Jude mira al frente y contempla un autobús que, tras una hilera de taxis negros, se mueve con lentitud entre el tráfico.

–Tienes razón: no puedo contarte nada –concuerda.

Aunque resulta todo bastante evidente: el vídeo, la partida repentina de los Sullivan, el secretismo… Maggie no es idiota.

La otra mujer asiente.

–Claro. Lo único que importa es que consigan recuperar a Faye. –Sacude la cabeza–. Pero, con este vídeo en internet, la carrera de Aaron está acabada sin lugar a duda.

Jude se pregunta si no habrá un leve toque de alegría malsana en la forma en la que pronuncia esas palabras, pero entonces decide que se equivoca, que tan solo se trata de su yo cínico dándole demasiada importancia a cualquier cosa.

–Ajá. No es fácil recuperarse de algo así.

–Aunque, por otro lado, supongo que puede retractarse de todo.

Jude estira las piernas y cruza los tobillos, lo que hace que una persona que se dirige a hacer unas compras esté a punto de tropezarse.

–Desde luego, puede intentarlo.

La otra asiente.

–Sé lo que quieres decir. No hay humo sin fuego.

Jude se endereza.

–Eso es lo que ha dicho la persona que los ha llamado.

–¿De verdad? Supongo que es lo que intenta el tipo: empañar la reputación de Aaron hasta tal punto que no pueda recuperarse.

–Solo me parece curioso que hayas utilizado el mismo refrán.

Los rasgos pálidos de Maggie se tiñen de rojo.

–¿Qué quieres decir con «curioso»? ¿Intentas decir…? ¿Qué es lo que intentas decir?

Jude exhala el humo mientras le escudriña el rostro. Es evidente que se ha puesto nerviosa por lo que acaba de decirle y no ha parecido sorprendida cuando se ha referido a «la persona que los ha llamado» a pesar de que ha sido la primera vez que la ha mencionado. Rememora la llamada y el momento en el que estaba junto a Aaron y Sive, escuchando a la mujer que ha secuestrado a Faye. ¿Dónde se encontraba Maggie en ese momento? Hablando por teléfono. Con su amigo Dave. O eso ha dicho.

Se queda pensando un momento y entonces dice:

–Cuando he mencionado a la persona que los ha llamado, te has referido a ella como «el tipo», pero en realidad era una mujer.

–¿Qué?

–Estoy segura de que ya te lo has imaginado…

«Lo has imaginado o ya lo sabías», piensa Jude.

–No le digas nada a nadie, pero la cuestión es que alguien ha llamado a Aaron y le ha dicho que tenía a Faye. Era una mujer.

–Una mujer. Madre mía…

Maggie parece asombrada y Jude no puede evitar pensar que es una reacción genuina.

–¿Te sorprende descubrir que ha sido una mujer?

–Es solo que no parece el tipo de cosa que haría una mujer. Secuestrar a una niña para extorsionar a alguien. ¿Están seguros de que no es más que una chalada que finge tener a Faye?

–Sabía lo de los puntos que la niña lleva en la pierna, por lo que han dado por sentado que decía la verdad, ya que esa información no se ha hecho pública.

–Claro. Dios, todo esto es tan surrealista… –Maggie vuelve a girarse hacia Jude con los ojos entornados–. Pero ¿por qué me has dicho lo del refrán «No hay humo sin fuego»?

Jude se muerde el labio y apaga el cigarrillo. No es la primera vez que su enfoque vital consistente en no confiar en nadie la ha llevado a pasarse de la raya. Cuando abre la boca, sin estar muy segura todavía de qué va a decir, le suena el teléfono.

«Salvada por la campana».

En la pantalla destella el nombre de Sive.

Le da la espalda a Maggie para contestar y se lleva una mano a la oreja cuando un coche hace sonar el claxon con fuerza a apenas unos metros de distancia.

—¿La habéis encontrado?

—Faye no está aquí. —Un breve silencio. Jude imagina a Sive al otro lado de la línea, intentando calmarse—. No era cierto. Volvemos a la casilla de salida. No tenemos ni idea de dónde está.

—Mierda.

—Estamos en la dirección de Leytonstone, pero vamos a volver a Oxford Circus ahora mismo. Aaron sigue sin querer contárselo a la Policía, pero yo creo que tenemos que hacerlo. Sean cuales sean los motivos enfermizos que tenga la persona que la ha secuestrado, ha jugado con nosotros. No creo que vayamos a ganar nada por no contárselo a la Policía y estoy segura de que ya han visto el vídeo, dado que Hawthorn está intentando contactar conmigo… En cualquier caso, tengo que dejarte. Te informaré si cambia algo.

Jude cuelga justo cuando le llega una respuesta de su editora:

> Me parece bien que me lo entregues a las seis, pero no más tarde. ¿Sive está bien? Espero que te estés controlando a la hora de poner los ojos en blanco. Lo que está viviendo es espantoso.

Jude está confundida.

> ¿Poner los ojos en blanco?

> Antes me has dicho que Sive rompe a llorar a cada momento.

Dios, ¿de verdad ha dicho eso? Sube en la conversación. Sí, lo ha dicho.

> Eso ha sido antes y... sí, no tengo excusas. Soy una zorra. Pero te prometo que me estoy controlando.

Entonces le cuenta todo a Maggie: lo que ha dicho la mujer del teléfono, el vídeo bajo coacción y la carrera hasta Leytonstone. La mujer asiente y no dice gran cosa. Jude se pregunta si es porque ya había imaginado la mayor parte o porque todavía está un poco incómoda por el modo en el que la ha interrogado antes de la llamada de Sive.

—No puedo evitar pensar que tiene algo que ver con el trabajo de Aaron —dice tras un instante—. Voy a hacer un par de llamadas.

Abre la lista de contactos de su teléfono. Entonces una mujer con dos bolsas llenas de compras se sienta junto a ellas, por lo que Maggie se acerca más a Jude para hacerle hueco en el banco. Todavía parece alterada.

—Dios, vuelven a estar en la casilla de salida, sin tener ni idea de quién iba en ese vagón o por qué Faye se ha ido con esa persona. Ojalá Bea pudiera contarnos qué es lo que ha ocurrido.

—Lo sé…

—¿No ha dicho nada de nada?

—Tan solo «polis y cacos», pero nadie está seguro de si eso significa que alguien ha perseguido a Faye o si tan solo se trata de una expresión que ha dicho al azar. Y Tim, el tipo que estaba con Bea, tampoco ha visto nada. Hablando de eso… Me pregunto si la Policía habrá descubierto algo más sobre por qué ha mentido.

—¿Sobre qué ha mentido? —le pregunta Maggie.

—Ha dicho que trabajaba en una empresa llamada Anderson Pruitt, solo que no es cierto. Se lo he contado a Hawthorn y ella me ha dicho que lo investigaría, pero no me ha parecido demasiado interesada.

Maggie parece perpleja.

—He de admitir que, en este caso, le doy la razón a la agente: ¿cómo iba ese hombre a secuestrar a Faye si estaba justo ahí con Bea?

—Dudo que secuestrase a Faye, pero es importante saber por qué ha mentido, ¿no? —La otra mujer asiente. De pronto, parece pensativa—. Y también me gustaría mucho saber por qué la mujer del teléfono les ha mentido con respecto al paradero de la niña —añade—. ¿Por qué lo ha hecho? ¿Por qué mentir?

—No tengo ni idea —contesta Maggie—. Pero, en mi experiencia, todo el mundo miente. Al menos si nos basamos en este fin de semana.

Jude siente curiosidad de inmediato.

—¿Te refieres a tus amigos? ¿Sobre qué han mentido?

Maggie echa un vistazo a la mujer que se ha sentado a su lado y entonces niega con la cabeza.

—No importa. Tonterías.

Jude se queda mirándola un instante más. Hay algo en el rostro de Maggie que le indica que no se trata de ninguna tontería, pero, por una vez, siente que no puede seguir insistiendo.

Su acompañante rebusca algo en el bolso y saca un cuaderno pequeño de color verde oliva. En la parte frontal, en letras doradas, se lee la palabra «Direcciones». Hace años que Jude no ve a nadie usando una agenda de ese tipo y ver a la otra mujer chupándose el pulgar y el índice para hojear las páginas le despierta interés. Maggie se apoya el cuaderno sobre la rodilla y empieza a teclear un número en el móvil. La letra es diminuta, pero consigue distinguir lo que parece el nombre: «Caro». ¿O tal vez sea «Carol»? El número de teléfono parece el de una línea fija. Mientras la mira,

Maggie alza la vista. Cierra el cuaderno, se pone de pie de golpe, por lo que casi le da un codazo a la mujer que está a su lado, y recoge el bolso.

–¿No vas a esperar aquí a Sive y a Aaron? –le pregunta Jude.

–Volveré para verlos dentro de un rato, pero antes tengo que comprobar una cosa –contesta ella, y, sin darle ninguna otra explicación, se dirige a toda prisa hacia la entrada de la estación.

Capítulo 44

Sive cuelga la llamada con Jude y se abre paso por la tienda de regalos como si se estuviera moviendo a través de pegamento espeso. Tienen que ponerse en marcha, pasar a la acción, hacer algo... Lo sabe, pero su cuerpo no coopera.

«Faye no está aquí».

¿Por qué les ha mentido la mujer del teléfono? Aaron abre la pesada puerta de cristal y se oye una campanita. Victoria se adelanta para sujetarla, un gesto pequeño que le parece un intento por ayudar de cualquier modo posible. Un expositor para joyas en el interior del local le llama la atención: MISS VICTORIA LONDON. Sive se lleva la mano al colgante que lleva en torno al cuello.

—Aaron, espera. Mi collar... ¿lo compraste aquí?

Él se da la vuelta. Está ansioso. Impaciente. Destrozado.

—¿Qué?

Sive señala el expositor de joyería y después su propio colgante.

—La cadena que me compraste para Navidad con las piedras de nacimiento de las niñas. Si no recuerdo mal, está hecha por encargo y solo disponible en una tienda. —Se dirige a Victoria—. Entiendo que se trata de la suya.

—Sí, las hago yo misma. —La mujer se acerca un poco más mientras mira el colgante de Sive—. ¡Sí que es una de mis creaciones, desde luego!

Se muestra encantada, pero entonces parece recordar por qué están allí.

Sive vuelve a girarse hacia Aaron.

–¿Significará algo?

Él frunce el ceño y niega con la cabeza.

–Victoria, ¿está segura de que esta es la única tienda que vende estas joyas?

Ella asiente.

–Me encanta hacerlas, pero no tengo ni el tiempo ni la energía para intentar que otros vendedores se interesen en ellas.

–Aaron, en tal caso, ¿ya habías estado en esta tienda antes? Eso debe de significar algo… –Su marido vuelve a negar con la cabeza–. Entonces, ¿cómo la encargaste? Está personalizada con las piedras de nacimiento de las niñas, así que tuviste que comprársela directamente a Victoria.

Él abre la boca para contestar, pero la cierra como si acabara de tener una idea. Parece perplejo y entonces algo que Sive no consigue descifrar del todo le atraviesa el rostro. ¿Se ha dado cuenta de algo de pronto?

Victoria carraspea con suavidad.

–He de decir que también las vendo por internet. Vender *online* es mucho más fácil que intentar distribuirlas en otras tiendas. Es lo que me enseñó la pandemia.

–Eso es –dice Aaron–. Lo compré por internet. Tenemos que irnos.

Sale del local y Sive lo sigue, segura de una sola cosa: su marido no le está contando la verdad.

Jude la llama mientras se dirigen hacia la estación de metro.

–¿Y si vuelves a hablar con tu hija pequeña? –le pregunta sin perder tiempo en saludos–. Ha dicho «polis y cacos» varias veces y estoy segura de que significa algo. Y es la única que ha visto lo que ha ocurrido.

–Saber que lo ha visto y no puede contárnoslo me está volviendo loca, créeme. Pero no creo que podamos hacer nada al respecto.

–Muy bien. Solo era una sugerencia. Maggie y yo lo hemos

estado hablando después de que me llamaras. Voy a seguir investigando sobre Brosnan y mantendré la difusión en redes sociales.

—¿Maggie está contigo?

—Se ha marchado a toda prisa. Ha dicho que tenía que comprobar algo. Aunque es posible que la haya molestado... He sido un poco... eh... torpe con una cosa que le he preguntado. En cualquier caso, no importa. Estoy segura de que volverá más tarde.

—Vaya... Bueno, será mejor que cuelgue. Estamos entrando en la estación.

Mientras esperan en el andén a que llegue el metro, Sive le habla a Aaron sobre la llamada de Jude.

—Dios mío, esa mujer tiene que dejar ya lo del asunto de Brosnan. Está obsesionada.

—Es una periodista que sabe lo que hace y está intentando ayudar. ¿Tienes alguna idea mejor? —espeta ella de malas maneras. Una mujer que se encuentra a un par de metros de distancia los mira. Baja la voz y se acerca a él—: Lo siento, es solo que me siento muy impotente. No podemos registrar la ciudad entera y no se me ocurre ningún sitio al que podamos ir ahora mismo. Es imposible.

Él la estrecha contra sí y se apoya en un poste metálico.

—Ya lo sé. —Suena agotado—. Siento haberme enfadado con el asunto de Jude, pero la teoría de Brosnan es demasiado rebuscada y me preocupa que tan solo esté con nosotros por la primicia y lo que pueda conseguir con ella. Más allá de perseguir ese enfoque, no ha hecho ninguna sugerencia en todo el día.

Sive alza la vista hacia él.

—De hecho, ahora que hablas de perseguir... También ha sugerido que intentemos hablar con Bea de nuevo.

—Ya sabemos que no puede contarnos nada.

—Pero, a falta de otra idea, tal vez valga la pena intentarlo. Además, de todos modos, deberíamos ir a comprobar cómo están los niños. –Vuelve a enterrarle el rostro en el pecho y, cuando lo presiona contra la sudadera, inhala el leve olor a sudor y suavizante textil: el aroma de la vida normal–. Me preocupa que Toby no se esté tomando el biberón y que Bea lleve tanto rato sin nosotros.

–¿Quieres decir que volvamos al hotel? No sé…

Sive estira el brazo para tomarle la mano y se la estrecha.

–Siento ganas de vomitar ante la idea de volver sin Faye, pero merece la pena volver a intentar hablar con Bea. Es la única que sabe lo que ha ocurrido. –Aaron asiente, aunque no parece muy convencido–. Tal vez para entonces la Policía tenga más testigos y pueda delimitar la zona de búsqueda –añade–, de modo que podamos volver a emprenderla con un plan más concreto.

Aaron asiente y, en esta ocasión, lo hace con más convicción. Sive se aparta de él para sacar el teléfono y busca el hotel Meridian en Google Maps.

En cuanto entran en la *suite* del hotel, Bea se acerca corriendo a Sive y ella hace todo lo posible por contener un sollozo. Toby está dormitando en el moisés y se ha tomado un biberón entero, según les cuenta Scott, al que Aaron aferra en un gesto a medio camino entre estrechar las manos y darle un abrazo.

–Te agradecemos mucho que estés haciendo esto, Burner. Eres un buen amigo. Sé que este fin de semana me he comportado como un imbécil contigo y lo siento. Hoy nos estás salvando la vida.

Scott sacude la cabeza.

–Oye, yo he sido igual de idiota. Dios, no puedo creer que esto esté ocurriendo… ¿No hay novedades?

No hay novedades. No saben nada. Mientras se dirigían hacia allí, la agente Hawthorn los ha llamado para decirles precisamente eso. Lo ha expresado en otros términos y les ha hablado de aumentar los agentes, los recursos, los testigos, las grabaciones y las cámaras de seguridad, pero todo se ha reducido a una nada absoluta. Faye no está por ninguna parte.

Y ahora van a intentar interrogar a una niña de dos años.

Sive se inclina sobre el moisés para darle un beso a la cabecita durmiente de Toby. Después sienta a Bea en el sofá y busca en su mochila un paquete de galletas para niños de su edad. Al verlas, Bea da una palmada, suelta un gritito y empieza a saltar arriba y abajo por la emoción.

—Verás, cariño —le dice Sive con una sonrisa—, necesito que me hables de Faye. ¿Dónde está? —La pequeña está intentando alcanzar las galletas, ignorando las palabras de su madre, que deja el paquete en el suelo y lo mete debajo del sofá—. Tienes que esperar. Podrás comerte una galletita cuando me digas dónde está tu hermana. ¿Dónde está Faye?

—Faye no está. Polis y cacos.

De acuerdo. Nada nuevo. ¿En qué estaban pensando? Aun así, lo intenta de nuevo:

—¿Quién ha perseguido a Faye? ¿Un hombre? —Bea asiente y a Sive le da un vuelco el estómago—. ¿Un hombre ha perseguido a tu hermana?

—Hombre polis y cacos.

La pequeña asiente con énfasis.

—Ay, Dios mío…

Sive se vuelve hacia Aaron.

—Pero ¿podemos tomárnoslo en serio? Antes no lo ha mencionado… Tal vez tan solo esté repitiendo lo que le has dicho tú.

—Tal vez, pero deberíamos contárselo a Hawthorn. —Se gira hacia su hija—. ¿Qué aspecto tenía el hombre? ¿Era alto como papá? —añade, señalando a Aaron.

Bea niega con la cabeza, aunque no está muy claro si quiere decir: «No, no era alto como papá», «No, no me estás entendiendo» o «No, dejemos ya este asunto y dame las galletitas».

—Polis y cacos —dice de nuevo.

—Aaron, busca alguna fotografía de los Callan en el teléfono.

–¿Qué?

–¡Hazlo! –Su marido le tiende el teléfono mientras mascu-lla que es una pérdida de tiempo–. Bea, ¿es este el hombre que ha perseguido a Faye?

Le muestra la primera imagen a su hija, pero ella niega con la cabeza. Hace lo mismo con la siguiente y la siguiente.

–Te lo he dicho –dice Aaron, y Sive piensa que, si no estu-viera ocupada intentando encontrar a su hija desaparecida, lo asesinaría allí mismo.

–Aaron… –sisea. Entonces vuelve a girarse hacia Bea–. ¿Y este, cariño? ¿Es este el hombre?

Bea sacude la cabeza.

–¡Galletita! ¡Ya!

Y eso es todo.

Sive no tiene ni idea de qué hacer a continuación. Algo en las entrañas le dice que vuelva a salir a la calle y siga bus-cando, por muy inútil que sea. Le pregunta dónde podrían ir a Aaron, quien contesta que tiene que hacer una llamada. ¿Qué clase de llamada tendría que hacer en medio de aquel caos? Sin embargo, él se muestra insistente y sale al pasillo para hacerla.

Scott se encoge de hombros.

–Ya sabes cómo es Aaron: siempre está haciendo un millón de cosas a la vez. Tal vez esté intentando solucionar el asunto del vídeo. –Un silencio–. Se ha hecho bastante viral.

Sive niega con la cabeza.

–Eso me da igual. Y sé que a Aaron también. Podemos so-lucionarlo más tarde.

El hombre asiente con rotundidad. Tal vez se sienta culpa-ble por echar sal en la herida. Su teléfono emite un pitido y lo comprueba.

–Dave ha terminado por hoy en el trabajo y viene de cami-no. Un par de manos más nos vendrían bien.

–Ay, Dios, sí. Puede ayudar con los niños. Eres muy ama-ble por hacer esto.

Él le resta importancia.

—Me refería a un par de manos más para la búsqueda. Aquí estamos bien. Recuerda que yo también tengo tres hijos. Que Caron los tenga viviendo en otro continente no significa que lo haya olvidado todo.

Sive asiente, tan agradecida que cree que tal vez acabe llorando.

Toby se remueve en el moisés, así que lo toma en brazos, contenta de tener una excusa para abrazarlo y amamantarlo.

—¿Maggie sigue por ahí buscándola? —pregunta Scott.

—Según una colega periodista que nos está ayudando, ha ido a «comprobar algo», aunque no tengo ni idea de qué es lo que está comprobando.

—¿Y Nita? ¿Os ha ayudado en algo?

—Ha llegado un poco antes de la rueda de prensa y después se ha marchado para unirse a la búsqueda. Desde un Uber.

—Claro. —Scott pone los ojos en blanco—. ¡Caray! Sí que se ha tomado su tiempo. Necesitaba su sueño reparador para estar bella, ¿no? Ni siquiera ha aparecido para la carrera. Me he fijado en que su nombre no estaba en el marcador —añade con un chasquido de la lengua.

—Ah, bueno, anoche se cayó y se golpeó la cabeza, así que no hemos querido molestarla esta mañana.

A Scott se le desfigura el rostro.

—Mierda, ahora me siento mal. ¿Está bien? ¿Y el bebé?

—Está bien. Todo va bien —contesta Sive, evitando la pregunta.

No le corresponde a ella contar la historia de Nita. Aunque no puede evitar preguntarse qué es lo que sabrá Scott sobre el resto de los secretos que se revelaron en casa de Maggie la noche anterior.

Capítulo 45

Un día antes, domingo
Silchester Road

Sive estaba sentada en el salón de Maggie, contemplando la fotografía de las dos chicas sonrientes en los acantilados de Moher, incapaz de que no se le notara la confusión en el rostro.

–¿No has reconocido a Yasmin? –le preguntó Maggie–. Oh, claro, es probable que nunca hayas visto una fotografía suya –comentó mientras volvía a dejar el marco sobre la repisa de la chimenea–. No me imagino a Aaron siendo el tipo de persona nostálgica que guarda álbumes de fotos.

–Sí… Sí que había visto una foto de Yasmin. Solo una. Bueno, cuatro. Una tira de un fotomatón que encontré en una caja etiquetada como LONDRES. Aaron y Yasmin posando, besándose y haciendo muecas. Detrás de las imágenes se leía: STRATFORD, 2008.

–Ah, así que de varios años después de los acantilados de Moher. Es probable que hubiese cambiado un poco, aunque no demasiado. Dios, cuando pienso en lo joven que era…

Negó con la cabeza y su tristeza resultó palpable.

–Pero, en la foto que vi, llevaba el pelo totalmente diferente y… –Con los ojos entornados, volvió a mirar la imagen que se encontraba en la repisa de la chimenea–. Y, siendo sincera, también tenía un rostro diferente. Pero sabía que en 2008 Aaron estaba saliendo con Yasmin y el parecido familiar era evidente, así que supuse…

«Oh…».

Maggie frunció el ceño.

–¿El parecido familiar?

–Con Nita.

«Claro…».

–Maggie, ¿Yasmin se tiñó alguna vez el cabello de rojo con *henna*?

–¿Yasmin? No, jamás. No le interesaban demasiado ni la peluquería ni el maquillaje. Aunque Nita sí lo llevó teñido de un color rojo oscuro durante la mayor parte de la veintena.

«Nita. Claro. Mierda, Aaron…».

Maggie ladeó la cabeza.

–Un momento… No estarás queriendo decir que en las fotos que viste la que aparecía era Nita, ¿verdad?

Sive asintió con lentitud mientras recordaba la fotografía que se había caído del bolso de Nita la noche anterior. No era una instantánea de su hermana en un banco soleado, sino de una versión más joven de sí misma.

–Creo que sí.

–Pero acabas de decir que salían besándose.

–Sí.

La boca de Maggie dibujó una «O» perfecta.

–Imposible. –Negó con la cabeza–. Lo habría sabido. Lo sabíamos todo los unos de los otros.

–Dijo la mujer que acaba de confesar que salía con Dave en secreto.

–*Touché*. Guau. ¿Aaron engañaba a Yasmin con Nita? El muy cabrón… Lo siento.

Sive sacudió la cabeza.

–No tienes que disculparte. Es un cabrón.

Por haber engañado a Yasmin. Por no habérselo contado nunca a ella. Y, mierda, Aaron, por haber dejado que pasara tiempo con Nita, felizmente ajena al pasado que tenían en común. En cierto sentido, se sentía avergonzada. ¿Debería hablarlo con Nita y decirle que lo sabía?

«Y pobre Yasmin…».

Cabrón se quedaba corto.

–El hecho de que estuviera engañando a su prometida fallecida empeora las cosas, ¿no? Aunque, como es obvio, era imposible que supiera que iba a morir. –A Maggie se le desfiguró un poco el rostro y Sive se interrumpió–. Lo siento, eso ha sido muy insensible por mi parte.

–No pasa nada. Pero tienes razón. Aunque sea algo irracional, sí que empeora las cosas. Me pregunto si Yasmin lo sabría. ¡¿En qué demonios estaba pensando Nita?! –Sonaba como si estuviera a punto de llorar–. Lo siento. Nunca he llegado a superar del todo su muerte. Y esta noche he bebido demasiado. –Dibujó un círculo sobre los soles que llevaba en la muñeca–. No me puedo creer que Nita le hiciera eso a su propia hermana.

–Yo tampoco puedo creer que Aaron hiciera algo así. Tan malo es uno como la otra. Un par de narcisistas egocéntricos.

Maggie alzó su copa.

–Brindo por eso –dijo con alegría forzada mientras los ojos aún le brillaban por las lágrimas–. ¿Les decimos eso?

Sive lo meditó un instante.

–Ahora mismo no. Le preguntaré a Aaron cuando volvamos a Dublín. Supongo que a estas alturas tampoco importa realmente, pero tengo curiosidad. Y… estoy algo horrorizada. Es muchas cosas, pero nunca pensé que fuese infiel.

Maggie le dio una palmadita en la rodilla.

–A ti nunca te engañaría. Se enamoró perdidamente de ti desde el primer momento. Recuerdo lo emocionado que estaba cuando nos dijo que ibais a tener un bebé.

Sive cerró los ojos un instante.

«Ya empezamos de nuevo…».

Soltó un largo suspiro y dibujó una sonrisa.

–Me alegra mucho oír eso.

Maggie debió de detectar algo automático en el tono de su voz.

–¿Qué ocurre?

Sabía que no debería hacerlo, pero la necesidad de confiárselo al fin a alguien era muy fuerte.

—Ay, Dios. Tal vez sea la bebida lo que me esté soltando la lengua, pero esa no es toda la verdad.

La otra mujer abrió los ojos de par en par y Sive se preparó para contar su historia.

Capítulo 46

El pasillo del hotel está tranquilo y la carísima moqueta amortigua cualquier sonido. Al fondo, cerca de una ventana, Aaron sigue hablando por teléfono. Se da la vuelta cuando oye el chasquido de la puerta y Sive se queda congelada al verle la cara. Es evidente que está furioso.

Hace un gesto de dormir y señala la puerta para indicarle que Bea está durmiendo y que tiene que volver a entrar por la puerta de la habitación principal. Él asiente y le da la espalda para continuar la llamada. Sive lo observa durante un instante. Ve cómo alza la mano, gesticulando como si quisiera dejar algo claro. Ve cómo se inclina hacia delante y apoya la cabeza contra la ventana con los hombros encorvados. Habla demasiado bajo como para poder oírlo. ¿Qué podría ser más importante que la búsqueda de Faye? Tal vez tenga que ver con el caso judicial. Tal vez sus protestas continuas oculten el miedo a que Jude tenga razón.

«No querrá que lo ocurrido sea culpa suya».

De repente, lo ve claro como el agua. Por eso insiste tanto en que no tiene nada que ver con su caso actual: porque, de ser así, entonces sería él el que habría atraído la mala suerte sobre ellos. Con una sacudida de la cabeza, Sive vuelve a entrar en la suite del hotel.

–¿Y ahora qué? –pregunta Scott.

Está sentado en un sillón junto a la ventana de la salita, apuntando el mando a distancia a la televisión para bajar el volumen. En pantalla aparece el informativo de la BBC y el titular que se muestra en el tercio inferior es sobre Faye: «Niña irlandesa de seis años sigue desaparecida en Londres». Sive le da la espalda.

–Sinceramente, no lo sé, pero creo que deberíamos volver a salir. Si a ti te parece bien quedarte con los niños, claro.

Él asiente mientras señala con la barbilla a Toby, que vuelve a estar dormido dentro del moisés.

–Lo único que hace el pequeñín es dormitar, así que pan comido. ¿Dónde vais a ir?

–Supongo que tendremos que preguntarle a la agente Hawthorn dónde buscar... Dios, esto es una pesadilla.

Se sienta en el sofá con la cabeza entre las manos. Scott no dice nada.

«¿Qué iba a decir? Es como cuando alguien muere... –Interrumpe ese pensamiento antes de poder acabarlo–. Faye no está muerta. Alguien la ha secuestrado, pero nos la devolverá».

La puerta se abre y aparece Aaron, que hace señas a su espalda.

–Será mejor que vuelva a salir y espere en el pasillo, colega –dice alguien en un susurro audible–. No quiero molestar a los niños.

A Sive le parece que se trata de Dave. No está segura de tener la capacidad de lidiar con él en ese momento. Sin embargo, Aaron le dice que pase.

–Bea está durmiendo en la otra habitación y Scott ha conseguido que Toby esté tan tranquilo como un corderito. No te preocupes.

Hay algo pesado en el tono de voz de su marido que le llama la atención. Alza la vista hacia él. Parece... ¿reservado? Como si se sintiera culpable. ¿Tendrá que ver con la llamada que acaba de hacer?

Dave entra en la habitación y la mira.

–Lo siento muchísimo –dice. Ella asiente–. He visto la rueda de prensa por internet. Tiene que servir de algo. Lo vemos en el trabajo a todas horas. La gente conecta con esas historias, ¿sabes? Ven a los seres humanos que se esconden detrás de las noticias. De hecho, hay una explicación bastante científica...

Afortunadamente, Aaron lo interrumpe:

—Tenemos que planear lo que vamos a hacer a continuación.

—Por supuesto. Estrategia. ¿Habéis estado registrando las estaciones de metro?

Sive alza la vista hacia su marido. Él enarca una ceja con una pregunta silenciosa y ella asiente. No hay ningún motivo para seguir manteniendo en secreto su misión imposible. Aaron los pone al día y ella desconecta. Tiene la mente ocupada con Faye y solo con Faye. Sus ojos azules y brillantes. Su sonrisa de dientes separados. Su forma de ver la vida como si fuera un mundo de fantasía. Sus reacciones de deleite ante las cosas más insignificantes. Sus lamentables intentos de robar galletas del armarito más alto. Su incapacidad para mentir aunque su vida dependiera de ello. Su deseo desesperado por tener un perrito. Su miedo incluso al bicho más diminuto. Su amor de urraca por todas las cosas brillantes. Sive se toca el colgante que lleva en torno al cuello tal como le gusta tocarlo a su hija.

«Miss Victoria London».

No puede ser una coincidencia.

—¿Aaron? —Se aparta las manos del rostro—. La persona que ha raptado a Faye nos ha enviado a esa tienda de regalos por algún motivo. Es literalmente el único sitio en el que se puede comprar este collar.

—Eso no es cierto del todo. Ese lo compré en internet.

«Tan testarudo como siempre».

—Lo sé, pero en su página web. Quiero decir... En todo el mundo debe de haber miles de páginas web de joyerías, pero nos ha enviado a esa. ¿Qué significa eso? ¿Y por qué lo ha hecho? ¿Por qué ha fingido que Faye estaba allí cuando no es cierto?

Dave se aclara la garganta y todos lo miran.

—No sé por qué la persona ha escogido esa joyería, pero...

–Se quita la gorra y se frota la cabeza–. Respondiendo a la segunda pregunta, imagino que ha sido para obligaros a grabar el vídeo con la confesión.

–Eso es obvio –espeta Aaron de malas maneras.

–Pero eso no explica por qué Faye no estaba allí –insiste Sive–. Aaron ha grabado el vídeo, ha hecho lo que le han pedido. ¿Qué pretendía al arrastrarnos hasta allí? ¿Ha sido para mantenernos alejados de alguna otra cosa? ¿Para distraernos?

Dave pasa la vista entre ambos sin dejar de frotarse la cabeza.

–Supongo que es porque la persona que os ha llamado quería que grabaras el vídeo para destruir tu carrera y avergonzarte.

Se calla para respirar hondo, como si se estuviera preparando para algo difícil o tal vez estuviera disfrutando de ser la voz de la autoridad y tener la oportunidad de ser el centro de atención.

Y lo que dice a continuación vuelve a ponerlo todo patas arriba.

Capítulo 47

Dave pronuncia cada palabra con cuidado.

–La persona que te ha obligado a grabar el vídeo… –Se produce una pausa–. Supongo que nunca ha tenido a Faye.

Sive se sienta más erguida.

–¿Qué quieres decir con que nunca ha tenido a Faye?

–Lo que quiero decir es que supongo que tan solo ha aprovechado la oportunidad –contesta Dave mientras deja la gorra sobre la mesita de café y se sienta en el otro extremo del sofá.

Hay cierto toque de superioridad en su tono de voz, un cierto disfrute ante la idea de al fin tener la atención de todos.

Ella lo mira fijamente.

–Pero ¿por qué…?

«Claro. Para que Aaron grabara el vídeo».

–¿Quieres decir que alguien que no ha tenido nada que ver con este asunto ha fingido tener a Faye para obligar a Aaron a grabar la confesión?

Mira a su marido para ver cómo reacciona, pero su gesto resulta indescifrable.

Dave asiente. Scott parece intrigado e impresionado.

–La verdad es que es una idea bastante inteligente. Creo que podrías tener razón.

–A fin de cuentas, trabajo en el ámbito de los cuerpos de seguridad –contesta Dave mientras se encoge de hombros con indiferencia fingida–. Aprendes un par de cosas.

Entonces Sive se acuerda de algo.

—Pero la mujer que nos ha llamado por teléfono sabía lo de los puntos en la pierna de Faye, algo que nadie podría saber a menos que de verdad hubiera estado con ella.

El hombre levanta las manos.

—No tengo respuesta para eso, pero sí, a mí me parece que os han tomado el pelo.

Sive no sabe qué pensar. Si esa persona no ha tenido a Faye en ningún momento, han desperdiciado horas en un viaje sin sentido y falsas esperanzas. Y también han perdido lo que creían que era un vínculo con el paradero de su hija: un número de teléfono que, aunque ya inexistente, los conectaba con la persona que tiene a Faye. Vuelve a mirar a Aaron porque necesita que le diga que Dave se equivoca, que no está todo perdido, que no han vuelto de nuevo a la casilla de salida. Pero Aaron se está meciendo adelante y atrás sobre los talones con la vista fija en el suelo.

—¿Aaron? —Silencio—. ¿Aaron? —dice de nuevo—. Tú sabes algo, ¿verdad? ¿Tiene que ver con el colgante que me regalaste? Espera… Y con la llamada que acabas de hacer, ¿verdad?

—Yo no te compré el colgante. Lo compró Garvin.

—¿Quién es Garvin? —pregunta Scott.

—Su ayudante personal —contesta Sive mientras intenta encontrar sentido a todo aquello—. ¿Garvin fue el que compró el collar?

Aaron levanta las manos, desesperado.

—¡Es parte de su trabajo! ¡El título de su puesto es una pista: *ayudante personal*! —Está a la defensiva, desafiante, retándolos a que se encaren con él—. Hace lo que haya que hacer y, en este caso, eso incluía buscar el colgante con las piedras de nacimiento de las niñas para tu regalo de Navidad. —La mira de nuevo mientras su actitud desafiante disminuye—. Lo siento.

—Cielo santo, no me importa que fuese Garvin el que comprase el colgante, pero ¿qué demonios tiene eso que ver con mi hija desaparecida?

Le está gritando. Si eso tiene algo que ver con la desaparición de Faye, ¿cómo ha podido no contárselo antes?

Un fuerte suspiro.

—Acabo de hablar con Garvin ahora mismo. Cuando te has dado cuenta de la conexión entre la tienda de regalos y el colgante, he empezado a atar cabos.

—Pero me has dicho que me equivocaba, que el colgante no significaba nada.

—Perdona. Quería hablar con él antes de que sacáramos conclusiones precipitadas. Seguía sin creer que hubiese sido él; tan solo pensaba que había algún tipo de vínculo extraño entre ambas cosas que cobraría sentido en cuanto hablase con él. Así que lo he llamado hace unos minutos y ha empezado a reírse. Se ha reído en mi puñetera cara.

—¿Qué?

—Ha empezado a decir que todos estos años lo he tratado como una mierda, que le he hecho luz de gas, que he abusado de él y bla, bla, bla… Me ha dicho que lleva tiempo soñando con que llegara el día en el que pudiera obligarme a… bueno, ya sabéis: a decir todas las cosas que me ha hecho decir en el vídeo. —Scott suelta un silbido. Dave niega con la cabeza. Sive está paralizada—. Al parecer, el hecho de que le pidiera que enviara la factura médica el viernes por la noche fue la gota que colmó el vaso. Pero es que es su trabajo.

—Pero tal vez no un viernes por la noche —comenta Scott, lo cual no ayuda.

Aaron lo fulmina con la mirada.

—¡A duras penas es justificación suficiente para hacer algo así! Por el amor de Dios, podría haber dejado el trabajo y ya está.

—Podría pensarse que no le habría resultado tan satisfactorio —dice Scott en voz baja.

—Me ha dicho que su intención original era sacar todo lo que pudiera de la oficina para llevárselo a la Policía…

Sive mira a su marido.

–¿Y qué clase de cosas podría haberle presentado a la Policía?

Aaron sacude la cabeza.

–No tengo ni idea. Está alucinando. Me ha contado que, cuando ha visto que Faye había desaparecido, se ha dado cuenta de que, en su lugar, tenía una forma de hacer que, según sus palabras, cavase mi propia tumba.

Scott abre los ojos de par en par.

–Venga ya. Solo un sociópata haría algo así.

–Es que Garvin es un sociópata. Por eso lo contraté. Es excelente en su trabajo y carece de toda emoción. O eso pensaba.

Sive sigue sin poder asimilarlo del todo.

–¿Nos ha hecho esa llamada fingiendo que tenía a Faye para obligarte a subir ese vídeo?

–Eso parece. Un lunes por la mañana, en una puñetera hora, ha destrozado mi carrera. Ha dicho que enviarme a la tienda de regalos en la que compró el colgante ha sido un «bonito detalle» que se le ha ocurrido a último momento.

Ella niega con la cabeza.

–Pero la persona que nos ha llamado sabía lo de los puntos en la pierna; por eso hemos pensado que era una llamada auténtica… –En cuanto pronuncia las palabras, se da cuenta de la verdad–. Oh. Sabía lo de los puntos porque le enviaste la factura médica.

Aaron baja la vista.

–Sí. Ha dicho que era «la ironía perfecta».

Sive sigue sin estar convencida.

–Pero la persona con la que hemos hablado por teléfono era una mujer. ¿Estás seguro de que está diciendo la verdad? ¿Le ha ayudado alguien?

–Ha usado una de las funciones de algo que se llama Scratch que acelera o ralentiza las voces. Puede lograr que una mujer suene como un hombre y que un hombre suene como una mujer. No tengo ni idea de qué es.

–Yo sí –interviene Dave–. Es bastante sencillo. Scratch es

un motor básico de programación, pero hay muchas aplicaciones de modificación de voz que hacen lo mismo.

–Así que por eso no dejábamos de oír chasquidos y pausas –dice Sive–. Estaba reproduciendo archivos de voz grabados de antemano, tal como nos ha dicho Jude.

–Sí.

–Mierda.

–Sí.

–Quiero matarlo.

Sabe que es cierto. Si pudiera, lo mataría en ese mismo instante; lo empujaría desde algún edificio alto o le metería una bala en la cabeza. Nunca ha sabido algo con tanta certeza.

–No si lo mato yo primero –dice Aaron–. Pero eso no nos serviría de nada. Ahora mismo tenemos que centrarnos en Faye. Sigue por ahí, en alguna parte, con un desconocido.

«¿Con un desconocido o con alguien más cercano a nosotros?», se pregunta ella mientras mira a su marido.

Capítulo 48

Un día antes, domingo
Silchester Road

Maggie se inclinó hacia delante en el sofá.

—De acuerdo, Sive, tienes toda mi atención. ¿Qué «no es toda la verdad»?

—Aaron no es el padre biológico de Faye.

En cuanto soltó aquellas palabras, Sive se sintió mejor. Su madre no lo sabía. Su hermano no lo sabía. Sus mejores amigas de la universidad no lo sabían. Nadie en el mundo conocía aquel secreto a excepción de Aaron y ella y así era como debía ser. Lo habían acordado desde el principio. A ella le había incomodado la idea de ocultarle la verdad al padre biológico de Faye, pero, tal como Aaron no dejaba de señalar, un delincuente condenado no iba a ser un buen ejemplo para la niña. Y, en cualquier caso, seguía estando en la cárcel.

—Guau. Bueno, es algo sorprendente, pero no tan escandaloso. A día de hoy, hay muchas familias reconstituidas. Madre mía, hoy estamos sacando todos los trapos sucios. ¿Y el padre de Faye está presente en su vida?

—No. Es… complicado.

—¿Sabes? No teníais motivos para fingir. ¿Pensabais que os criticaríamos por ello?

—Tan solo nos pareció que sería más fácil guardárnoslo para nosotros mismos —contestó ella, aunque solo era una verdad a medias—. No lo sabe nadie. Eres la primera persona a la que se lo he contado jamás.

A Maggie se le sonrojaron las mejillas con lo que tal vez fuese el placer de un secreto compartido.

–Dios. Bueno, me siento honrada. Y estoy disponible para que me cuentes cualquier cosa siempre que quieras. –Alzó la copa para entrechocarla con la suya–. Conociste a Aaron a través del trabajo, ¿no? Creo que mientras cubrías uno de sus casos. Así que supongo que el padre de Faye es alguien con quien estabas saliendo poco antes de conocer a Aaron, ¿no? Párame los pies si estoy metiéndome donde no me llaman.

–No, no pasa nada. Y sí, es alguien con quien estaba saliendo…

«Bueno, ya que estamos, de perdidos al río…».

–Aaron era su abogado. A Joost, mi ex, que es holandés, lo acusaron de homicidio involuntario y Aaron era su defensa. Yo no estaba cubriendo el caso para el periódico. Todo el mundo da por sentado que fue así y nosotros dejamos que lo crean. Estaba allí porque era mi novio el que estaba sentado en el banquillo.

–Madre mía… ¿Homicidio involuntario?

–Sí. Fue todo horrible.

–Lo siento mucho.

Sive le restó importancia con un gesto de la mano.

–Yo lo siento por la familia de la víctima.

–¿Qué ocurrió?

Y Sive le contó su historia.

Le habló del holandés sincero y encantador al que había conocido durante una entrega de premios del sector: él estaba allí con el banco para el que trabajaba y ella estaba cubriendo la sección financiera del periódico. Joost de Witte era un auténtico caballero. Divertido. Inteligente. Diferente al resto de los hombres con los que había salido. Directo y sin ambages tanto en el trabajo como con sus amigos: decía justo lo que pensaba en cada momento y no comprendía por qué los irlandeses usaban tantas «florituras» para cada pequeño anuncio o petición. «¡Di lo que quieras decir y ya está! ¡No uses diez palabras cuando podrías usar solo dos!», le rogaba a la gente. También era directo y sin ambages con Sive: no quería casarse y tampoco quería tener hijos. Sin embargo, iba a quedarse en Irlanda a largo plazo (Dios, amaba Irlanda y todas las cosas irlandesas) y se imaginaba un futuro con ella. Sive no estaba tan segura sobre aquello, pero le gustaba. Y, en retrospectiva, era capaz de darse cuenta de que en aquel momento se sentía sola: era nueva en Dublín y echaba de menos tanto a su familia como a sus amigos de Cork. Además, disfrutaba pasando el rato con Joost. Al menos la mayor parte del tiempo. Excepto cuando hablaba de trabajo. Era un perfeccionista y a menudo se mostraba impaciente por el modo en el que los demás hacían las cosas. Criticaba a sus colegas de manera habitual. Y ahí era donde todo había empezado a salir mal.

No podía evitarlo: si veía a alguien tomando atajos en el trabajo o descansando, tenía que señalarlo: «Hemos venido a trabajar, no para meternos en Facebook o tomarnos cinco descansos para beber café». Incluso se quejó de algunos de sus colegas a sus respectivos jefes, algo que no lo convirtió en alguien demasiado popular.

A uno de sus compañeros lo amonestaron verbalmente por llegar tarde de forma consistente, algo de lo que su encargado no se había percatado hasta que Joost se lo había comentado. A otro compañero le denegaron una promoción. Las cosas empeoraron. Aislaron a Joost y lo condenaron al ostracismo. Su equipo no compartía con él ni información ni la mesa de la cafetería.

Cuando se quedaba a dormir con él, Sive escuchaba sus penas. El enfoque de Sive siempre habían sido la diplomacia y la cooperación. Trabajaba con la idea de que se atrapan más moscas con miel que con hiel y, en los años que llevaba en el ámbito del periodismo, ese enfoque le había funcionado bien, pues tenía un don para conseguir que los entrevistados se abrieran con ella. Su *modus operandi* era mostrar una calidez con la que pudieran identificarse, mientras que el de Joost consistía en decir lo que le pasaba por la mente en cualquier momento y sin preocuparse por a quién pudiera ofender. «¡Pero tengo razón! –decía, exasperado–. ¡Ese tal Diarmuid ha llegado tarde tres días seguidos!». Entonces Sive intentaba explicarle que no era asunto suyo, que era algo entre Diarmuid y su encargado. «Mantente al margen», le contestaba ella. Pero Joost siempre fue incapaz de hacerlo.

Y entonces la empresa introdujo el alcohol en la mezcla.

Todo llegó a su punto crítico durante las copas de Navidad. La empresa había cancelado la habitual fiesta navideña varios años atrás, durante la recesión, pero, en su lugar, había empezado a ofrecer cócteles informales en la oficina. Al parecer, la gente los prefería a aburridas cenas de cinco platos en hoteles con vino caro y con comida por debajo de la media. También era más barato para el equipo directivo, que estaba más que complacido de ofrecer cajas y más cajas de cerveza alemana de supermercado junto con varios cuencos de patatas fritas y la caja obligatoria de chocolatinas Celebrations.

Durante la primera fiesta de Navidad de Joost, que se celebró el viernes de principios de diciembre que les cambió la vida, el cóctel informal en la oficina se convirtió en todo un evento. Habían aumentado el presupuesto para cerveza de supermercado y habían incluido también el vino de supermercado, así que todo el mundo se emborrachó a lo grande.

A altas horas de la noche, tras haber tomado demasiada cerveza, Joost se encontró cara a cara con cuatro de sus colegas en el baño de caballeros. Nadie se puso de acuerdo con respecto a lo que había ocurrido. Joost dijo que había sido Diarmuid el que lo había golpeado. Los amigos de Diarmuid dijeron que el primero en atacar había sido él. Sea como fuere, la cuestión era que Diarmuid se había caído hacia atrás y se había golpeado la cabeza con el lateral del lavabo. Había muerto dos días después en el hospital y Joost había pasado su primera noche en prisión provisional en una cárcel irlandesa.

Sive le contó a Maggie que, de hecho, había grabaciones de seguridad, dado que el banco tenía una cámara discreta de la que nadie sabía nada en el baño de caballeros. Sin embargo, también le explicó que, dado que estaba oculta a ojos de los empleados, era ilegal, así que el juez no había admitido las grabaciones. Ni siquiera ella las había visto jamás y el banco se había apresurado a quitar la cámara.

—La cuestión es que, en cualquier caso, Diarmuid Grant estaba muerto —dijo Sive cuando Maggie le hizo más preguntas sobre el vídeo—. Aunque el juez hubiese admitido las grabaciones, como mucho, Joost habría conseguido una condena menor. Pero seguía siendo culpable de haber matado a un hombre, le hubiese golpeado primero o no. Nada cambia ese hecho. Como Aaron dice siempre, se trata de la ley de las consecuencias imprevistas. Joost no pretendía matar a Diarmuid Grant, pero, cuando le dio un golpe, eso fue lo que ocurrió.

La otra mujer tenía un gesto curioso en el rostro, un gesto con el que Sive estaba empezando a familiarizarse: se lo había visto la noche anterior cuando a Nita se le había caído el bolso al suelo y Dave había hablado de su madre o cuando esa misma noche habían hablado sobre Scott incendiando el cobertizo de sus vecinos.

—¿Qué ocurre?

Ella negó con la cabeza.

—Nada. Tan solo estoy fascinada. Madre mía, Sive, para ti debió de ser una época horrible.

—Lo fue, pero no es nada en comparación con cómo debieron de sentirse los padres de Diarmuid Grant al enterarse de que su hijo estaba muerto.

—Por supuesto, pero tienes que recordar que el hecho de que otra persona sufra más que nosotros no significa que no estemos sufriendo. Siempre habrá alguien en peores circunstancias que nosotros y, si seguimos esa lógica, jamás podríamos admitir que algo nos está resultando duro.

—Supongo. Ahora es todo un borrón. Yo estaba paralizada. Una lee sobre esas muertes provocadas por un solo puñetazo, pero, cuando ocurren en la vida real y conoces a la persona que lo ha hecho, es estremecedor.

–¿Así que conociste a Aaron porque estaba defendiendo a Joost?

–Sí. Ya lo sé: no me deja en muy buen lugar, ¿verdad?

Maggie levantó las manos.

–Hace tiempo que aprendí a no juzgar a los demás. Y, oye, al menos no has fingido estar embarazada ante tus 46.000 seguidores de Instagram.

Sive se echó a reír, aunque la otra mujer tan solo estaba siendo amable. Estaba bastante segura de que lo que había hecho ella era mucho peor: había traicionado a Joost y después había mentido a todas las personas a las que conocía.

«No lo estás traicionando –le dijo Aaron–. Él te traicionó a ti cuando golpeó a Diarmuid Grant y os metió a ambos en esto. Es bastante sensato distanciarse de él».

Aaron había intentado conquistarla desde el momento en el que se habían conocido y a ella le gustaba decirse a sí misma que al principio se había resistido. En realidad, enseguida había sentido una atracción por él que se había esforzado mucho por suprimir. Había algo hipnótico en el modo en el que Aaron se hacía cargo de todo, como la defensa de Joost y el bienestar de Sive. Le había parecido un bálsamo tras semanas de ansiedad. Para ella, había sido como relajarse mientras alguien te arreglaba el ordenador, te daba un masaje en la espalda o te lavaba el pelo mientras te decía que te quedaras quieta y no hicieras nada porque todo iba a salir bien. El experto seguro de sí mismo que se hacía con el control de la situación, sin fisuras. Lo contrario a Joost, que había ido dando tumbos hasta meterse de cabeza en un lío y no parecía capaz de salir de él. Aaron era magnético.

Además, tal como solía señalar él, habían tenido la decencia de esperar a que hubieran declarado a Joost culpable antes de convertir su amistad en una relación. ¿O en una aventura?

«No es una aventura –le decía siempre Aaron–. Está en la cárcel. Eso anula vuestra relación».

Por supuesto, eso no era cierto. Mucha gente conservaba la relación cuando condenaban a uno de los dos por algún delito. Tal vez resultase más fácil si eras alguien que había crecido en ese ambiente y consideraba las condenas de prisión un daño colateral. Tal vez resultase más fácil si se trataba de un delito de guante blanco, en el que la víctima era una compañía sin rostro. Si Joost tan solo hubiese golpeado a alguien y esa persona no hubiese muerto, aquello no habría sido más que una historia navideña vergonzosa. Pero, por otro lado, ¿qué diferencia había en realidad? La acción era la misma, independientemente de las consecuencias. Claro que Joost nunca había pretendido matar a nadie, pero el hecho de que esa persona hubiese muerto lo cambiaba todo. No podía seguir con él sabiendo que había acabado con la vida de alguien.

Aun así... aquello la reconcomía. No todos los días. Solo a veces, cuando miraba a Faye con sus extremidades alargadas, su piel dorada y su cabello rubio, tan similar al de Joost, que no tenía ni idea de que tenía una hija, que estaba solo en prisión, contando los días que le quedaban para ser libre.

Capítulo 49

Sive es consciente de que la agente Hawthorn está frustrada por lo mucho que han tardado en regresar a Oxford Circus y lo vagos que se muestran al decirle dónde han estado, pero consigue controlarse. Supone que no es del todo apropiado sermonear a una pareja que está preocupada hasta el frenesí por su hija desaparecida, aunque dicha pareja se haya ausentado sin permiso durante las tres últimas horas y se muestre reservada sobre lo que ha estado haciendo. Aaron no quiere contarle a la Policía lo de Garvin. Han borrado el vídeo y siguen asegurando que se trata de un *deepfake*, así que para él ese asunto está cerrado. Sive cree que es un error. ¿Por qué no contarle todo a la Policía? ¿Qué tienen que perder? En el taxi, mientras se dirigían al encuentro de Hawthorn, lo han debatido una y otra vez en acalorados susurros y Aaron ha insistido en que no les serviría de nada para encontrar a Faye.

«¿De qué serviría?», le ha dicho. Tan solo sería una distracción. Si lo denunciaban, la Policía tendría que interrogar a Garvin y desperdiciarían tiempo en esa línea de investigación por si había la más mínima posibilidad de que su ayudante tuviese a Faye cuando él estaba seguro de que se encontraba en su apartamento del distrito 8, muriéndose de risa, lejos de Londres. Lejos de Faye.

«Está bien, pero, en cuanto acabemos con esto, denunciaremos a ese cabrón», le ha dicho Sive. Aaron ha asentido sin mucho entusiasmo y ella se ha preguntado si era porque estaba pensando en su hija o porque estaba preocupado por lo que Garvin pudiera contarle a la Policía. Ha observado a su marido, que estaba mirando por la ventanilla del vehículo. ¿Cuánta verdad había en lo que les había dicho Garvin? Aaron no era contrario a tomar atajos para conseguir lo que quería. Pero con cosas insignificantes. Sin duda, solo con cosas insignificantes. ¿O se escondía algo más tras las afirmaciones del ayudante? ¿De verdad su marido había extorsionado a los testigos para ganar casos? Sive no ha podido evitar pensar que debería estar más segura de que no lo ha hecho, que, en un matrimonio normal entre personas normales, la reacción inmediata de una de las partes ante cualquier acusación debería ser una confianza ciega en la inocencia de su pareja. ¿Por qué no estaba segura? ¿Quizá porque todavía estaba intentando asimilar la noticia de que había tenido una aventura con Nita? ¿O se trataba más bien de otra cosa, de un miedo subyacente que siempre había estado ahí? ¿Y si todo aquello (las partes grises de Aaron y su tendencia a meterse en terrenos pantanosos) tenía algo que ver con la desaparición de Faye? No con Garvin, sino con alguna otra persona cuyo camino hubiese cruzado y pisoteado su marido. Durante un momento, le ha dado vueltas a esa idea. No tenía sentido. ¿Cómo habría sabido nadie dónde iban a estar ella y los niños esa mañana? A menos que alguien los hubiera estado siguiendo…

El taxi dobló una esquina de forma brusca y el estómago le dio un vuelco. No había comido nada desde el desayuno en el hotel, pero pensar en comida hizo que sintiera aún más ganas de vomitar. ¿Cuántas horas habían pasado? Miró su teléfono. Eran casi las seis. Faye llevaba seis horas desaparecida.

Y ahora vuelven a estar en Oxford Street, bajo el pesado calor vespertino, sin saber qué hacer una vez más. Hawthorn les pregunta si quieren ir al despacho del supervisor de la estación y les advierte de que los periodistas no tardarán mucho en darse cuenta de que han regresado. Pero Aaron quiere quedarse allí, en la calle, donde se sentirán más útiles.

Sive no siente nada. Nada en absoluto. Es como si su mente se estuviera apagando para protegerla de pensar en lo peor.

La agente de Policía se marcha y Jude les manda un mensaje. Está en una cafetería de Regent Street trabajando en algo, pero irá a reunirse con ellos de inmediato. Les dice que para reagruparse.

Y, menos de diez minutos más tarde, allí está, con ellos, escuchando mientras Aaron le da más detalles sobre la pista falsa de Leytonstone. Sive tan solo presta atención a medias mientras intercambian preguntas y respuestas. Aaron le pregunta si Maggie está allí. Jude le contesta que no, que no ha regresado. ¿Van a venir el resto de sus amigos? Aaron le dice que Dave se acercará en cuanto vaya a casa para recoger su propio coche. Scott va a quedarse con Bea y Toby y Nita está compartiendo su participación en la búsqueda en un directo de Instagram.

En ese momento, la periodista empieza a hablar de algo diferente y Sive se obliga a escucharla en condiciones.

—Teniendo en cuenta que lo de Leytonstone ha resultado ser un callejón sin salida, he vuelto a intentar ponerme en contacto de nuevo con el tal Tim Brassil, el tipo que encontró a Bea, para ver por qué ha mentido sobre dónde trabaja.

Aaron suelta un suspiro audible y Sive lo ignora.

—Cuéntame.

—He conseguido encontrarlo en redes sociales y le he mandado mensajes privados tanto en Twitter como en Instagram. Así que ya veremos. —Hace una pausa—. También he vuelto a echar un vistazo al asunto de los Callan. —Jude levanta una mano antes de que Aaron pueda poner alguna objeción—. ¿Qué daño puede hacer? A menos que tengas alguna otra idea… —Aaron no tiene ninguna—. Bien. He investigado un poco más y, si están intentando incriminar a Brosnan para que cargue con la culpa del asesinato, no temerán llegar a extremos para asegurarse de que ocurra. —Una pausa. Los viajeros de la hora punta vespertina entran corriendo a la estación y se apresuran para subirse a los trenes—. Si quisieran presionar a Aaron para que pierda el caso, serían capaces de raptar a una niña.

Sive cree que va a vomitar. Aaron niega con la cabeza.

—No tienes ni idea de lo que estás diciendo. Esto no es una serie de televisión. No se trata de…

—¡Aaron, por el amor de Dios! ¡Basta! ¡Déjala que ayude!

—Sive, no…

Se gira hacia él y le toma las manos.

—Aunque fuese cierto, eso no significaría que fuese culpa tuya. Deja que Jude haga su trabajo. Deja que haga preguntas y, si no nos llevan a ninguna parte, que así sea. Pero, si existe la más mínima posibilidad de que esa gente tenga a Faye —dice mientras le estrecha las manos—, entonces merece la pena investigarlo, ¿de acuerdo?

Él inclina la cabeza y la actitud beligerante que ha estado mostrando desaparece de golpe.

Sive alza la vista y ve que la agente Hawthorn se dirige hacia ellos, abriéndose paso entre la multitud de pasajeros. Con aspecto de estar agotada, la mujer se aparta sin muchas ganas los mechones de pelo que se le pegan a la frente y, tras dirigirle a Jude un saludo cortante, se gira hacia los Sullivan.

—Dos pequeñas novedades. En primer lugar, hemos hablado con la niñera, Willow, y con el hotel. Esta mañana ha estado cuidado a los hijos de otra familia, por lo que descartamos la posibilidad de que haya estado involucrada.

Sive asiente antes de que la policía termine la frase. En ningún momento ha creído que la joven hubiese tenido algo que ver.

—¿Y?

—Una pequeña actualización sobre el padre biológico de Faye, el señor De Witte. —Mientras la mujer habla, Sive nota que, junto a ella, Jude vuelve a la vida—. Como ya les he dicho, esta tarde hemos descubierto que no sigue en la cárcel, tal como ustedes creían, sino que salió de prisión hace seis meses. Todavía no hemos podido encontrarlo, pero estamos en ello con ayuda de la Gardaí.

Aaron está mirando a Hawthorn con el ceño fruncido y gesto furioso, señalando de forma enfática con la cabeza a Jude, pero la agente no se da cuenta y a Sive no le importa. A esas alturas, ¿qué más da?

–Los detalles todavía no están claros, pero, por lo que sabemos, ahora es un ciudadano modelo y se ha reinventado como gurú de... bueno, de reinventarse. Pero, como es evidente, sea un ciudadano modelo o no, dado que sabemos que ha salido de la cárcel, no podemos descartarlo.

–Le prometo que puede descartarlo –dice Sive con rotundidad–. Más allá del hecho de que no sabe que Faye existe, nunca ha querido hijos. Es del todo imposible que la haya secuestrado.

Es consciente de que Jude está a su lado con los ojos desorbitados, asimilando la información, y de que Aaron, con la vista gacha, le está apretando la mano.

–Desde luego. –Hawthorn frunce los labios–. Pero me quedaré más satisfecha cuando lo encontremos.

Entonces el teléfono de Aaron suena dos veces y todo vuelve a cambiar.

Capítulo 50

Aaron se sobresalta cuando le suena el teléfono, tal como hace cada vez que ocurre desde la llamada aterrada de Sive de esa mañana.

Pero tan solo se trata de Scott.

—Aaron, a los niños no les pasa nada, pero la pequeña ha dicho algo que tal vez tenga relevancia.

—¿Bea? ¿Qué ha dicho?

—Bueno, verás, les he puesto la televisión; espero que te parezca bien. —Aaron asiente—. Estaban retransmitiendo un episodio de unos dibujos animados que se llaman *La Patrulla Canina*. ¿Los conoces?

—Sí, pero necesito tener la línea libre, Scott. No pasa nada si los niños ven la televisión. —Se enjuga una gota de sudor que le está cayendo hacia el ojo—. Haz lo que haga falta.

—Espera. Bea ha empezado a apuntar a la televisión mientras decía: «¡Polis y cacos! ¡Polis y cacos!», señalando al personaje que es un perro. Ya sabes cuál. Bueno, todos son perros, ¿no? Pero hay uno que es policía. ¿Tal vez esta mañana estuviese pensando en eso? Tal vez no haya querido decir que alguien había perseguido a Faye. Tal vez estuviese hablando de su mochila. Creo recordar que tiene una de *La Patrulla Canina*, ¿no es así?

Aaron suelta un suspiro.

—Dios, sí. Y es muy probable que la llevara puesta esta mañana.

Y tal vez se la haya dejado en el tren o la haya perdido y

quiera recuperarla. Pero tan solo se trata de eso. De una mochila. No de que alguien haya perseguido a Faye. Está bien saberlo. Suelta un suspiro, uno muy leve. En el contexto de toda esa pesadilla, no significa gran cosa, pero imaginar a su hija de seis años perseguida por alguien ha supuesto un nivel de horror totalmente diferente.

–Scott, tengo que contárselo a Sive. Tengo que dejarte. –Entonces añade–: Gracias. Eres un buen amigo. No te merezco.

Se produce una pausa.

–No es nada. Sé que tú habrías hecho lo mismo por mí.

Justo cuando cuelga la llamada, el teléfono vuelve a sonarle de nuevo. Carmen Brosnan.

«Cielo santo, ¿es que esta mujer no tiene sentido común?».

Rechaza la llamada y grita el nombre de Sive para contarle lo que Scott le acaba de decir sobre la mochila. Jude, la periodista, se pone a teclear de inmediato en su móvil.

–Un momento. No subas nada sobre esto a las redes sociales todavía –le dice Aaron–. Antes tenemos que contárselo a Hawthorn.

Ella lo mira con frialdad. Es evidente que no le gusta que la haya interrumpido.

–Estaba tomando una nota para mí misma. Sé que no debo hacer nada público sin la aprobación de la Policía. No soy una colegiala en prácticas, Aaron; soy una periodista que lleva quince años desempeñando este mismo trabajo.

Hace clic en algo que tiene en el teléfono y empieza a leer, deletreando las palabras en silencio. Aaron se muerde la lengua para no replicarle mientras Sive la observa, a la espera. Jude es una persona que busca llamar la atención y es evidente que le encanta que todo el mundo esté pendiente de lo que dice, pero Sive no se da cuenta: se ha creído por completo el personaje de colega que intenta ayudar.

Una arruga atraviesa la frente de la periodista cuando frunce el ceño, pero desaparece con la misma rapidez.

–¿Qué ocurre? –pregunta su mujer.

Jude le muestra el teléfono.

—Tim Brassil. Acaba de contestarme al mensaje privado de Twitter. Resulta que lo despidieron de Anderson Pruitt hace un mes y, desde entonces, ha estado buscando trabajo, pero no se lo ha contado a su novia. Por eso no tenía ningún motivo para volver en metro hasta Liverpool Street tras haber entregado a Bea.

—De acuerdo… Pero ¿por qué le ha mentido a la Policía?

—Bueno, ha puesto mucho empeño en señalar que no ha mentido. Al parecer, ha dicho: «Seis años como jefe de contabilidad de fondos en Anderson Pruitt». Lo que, técnicamente, no es una mentira. Sí que ocupó el puesto durante seis años, solo que ya no trabaja allí.

Jude pone los ojos en blanco.

—Así que ha sido otra pérdida de tiempo —dice Aaron, sin intentar disimular su desdén.

La mujer frunce el ceño.

—En absoluto. Me ha costado diez minutos encontrarlo en Google y mandarle los mensajes.

—Pero no has sacado nada en claro.

—Eh… No, pero, si tan solo siguiéramos pistas que nos llevaran a sacar algo en claro, el plan tendría un defecto garrafal, ¿no es así, Aaron?

En ese momento, tiene muchas ganas de decirle que se vaya a la mierda y regrese a Longford, pero Sive le lanza una mirada de advertencia.

—Está bien poder descartarlo. Gracias, Jude —dice su mujer, conciliadora hasta la médula—. Me alegro de que lo hayas seguido investigando.

—No es nada. El hecho de que hubiera mentido me estaba reconcomiendo y necesitaba obtener respuestas. Como se suele decir: «No hay humo sin fuego».

Jude está contestando a Sive, pero mira fijamente a Aaron.

Capítulo 51

Un día antes, domingo
Silchester Road

—Debería ir volviendo al hotel —dijo Sive mientras miraba el reloj que Maggie tenía en la repisa de la chimenea—. Toby se despierta en medio de la noche y Aaron no siempre lo oye.

El teléfono de Maggie empezó a sonar en ese momento, haciendo que las dos se sobresaltaran. Ella miró el móvil y se le sonrojaron las mejillas.

—¿Va todo bien? —le preguntó Sive.

—Sí. Tan solo es Dave —contestó mientras pasaba el dedo por la pantalla para rechazar la llamada.

—¿Y eso? —insistió ella, enarcando las cejas.

La otra sonrió mientras el rostro se le teñía de un rojo brillante.

—Me... llama a veces.

—¿A las once de la noche? ¡Maggie, pillina! ¿Habéis vuelto a estar juntos?

—No —contestó ella mientras se alisaba la falda. Conforme hablaba, fijó la vista en su regazo—. Sé que, como relación de pareja, nunca va a funcionar.

—¿Estás segura? —le preguntó Sive en voz baja, consciente de que las bromas que Nita le había hecho antes hacían que a Maggie le costase decir lo que de verdad sentía.

—Estoy segura. Era amable y atento, pero también muy dependiente, lo que podía resultar agobiante. Quería tener toda mi atención a pesar de que yo no tenía la suya.

–¿Por culpa de la ex que no era ninguna Kate Moss?

–Por culpa de la ex que no era ninguna Kate Moss. El tira y afloja constante era demasiado. Necesitaba que estuviera disponible para él, pero entonces se perdía dentro de su propia cabeza, pensando en ella.

–Bueno, entonces parece que tenéis la relación perfecta: amigos con derecho a roce, ¿eh? –comentó Sive mientras señalaba el teléfono de Maggie con un gesto de la cabeza.

–Tal vez quiera hablar. Tal vez después de lo de anoche y esa cosa tan rara... –Se interrumpió–. En cualquier caso, sí, a veces me llama y... bueno, los dos estamos solteros. –Se encogió de hombros y le dedicó una media sonrisa–. Y ambos somos adultos, así que...

–¡Me encanta! Esta noche están saliendo a la luz todos los secretos. Bueno, si va a venir, tendría que irme. Además, acabo de acordarme de que, mientras Aaron esté en la carrera, me tendré que quedar sola con los niños.

Soltó un leve suspiro.

–Tengo la ligera sensación de que no estás disfrutando de nuestro maravilloso reencuentro –le dijo la otra mujer con una sonrisa.

Sive puso los ojos en blanco.

–No está mal, pero tal vez deberíamos haber contratado a alguien para que cuidara a los niños en Irlanda. O tal vez Aaron debería haber venido solo. No se trata de vuestro grupo de amigos –añadió a toda velocidad–. En general, todos los reencuentros pueden resultar tensos.

–Estoy de acuerdo. Además, ¿de verdad se puede hablar de amistad si existe una presión constante por competir?

–Una presión autoimpuesta –añadió ella mientras pensaba en Nita, Dave, Aaron y Scott. Todos ellos se esforzaban mucho por formar parte de la conversación, por ser vistos, por ser relevantes, y, mientras tanto, no prestaban atención a nadie más–. Puede que nosotras dos seamos las únicas sensatas. –Maggie se rio ante ese comentario–. Y lo mejor de todo es que a todos les va muy bien –prosiguió Sive–. ¡No tienen motivos para competir! ¡Mira a Scott! ¡Ahora es piloto! —Otra vez aquel gesto raro—. ¿Qué ocurre?

Maggie trazó la circunferencia del borde de su copa.

—Bueno, que creo que Scott no es piloto.

—¿Qué?

—Se me ha ocurrido antes, en el bar, cuando te estábamos contando la historia de la vez que incendió el cobertizo de sus vecinos. Lo condenaron por ello. No fue nada lo bastante grave como para que lo echaran a patadas de la abogacía, pero, por lo que sé, no puedes ser piloto si te han condenado por algo. —Empezó a tantear el sofá a su espalda—. Deja que saque el teléfono y lo busque en Google. —Se puso en pie y miró debajo del cojín y después hizo una mueca cuando vio que el móvil asomaba por debajo del sofá—. No le cuentes a Nita que he perdido el teléfono en mi propio salón. Bueno, vamos a ver… —Un par de clics después, lo encontró—: «Condenas inhabilitantes para la Autoridad de Aviación Civil». —Abrió el PDF, se deslizó por el texto y señaló la pantalla. Sive se inclinó para poder leerlo mejor—. «Destruir o dañar propiedad, como establece la Ley de Delitos de Daños de 1981». Ese es el cargo que presentaron contra Scott.

Sive sacudió la cabeza, confundida.

—Entonces, ¿crees que se inventó lo de ser piloto? ¿Por qué?

—Supongo que no podía soportar la idea de presentarse en el reencuentro sin la medallita de que había conseguido algún logro. «Padre divorciado que todavía no sabe qué hacer después del despido» no suena igual de bien que «piloto».

—¡Pero eso es una locura!

—Coincido, pero ya sabes cómo es Scott cuando se trata de estar a la altura de Aaron. Y tampoco ayuda el hecho de que el despido se produjera porque una empresa irlandesa había comprado el bufete de Scott. Fue como echar sal a la herida.

—Dios, pero es una estupidez.

—Estoy de acuerdo, pero ya sabes lo competitivo que es Scott. Y Nita es igual.

–Sí, bueno, ya sabemos lo que ha hecho ella. Caray... Por favor, dime que Dave no está ocultando que lo han despedido en secreto de su amado empleo.

–¡Ja! No, Dave está muy feliz con su trabajo. Se va a quedar ahí de por vida. –Hace una pausa–. El trabajo no es el problema.

–Me parece oír un «pero».

–Sí, desde luego que hay un «pero»... –Maggie jugueteó con el dobladillo de su vestido y después se lo alisó–. ¿Te acuerdas de cuando anoche, en su apartamento, habló de su madre?

–Sí...

–¿Recuerdas que dijo que estaba en una residencia para ancianos? La cuestión es que su madre murió el año pasado.

–Ay, no. Es horrible. ¿Quieres decir que no se lo ha contado a nadie?

–Exacto. Yo lo sé porque, cuando dejamos de salir juntos, seguí en contacto con ella. Solía llamarla para tomarnos una taza de té juntas. A pesar de lo que te han contado los demás, era una señora encantadora que se sentía un poco sola en esa casa vieja y enorme de Stratford. Entonces un día fui a visitarla y no obtuve respuesta. Un vecino me vio y me dijo que había fallecido. –Sacudió la cabeza mientras le daba vueltas a la copa con ambas manos–. Recuerdo que tuve un sentimiento muy raro. Estamos acostumbrados a enterarnos de estas cosas a través de amigos y familiares. Es extraño ir de visita, bombones en mano y lista para una charla, y descubrir que alguien ha fallecido.

–Es muy triste.

–Sí. Le envié una tarjeta a Dave, pero no sé si llegó a recibirla. Sea como fuere, no me mandó ningún mensaje. Después de la ruptura, pasamos una temporada sin hablar, así que no me sorprendió demasiado. Cuando volvimos a hablar y a... bueno, ya sabes... –Dio un sorbo a su bebida–. Saqué a colación el asunto de la muerte de su madre, pero él lo ignoró como si no quisiera hablar de ello. Así que anoche me resultó muy raro que hablara de ella en presente y no dijera en ningún momento que había muerto.

Sive asintió, recordando el gesto sorprendido cuando Dave había hablado sobre su madre.

—Supongo que no quiso desatar una avalancha de condolencias o que nos sintiéramos incómodos —prosiguió Maggie—. Pero, aun así, es el tipo de cosa de la que debería resultarte cómodo hablar con tus amigos.

Sive negó con la cabeza. «Menudo grupo...». Todos ellos fingían para aparentar, incluido su propio marido. Aunque, por supuesto, ella era cómplice voluntaria de su mentira.

—Y después está la pobre Nita y su demencial engaño —añadió la otra mientras miraba el techo sobre el que la susodicha estaba durmiendo.

—¿Crees que volverá a intentar quedarse embarazada? —preguntó ella.

—Supongo que sí. El tratamiento de fertilidad que llevaba en el bolso sugiere que ya está en ello. Y, si pensamos de nuevo en lo que hemos descubierto sobre su aventura con Aaron... Cuando Nita está decidida a hacer algo, no hay nada que pueda detenerla.

Sive enarcó las cejas.

—¿Crees que fue ella la que fue tras él? ¿Tras el prometido de su hermana?

—¿Quién sabe? —Maggie se encogió de hombros—. Tal vez fuese al revés.

—Eso no deja a ninguno de los dos en muy buen lugar. Aunque, teniendo en cuenta cómo acabé con Aaron, no soy la más indicada para hablar.

—Pero eso es diferente. Parece como si, por aquel entonces, el tal Joost y tú ya hubieseis roto.

Sive asintió. Solo porque ella había guardado las distancias, alejándose poco a poco, en lugar de decirle de forma directa que se había acabado. Ese era su peor defecto: se andaba con rodeos con la esperanza de que los demás captasen la indirecta.

–¿Y cuánto tiempo le queda de condena? –Se oyó un crujido en el piso de arriba y ambas alzaron la vista hacia el techo, pero no detectaron ningún otro sonido–. Supongo que habrá sido Nita al darse la vuelta en la cama –comentó Maggie–. Mañana le dolerá la cabeza. Pero, bueno, continúa: ¿cuándo sale Joost de la cárcel?

–Le quedan dieciocho meses de condena, pero podrían soltarlo antes… He programado Google Alert con su nombre y lo compruebo muchas veces para ver si aparece mencionado en alguna parte de internet.

–Eh… Odio tener que decírtelo, pero a los prisioneros no les permiten usar smartphones.

–Ah, ya lo sé, pero a Joost le gusta mucho todo lo relacionado con la tecnología. Le encanta Twitter y tenía un blog. Sé que en cuanto salga volverá a internet.

–¿Y te preocupa que se ponga en contacto contigo y quiera conocer a Faye?

–No sabe lo de Faye y queremos que siga siendo así. –Maggie pestañeó mientras dibujaba una «O» perfecta con los labios–. Lo sé… Pero nunca quiso tener hijos, por lo que no tendrá ningún interés en conocerla.

–Pero… pero seguro que acabará atando cabos… Los tiempos, la edad de Faye…

–Tenemos mucho cuidado. Aaron no usa ninguna red social y yo nunca subo nada sobre los niños. Vivimos en una burbuja hermética de privacidad.

–¿De verdad a Aaron le preocupa tanto que Joost sea una mala influencia?

–Sí. Y ya sabes cómo es Aaron: lo que dice va a misa. Nunca acepta un «no» por respuesta. –La otra mujer le lanzó una mirada rara–. ¿Qué pasa?

–Es solo que… ¿nunca se te hace cuesta arriba? Es brillante, es fascinante observarlo y se le da muy bien su trabajo. Pero a veces todo ese aire de macho alfa superior parece agotador.

–Eso es lo que me gusta de él –contestó con tono ligero, pues no estaba muy segura de hacia dónde se dirigía la conversación–. Además, con los niños y conmigo no es así. En casa es todo un blando.

—Ya, pero el modo en el que alguien se comporta con otras personas cuenta bastante, ¿no? –Sive no tenía ni idea de qué responder a eso. Maggie le apoyó una mano en el brazo–. No me hagas caso. Es el alcohol hablando por mí. Sigo pensando en el tal Joost, en su caso judicial y en la insistencia de Aaron en mantenerlo alejado de vosotros. Tengo la sensación de que fue una pelea incitada por la cerveza que acabó de modo horrible, pero tal vez eso no signifique que Joost sea la encarnación del diablo.

Desde luego, Joost nunca había sido la encarnación del diablo, pero, con respecto a ese asunto, Aaron se mostraba inflexible hasta un punto que no siempre tenía sentido para ella. Para Aaron, Joost no podía volver a formar parte de su vida bajo ningún concepto.

Capítulo 52

Alguien (uno de los colegas de Hawthorn) le entrega a Sive un café y ella se lo toma de forma automática, casi sin darse cuenta de que está demasiado caliente y le está quemando la lengua. Con los ojos entornados a causa del sol, Aaron está dando vueltas de un lado para otro mientras agranda y reduce un mapa de Londres en el teléfono.

«No sirve de nada –le dice ella en silencio–. No tenemos ni idea de dónde mirar».

Jude está a su lado, tecleando en el móvil con una mano y con un cigarrillo en la otra. Todavía no ha mencionado a Joost, pero Sive sabe que lo va a hacer en cualquier momento.

–¿Estás bien? –le pregunta la periodista sin apartar la vista de la pantalla.

–No. –Ella niega con la cabeza–. Me siento un puñetero desperdicio de espacio. Primero he dejado que ocurriera esto y ahora estoy aquí con un café en la mano. Ni que fuera una puñetera turista…

Están en el exterior de la estación de Oxford Circus mientras los trabajadores, ajenos a la situación, pasan junto a ellos a toda velocidad, deseosos de llegar a casa y encontrarse con la cena, con Netflix, con su mascota o con sus libros, ansiosos por meterse los cascos en los oídos para escuchar un pódcast y dejar atrás otro día de trabajo con la tranquilidad de saber que sus hijos están exactamente donde se supone que tienen que estar.

–Bueno… –comienza Jude–. Es obvio que he oído lo que Hawthorn ha dicho sobre Joost…

–Sí. Antes nos ha contado que ha salido de prisión, pero yo no quería que… bueno, Aaron quería que la información quedase entre nosotros.

–¡Oh! –A Jude se le abren mucho los ojos y Sive casi puede ver la bombilla que se le enciende en la cabeza–. Vaya, tendría que haberme dado cuenta. Antes he oído que Hawthorn os decía algo que me ha sonado como local y compra y he pensado que se trataba de algún asunto financiero relacionado con una compra de bienes inmuebles, pero lo que os estaba diciendo en realidad era que Joost ahora podría localizarla y encontrarla, refiriéndose a Faye, ¿verdad?

Sive asiente.

–No hemos dejado de insistir en que no haría algo así: no sabe que existe, no quería hijos…

Jude abre la boca para decir algo más, pero el teléfono le suena y la interrumpe.

–Se trata de uno de mis contactos en Dublín. –Mira a Aaron–. Iré allí un momento para contestar.

Se aleja en dirección contraria, hacia donde no pueden oírla. Sive no puede culparla. La reticencia de Aaron ante la idea de que todo aquello esté relacionado con su caso empieza a ser ridícula.

«Es porque no es su hija», le dice una vocecita en la cabeza, pero ella la ignora.

Su marido es terco y arrogante; se centra en un único objetivo hasta tal punto que puede llegar a irritar a todos los que lo rodean. Puede ser egoísta y corto de miras, incluso criticón. Tiene muchos defectos, pero quiere a Faye tanto como quiere a sus hijos biológicos. Haría cualquier cosa por ella. De eso está segura.

–¡Sive, Aaron! –Cuando Sive se da la vuelta, ve que Jude se acerca corriendo hacia ellos–. La llamada que acabo de recibir. El cuerpo que han encontrado…

Se detiene para recuperar el aliento.

«Ay, Dios mío…».

La periodista sacude la cabeza con vigor.

–¡No! ¡Aquí no! No se trata de Faye. No, estoy hablando de Dublín. No sé si lo visteis en las noticias… El viernes encontraron un cadáver. Lo habían asfixiado con una bolsa de plástico.

Sive no puede pensar con claridad, pero Aaron asiente.

–Lo vi en el periódico. –Se gira hacia su mujer–. ¿No te acuerdas? Scott lo leyó durante el *brunch* del sábado por la mañana y me preguntó si no me daba miedo enfrentarme a asesinos del mundo del crimen organizado.

–Eso es –dice Jude–. Los periódicos informaron de que se creía que el asesinato estaba relacionado con una banda criminal, pero no habían mencionado ni el nombre de la víctima ni dónde la encontraron hasta hoy.

El teléfono de Aaron empieza a sonar y él baja la vista.

–Es otra vez Carmen Brosnan. Por el amor de… Ay. Ay, mierda. –Mira a Jude–. El cadáver que han encontrado en Dublín es el de Pete Brosnan, ¿verdad?

–Es Pete Brosnan, sí.

–Mierda.

Sive mira a Aaron, pestañeando.

–¿Quieres decir que lo han asesinado los Callan?

Él alza las manos.

–Tal vez.

–Probablemente –dice Jude con tono impasible–. Supongo que su plan de matar dos pájaros de un tiro no era tan robusto como ponerle a Pete una bolsa de plástico en la cabeza.

«Cielo santo…».

–Entonces no han sido ellos –dice Sive en voz baja. Con cuidado. Con miedo. Con esperanza–. Si mataron a Pete Brosnan el viernes, no tienen ni un solo motivo para raptar a Faye. No habrá ningún juicio. Aaron ya no es una amenaza para ellos. Todo esto no tiene nada que ver con los Callan.

El alivio es inmenso. Pero dura poco. Porque, una vez más, han vuelto a la casilla de salida.

Mientras Jude se aleja para llamar a Hawthorn e informarla de las novedades, a Sive le suena el teléfono y el nombre de Maggie aparece en la pantalla.

–Maggie…

Una oleada irracional (¿o tal vez racional?) de ira se apodera de ella. ¿Por qué no está allí, ayudándolos?

–Sive, siento haber salido corriendo como lo he hecho, pero tenía que comprobar un par de cosas. –La voz de la mujer suena tensa–. Y lo siento mucho, pero he descubierto algo que no va a gustarte en absoluto.

Capítulo 53

Sive cierra los ojos con el teléfono pegado a la oreja.

–¿Qué ocurre, Maggie?

–Se trata del caso de tu ex, de Joost. Me dijiste que las grabaciones de la cámara no se admitieron como prueba porque la cámara se encontraba en el baño y los trabajadores no eran conscientes de su existencia, ¿no?

–Sí. ¿Qué tiene eso que ver…?

–Se supone que los jefes no pueden poner cámaras en los baños, eso es cierto, pero eso no haría que las grabaciones fuesen inadmisibles. Habría sido diferente si, por ejemplo, la grabación la hubiese obtenido la Policía de un modo ilegal. Pero no fue así. Por eso me sorprendió cuando me dijiste que el juez no las admitió.

–Vale. ¿Qué intentas decirme?

–Lo he comprobado todo lo que he podido y he hecho algunas llamadas. Entre tú y yo, no me parece que Aaron intentase presentar la grabación como prueba.

–¿Qué?

–Siento decir esto y estoy rezándole a todos los santos para que me esté equivocando, pero es posible que Aaron la cagase. O…

Se interrumpe.

–¿O qué?

–O que ocultara el vídeo de forma intencionada.

–Pero ¿por qué?

–No lo sé. ¿Tenía motivos para querer que fuese a la cárcel?

A Sive le da vueltas todo.

—No… Joost iba a ir a la cárcel de todos modos. El vídeo podría haber supuesto una condena menor, pero…

Ni siquiera sabe qué está intentando decir en este momento.

—Tal vez —contesta Maggie con voz apesadumbrada—. Pero, dependiendo de lo que se viera en él, podrían haberlo absuelto. Si el otro hombre, la víctima, lo golpeó primero y estaba a punto de convertirse en una pelea de cuatro contra uno… Mira, no lo sé. —Su voz sigue sonando tensa, pero también pesarosa—. Tal vez me equivoque. Hace bastante que no me dedico a la abogacía, así que estoy oxidada. Tampoco he visto las grabaciones, así que esto tan solo es mi opinión. —Hace otra pausa—. Pero es posible que Aaron ocultase de forma intencional pruebas clave que podrían haber evitado que el padre de Faye fuese a la cárcel.

Capítulo 54

Es todo demasiado. Demasiado que asimilar más allá de todo lo que ha ocurrido a lo largo del día. Sive no es capaz de procesar lo que Maggie le está diciendo, pero de pronto su marido, que está paseando de un lado para otro mientras mira el teléfono con los ojos entornados, es un desconocido.

No.

No. Tiene que haber algún motivo. Aaron es muchas cosas, pero jamás ocultaría pruebas. ¿Lo haría? Lo mira. ¿Acaso no lo haría para salirse con la suya? Ha visto cómo hace las cosas. Nunca ha hecho nada que pudiera meterlo en problemas graves; tan solo lo suficiente como para adentrarse en un territorio gris. Como no devolver un portátil nuevo cuando les llegaron dos por error. Como inflar una reclamación al seguro por daños causados por el agua para poder comprar una alfombra demasiado cara. Como exagerar sus gastos en la declaración de la renta. Cosas pequeñas. Cosas que, a pesar de sus protestas, él siempre le aseguraba que hacía todo el mundo. Sin embargo, las cosas pequeñas pueden llevar a cosas más grandes... Y, cuando le pidió que salieran juntos la primera vez, se mostró muy insistente. Y ahora sabe que engañó a Yasmin. Tantos engaños... ¿De verdad podría haberle hecho algo así a Joost? ¿A Sive? Aaron no era incapaz de mentir, pero ¿a ella?

Maggie sigue al teléfono, aunque está en silencio. Jude está cerca, escuchando su parte de la conversación.

—Maggie, voy a pasarte con Jude. Tengo que hablar con Aaron.

Le tiende el teléfono a la periodista y se gira hacia su marido, que está apoyado contra el escaparate de una tienda de ropa, encorvado sobre el teléfono.

—Aaron.

Él alza la vista. Está pálido y demacrado y tiene los ojos rojos.

—¿Qué ocurre?

Tiene dos maneras de afrontar la situación: empujarlo a una mentira o darle la oportunidad de decir la verdad. Siempre ha defendido esta última opción, pero, Dios, necesita saber si de verdad le mentiría a ella. Si le miente con respecto a eso, podría mentirle sobre cualquier cosa.

—Durante el juicio de Joost, ¿por qué no admitió el juez las grabaciones de la pelea como prueba?

Él frunce el ceño.

—¿Qué? ¿Por qué me preguntas eso?

—Necesito saberlo. —Se detiene y, como si el pensamiento se le acabara de ocurrir, se da cuenta de que lo que está a punto de decir es cierto—. Me preocupa que Joost tenga algo que ver con la desaparición de Faye.

Él niega con la cabeza.

—No. Ni siquiera sabe que Faye existe. Nos hemos asegurado de que así sea.

—Pero ¿qué hay de la grabación? ¿Por qué no la admitió el juez?

—Ya lo sabes: porque el banco no debería haber tenido una cámara en el baño. Era ilegal.

—Pero ¿no significaría eso que el banco tenía un problema en lugar de que no se podía admitir el vídeo? Seguía siendo una prueba —le dice al mejor argumentador que conoce.

Aaron ladea la cabeza y, cuando habla, el tono de su voz es el del padre que está complaciendo a un niño demasiado entusiasta:

—Me temo que las cosas no funcionan así. La prueba se obtuvo de un modo ilegal, por lo que era inadmisible. Lo intenté, pero el juez la descartó.

Y ahí está. La mentira. Si Maggie está en lo cierto, Aaron no llegó a intentarlo siquiera. Sive estira un brazo para apoyarse en la pared que tiene detrás. Todo es vago y le da vueltas. Si su marido le está mintiendo en esto, ¿en qué otras cosas podría estar mintiéndole?

—Aaron, Maggie lo ha comprobado. Anoche le conté la historia de Joost y…

—¿Que hiciste qué?

—Nos tomamos un par de copas y estábamos intercambiando batallitas. Compartiendo secretos, supongo. Así que… le hablé de Joost. Y de Faye. De la pelea en el baño y de cómo nos conocimos. Dice que… bueno, ya sabes lo que dice.

—¿En qué demonios estabas pensando? ¡Acordamos que nunca se lo contaríamos a nadie! —Está siseando las palabras entre dientes, con el rostro pálido y las mejillas enrojecidas—. ¿Le has…? ¿Qué demonios?

—No te atrevas a intentar dejarme como la mala. Yo le hice una confidencia a una amiga. ¡Tú enviaste a alguien a la cárcel, joder!

Sive no está hablando entre dientes: está gritando y la gente se está girando hacia ellos. Con la visión periférica, ve que Jude se está acercando.

—No es momento para esto —dice Aaron, esforzándose de forma evidente por calmarse—. Nuestra hija está desaparecida.

—¡Ya lo sé! Y le he estado asegurando a la Policía que, dado que Joost no sabe que Faye existe y nunca ha querido tener hijos, es imposible que haya sido él, que no tiene ningún motivo. Pero ahora, de pronto, resulta que es posible que sí que tenga un puñetero motivo: ¡lo metiste en la cárcel!

—No te hagas la santa conmigo. Saliste corriendo en cuanto lo detuvieron.

Sive respira hondo.

—No me enorgullezco de haberlo abandonado. Soy consciente de que hay gente mejor que yo que podría haber soportado algo así. Tal vez fuese porque solo llevábamos saliendo unos meses. Tal vez porque estaba embarazada y me daba miedo lo que pudiera ocurrirle a mi bebé si crecía con un padre que era un asesino. No estoy orgullosa, créeme. Pero nunca he enviado a nadie a la cárcel de forma intencionada. Nunca he ocultado pruebas clave ante un tribunal.

—No lo entiendes —dice él con tono desdeñoso—. No eres abogada.

—No, pero soy humana. Y nunca habría hecho lo que has hecho tú. Voy a llamar a Hawthorn ahora mismo para decirle que tienen que dar prioridad a encontrar a Joost. Y, si la situación acaba afectándote a ti también, que así sea.

Se da la vuelta y se aleja de allí.

Capítulo 55

Sive está intentando encontrar la tarjeta Oyster. Sabe que está en alguna parte al fondo de su bolso, pero no consigue dar con ella y ahora todo lo que llevaba dentro del bolso está esparcido por el suelo, justo enfrente de los tornos de acceso. A su espalda se oyen ruidos de impaciencia.

—¡Mi hija ha desaparecido! —les grita.

Demasiado tarde, se pregunta si pensarán que está loca por buscar a su hija entre todas las pertenencias que se le han caído al suelo.

—Yo me encargo —le dice una voz.

Jude. Hablando con más delicadeza de lo normal. Se arrodilla a su lado y recoge sus cosas.

—La tarjeta Oyster. ¿Es eso lo que necesitas? —le dice la periodista mientras se la tiende.

Sive asiente y la otra le da la mano para ayudarla a ponerse de pie.

—No puedo con esto. No sé qué hacer. Faye ha desaparecido y Aaron... ya no sé quién es Aaron. No puedo...

El teléfono de Jude suena e interrumpe a Sive en medio de la frase. La periodista echa un vistazo a la pantalla y después, mientras se muerde los labios, al reloj. Vuelve a mirar a Sive con un gesto desconocido en el rostro. ¿Algo parecido a la empatía? Rechaza la llamada.

—De acuerdo... Mira, he oído tu parte de la conversación con Maggie y me he hecho a la idea de lo que está ocurriendo. —La Jude delicada ha desaparecido—. ¿Has llamado a Hawthorn?

Sive asiente.

–Me ha dicho que, a partir de ahora, van a dar prioridad a encontrar a Joost.

–Bien. –La otra mujer la aparta de los tornos de acceso–. Como te he dicho antes, la mayoría de los secuestros son una cuestión doméstica: el progenitor que no tiene la custodia es el que se lleva al niño.

–Pero, en este caso, no se trata de eso. Joost no sabe que Faye es hija suya. Si la ha raptado, es por lo que le hizo Aaron. Joder, tendría que haber pensado en eso.

–Sí, bueno, tengo la sensación de que tu marido es el tipo de persona que hace lo que le apetece y después no le da muchas vueltas al asunto. Quizá lo que le hizo a Joost ni siquiera se le había pasado por la cabeza. –Jude hace una mueca–. Sin ofender.

–He llegado a un punto en el que ya no me ofendo por nada –contesta Sive con firmeza.

–Bien. Vamos a centrarnos en intentar adivinar dónde podría haber ido Joost tras salir de prisión. ¿No ha dicho Hawthorn que ahora es orador motivacional?

–Sí, pero he buscado «Joost de Witte» un millón de veces y no he encontrado nada. –Suelta el aire poco a poco en un intento por mantener la calma–. Siempre odió tener un nombre tan distintivo y diferente entre todos los Johns y Brians que había en Irlanda. Sobre todo durante el juicio. Así que es obvio que ha conseguido mantenerse alejado de internet. –Entonces se le ocurre algo–. De hecho, en una ocasión mencionó que tal vez usase algún otro nombre cuando saliera de la cárcel. Me pregunto si eso es lo que ha hecho, si se lo ha cambiado…

–¿Cambiárselo por qué?

Sive echa la vista atrás. ¿Le mencionó Joost el nombre que habría elegido?

–Me dijo que algo relacionado con su verdadero nombre. De eso sí me acuerdo. Pero algo que le ayudase a no destacar. Eso es todo. No me dijo nada más específico.

–No te preocupes. Tarde o temprano, la Policía conseguirá ese nombre.

El teléfono de Jude empieza a sonar de nuevo. Ella frunce el ceño y, una vez más, rechaza la llamada.

–¿No tienes que contestar? –le pregunta Sive. La periodista niega con la cabeza, pero el teléfono empieza a sonar por tercera vez y el nombre resulta visible en la pantalla–. ¿No es tu editora? Contesta –insiste ella–. No pasa nada. Has renunciado a todo el día por mí. Sinceramente, nunca podré agradecerte todo lo que has hecho.

Jude niega con la cabeza, pero contesta a la llamada y, aunque se gira un poco, Sive puede oír lo que dice:

–Lo siento, pero Sive ha retirado su permiso… Lo sé… lo sé, lo siento. Sí. De acuerdo.

Cuelga el teléfono y mira a Sive a los ojos.

–¿De qué iba eso? ¿Qué permiso?

Un suspiro.

–Esta mañana le he dicho a mi editora que había acordado contigo una entrevista en exclusiva. Lo sé: soy la peor persona del mundo y yo también me odiaría. Pero no puedo hacerlo. Dios. Verte gateando por el suelo, intentando encontrar la tarjeta Oyster… tan perdida, tan… rota. No puedo.

Para su propia sorpresa (y, como es evidente, también para la de Jude), Sive empieza a reírse.

–¿Eso es lo que te ha llevado a ponerle fin al artículo? Ni mi hija desaparecida ni el cabrón mentiroso de mi marido… no, la puñetera tarjeta Oyster que no encontraba.

–Sí, ya lo sé… No me deja en muy buen lugar, ¿no?

Y Sive sigue riéndose, pero también llora y jadea entre los sollozos que lleva horas conteniendo y que irrumpen a través de la tensión que siente en el pecho y la garganta. Llora por todo: por Faye, por Aaron, por su familia… Por la absoluta futilidad de esa búsqueda imposible. Las lágrimas le caen por el rostro, descontroladas e imparables. Nunca en toda su vida ha estado tan sola.

Hasta que, de pronto, ya no lo está. De pronto, nota unos brazos a su alrededor.

–Sive. Sive, no pasa nada. Estoy aquí.

Y Jude la está abrazando, estrechándole la espalda con los brazos. El consuelo de la amabilidad humana hace que se sienta mejor y que, al mismo tiempo, llore con más ganas.

Se quedan así, en la estación, mientras los viajeros las esquivan, hasta que los llantos de Sive empiezan a remitir.

–¿Mejor? –le pregunta Jude con voz suave después de un rato.

Ella asiente con la cabeza enterrada en su hombro y después se aparta mientras se enjuga los ojos.

–Dios, soy un puñetero desastre.

–Basta. Tu hija está desaparecida y estás buscándola, haciendo todo lo que se puede hacer.

Sive exhala e intenta calmarse.

–Vamos a seguir intentando encontrar a Faye. –Una pausa–. Y, Jude, haz el maldito artículo. Envíalo. Toda la cobertura que reciba la historia nos sirve de ayuda y, si no lo envías, tan solo vas a conseguir que tu editora se enfade.–No, de verdad, no pasa nada. Lo superará.

–¿Está escrito y listo para enviar? –Jude asiente–. Entonces envíalo. Todo ayuda. Además, sé lo que es intentar hacerse un nombre en el mundo del periodismo. Llevas todo el día ayudándome; deja que yo tenga este pequeño detalle contigo.

La otra parece sorprendida y conmovida.

–¿Por qué harías esto por mí cuando he estado a punto de hacerlo a tus espaldas?

–Pero no lo has hecho. No lo has hecho a mis espaldas. Y, después de lo que acabo de descubrir sobre Aaron, eso es muy importante para mí.

–Bien, ¿adónde vamos ahora? –le pregunta Jude tras llamar y mandar un correo electrónico a su editora, que ahora está apaciguada–. ¿Volvemos a Bond Street?

Sive niega con la cabeza.

—No, tenías razón desde el principio. La búsqueda es demasiado amplia. Tenemos que pensar. Si ha sido Joost, ¿dónde la llevaría?

—Está bien, vamos a darle vueltas. ¿Aquí? ¿O en el hotel? Ella asiente.

—En el hotel. Tengo que ver cómo están Bea y Toby.

—De acuerdo. Yo le preguntaré a Hawthorn si tienen alguna novedad. ¿Qué me dices de Aaron? —Con un gesto, vuelve a señalar en dirección a la calle. Aaron sigue allí, consciente de que es mejor no seguir a su esposa cuando está así de enfadada—. ¿Le cuento el plan?

—Sabe cuál es el plan. Gira en torno a encontrar a Joost.

Jude asiente y Sive recoge su bolso. Entonces, juntas, bajan al metro.

En el hotel es como si fuera el día de la marmota. Bea corre a sus brazos y ella le entierra el rostro en el pelo. Son casi las ocho de la tarde y, en circunstancias normales, la pequeña ya estaría durmiendo, pero estas no son circunstancias normales. Toby está en brazos de Scott, sentado en el sillón que hay junto a la ventana. La televisión está encendida y en ella se reproduce *Bluey*, otra de las series de dibujos animados favoritos de su hija pequeña.

—Esto se te da bien —le dice a Scott mientras consigue dedicarle una sonrisa acuosa—. Gracias.

—No es nada, de verdad. Si puedo hacer cualquier otra cosa… El día de hoy me ha hecho poner las cosas en perspectiva. Puede que mis hijos estén en Florida, pero al menos están…

Se interrumpe. De pronto, parece emocionado.

En este momento, Sive se siente más agradecida con él de lo que se ha sentido con nadie en toda su vida y le perdona todas las mofas pasadas, presentes y futuras. Esa idea hace que los ojos vuelvan a llenársele de lágrimas y, si no fuera porque tal vez despertaría al bebé, lo abrazaría en ese mismo instante.

Scott carraspea.

–Entiendo que no hay novedades, ¿verdad? –pregunta mientras, con cuidado, se cambia a Toby de un brazo al otro.

Sive niega con la cabeza mientras se rodea el cuerpo con los brazos para intentar entrar en calor, a pesar de que no hace frío en la habitación del hotel.

–Nada… Dame a Toby para que puedas tomarte un respiro.

–Está bien aquí y yo también. Además, Nita me está ayudando –añade mientras señala la puerta de la habitación de las niñas con un gesto de la cabeza–. Está en el baño, arreglándose el maquillaje.

Justo en ese momento, la puerta se abre y Nita entra en la salita del hotel con un frufrú, neceser de maquillaje en mano. Se queda boquiabierta cuando ve a Sive.

–Sive, Dios mío. –Se abalanza hacia sus brazos–. ¿Cómo te encuentras? He pasado fuera toda la tarde, buscando por todas partes. Kilómetros y kilómetros, pero nada… –Sacude la cabeza–. Pero tengo a todas mis chicas de Insta centradas en el caso, a todo el mundo. Eso son cincuenta mil pares de ojos.

–Pensaba que tenías 46.000 seguidores –dice Scott con sarcasmo.

Nita lo mira de reojo.

–Bueno, ya sabes cómo son las cosas. He ganado unos pocos mientras retransmitía en directo la búsqueda. Todos quieren ayudar. –La mujer se gira hacia Jude–. ¡Hola de nuevo! Sigues conservando mi tarjeta, ¿verdad?

La periodista asiente y, en ese momento, Scott la mira, curioso sin duda por saber quién es. Sive se lo explica.

–¿Maggie va a venir? –pregunta él.

–No. Dice que se ha marchado antes para comprobar algo. Después me ha llamado y… –Sive se detiene. No va a entrar en eso ahora. No hay necesidad de que Scott sepa lo que Aaron le hizo a Joost–. En realidad, no sé dónde está ahora. Cuando he hablado con ella, le he pasado el teléfono a Jude.

Se gira hacia la periodista, que, como siempre, está sentada en el sofá, teléfono en mano.

—Ha sido un poco críptica. Me ha dicho que todavía estaba comprobando algunas cosas. Y también me ha dicho algo así como que «todo el mundo miente». Es lo mismo que me había dicho antes.

Sive la mira con los labios fruncidos para indicarle que no diga nada sobre el hecho de que Aaron había ocultado pruebas en un caso. Jude asiente levemente y ella se gira de nuevo hacia Scott y Nita.

—Hay una posibilidad de que la persona que ha secuestrado a Faye sea Joost, mi expareja. Es el padre biológico de Faye. Ha regresado tras estar fuera una temporada y es… es posible que se haya dado cuenta de que tiene una hija.

Esa historia es más fácil que admitir el motivo real por el que es posible que Joost vaya a por ellos.

Nita abre los ojos como platos, pero no responde, por lo que Sive se pregunta si ya habría sospechado algo. Tal vez sus comentarios sobre la posibilidad de que Faye fuese adoptada hubiesen sido más literales de lo que había creído.

Scott se queda boquiabierto y su sorpresa es genuina.

—¿Aaron no es…? ¿Por qué no nos lo ha contado nunca? Eso… ¿Y quién es el tal Joost?

Sive niega con la cabeza.

—Os lo explicaré en otro momento. —Entonces ve la gorra de Dave sobre la mesita de café—. ¿Ha salido Dave a proseguir la búsqueda?

Scott asiente.

—Sí. Le he ofrecido que nos intercambiáramos, pero ya conoces a Dave: prefiere desempeñar un papel más activo. —Le dedica una sonrisa irónica mientras señala con la cabeza a Toby, que sigue durmiendo en sus brazos. Después vuelve a mirarla—. Oye, estás temblando. ¿Apago el aire acondicionado? —Con cuidado de no despertar al bebé, se mueve para ponerse en pie—. Cuando ha estado aquí, Dave no dejaba de decir que hacía mucho calor, así que lo he puesto al máximo para que dejara de quejarse, pero tal vez ahora haga frío.

Ella niega con la cabeza y toma una sudadera que hay colgada del respaldo de una silla.

–Con esto será suficiente. En realidad no tengo frío; solo es el cansancio.

–No, estás temblando de verdad –dice Jude mientras se acerca a ella–. Siéntate, voy a prepararte una taza de té. –Se muestra tan práctica como siempre, pero la amabilidad de sus palabras hace que a Sive se le llenen los ojos de lágrimas–. ¿Has comido algo en todo el día?

Ella niega con la cabeza, pero es imposible que pueda comer algo.

–Un té sería estupendo. –Se sienta en el borde del sofá y se rodea el cuerpo con los brazos mientras se mece adelante y atrás. Bea trepa a su lado con un cuento ilustrado en las manos. Es uno de los que les llevó la niñera–. Tal vez debería llamar a Willow, la chica que cuidó a los niños la otra noche.

Scott enarca las cejas.

–Solo si quieres, pero que no sea por mí. Puedo quedarme toda la noche. La verdad es que no tengo ningún vuelo en toda la semana.

Sive recuerda lo que Maggie le contó anoche sobre que Scott estaba fingiendo ser piloto. ¿A quién le importa? ¿A quién le importa nada? Pero entonces piensa en lo que acaba de decir Jude, repitiendo las palabras de la otra mujer: «Todo el mundo miente». Y, si la gente miente sobre cosas insignificantes, mentirá sobre cosas importantes. Como Aaron. Mierda. La cabeza le da vueltas mientras intenta desenmarañar todo el asunto.

Jude le tiende una taza de té. Se la lleva a los labios mientras le calienta las manos. Bea se acurruca contra ella. Tiene un poco de mocos y Sive tantea el bolsillo de la sudadera en busca de un pañuelo de papel antes de recordar que la prenda no es suya y que Aaron nunca ha llevado un paquete de pañuelos en el bolsillo. En su lugar, cierra los dedos en torno a un trozo de papel y lo saca. Es un recorte de periódico doblado en dos. Lo abre y, mientras sujeta el té con una mano, se lo extiende en el regazo con la otra. Se trata de un artículo del periódico del sábado sobre el arresto de Hugh Pemberton. Recuerda la discusión que mantuvieron durante el brunch: Dave pensaba que Aaron sabía quién era Hugh Pemberton, pero él insistió en que no. Entonces, ¿por qué había recortado el artículo y se lo había guardado?

Comienza a leerlo:

EMPRESARIO ACUSADO EN UNA OPERACIÓN CONTRA UNA BANDA CRIMINAL DE EALIN

El empresario Hugh Pemberton, de setenta y tres años, arrestado a principios de semana, ha sido acusado por la Fiscalía de la Corona de seis cargos de hurto grave y una muestra de cargos extraída de una retahíla consistente en más de cuatrocientos presuntos delitos similares.

Deja de leer.

–Scott, ¿de qué iba todo ese asunto de Hugh Pemberton? Dave pensaba que Aaron lo conocía o algo así –pregunta mientras le muestra el recorte.

–Dave pensaba que había sido testigo en uno de los casos de Aaron de hace años, pero Aaron dice que nunca ha oído hablar de él.

Sive cierra los ojos y rememora la conversación. El intercambio entre Dave y Aaron. Aaron dándole la vuelta al teléfono y frunciendo el ceño antes de decirles que tenía que devolver las llamadas. Su irritación ante el doble rasero de su marido.

Si nunca había oído hablar de Hugh Pemberton, ¿por qué tiene ese artículo en el bolsillo de la sudadera? El sábado por la mañana, durante el *brunch*, ¿de verdad devolvió una llamada o más bien hizo una llamada relacionada con Hugh Pemberton?

Jude, tan competente como siempre, está muy a mano.

–¿Quieres que investigue un poco a Pemberton?

Ella niega con la cabeza.

–Creo que tenemos que priorizar a Joost y descubrir dónde podría estar o cuál podría ser su nuevo nombre.

–Está bien… La verdad es que tengo una idea. Me has dicho que habría escogido un nombre relacionado con el suyo, pero más sencillo para pasar desapercibido. Si no me equivoco, *witte* es la palabra neerlandesa para *white*… Un segundo –masculla Jude para sí misma mientras teclea algo en el teléfono.

Scott les muestra el suyo.

–Dave acaba de mandarme un mensaje. Aaron y él han quedado para continuar la búsqueda juntos. Han…

–Lo he encontrado. Ha adaptado su nombre al inglés –lo interrumpe la periodista–. *Witte* es 'blanco' en neerlandés y *Joost* es un derivado de *Josef*, que es la versión holandesa de *Joseph*. Joost de Witte es ahora Joe White.

«Joe White». ¿Por qué le resulta familiar? Sive cierra los ojos y echa la vista atrás. Joe White. Un nombre. Un póster. Un póster en una estación de metro. Esa mañana, en Bond Street. Joe White, orador motivacional. «¡Encuentra tu nueva versión!», en enormes letras amarillas.

«Oh…».

–Ay, Dios mío.

–¿Qué ocurre?

–Joost está en Londres. Ahora mismo. Da una conferencia en el Royal Victoria Dock.

Capítulo 56

Sive telefonea de inmediato a Hawthorn, quien vuelve a llamarla apenas unos minutos después para preguntarle más cosas sobre la relación y cómo terminó o si Joost es peligroso.

«¿Es peligroso?».

Mató a un hombre, pero Sive no está segura de que lo sea.

«¿Ni siquiera para el hombre que le robó seis años de vida?».

La agente le explica que han conseguido el nombre de su alojamiento, un hotel cercano al Royal Victoria Dock, y que ya hay agentes de camino. Ella le pregunta si debería ir también, pero le dice que no, que se quede donde está, ya que podría tratarse de otro callejón sin salida. Sive, que ya se está levantando del sofá, le pide la dirección de todos modos, pero la policía se niega en rotundo y le dice que se pondrá en contacto con ella si hay alguna novedad.

Cuando cuelga la llamada, Jude sigue con el teléfono, investigando. Bea está acurrucada contra ella, que sigue teniendo sobre el regazo el artículo relacionado con Pemberton. Ya no importa, pero ¿por qué fingiría Aaron no saber quién era aquel hombre? O tal vez no lo conociera de verdad y tan solo estuviese sacando conclusiones precipitadas y dudando de su marido respecto a cualquier cosa tras haber descubierto lo que le había hecho a Joost.

—¿Dónde han ido Aaron y Dave a buscar? —le pregunta a Scott.

—A los Docklands.

El estómago le da un vuelco.

–¿Por qué?

–Supongo que es otro sitio más en el que intentarlo. Debe de ser imposible saber por dónde empezar.

–¿Cerca del Royal Victoria Dock?

–Puede ser… En cualquier caso, en algún lugar de la zona este de Londres. ¿Por qué lo preguntas?

Sive niega con la cabeza. La Policía sabe que Joost se aloja en un hotel cercano al Royal Victoria Dock, pero Aaron no puede saberlo. A menos que…

–Scott, ¿Dave puede buscar a gente en el trabajo? El otro día mencionó a un colega que había estado comprobando antecedentes penales sin autorización. ¿Puede hacerlo? ¿Puede buscar información confidencial?

–Sí. Básicamente, puede buscar cualquier cosa. De hecho, tiene que hacerlo para poder investigar a los aspirantes a policías. Bueno, se supone que no debe comprobar nada que no esté vinculado con el trabajo, ya que, si le hicieran una auditoría, tendría que dar muchas explicaciones.

Sin embargo, piensa que, por algo como eso, tal vez Dave hubiese estado dispuesto a saltarse las normas.

–Aunque ya conocemos su nombre actual, no encuentro gran cosa sobre Joost. ¿Quieres que siga buscando? –le pregunta Jude mientras le muestra el teléfono.

Sive toca el artículo de periódico.

–Tal vez tus colegas de Irlanda puedan ayudarnos a encontrar algo de información sobre el tal Pemberton. –Toma aire de forma entrecortada–. En concreto, cualquier vínculo entre Hugh Pemberton y Aaron Sullivan. –Se mira el reloj–. ¿O es demasiado tarde para pedírselo?

–Son compañeros –contesta la periodista–. Nunca es demasiado tarde –añade mientras se dirige al dormitorio principal para hacer las llamadas.

A Sive le suena el teléfono y Bea, que estaba empezando a quedarse dormida junto a ella, se despierta sobresaltada. Es

Hawthorn. Con una sensación borrosa de pánico, toquetea el botón para contestar la llamada.

—Joost no está aquí —dice la agente antes de que ella pueda preguntarle nada—. Es el hotel correcto y se ha registrado bajo el nombre «Joe White», pero ha salido esta mañana a las siete de la mañana, todavía no ha regresado y la habitación está vacía. Estamos en contacto con los organizadores de la conferencia para ver si pueden ayudarnos. Volveré a llamarla en cuanto sepa algo. Aguarde.

«Aguarde». Sive cierra los ojos, estrecha a Bea y reza.

Cuando Jude vuelve a entrar en la salita, tiene el rostro pálido.

—¿Qué ocurre?

—Hemos investigado a Hugh Pemberton y cualquier relación con Aaron. Resulta que Hugh Pemberton tiene vínculos con un criminal de carrera londinense. Pemberton era la cara visible de la parte más limpia del negocio. O, al menos, hasta que lo arrestaron la semana pasada. Algunos periódicos están esperando para informar al respecto y otros lo están haciendo con menciones mal disimuladas.

—De acuerdo. ¿Y qué tiene todo esto que ver con Aaron?

—El nombre del otro hombre, del criminal de carrera, es Michael Rosco.

Sive se queda helada.

«Cómo no...».

Scott suelta un suspiro audible.

—Entonces, ¿ya sabéis el resto? —pregunta Jude mientras pasa la vista entre ellos—. ¿Ya sabéis que, hace quince años, se vio a Rosco cerca de la casa de tu marido la noche de un incendio doméstico que resultó fatal?

—Sí. —Sive asiente mientras mira a Nita—. Fue la noche que murió Yasmin.

Capítulo 57

Quince años antes
The Three Barrels

Aaron miró su reloj. Nita llegaba tarde. Otra vez. Siempre llegaba demasiado tarde y no estaba seguro de si lo hacía de forma premeditada para que tuviera que esperarla o si tan solo valoraba su tiempo más que el de los demás. Probablemente se tratase un poco de ambas cosas. A pesar de la llovizna que estaba cayendo y de que aún faltaba mucho para cobrar la nómina, el pub estaba atestado aquella noche de martes. Aunque Londres estaba atestado siempre, todos los días de la semana. Aaron le dio un trago a su pinta y abrió el periódico.

–¡Lo siento mucho!
Nita llegó veinte minutos después, le dio un beso en los labios y se sentó junto a él en un taburete pequeño más apropiado para su constitución menuda que para el metro noventa que medía él. Aaron le dio un golpecito al reloj.
–Me he despistado con el trabajo. Ya sabes cómo son las cosas. Por cierto, he visto tu publicación, lo que me ha resultado un poco confuso. ¿Desde cuándo tienes Facebook y por qué has subido una foto tuya y de mi hermana en el Rooftop Bar cuando es evidente que estás aquí conmigo?
Aaron le explicó el plan para detener al acosador. Nita no pareció muy convencida.
–¿De verdad crees que un acosador estará cotilleando su muro de Facebook?

—Todas las semanas hay anuncios de la Policía en los que se advierte a la gente de que no suba información personal a Facebook, que los ladrones lo usan incluso para cometer robos cuando la gente sube fotografías de sus vacaciones.

—Ay, por el amor de Dios, como si los criminales supieran cómo utilizar las redes sociales... En cualquier caso, no he creído ni por un segundo que de verdad haya un acosador. Tan solo es un intento de Yasmin por llamar la atención.

Aaron hizo una mueca mientras bebía un trago de cerveza. Cuando estaban juntos, Nita nunca evitaba mencionar y menospreciar a Yasmin. A él no le gustaba nada que lo hiciera. Era mucho más fácil fingir que no estaba engañando a su prometida cuando no hablaban de ella. Sin embargo, Nita lo trataba como un juego. Para ella, que la persona con la que estaba saliendo fuese la pareja de su hermana tan solo hacía que fuese más divertido. En su caso, había empezado a preguntarse en qué había estado pensando. En realidad, se trataba precisamente de que no había pensado. Nita coqueteaba, siempre lo había hecho, y a Aaron eso le gustaba. Y, en los últimos meses, cada vez le había recordado más y más a la Yasmin divertida, a la forma de ser de su hermana antes de que hubiera empezado a obsesionarse con ese acosador que creía que la estaba vigilando. En realidad se trataba de eso: Nita era la versión de Yasmin con la que le gustaba pasar el tiempo antes. Todavía le gustaba. Si pudieran pasar página con respecto al puñetero acosador... Tal vez lo consiguieran esa noche. Tal vez dejara de preocuparse cuando se diera cuenta de que nadie había reaccionado a su «trampa» de Facebook. Dejó la vista fija en su pinta mientras Nita divagaba sobre un programa de televisión en el que las protagonistas eran amas de casa. ¿A quién estaba intentando engañar? Aquel intento de atrapar al acosador no iba a aliviar el miedo de Yasmin. En todo caso, lo alimentaría. Suspiró mientras se preguntaba cómo desembarazarse de todo aquel asunto.

Una hora y dos copas más tarde, comprobó la hora en el reloj y le dijo a Nita que debían ponerse en marcha hacia el Rooftop Bar.

—¿Por qué? Me queda muy a desmano y yo estoy bien aquí.

—Porque ese es el plan —le explicó—. He compartido la fotografía y ahora tengo que ir allí para comprobar si el tipo aparece.

Ella se rio de forma cruel.

—¿Qué tipo? No hay ningún tipo. Yasmin tan solo es una histérica.

Él levantó las manos, desesperado.

—Tal vez no exista, pero le he prometido que lo haría y tengo que cumplir.

Nita se cruzó de brazos.

—Y yo quiero quedarme aquí.

—No seas así. Se lo he prometido.

Ella entrecerró los ojos.

—Yo me quedo. Puedes quedarte conmigo o seguir con esa misión imposible y ridícula de mi hermana. —Se sacó una polvera del bolso para contemplar su reflejo—. Tú decides —añadió sin apartar la vista del espejo.

Aaron sabía lo que le estaba diciendo en realidad. Apartó el taburete, se puso en pie y entonces, sin mediar palabra, salió del local, dejando atrás a una Nita boquiabierta.

Aceleró el paso cuando se dio cuenta de lo tarde que era. Si había la más mínima posibilidad de que aquel tipo existiera, ya debería estar en el Rooftop Bar para echar un vistazo. Visualizó a Yasmin en casa, nerviosa y sola, escondiéndose tras las cortinas. Lo invadió la culpa, teñida con un toque de irritación. Cuando le sonó la Blackberry, supuso que sería ella, así que se preparó para mentir y decir que ya estaba allí, en el local, tal como había prometido. Sin embargo, no era Yasmin. Era Hugh Pemberton. Aquella fue la llamada que lo cambió todo.

Capítulo 58

Sive está intentando llamar a Aaron y Scott está intentando hacer lo mismo con Dave, pero ninguno de los dos responde. Sive suelta un suspiro de frustración. Ahora que saben con seguridad que Joost no está en el hotel, no tiene sentido ir al Royal Victoria Dock, si es que es eso lo que están haciendo. Pero, más que nada, quiere saber qué es lo que Aaron le está ocultando; por qué fingió que nunca había oído hablar de Pemberton y, aun así, llevaba un recorte de un artículo sobre él en el bolsillo de la sudadera; si sabe algo o no sobre el vínculo entre Pemberton, Rosco y el incendio, y por qué, si existe la más mínima posibilidad de que todo eso esté relacionado con Faye, le ha estado mintiendo.

Jude sigue pegada al teléfono, investigando, buscando cosas en Google, haciendo llamadas y tomando notas. Mientras Sive la observa, el gesto le cambia y alza la vista.

—Acabo de encontrar una grabación de la charla de Joost… Quiero decir, de la charla de Joe White. La han retransmitido en directo esta mañana. A las nueve. —Hace una pausa, como si estuviera esperando a que Sive comprenda lo que quiere decir—. Sive, es imposible que haya secuestrado a Faye. Cuando tu hija se ha subido al tren, él estaba en el centro de convenciones, esperando para dar su charla.

—No.

—A menos que sea Superman, es imposible que haya llegado de la estación de Bond Street al escenario en menos de treinta minutos. Sobre todo si iba cargando con una niña de seis años. Voy a comprobarlo en Google Maps ahora mismo. Un momento… –Baja la vista y después vuelve a alzarla–. No, imposible.

Sive entierra el rostro entre las manos.

–Muy bien, ya hemos perdido mucho tiempo –dice Jude de forma abrupta–. Voy a retomar la línea de Pemberton. ¿Has leído este artículo sobre Rosco y el hecho de que utilizaba los incendios provocados como forma de intimidar a la gente? –Le muestra el teléfono. Ella niega con la cabeza y la periodista frunce los labios–. Imagino que es muy probable que Rosco causara el incendio de hace quince años y que tuviese algo que ver con Hugh Pemberton. –Una pausa–. Y con Aaron.

–Pero ¿qué hay del acosador de Yasmin? –pregunta ella.

Tal vez porque cree de verdad que la joven tenía un acosador que le prendió fuego a la casa o tal vez porque necesita distanciarse de la idea de que todo aquello tenga algo que ver con su marido.

–¿Acosador? –Jude parece confundida y Scott le da los detalles–. ¿Me estás diciendo que crees que el acosador de Yasmin ha vuelto a aparecer y tiene algo que ver con la desaparición de Faye? –pregunta.

Sive levanta las manos, desesperada, y, al hacerlo, empuja a Bea sin querer.

–No lo sé, pero hemos descartado la posibilidad de que esté relacionada con el caso de Brosnan de Aaron y parece que no ha sido Joost. Además, teniendo en cuenta esto… –Sostiene en alto el recorte de periódico–. Empiezo a pensar que tiene que haber algún tipo de vínculo con lo que le ocurrió a Yasmin en el pasado. –Mira a Nita, que se ha puesto pálida–. Que alguien ha vuelto para acabar lo que empezó. Tal vez el objetivo fuese Aaron desde el principio.

Bea se baja del sofá mientras se frota los ojos. Se acerca a la mesita de café y toma su vasito para bebés para dar un sorbo.

Después lo vuelve a dejar junto a la gorra de Dave y esboza una amplia sonrisa. Señala la gorra y el dibujo del logo de la Policía que lleva en la parte frontal.

—¡Polis y cacos! —dice con deleite—. ¡Gorra poli!

Capítulo 59

20:35 h

La habitación se queda en silencio. El tiempo se detiene. Jude parece confundida. Scott parece conmocionado. Nita está blanca como un fantasma. Bea parece encantada y se pone la gorra de Dave en la cabeza.

—Soy poli.

Sive se acuclilla frente a su hija y le quita la gorra con cuidado antes de señalar el logo de la Policía.

—¿«Polis y cacos»? —Bea asiente y se la quita para volver a ponérsela en la cabeza. Sive apoya una mano en el suelo para mantener el equilibrio—. Cielo santo...

—¡Sive! ¿Qué ocurre? —pregunta Jude, que se ha puesto en pie.

—Quiere decir... lo que quiere decir es que es como la gorra que lleva su personaje favorito de dibujos animados, Chase. —Se sienta en el suelo, pues necesita desesperadamente la pequeña estabilidad que le ofrece—. Chase es un perrito en una serie de televisión que se llama *La Patrulla Canina*. En una ocasión, cuando su hermana quería jugar a polis y cacos con ella, le dijo que era como ser los personajes de esa serie, así que ahora Bea la llama así a veces. El perrito lleva lo que parece una gorra de policía.

Habla con lentitud. De forma mecánica. Y, aun así, es consciente de que no se está explicando demasiado bien.

Scott intenta ayudarla.

—En la serie, ese perrito es un agente de Policía. Y sí, la gorra que le regalamos a Dave se parece un poco a la que lleva. Mierda. Pensaba que Bea se refería a su mochila. Dios mío, esto es culpa mía. –Sive niega con la cabeza, pero no es capaz de pensar con claridad. El hombre sigue hablando–: Ha señalado la televisión mientras decía «¡Polis y cacos!» y me he dado cuenta de que se refería a la serie y no a que alguien hubiese estado persiguiendo a Faye, como en el juego. Así que se lo he contado a Aaron y hemos pensado que Bea se refería a su mochila de *La Patrulla Canina*. Ay, Dios. Sive... ¿Qué ocurre? ¿Qué significa todo esto?

Sive estira el brazo hacia la mesita de café, aturdida, y tantea en busca de su móvil. Cuando lo encuentra, se lo acerca. Empieza a pasar las fotos del teleférico, del taxi fluvial y de la Torre de Londres y se detiene cuando encuentra la fotografía del viernes: la del hotel, la que sacó del grupo al principio, antes de que le regalaran la gorra a Dave. Hace zoom y gira la pantalla hacia su hija.

–Bea, cariño, este es Dave, ¿verdad? –Señala la imagen y Bea asiente–. ¿Estaba Dave en el tren con Faye?

Otro asentimiento.

«Ay, Dios».

Capítulo 60

20:39 h

Sive llama a Hawthorn y mantiene la calma todo lo que puede para contarle la historia. Entonces intenta llamar a Aaron. Jude intenta llamar a Maggie. Scott lo intenta con Dave, aunque todos coinciden en que no le mencionará lo que acaban de descubrir. Nadie contesta.

¿Por qué iba a secuestrar Dave a Faye? No tiene sentido. ¿Se ha cansado de tantos años de ser el blanco de todas las bromas o de ser el «policía de pega» mientras los demás merodean por oficinas de cristal con salarios de siete cifras? ¿O es que ha sufrido algún tipo de crisis nerviosa? Recuerda lo que Maggie le contó sobre su madre. ¿Por qué fingió que la mujer no estaba muerta? Intenta llamar a Maggie ella misma, pero no contesta. ¿Debería ir a Clarinda Gardens? Faye podría estar allí, en el apartamento de Dave, en ese mismo instante. Hawthorn ha enviado a agentes a la dirección del hombre y está intentando contactar con Aaron por teléfono. ¿Acaso su marido ha adivinado algo y por eso ha quedado con Dave? ¿Está todo relacionado de algún modo con Pemberton?

Se obliga a poner en orden sus pensamientos mientras se calza las deportivas y mete el móvil en el bolso. Se obliga a rememorar el día. La desaparición de Faye. La llamada de la mujer. El vídeo con la confesión que Aaron ha hecho bajo coerción. El viaje en vano hasta Leytonstone. La confesión del ayudante personal de su marido. El recorte de periódico sobre

Pemberton. Mete la mano en el bolsillo de la sudadera, como si eso fuera a proporcionarle más información. No hay más recortes, pero sí encuentra una caja de caramelos de menta. Vuelve a mirar la prenda. Una sudadera de cremallera sencilla y azul marino, como muchas otras.

–Scott. –Este alza la vista–. ¿De quién es esta sudadera? Estaba en el respaldo de una silla.

Él se rasca la cabeza.

–Creo que es de Dave. Antes se estaba quejando de que tenía mucho calor y se la ha quitado.

De Dave. Así que fue Dave el que recortó y se guardó el artículo sobre Pemberton. Y ha sido Dave el que ha secuestrado a Faye. Vuelve a repasar todo el día. Algo empieza a asomarle a la mente, pero se le escapa. Algo relacionado con el vídeo. Con Aaron. Con Pemberton. Con Dave.

Rememora el vídeo, la confesión de Aaron. ¿Y si Garvin ha dicho la verdad? ¿Y si es cierto que Aaron ha ganado casos a base de extorsionar a los testigos? Dave dijo que Pemberton había sido testigo en uno de los casos antiguos de su marido, pero él lo negó. ¿Podría haber extorsionado a Pemberton para que retirara una declaración o mintiera en el estrado?

–Scott, antes has dicho que Dave puede buscar información sobre la gente.

–Sí.

–¿Podría haber ayudado a Aaron con sus casos y haber comprobado cosas para él? Me refiero a consultar los antecedentes penales de los testigos de la acusación y cosas por el estilo.

–Sin duda… Aunque eso sigue sin explicar por qué habría secuestrado a Faye.

–Tenemos que ir a su apartamento. –La voz le tiembla y se esfuerza por controlarla–. La Policía ya está en camino, pero, si Faye está allí, quiero estar yo también.

«Ay, Dios, por favor, que esté allí».

–Scott, Nita, ¿os parece bien quedaros aquí?

Scott asiente. Nita tiene los ojos vidriosos y parece sumida en un trance. Sin duda, se estará preguntando si al fin va a descubrir lo que le ocurrió a su hermana.

–¿Puedes seguir intentando llamar a Dave? –le pregunta a Scott–. Pero no le digas nada sobre lo que acabamos de descubrir.

–Por supuesto.

Todavía parece conmocionado.

–Seguiré intentando hablar con Aaron. Tengo que asegurarme de que sepa que Dave podría ser peligroso. Y que... es el único que sabe dónde está Faye.

Capítulo 61

Quince años antes
Fuera del Rooftop Bar

Aaron se debatía entre responder o no a la llamada de Hugh Pemberton. Llevaba días con la corazonada de que haberse involucrado con aquel tipo había sido un error. Al principio, le había parecido un blanco fácil. Rico. Bien hablado. Muy respetado. Una esposa adinerada y tres hijas adolescentes que se horrorizarían si se descubría que Hugh Pemberton aparecía en el registro de delincuentes sexuales.

Dave, bendito sea, creía que Pemberton era uno de los testigos de la acusación contra un cliente al que Aaron defendía. Le había encantado poder entregarle la información sobre el hombre. «Bájale un poquito los humos», le había dicho. No había nada que le gustara más que fastidiar a la gente. Sobre todo a los hombres ricos, bien hablados y muy respetados. Aaron también lo disfrutaba, pero no por los mismos motivos. Para él, todo giraba en torno al dinero. Además, si aquellas personas no hubieran quebrantado la ley para empezar, no habrían acabado entregándole miles de libras en efectivo a Aaron Sullivan.

Sin embargo, Pemberton no era como los demás. Cuando Aaron lo había abordado en su club, no pareció preocupado. La mayoría de sus objetivos cedían y pagaban enseguida. Sobre todo porque él les prometía solemnemente que sería un único pago y siempre mantenía su palabra. Sabía que aquel tipo de negocio se iba al traste cuando la gente empezaba a pedir una y otra vez. Nadie quería tener que pagar a per-

327

petuidad. Y Aaron no quería empujar a nadie al punto de tener reacciones extremas. Así que mantenía su palabra. Un pago y nada más.

Pero Hugh Pemberton se había limitado a escuchalo antes de decirle: «Ya me pondré en contacto contigo». ¿Pemberton iba a ser el que se pusiera en contacto con él? Había sido Aaron el que se había acercado a él y le había dicho cómo y cuándo pagarle. Algo de toda aquella interacción le había resultado inquietante. Después no había sabido nada de él en cinco días. Y en ese momento lo estaba llamando. Aaron se debatió durante otro momento antes de contestar:

–Señor Pemberton, ¿ya está listo para pagar?

–¿Dónde se encuentra ahora mismo, señor Sullivan?

–¿Disculpe?

–Es una pregunta muy sencilla. ¿Dónde se encuentra?

–Estoy en la puerta del Rooftop Bar, pero esta no es la noche de su pago. Tenemos que organizar…

–El Rooftop Bar. Eso pensaba.

Entonces colgó la llamada.

Aaron se quedó en la esquina de la calle, contemplando el teléfono. ¿De qué había ido todo eso? ¿Para qué quería saber Pemberton dónde estaba? Miró la entrada del edificio, cuya azotea albergaba el Rooftop Bar. Sintió otra corazonada. De pronto, no quería subir hasta allí arriba. Pemberton había sido un error. No sabía muy bien por qué, pero sabía que quería mantenerse alejado de él. Se dio la vuelta y se marchó.

Treinta minutos después, dobló la esquina de Haddington Street, sumido en sus pensamientos. Solo en ese momento se percató del sonido de las sirenas. Fue entonces cuando vio el destello de las luces azules y el ardor de las llamas naranjas. Y también fue en ese momento en el que se dio cuenta de por qué Pemberton había querido saber dónde se encontraba:

para asegurarse de que tanto él como Yasmin estaban fuera de casa, tal como mostraba la foto de Facebook. Se suponía que las advertencias no debían matar a nadie. Pero Yasmin no estaba en el Rooftop Bar. Yasmin estaba en casa. Aaron echó a correr.

Capítulo 62

Lunes, 21:00 h

Sive se aferra al cinturón de seguridad, no porque el taxi vaya rápido, sino porque necesita aferrarse a algo. Junto a ella, Jude está tecleando y revisando cosas en su móvil.

Cuando se han subido al vehículo, Sive era incapaz de decir dos palabras seguidas, así que la periodista se ha hecho cargo y le ha explicado al conductor que era una urgencia y que necesitaban llegar a Clarinda Gardens lo antes posible. Sin embargo, a pesar de la hora de la noche que es, hay tráfico.

La Policía está en camino. Lo más probable es que estén allí. Son las personas adecuadas para rescatar a Faye.

«Todo va a salir bien», se repite Sive una y otra vez.

Además, Dave no es peligroso; no le haría daño a su hija. No se lo haría, ¿verdad?

Vuelve a intentar llamar a Aaron, pero sigue sin recibir respuesta. Se desploma sobre el asiento y suelta un suspiro agotado y tembloroso. Jude la mira, estira el brazo para tomarle la mano y se la estrecha. No se la suelta.

—No consigo contactar con Aaron —dice Sive—. Está con Dave en alguna parte y no tiene ni idea de que ha sido él el que la ha secuestrado.

—¿Sabes dónde están?

—Scott ha dicho que en algún lugar de los Docklands, así que he pensado que tenía algo que ver con Joost, pero, Dios, nada de todo esto tiene que ver con él. No puedo…

La voz se le va apagando. No puede lidiar con nada.

—He vuelto a intentar hablar con Maggie —comenta Jude—. No sé por qué no contesta. Empiezo a preocuparme.

Sive se gira hacia ella.

—¿Qué es lo que te ha dicho cuando te he pasado el teléfono en Oxford Circus?

—Ha dicho: «Todo el mundo miente». Ya me lo había dicho antes, mientras estabais en Leytonstone, pero me lo ha vuelto a decir al hablar por teléfono.

—¿Crees que ha averiguado que ha sido Dave?

—Tal vez...

—¿Te ha dicho alguna otra cosa?

—No, pero creo que iba a llamar a alguien por teléfono. Ha buscado una dirección en una agenda. El nombre era algo como «Carol».

Sive niega con la cabeza.

—No sé quién es Carol. Tal vez estemos sacando conclusiones precipitadas. Tal vez solo haya vuelto a perder su teléfono.

—¿Estamos muy lejos? —le pregunta la periodista.

Ella mira Google Maps.

—Aún nos quedan quince minutos para llegar. Voy a volver a hablar con Scott para ver si ha tenido suerte a la hora de intentar contactar con Dave.

Scott contesta tras solo un tono y suena como si le faltara el aliento.

—¿Qué ocurre, Scott? ¿Están bien los niños?

—Están bien, no te preocupes.

—Dios, es evidente que algo no va bien. ¿Qué ocurre? —Silencio—. ¡Scott!

—De acuerdo... Estaba bañando a Toby y Nita estaba en la salita con Bea. Entonces alguien ha intentado entrar al dormitorio principal con una tarjeta de acceso. La cadena de la puerta estaba puesta, así que solo se ha abierto un poco.

—¡Ay, Dios mío!

—¡No pasa nada! ¡Estamos todos bien! La persona, que tenía voz de hombre, ha dicho que abriéramos la puerta y nadie saldría herido. Nita... aún no me puedo creer que lo haya hecho. Bien por ella. Ha agarrado la lámpara de la mesilla, la ha desenchufado y la ha arrojado a la puerta. Entonces ha empezado a gritar. —Suelta una carcajada suave y temblorosa—. No se puede decir que has vivido hasta que no has oído a Nita gritar. Casi me muero. Ni siquiera sé qué intentaba con lo de la lámpara, pero ha funcionado. Entre eso y los gritos, ha conseguido asustar al hombre. —Exhala de forma audible—. Sé que esto es lo último que necesitabas oír y Nita pensaba que no debíamos contártelo, pero me ha parecido que era demasiado importante como para no hacerlo…

—¿Ha sido Dave?

—No, seguro que no. Nita habría reconocido su voz. Ha dicho que la persona tenía un tono rudo, pero ya sabes cómo es: para ella, casi todo el mundo tiene un tono rudo.

—¿Hay alguna posibilidad de que haya sido alguien del personal del hotel y no se trate más que de un malentendido?

—No. La parte de «Abrid la puerta y nadie saldrá herido» echa por tierra esa teoría…

Sive está aturdida.

—¿Alguien está intentando raptar a Bea también? Dios mío… ¿Deberíamos volver?

—Sive, no voy a dejar que nadie entre aquí. Tienes mi palabra. No voy a volver a bañar a Toby. Ahora mismo Nita está con los niños en su habitación y yo me uniré a ellos en cuanto cuelgue. Vamos a permanecer los cuatro juntos. Además, ya hemos llamado a la Policía. Ve a buscar a Faye.

Bien. Cuelga la llamada. ¿Qué demonios está ocurriendo? ¿Quién acaba de intentar entrar en su habitación de hotel? ¿Por qué Aaron no contesta al teléfono? ¿Dónde demonios está Maggie?

Antes de que le dé tiempo a procesarlo todo, vuelve a sonarle el teléfono.

Hawthorn.

—¿Está allí? ¿La tienen?

–Lo siento, Sive, pero no estaba aquí. El apartamento de Clarinda Gardens está vacío.

Va a vomitar. Se esfuerza por encontrar las palabras para poder contestar a la agente, pero no puede.

Entonces le llega un mensaje. Sin colgar la llamada con Hawthorn, lo lee.

Es del teléfono de Dave.

Una ubicación.

Y nada más.

Capítulo 63

Dos días antes, sábado
The Lion

Aaron levantó una mano para saludar a Dave, que ya estaba sentado en la barra con dos pintas frente a él y la gorra nueva de béisbol en la cabeza. No quedaba claro si se estaba tomando aquel asunto con humor o si de verdad le gustaba el regalo, pero, en cualquier caso, era muy propio de él ponerse el regalo de broma que cualquier otra persona habría enterrado en el fondo del armario.

Lo cierto era que Aaron no estaba de humor para aquello. La gente siempre pensaba que los hombres estaban deseando escapar a tomarse unas pintas con los colegas a todas horas, pero a él le daba pereza. O tal vez solo le diese pereza cuando se trataba de Dave. A veces se preguntaba cómo era posible que todos ellos fueran amigos. Como grupo, podían ser muy divertidos, pero en los últimos años se había dado cuenta de que Dave, Scott y Nita no le caían tan bien. Maggie no estaba mal, aunque era un poco aburrida. Sin embargo, ya estaba allí y podía aguantar durante una hora. Se subió al taburete y le dio un trago a su vaso.

—Salud, colega. Si nos da tiempo, a la próxima invito yo.

La cerveza estaba buena. Tal vez aquello no fuese tan horrible.

—Sí, no te preocupes. Estoy pendiente de la hora. Los demás vendrán al apartamento a las ocho.

El local estaba casi vacío salvo por una pareja que ocupaba una mesa pequeña junto a la ventana y un camarero que estaba limpiando las mesas del fondo. La noche de sábado todavía no había arrancado en The Lion.

–¿Cómo te va? Está bien ponernos al día de forma individual –dijo Aaron, que, tras dos tragos más de cerveza, casi lo decía en serio.

–Bien, pero hay algo que quería preguntarte.

–Cuéntame.

Si acababa pidiéndole asesoramiento legal gratuito, se marcharía. La gente siempre pensaba que no pasaba nada por pedirle a un abogado que te asesorara en cuestiones legales de forma gratuita.

–Es sobre ese tipo, el tal Pemberton.

Aaron se quedó paralizado.

–Ajá…

–El del periódico de esta mañana, el tipo al que han arrestado. –Dave se giró sobre el taburete y lo miró directamente a los ojos–. Has dicho que nunca habías oído hablar de él, pero sé que tengo razón. Es uno de los testigos que me hiciste investigar en 2008. ¿Por qué has dicho que no sabías quién era? Llevo todo el día dándole vueltas…

Aaron negó con la cabeza.

–Creo que me estás confundiendo con algún otro amigo abogado.

A Dave se le tensó el rostro.

–Me estás haciendo luz de gas. Después de todos los años que pasé ayudándote a ganar casos, ¿ahora vas a fingir que nunca ocurrió?

Aaron le dio otro trago a la pinta. Con lentitud. Con calma. Intentando hallar una respuesta que complaciera a su amigo. Dave siguió hablando:

–Tengo notas. Tomé notas de todos y cada uno de los casos. Y Pemberton está ahí, con tinta negra, escrito de mi puño y letra. Así que no empeores la situación diciendo otra vez que nunca has oído hablar de él.

«Mierda».

–Por el amor de Dios, Dave. Antes no he querido hablar del

asunto con todo el grupo. ¿Por qué lo has mencionado delante de los demás? Todo eso era algo entre tú y yo.

–Pero no es nada del otro mundo. No hicimos nada malo.

Aaron se echó a reír.

–¿No crees que comprobar antecedentes penales y buscar trapos sucios para obligar a los testigos a modificar su declaración podría considerarse un poco problemático?

–Quiero decir que no hicimos nada moralmente malo. Lo hicimos por los motivos correctos. «Hay que hacer cosas que legalmente no están bien para enmendar daños morales». Esas fueron tus palabras la primera vez que lo hicimos. ¿Te acuerdas? En el caso de la mujer que apuñaló a su marido en defensa propia.

Aaron se acordaba. El marido que era un pilar de la comunidad. La esposa que había perdido los nervios. Las afirmaciones rotundas de sus amigos y conocidos: era imposible que hubiese sido agresivo con ella. Generoso, encantador, amable… No le haría daño a una mosca. La problemática era ella. Según el adinerado banquero de inversiones que vivía en la casa de al lado, tenía un temperamento terrible y estaba inventándose aquella historia del abuso para no ir a la cárcel. Pero Aaron lo sabía. Lo había oído en el tono de su voz y lo había visto en el temblor de sus manos. Había aguantado y aguantado y aguantado hasta que una noche, en medio de una pelea, había agarrado un cuchillo de cocina. Y eso había sido todo. Sin embargo, el pilar de la comunidad tenía amistades que también eran pilares de la comunidad. Declaración tras declaración afirmando que la problemática era ella, que era ella la que tenía un historial de violencia. Y, por lo que Aaron había visto, iba a ir a la cárcel. A menos que él pudiera hacer algo. Así que había empezado a hacer los deberes. Testigo a testigo. Investigando en silencio. Buscando las grietas. Pequeñas mentiras que pudieran sugerir mentiras mayores. Cualquier cosa que pudiera dañar la credibilidad de los testigos. No había conseguido nada hasta que se había acordado de Dave. Y del acceso que tenía a la información.

No le había costado demasiado convencer a su amigo. Dave siempre estaba ansioso por complacer a los demás, pero, más que nada, le gustaba ver cómo ponían a la gente en su sitio, ver a la gente poderosa derrumbarse, que alguien le recordara a los exitosos que no eran mejores que los demás. Así que, si podía ayudar a una mujer inocente a evitar la cárcel y, en el proceso, humillar a un adinerado banquero de inversiones, estaba dispuesto a hacerlo.

Había investigado un poco y, con algo más que un leve regocijo, Dave le había contado que, al parecer, al adinerado banquero de inversiones lo habían multado en dos ocasiones por pedir prostitutas. A partir de ese momento, todo había sido fácil. «Di la verdad o seremos nosotros los que le contemos la verdad a tu esposa e hijos –le había recomendado al hombre–. Cambia tu declaración. Tal vez acabes de recordar las peleas que oías por casualidad. Las veces que él le gritaba. Los moretones en las mejillas cuando ella salía a recoger la leche, agazapada y encogida, ocultándose bajo la bata».

Así que lo hizo. El vecino que se dedicaba a la banca de inversiones contó la verdad. En realidad, Aaron y Dave nunca llegaron a saber si era verdad. Tal vez nunca hubiese oído tales peleas o visto dichos moretones. Pero sí sabían que la mujer había actuado en defensa propia y, al final, habían estado de acuerdo en que el fin justificaba los medios.

Pero, dos décadas después, Dave estaba sentado en una barra mirándolo de un modo que no le gustaba en absoluto.

Suspiró, fingiendo indiferencia.

–Sí, lo hicimos por los motivos correctos, pero sabes perfectamente que, aun así, nos meteríamos en problemas. Así que tienes que olvidarte de Pemberton y de volver a hablar de este tema nunca más. Sobre todo delante de otras personas.

–La cuestión es que tomé notas de todo –dijo Dave con un nuevo tono cortante en la voz–. No solo sobre los testigos que me pediste que investigara. También de los casos, de la gente que estabas intentando evitar que fuera a la cárcel.

Pemberton iba a ser testigo de la acusación en un caso contra un tal Patrick Kavanagh.

Aaron le dio vueltas a la cerveza en el vaso.

«Mierda».

–Busqué a Patrick Kavanagh en Google para saber más sobre ese caso en el que Pemberton estaba involucrado. Resulta que Patrick Kavanagh también es el nombre de un famoso poeta irlandés, así que eso es lo primero que aparece cuando haces una búsqueda en Google y es difícil encontrar nada sobre cualquier otra persona con ese nombre. –Aaron no dijo nada–. Así que revisé mi cuaderno y busqué el resto de los nombres que me proporcionaste, al resto de las personas inocentes a las que estábamos «salvando». Brendan Behan. Eavan Boland. Patrick McGill.

Aaron se encogió para sus adentros.

«Dave y su puñetero cuaderno…».

–¿Sabes lo que tienen todos en común? Que son poetas irlandeses. Pero eso ya lo sabes, ya que fuiste tú el que me proporcionó sus nombres. «El pobre y viejo Trigger no se dará cuenta nunca». Eso fue lo que pensaste, ¿verdad?

–Dave, tan solo era… –comenzó a decir Aaron, pero no se le ocurrió nada.

–¿Tan solo era qué? ¿Un montón de casos judiciales ficticios? ¿Por qué me estabas haciendo buscar trapos sucios de toda esa gente si, en realidad, no eran testigos?

Aaron miró fijamente la barra pulida como si fuera a darle una respuesta. Tomó un posavasos y le arrancó una esquina diminuta.

–Algunos lo eran.

Incluso a él mismo le sonó hosco, a la defensiva.

–Ah, ya lo sé, créeme. Comprobé todos y cada uno de ellos. Sobre todo al principio, sí que eran reales. Pero después no. No para cuando investigué a Pemberton y descubrí que aparecía en el registro de delincuentes sexuales. Si no fue para lograr que modificara su declaración en un caso judicial, ¿para qué usaste esa información, Aaron?

A esas alturas, el posavasos estaba roto en trocitos diminutos y Aaron pasó la mano sobre la barra para amontonarlos. Aun así, no dijo nada.

De pronto, Dave le agarró la muñeca y la sorpresa de aquel contacto inesperado hizo que se sobresaltara.

—¿Cuánto te ha costado el Tag Heuer del que estuviste presumiendo la otra noche? —Aaron no contestó—. Crees que soy idiota. Tantos años proporcionándote información y creyendo que era para ayudar a gente que lo necesitaba, gente insignificante que se hundiría sin alguien que la ayudara. David frente a Goliat. Como aquella primera mujer. Y tal vez entonces fuese un idiota por creerte, pero no lo soy tanto como para no poder sumar dos más dos ahora. Los extorsionabas, ¿verdad? Tal como sugirieron Nita y Scott cuando me inventé la historia del compañero de trabajo que comprobaba antecedentes penales por motivos personales. —Él siguió guardando silencio—. Confiaba en ti. Pensaba que estábamos juntos en esto por el bien mayor.

—El bien mayor… —Aaron soltó un bufido burlón—. ¿Quién demonios te crees que eres para sermonearme? ¿De verdad me estás diciendo que nunca fuiste consciente de lo que hacíamos en realidad? ¿Sinceramente creíste que había tantísimos clientes inocentes a los que iban a juzgar? ¿Que era tan sencillo como conseguir que los testigos cambiaran sus declaraciones? ¿Que así es como gana la gente buena? —La pareja de la mesa alzó la vista y Aaron bajó la voz—: No hay gente buena. Tan solo gente lista que sabe cómo ganar en esta vida. La moral no te impidió aceptar los pagos que te hice, ¿verdad?

Dave apartó la mirada.

—Fueron pagos de agradecimiento.

—¡Ja! Intenta explicar eso a las autoridades: «Me quedé con mi parte del dinero de la extorsión como agradecimiento por investigar antecedentes penales de forma ilegal».

—No hice… Ese dinero no era…

Sin embargo, por primera vez desde que Aaron había llegado, Dave parecía haberse quedado sin palabras. Su pinta, que todavía estaba medio llena, quedó intacta sobre la barra.

–Ah, pero sí que lo era. Y hay un rastro de papeleo para cada uno de los pagos. Estás metido en esto.

–Pero no sabía que el dinero procedía de extorsiones. Pensaba que…

–Entonces eres tonto –espetó él–. Mucha suerte intentando hacer que esa historia parezca creíble. Además, no cambia nada. Quebrantaste las normas de todos modos. Aunque lo hicieras por motivos que creías que eran válidos, el resultado es el mismo y tienes que asumir tu responsabilidad.

«Como Joost», pensó, complacido ante aquella comparación tan buena. La gente tenía que aprender a asumir responsabilidades.

Entonces llegó la hora de reunirse con los demás en el apartamento de Dave y, para Aaron, aquello puso fin al asunto.

Capítulo 64

Un día después, domingo
Clarinda Gardens

Mientras Aaron y Sive intentaban sacar a sus hijas del bufé de desayuno del hotel el domingo por la mañana, Dave estaba solo en su apartamento de Clarinda Gardens. Fuera el sol brillaba. Era una mañana perfecta de agosto. Pero, en el interior, la habitación parecía gris, borrosa y sombría. A Dave le dolía la cabeza tras haber bebido demasiada cerveza la noche anterior y ni siquiera el paseo hasta la cafetería y el capuchino para llevar le habían ayudado. Los restos de la velada seguían esparcidos por el suelo: latas de cerveza, vasos manchados y el olor del vino derramado, que hacía que se le revolviera el estómago. No tenía la energía necesaria para ponerse a recoger. Se quedó sentado en el sofá con un café en la mano, el periódico en el regazo y las palabras de Aaron, crueles a la luz sobria del día, resonándole en los oídos.

«Entonces eres tonto. Mucha suerte intentando hacer que esa historia parezca creíble».

Había sido un idiota. Había confiado en él. De verdad había creído que estaban haciendo algo bueno. Aquella pobre mujer... la primera. Aaron le había mostrado un vídeo. Su voz temblorosa, sus ojos enrojecidos... Igual que su propia madre antes de que su padre se hubiera caído.

Dave había sentido la necesidad de ayudar a aquella mujer. Si hubiese ido a prisión, habría sido muchísimo peor que cualquiera de las cosas que él pudiera hacer. Una sencilla búsqueda en un ordenador de la Policía; eso era lo único que

341

había hecho falta para ayudarla. Para salvarla. Igual que había salvado a su madre de su padre: un empujoncito por las escaleras para enmendar años de abusos. «Encárgate siempre de las cosas con tus propias manos», decía ella. Solo que, en aquel caso, habían sido las manos de Dave. Él había salvado a su madre y a la mujer del vídeo de Aaron.

Aunque… tal vez no tendría que haber aceptado el dinero. Si era del todo sincero consigo mismo al echar la vista atrás, si de verdad hubiese hecho todo aquello por un bien mayor, tendría que haber rechazado el dinero. Aquella y todas las veces. Y, si era muy muy sincero, una parte pequeña y reticente de sí mismo tenía que admitir que había sido consciente de que lo que estaba haciendo Aaron no estaba bien. Pero le había resultado más fácil decirse a sí mismo que estaban haciendo el bien que enfrentarse a él y cortar el flujo de dinero. ¿Podría defenderse de aquello si sus jefes se enteraran y hubiese una investigación formal? Joder, tendría que haber sido más listo.

«Maldito idiota…».

Dio un sorbo de café y dejó la taza en la mesa. Se abrió el periódico sobre las rodillas y echó un vistazo a los titulares sobre una estrella del deporte a la que habían descubierto teniendo una aventura y un actor que había perdido peso. Hojeó las páginas hasta llegar a la sección de noticias locales y ahí estaba: otro artículo sobre Hugh Pemberton. De pronto, quiso pegarle a Aaron. Si en aquel momento hubiese estado en aquella habitación, nada le habría gustado más que darle un puñetazo tras otro en la cara de engreído. La ira que había sentido hacia sí mismo apenas un instante atrás cambió de dirección y rumbo.

«El puñetero Aaron Sullivan».

Con qué indiferencia había asegurado durante el *brunch* que nunca había oído hablar de Pemberton, haciendo que pareciera que él se equivocaba.

Escudriñó el artículo. ¿Se mencionaría algún vínculo con Aaron? Si era así, ¿lo descubrirían a él también? Probablemente. Perdería su trabajo y tendría que vender el apartamento. Dios… ¿por qué lo había hecho? Entonces sus ojos se posaron sobre dos palabras que le llamaron la atención: «Michael Rosco». Una sugerencia apenas velada de que Pemberton y Rosco trabajaban juntos. Michael Rosco, al que habían visto frente a la casa de Yasmin y Aaron la noche del fuego. Michael Rosco, conocido por provocar incendios para intimidar a sus víctimas. Víctimas, rivales y delincuentes de todo tipo. ¿Y a los extorsionadores?

Dave se puso en pie de repente, con lo que se golpeó la rodilla con la mesita y volcó la taza. El café caliente se derramó por toda la superficie y goteó al suelo, pero él no lo vio. Tan solo veía lo que había tenido delante de las narices todo aquel tiempo. Aaron había extorsionado a Pemberton, Pemberton trabajaba con Rosco y a Rosco lo habían visto cerca de casa de Yasmin la noche del incendio. Incluso Dave podía hacer esa cuenta de dos más dos.

Capítulo 65

**Quince años antes
La casa de Stratford**

Yasmin estaba en el fregadero, cubierta de espuma hasta los codos, cuando Dave entró en la cocina. Tomó un paño y una bandeja de horno enorme que nunca terminaba de estar limpia y que estaba en el escurridor. Yasmin se giró hacia él y le sonrió. Entonces sacó hacia fuera el labio inferior para resoplar y apartarse un mechón de pelo de la cara. El mechón salió volando hacia arriba y, de inmediato, volvió a caerle sobre los ojos. Podría ofrecerse a apartárselo. Podría… pero no podía, claro. Ella levantó el brazo, que chorreaba agua con jabón, y utilizó la cara interna del codo para apartarse el pelo mientras se reía. Tenía una risa preciosa. Todo en ella era precioso.

–Gracias por ayudarme. No sé qué haría sin ti, Dave.

Le dio un suave codazo en las costillas y él le devolvió la sonrisa. En ese mismo instante, Maggie entró en la cocina. Cuando lo vio, se quedó parada.

–Dave, no tienes que ayudarnos, de verdad. Podemos fregar la vajilla solos.

–No me cuesta nada.

–Creo que Carol preferiría que no utilizáramos a nuestro casero como esclavo…

–No soy vuestro casero –contestó él–. Y en cuanto a mamá… bueno, ojos que no ven, corazón que no siente.

A su madre no le preocupaba demasiado que lo utilizaran como esclavo, pero sí le había repetido una y otra vez que los dejara en paz, que les diera espacio; que recordara que eran inquilinos que les estaban pagando, no amigos; que acepta ra el dinero del alquiler y mantuviera las distancias. Los negocios eran negocios y no debía sobrepasar los límites de su posición.

—Esta noche te daré el dinero del alquiler. Solo estoy esperando a que Scott me pague su parte —dijo Maggie justo cuando Scott y Aaron entraban por la puerta trasera con olor a humo de cigarrillo.

—¿Quién menciona mi nombre en vano? —preguntó Scott.

—Tengo que pagar el alquiler esta noche —contestó Maggie mientras señalaba a Dave con un gesto de la cabeza.

—Ah, claro, no queremos que mamá se enfade —dijo Aaron mientras tomaba otro paño de cocina y le daba un golpe con él.

Dave se rio. No había sido gracioso, pero era mejor que ser ignorado.

Un fuerte grito hizo que todos se giraran hacia la puerta que comunicaba con el pasillo. Nita. Cada vez que se oían gritos en la casa de Stratford, siempre eran los de Nita.

—Santo cielo... Me apuesto algo a que es otra araña —comentó Aaron—. Ya voy yo.

Sin embargo, Nita bajó las escaleras e irrumpió en la cocina como un vendaval antes de que pudiera ir a ver qué estaba ocurriendo. Sostenía una camisa rosa claro en una mano y un calcetín de deporte rojo en la otra.

—¿Quién se ha dejado este calcetín en la lavadora? ¡Me ha destrozado la camisa! ¡Es de Moschino, por el amor de Dios! —Con los ojos centelleantes, pasó la vista entre todos ellos y, finalmente, la fijó en Dave—. Has sido tú, ¿verdad? Tú eres el que lleva este tipo de calcetines. —Alzó la prenda un poco más—. Joder, Dave. A veces eres tan idiota...

—Nita...

El tono de voz de Maggie trasladaba una advertencia. No un «Eso que acabas de decir no es nada agradable», sino un «No le grites al casero».

–Te has metido en un lío, Dave –dijo Aaron mientras le daba una palmadita en la espalda y salía a toda velocidad al jardín.

Scott lo siguió sin mediar palabra y con el paquete de cigarrillos abierto.

Maggie sacó a Nita de la cocina y la condujo hacia el salón mientras ella se quejaba sobre el coste de la camisa.

–Mierda, me siento fatal. Le compraré una nueva –le dijo Dave a Yasmin.

–Está exagerando. No es más que una camisa. Tiene cientos –contestó ella mientras le tocaba el brazo–. Eres buen tío, Dave.

Y Dave supo que nunca amaría a nadie más.

La situación estaba empeorando. Yasmin estaba aterrada y cada vez se quedaba en casa más y más por miedo a encontrarse con el acosador. Ninguno de los demás hizo nada. Aaron no parecía preocupado, Nita se mostraba desdeñosa y Scott era del todo escéptico. Maggie había visto al hombre que había seguido a casa a Yasmin la primera vez, pero ni siquiera ella parecía convencida de que alguien la estuviese vigilando todavía.

Así que todo dependía de él. En realidad, no había visto al acosador; no había visto a nadie. Pero creía a Yasmin. Si ella decía que alguien la estaba siguiendo y merodeando frente a su casa, Dave la creía. Así que, noche tras noche, vigilaba y esperaba para asegurarse de que estuviera bien. Se quedaba de pie en Haddington Road, frente a la casa que Yasmin compartía con el traidor traicionero de Aaron de tal modo que pudiera ver si alguien se acercaba. Siempre estaba en alerta máxima.

El hombre que había seguido a Yasmin aquella primera noche no había regresado, pero, si lo hacía, Dave estaría preparado. Además, sabía un par de cosas sobre la ley y el orden. Advertiría al acosador y le explicaría que era policía. No llegaría a las manos. No a menos que el hombre no le hiciera caso. De un modo u otro, iba a hacer que Yasmin estuviera a salvo.

De pie al otro lado de la calle, vigilando, podía verla junto a la ventana. Entonces vio a un hombre, que parecía haberse materializado de entre la oscuridad y que comenzó a recorrer la acera. Yasmin se apartó de la ventana, reacia a que la vieran, y a Dave se le rompió el corazón por ella. El hombre se paró un instante frente a la casa de Yasmin y Aaron. Con el vello erizado, Dave se enderezó, listo para entrar en acción. El desconocido iba vestido con ropa oscura y llevaba una gorra calada sobre el rostro. Dave dio un paso hacia la calzada, pero el hombre prosiguió hacia la siguiente casa, entró en el camino de acceso y desapareció tras un seto alto.

Dave soltó un suspiro y alzó la vista. Yasmin volvía a estar junto a la ventana, mirando y vigilando, preocupada. Quería decirle que no pasaba nada, que él estaba de servicio y, por lo tanto, estaba segura. Pero le resultaba incómodo. Estaba prometida con Aaron. Aaron, que se pasaba las noches con Nita en bares. Aaron, que no se merecía a Yasmin en absoluto. Pero Dave sabía que llegaría su momento. Tan solo debía tener paciencia. Le diría que la amaba y puede que también le contara lo que Aaron había estado haciendo a sus espaldas. Le explicaría que había estado cuidando de ella, manteniéndola a salvo; que tal vez pudieran tener un futuro juntos. No sabía si Yasmin lo amaba todavía, pero sí sabía que le caía bien. Le decía que era buen tío. Y lo era. Ese era su superpoder. Era el bueno. Ella era la única persona de la casa que lo trataba como a un amigo. Nita era desdeñosa. Maggie, formal. Aaron se burlaba de él. Scott lo ignoraba. Pero Yasmin era amable. A Yasmin le caía bien. Y, si esperaba al momento adecuado, tal vez lo acabase amando.

Fue entonces cuando vio las llamas y supo que había esperado demasiado.

Capítulo 66

Junto al río, todo está tranquilo y oscuro. Por enésima vez, Aaron se pregunta si lo que están haciendo tiene algún sentido. ¿Por qué iba a estar Faye allí? Sin embargo, sigue adelante. Porque, por muy inútil que sea la búsqueda, no buscar sería peor. Junto a él, Dave permanece callado. La gravedad de la situación ha puesto fin a su parloteo habitual.

Aaron piensa que podría llamar a Sive para preguntarle si hay alguna novedad con respecto al paradero de Joost. Saca el teléfono y, al principio, no comprende por qué no funciona la retroiluminación. Presiona el botón de encendido, pero no pasa nada. Mierda. Sacude el dispositivo como si eso fuera a hacer que se cargara.

–Maldita sea. Tal vez Sive esté intentando llamarme. O Hawthorn. ¿Puedo utilizar el tuyo? –le pregunta Dave.

Dave alza el suyo y lo sacude, imitando su gesto.

–Tengo el mismo problema, colega. Me he quedado sin batería. No he podido ponerlo a cargar desde la carrera de esta mañana. –Un suspiro–. Está siendo un día largo.

Aaron asiente de forma brusca. «Dave, el rey de las puñeteras obviedades».

Están cerca de Silvertown, en las profundidades de los Docklands, cerca del río, en una parte del este de Londres en la que Aaron no había estado jamás. El horizonte de la ciudad está salpicado de grúas, está anocheciendo y las farolas que hay junto a la orilla del río arrojan un brillo escaso. Se abren paso entre dos almacenes con el tejado a dos aguas y

Aaron se tropieza un poco con algo: una plancha de madera o un trozo de metal. Empieza a estar demasiado oscuro como para ver nada. La sensación de que todo es inútil lo asalta como una ola y, para colmo, no pueden ponerse en contacto con nadie.

–¿Por qué no has puesto a cargar el teléfono en el trabajo? –le pregunta a Dave sin poder ocultar la irritación de su tono de voz.

–Hoy no tenía que trabajar. Me pedí el día libre para la carrera y el brunch de después.

–¿Qué? ¿No has estado en el trabajo toda la mañana? Por eso no has podido ayudarnos con la búsqueda.

Durante un instante, Dave se queda en silencio. Entonces dice:

–Sí, bueno, quiero decir que me pedí el día libre, pero me han llamado para que fuera a cubrir a alguien. Se me ha olvidado cargar el teléfono mientras estaba allí.

Aaron niega con la cabeza, frustrado. Lo que dice Dave no tiene sentido, pero no importa: ninguno de los dos tiene batería en el teléfono y no pueden hacer nada al respecto.

–Mierda. Ahora ni siquiera sé qué hora es.

Dave se sube la manga para mirar el reloj.

–Pasadas las nueve.

Aaron se percata de que la correa es de un color cobrizo que le resulta familiar.

–¿Ese es el reloj de Maggie?

Un momento de silencio.

–Sí. Lo he tomado prestado.

–¿La has visto hoy? ¿Está buscando a Faye? He intentado hablar con ella antes, pero no he conseguido que me contestara a la llamada.

–No, no… En realidad, lo tomé prestado ayer. Hoy no la he visto. ¿Dices que Sive sigue en el hotel? –le pregunta Dave.

–Sí. Está con Scott, Nita y los niños. No tiene sentido que estemos todos en la calle, sobre todo a estas horas de la noche. Dios, todavía no puedo creer que esté ocurriendo esto.

—Ya… –Una pausa–. ¿Podría ser el karma?

—Perdona, ¿qué acabas de decir?

—El karma –contesta el otro hombre con sencillez–. La maldad de los padres y todo eso…

—¿Qué demonios estás farfullando?

—Estoy farfullando sobre lo que hiciste.

Al pronunciar la palabra *farfullando*, hace el signo de las comillas con los dedos.

Aaron olisquea el aire que lo rodea.

—¿Has estado bebiendo?

Él se encoge de hombros.

—Tal vez. En cualquier caso… sí, el karma es un hijo de puta.

—Dios, ya hemos hablado de esto. Comprobaste algunos antecedentes penales para mí de forma ilegal y te llevaste al bolsillo algo de dinero extra. ¿De verdad tienes que sacarlo a colación cuando mi hija está desaparecida? Supéralo.

—Pero no fue solo eso, ¿verdad? He visto otro artículo en el periódico.

Aaron nota la piel un poco más fría.

—¿Qué artículo? –pregunta, a pesar de que ya lo sabe.

El artículo del periódico del domingo. Algo parecido a lo que Sive vio el día anterior en el hotel mientras desayunaban.

—El que hablaba sobre Pemberton y sus lazos con Michael Rosco –contesta Dave con tono amistoso e indiferente–. Estabas extorsionando a Pemberton con su aparición en el registro de delincuentes sexuales, ¿verdad? Y él hizo que Rosco provocara el incendio para asustarte. –Aaron mantiene el gesto neutral y no dice nada–. Oh, el gran hombre al fin se ha quedado sin palabras. Como debe ser, colega. Rosco le prendió fuego a tu casa esa noche y Yasmin murió. Es como si tú mismo hubieses encendido la cerilla.

—Eso no es…

—Calla.

Dave levanta la mano, se la coloca a apenas un centímetro del rostro y se acerca. Es más bajito que él, pero también más robusto, así que Aaron retrocede de forma instintiva. Se resbala con algo y se tambalea un poco.

El otro hombre se ríe con suavidad.

—Ahora no estás tan hablador, ¿eh?

Él niega con la cabeza.

—Dave, esta misma mañana me has pedido disculpas por todo lo que me dijiste el sábado en el pub.

—¡Ja! Un buen resumen de cómo eres: un puñetero arrogante. No te debía ninguna disculpa. Cualquier otra persona se habría preguntado por qué me estaba disculpando cuando, en realidad, eras tú el que había hecho algo mal, el que me había estado engañando durante tantos años. Pero te tomaste la disculpa al pie de la letra. Eres la auténtica definición de un narcisista.

—Dudo que sepas siquiera lo que significa esa palabra, pero, joder, no es momento para esto. ¡Faye está desaparecida, por el amor de Dios!

Dave levanta el dedo índice.

—Ah, ah. Vamos a hablar de esto ahora mismo, Aaron. Asesinaste a Yasmin. Tus extorsiones provocaron su muerte de forma directa.

—No es tan sencillo.

—Claro que lo es. Dios, ¿cómo pudiste?

En ese momento, a Dave le tiembla la voz. Ha bajado el nivel de fanfarronería, así que Aaron aprovecha la oportunidad y, en un segundo, toma la decisión de intentar darle pena.

—Dios... —Se lleva las manos al rostro un instante en una muestra de lo que espera que parezca remordimiento—. Obviamente, si lo hubiera sabido, jamás la habría dejado sola o me habría acercado a alguien como Pemberton. Es la ley de las consecuencias imprevistas. A veces pasan cosas malas incluso cuando no pretendemos que así sea. Eso no significa que tengamos que asumir la responsabilidad. No si no había intencionalidad.

—Te he oído interpretar la supuesta ley de las consecuencias imprevistas exactamente en el sentido contrario, así que ni lo intentes.

–Está bien, pero llevo quince años viviendo con el remordimiento. Haría cualquier cosa con tal de deshacer lo que ocurrió.

–Es muy fácil decirlo ahora –dice Dave con dureza–. Pero decidiste quebrantar las leyes y Yasmin murió. La culpa es tuya.

–Ya lo sé. Y me sentí fatal, créeme. Pero nunca quise que ocurriera. ¿Acaso beneficia a alguien que siga revolcándome en la miseria? Mira, ahora no es el momento…

Dave da otro paso hacia él y Aaron detecta el olor a whisky en su aliento.

–Así que seguiste adelante como si nada –replica el otro con tono monocorde–. La casa grande, los hijos perfectos, la esposa preciosa… el dinero. –Vuelve a acercarse y se tambalea un poco–. Cabrón arrogante… Tienes las manos manchadas con su sangre. Yo la quería. ¿Lo sabías? Quería a Yasmin y tú la mataste.

Aaron da un paso atrás, confundido.

–¿La querías? ¿De qué estás hablando?

«¿Dave tuvo una aventura con Yasmin? Ni de broma».

–La quería –repite su amigo con sencillez y en voz baja–. Ella no lo sabía. La vigilaba y cuidaba de ella. Tras aquella noche en la que alguien la siguió a casa, me mantuve cerca para velar por ella. Me quedaba frente a vuestra casa para asegurarme de que estuviera a salvo cuando se quedaba sola. Cuando tú estabas demasiado ocupado para preocuparte por ella. Cuando estabas con Nita. –Da otro paso hacia él–. No la merecías.

–¿Qué demonios, Dave? ¿Tú eras el acosador?

–¡No! No era un acosador. Otra persona la siguió a casa aquella primera noche y, después de eso, yo me convertí en su centinela. Varias noches a la semana, siempre que no tenía que trabajar. Era lo mínimo que se merecía.

–Yasmin… ¿Ella era la supuesta novia de la que nos hablabas? ¿La que no era ninguna Kate Moss?

—Era más fácil contaros eso que explicar adónde iba. Y…
y para tener la oportunidad de hablar de ella. Era mi persona favorita. —Arrastra un poco las palabras, por lo que
suena como «persssonavorita»—. Y yo era su ángel de la guardia. La quería.

Aaron se lleva la mano a la boca de forma instintiva.

—Dios mío, Dave. ¡Estaba aterrada! Puedes llamarlo como
quieras, pero eras su acosador. ¿Cómo pudiste hacerle algo
así?

—¿Que cómo pude hacerle algo así? ¡Tú la mataste, joder!

Unas gotas de saliva salpican el rostro de Aaron, que se las
limpia. En ese momento, el olor del *whisky* le resulta abrumador y se le revuelve el estómago, pero no quiere seguir retrocediendo a trompicones.

—No es verdad —dice con voz tensa, manteniéndose firme.

Cielo santo, tienen que dejar de hablar de ese asunto. Faye
está desaparecida y eso es lo único que importa, pero Dave
no lo deja estar.

—Sí que la mataste. ¿Qué pensaste que iba a ocurrir cuando decidiste extorsionar a alguien como Pemberton? —Aaron
abre la boca para contestar—. No, no contestes a eso —dice el
otro, cuya voz suena triste y furiosa al mismo tiempo—. Ha
llegado mi momento de hablar. Todos estos años has estado
moviendo los hilos, diciéndome lo que tenía que pensar y
manipulándome. Ahora… te llevo ventaja.

Él se inclina hacia delante y le acerca la cara.

—¿Me llevas ventaja? ¿De verdad? Recuerda que, si le cuentas a alguien lo de Pemberton o todo lo demás, tú te hundes
conmigo. Puede acabar contigo y con tu carrera.

—Ten… ten cuidado con a quién amenazas, Aaron.

Dave vuelve a arrastrar las palabras y Aaron no está seguro
de si eso supone una ventaja para él o no. Si está borracho, ¿es
una amenaza mayor o menor?

—Dave…

—Deberías saber algo, Aaron. Tengo cierta información clave y solo yo la conozco. Y no voy a decirte qué información es o de qué trata, pero… deberías tener cuidado con a quién amenazas. O lo lamentarás.

Intenta buscarle las cosquillas con esas últimas palabras, pero, al pronunciarlas, da un pequeño tropiezo. Aaron ha oído suficiente.

–¡Cállate de una puñetera vez! ¡No vas a contarle a nadie que comprobaste antecedentes penales de forma ilegal! Estoy harto de esto. Mi hija está desaparecida y lo único que haces es hablar sin parar del puto Pemberton.

Lo empuja. Lo empuja con fuerza. Y Dave abre la estúpida boca en un gesto de sorpresa. Se le abren mucho los ojos al darse cuenta de lo que Aaron acaba de hacer. Se tambalea hacia atrás: un paso, luego otro. Ocurre todo a cámara lenta. O, al menos, a él se lo parece. Dave se cae como un saco de patatas. Un saco de patatas inútiles, estúpidas y taradas. El crujido resuena en medio de la noche tranquila cuando se golpea la cabeza con algo que Aaron no termina de distinguir en la oscuridad. Se inclina para ver cómo se encuentra su amigo. Dave está inconsciente. No consigue que responda a pesar de que le da palmadas en la cara (con suavidad al principio y, después, con más fuerza). Entonces ve el charco de líquido en el suelo. Es sangre. Lo sabe. Incluso en la oscuridad, incluso a pesar de que todo, incluyendo ese líquido, es negro, sabe que es sangre.

«Joder».

El teléfono del otro hombre está en el suelo, junto a él. La retroiluminación está encendida, la pantalla tiene una grieta y la batería está al 57 %. ¿Por qué le ha mentido? ¿Qué tenía planeado hacer? Aaron toma el dispositivo, llama al servicio de emergencias y después le manda la ubicación a Sive.

Cuando oye el sonido de un motor y se da la vuelta, descubre que no se trata de una ambulancia, sino de un coche que se está abriendo paso por la calle angosta que separa los almacenes. El vehículo se detiene y los faros delanteros lo deslumbran un instante. Entonces se abre la puerta y su mujer se acerca a él, corriendo.

–¿Está aquí? Aaron, ¿dónde está Faye?

Sive está sin aliento y las lágrimas le corren por el rostro. Él niega con la cabeza.

–No, lo siento. No está aquí.

–Dave me ha mandado una ubicación. ¿Dónde está?

–He sido yo con su teléfono. –Señala el suelo con un gesto de la cabeza–. Creo… creo que es posible que esté muerto.

–¿Qué? ¿Qué estás diciendo? ¿Dónde está Faye? Pensaba que Dave me había enviado la ubicación por eso.

–Faye no está aquí. Lo siento, no pretendo sonar tan negativo, pero…

–No lo entiendo. ¿Qué le ha ocurrido a Dave?

Aaron baja la voz:

–Me ha empujado. Yo le he devuelto el empujón. No ha sido con fuerza, pero se ha tropezado con un tablón de madera o algo así y se ha golpeado la cabeza. –Le apoya una mano en el brazo para tranquilizarla–. Todo irá bien. No te preocupes. Ha sido en defensa propia. Y no ha sido culpa mía que se golpeara la cabeza. Todo saldrá bien. Pero, cuando lleguen los servicios de emergencia, deja que hable yo, ¿de acuerdo?

–¡Aaron, Dave es el que ha secuestrado a Faye!

–¿Qué?

Aaron se queda mirándola y después baja la vista al cadáver. Niega con la cabeza. Sive se ha vuelto loca. Dave es su amigo. Más bien, era su amigo. Y era muchas cosas (irritante, aburrido, bienintencionado e ingenuo), pero no un secuestrador.

–Ha sido Dave –insiste Sive–. Bea ha reconocido… Es una larga historia, pero ha sido Dave el que la ha secuestrado. No tengo ni idea de por qué, pero ha sido él.

Aaron sabe por qué.

–Ay, Dios.

–¿Te lo ha dicho? ¿Te ha dicho dónde está antes de caerse? Porque no está en su apartamento. La Policía ha ido allí, pero está vacío. Lo único que sabemos es que ha sido él, pero no sabemos dónde la ha llevado. Cuando he visto la ubicación, he pensado que… Dios… Por favor, dime que te ha dicho algo antes de que lo empujaras.

–Eh… Ha mencionado algo sobre cierta «información clave», pero pensaba que estaba hablando de… otra cosa. No…

Alza las manos en el aire con impotencia.

–¡Aaron, es el único que sabe dónde está Faye! –Sive está gritando–. Ha raptado a nuestra hija, la ha llevado a alguna parte y ahora está muerto. Acabas de matar a nuestro único vínculo con Faye.

Capítulo 67

Jude se queda de pie junto al taxi, un poco apartada, y observa a los paramédicos apiñándose en torno al cuerpo que yace en el suelo. Está muerto. De eso no hay duda. Aaron y Sive también los están mirando, aferrándose el uno al otro y a la leve esperanza de que Dave siga con vida. Supone que tienen que hacerlo por muchas razones, pero por el lenguaje no verbal de los sanitarios es evidente: Dave ya no está. Uno de ellos está hablando con Aaron y recogiendo información sobre lo que presuntamente ha ocurrido. Por supuesto, habrá una investigación y, sin duda, la Policía estará en camino, pero, si Dave está muerto, nada de eso les sirve para encontrar a Faye. Cuando el paramédico vuelve a darles la espalda, Jude se aclara la garganta y se dirige hacia Aaron y Sive.

–Chicos, tengo una idea. Nadie ha vuelto a saber nada de Maggie, ¿verdad? Y ha dicho que iba a «comprobar un par de cosas». ¿Es posible que haya encontrado a Faye y Dave le haya hecho algo?

–Ay, Dios…

Sive parece conmocionada.

–No quiero decir que le haya hecho daño –comenta Jude a pesar de que eso es justo lo que piensa–. Solo que tal vez la haya encerrado también dondequiera que esté vuestra hija. Merece la pena intentar investigarlo, ¿no? –Ellos asienten sin mediar palabra–. He estado pensando en lo que Maggie me ha dicho antes: «Todo el mundo miente». Ha mencionado que tenía que ver con algo que ha ocurrido con vuestro grupo de amigos este fin de semana, pero no me ha explicado nada más. ¿De qué mentiras hablaba? ¿Lo sabéis?

Sive asiente.

—Maggie sabe que Aaron les ha mentido sobre ser el padre de Faye. También sabe por qué Joost fue a la cárcel.

Aaron aparta la mano del hombro de su esposa.

—Sive…

—Basta. Ahora no, Aaron. Scott ha mentido sobre lo de ser piloto y Nita sobre estar embarazada. Dave mintió sobre su madre… No les contó a ninguno de ellos que está muerta.

—¿La madre de Dave está muerta?

Aaron mira el cadáver de su amigo como si estuviera intentando adivinar qué importancia tiene ese dato o si tiene importancia siquiera que él también esté muerto. Sive lo mira y asiente, pero no le explica nada más.

Jude se queda pensando un instante.

—Bueno, dado que sabemos que ha sido Dave el que ha secuestrado a Faye, ya podemos descartar a Scott y a Nita para centrarnos en su mentira. Si Maggie sabía que Dave había mentido sobre su madre, ¿a dónde la conduciría eso?

—¿Tal vez a algún lugar relacionado con el sitio en el que esté enterrada? —pregunta Sive—. ¿Un cementerio?

—¿Un cementerio? —Aaron parece perplejo—. Me he perdido. ¿Qué demonios tiene que ver la madre de Dave con todo este asunto?

—Tan solo estoy intentando adivinar por qué ha desaparecido Maggie y dónde podría haber ido tras dejar a Jude en la estación. —Sive se gira hacia ella—. Me has contado que, justo antes de marcharse, estaba mirando un número de teléfono, el de una tal Carol.

Jude asiente y Aaron se endereza.

—La madre de Dave se llamaba Carol. Pero ¿por qué iba a llamarla si está muerta?

—Tal vez Dave siguiese usando su teléfono —aventura Sive—. Si Maggie no ha podido ponerse en contacto con él a través de su propio móvil, quizá haya intentado llamarlo al de su madre.

—Era el número de un fijo, no de un móvil —les aclara ella.

—Un momento… Entonces, ¿estaba llamando al fijo del antiguo domicilio de Carol? ¿La casa de Stratford? —pregunta la otra mujer—. Pero la han vendido. No tiene sentido. —Se interrumpe y el gesto le cambia—. A menos que… a menos que Dave también mintiera con respecto a eso. Si su madre está muerta, lo que dijo sobre vender la casa para pagar la residencia de ancianos no puede ser cierto… Tal vez heredera la casa y todavía fuese suya.

—Cielo santo, tienes razón. Ahí es donde tenemos que ir —dice Aaron—. A la casa de Stratford.

Entonces echa a correr.

Capítulo 68

Un día antes, domingo
Clarinda Gardens

Dave se pasó todo el domingo dando vueltas de un lado para otro y bullendo de rabia. Aaron le mandó un mensaje para preguntarle si quería unirse a ellos para un viaje en teleférico. Él le contestó que iba a visitar a su madre y que lo vería después de la carrera, a la mañana siguiente. La carrera. Otra oportunidad para que Aaron demostrara que era el mejor. Todos aquellos años había estado saliendo impune de todo y ahora descubría que también lo había hecho de un asesinato. Sacó el álbum de fotos del mueble de debajo de la televisión, uno de los tres que tenía de antes. En la parte delantera, con la letra pulcra de Maggie, se leía: Stratford 2006 a 2008. Dentro, en la primerísima página, se encontraba su fotografía favorita de Yasmin: en el jardín de la casa compartida de Stratford y Dave merodeando junto a ella con una sonrisa de oreja a oreja. Había puesto todo su empeño en vigilarla y cuidarla, pero no había sido suficiente. Y todo por culpa de Aaron.

Una vez que hubo atado todos los cabos, se preguntó si debería confrontar a su amigo de nuevo. No lo vería durante la carrera, ya que todos iban a competir desde diferentes ubicaciones. Lo veía después, durante el *brunch* en el Rooftop Bar. Vería su cara de engreído mientras rodeaba con el brazo a su perfecta esposa con sus tres perfectos hijos a su lado mientras él lloraba la pérdida de Yasmin de nuevo y se abría paso a rastras por otra semana en su trabajo mediocre. Aaron no se merecía nada de todo aquello: ni el dinero ni la esposa ni los hijos. Deberían quitárselo todo. Fue entonces cuando empezó a diseñar un plan concienzudamente.

Su hermano contestó a la llamada tras un solo tono. Dave podía oír un partido de fútbol de fondo. Lo más probable era que Jerry estuviera en el pub con algunos de los chicos del club de remo, pensando en la siguiente pinta. Dave, por otro lado, estaba pensando en Pete Brosnan, su viaje a España y la hipótesis de Scott de que Brosnan podría haber fingido su coartada con la ayuda de su hermano y los dispositivos digitales. Eso no fue lo que le contó a Jerry, por supuesto. A él tan solo le pidió un favor. Le dijo que quería tener al fin la oportunidad de derrotar a Aaron en algo. Jerry era el mejor remero. ¿Podría participar en la carrera desde la máquina de Dave y utilizar su nombre? ¿Podría ganarle a Aaron en su nombre para brindarle ese único triunfo? Su hermano se echó a reír y accedió. Le dijo que no le importaba y siguió viendo el partido.

Dave se recostó en su sofá para pensar. Ya tenía una coartada. Solo tenía que decidir el mejor modo de utilizarla.

Por la tarde, condujo hasta la casa de Stratford. Había pasado un tiempo desde la última vez que había estado allí. No fue consciente de cuánto en realidad hasta que vio todo el correo que se acumulaba al otro lado de la puerta principal. Al ver el polvo que había en la mesita del pasillo y detectar el olor a cerrado, sintió una oleada de culpabilidad. A su madre no le habría gustado. Probablemente fuese mejor que estuviera muerta. Aunque, si no lo estuviera, la casa no sería suya y no estaría cubierta de polvo, por supuesto. Se asomó con la cabeza al salón. Al igual que el pasillo, estaba sumido en la penumbra, pues unas pesadas cortinas ocultaban el sol, y los muebles estaban cubiertos con guardapolvos.

En el piso de arriba, pasó de largo el dormitorio de su madre (aquel en el que ella había dormido hasta que sus rodillas no fueron capaces de aguantar los escalones) y abrió la puerta del antiguo cuarto de Aaron. Con ganas de vomitar, pensó en la ironía de que hubiese escogido aquella habitación. El asesino de Yasmin.

Se sentó en la cama, miró a su alrededor y, tal como ocurría siempre que estaba allí, la calma lo asaltó como un bálsamo.

Yasmin le sonreía desde las cuatro paredes. Yasmin de niña, en una foto que le había tomado prestada a Nita y de la que había sacado una copia tras otra. Yasmin de adolescente, rodeando a Nita con un brazo. Yasmin de estudiante, rodeando a Maggie con un brazo. Yasmin como compañera de piso, rodeando a Aaron con un brazo. Dave sintió que la ira volvía a asaltarlo. Pasó los ojos por las paredes, contemplándolo todo una vez más. Yasmin con sus amigas del colegio. Yasmin con sus compañeros de trabajo. Yasmin sola. Y Yasmin con Dave.

Solo una imagen. Su foto favorita, una copia del álbum original. Yasmin y Dave en el jardín. Una de las pocas ocasiones en las que todos los demás habían salido de casa. El sol resplandeciente y las flores brotando con múltiples colores. Yasmin sobre una manta de pícnic con un libro abierto en el regazo. Dave a su lado, en cuclillas, esperando a que el temporizador de la cámara se disparara. Había hecho una copia tras otra tras otra de aquella fotografía. La había aumentado y había cubierto las paredes con ella. Aquel era su lugar favorito, su santuario. Pero el hechizo se había roto. Aaron lo había arruinado. Y Aaron había asesinado a Yasmin.

Se despertó horas más tarde, confuso, sin saber dónde se encontraba. Entonces vio su cara y, por un instante, todo estuvo bien. Hasta que recordó lo que había hecho Aaron.

Le vibró el teléfono: un mensaje de Jerry para confirmarle la hora en la que comenzaría la carrera a la mañana siguiente. Dave dudó y después respondió. Si iba a hacer algo, aquella era su oportunidad. El martes Aaron volaría de vuelta a Dublín.

«Mañana por la mañana. Concéntrate».

Miró sus fotos de Yasmin en busca de ayuda. Ella le sonrió con su preciosa sonrisa, animándolo.

«Mañana por la mañana será tu momento».

Aaron estaría ocupado en una máquina de remo mientras su esposa y sus hijos se dirigían al encuentro de Maggie en el Rooftop Bar. Dave pensó en eso durante un instante. Aquel era el lugar en el que su amigo había fingido estar aquella noche, intentando atrapar al acosador. Solo que no había estado allí en ningún momento. Más tarde, le había confesado que había estado con Nita. Tendría que haber estado con Yasmin. Tendría que haberla protegido y haberla mantenido a salvo de Pemberton y Rosco, tal como él había intentado hacer.

Sí. Decidió que haría algo en el Rooftop Bar. Teniendo en cuenta todo lo sucedido, sería una bonita ironía. Aunque todavía no estaba seguro de qué hacer exactamente. No quería hacerle daño a nadie, pero tal vez existiera algún modo de hacer que lo pareciera. Para que Aaron se preocupara y supiera (aunque solo fuera de forma temporal) lo que se sentía al perder a alguien a quien querías. Haría algo que legalmente no estaba bien para enmendar daños morales, tal como diría el propio Aaron.

Tendría que llegar al bar antes que Sive y Maggie y mantenerse oculto. Tecleó el destino en el teléfono y comprobó los tiempos del trayecto. Si estaba en la estación de Bond Street para el tren de las ocho y media de la mañana, llegaría antes que ellas. Se despidió de Yasmin con un beso, fue al piso de abajo, se sirvió un *whisky* y siguió dando vueltas de un lado para otro y bullendo de rabia.

Capítulo 69

El taxi los deja en la casa de Stratford y Jude le pide al conductor que espere. Si está confundido por lo que está ocurriendo o por el hecho de que sus pasajeros estén tan tensos, no dice nada. Tan solo toma el teléfono y asiente. Cuando Jude se baja del vehículo, Aaron ya está recorriendo a toda velocidad el camino que conduce a la puerta delantera con Sive pisándole los talones. Él empieza a golpear la puerta mientras grita el nombre de Faye. El ruido es estremecedor en medio del silencio nocturno.

Jude echa un vistazo al jardín. Está lleno de maleza, descuidado. Tallos largos e irregulares, negros bajo la luz tenue de la luna. La mala hierba, alta, enmarca la puerta delantera y trepa hacia una bombilla rota que se encuentra en el porche. Aaron sigue golpeando la puerta y llamando a Faye a gritos, pero en el interior de la casa no hay movimiento. Las ventanas están negras como la tinta, aunque Jude se percata de que hay una en el piso inferior tapada con un contrachapado lleno de grafitis.

En la casa de al lado, se enciende la luz de un dormitorio y se mueve una cortina. Dos casas más allá, un perro empieza a ladrar. No se oyen sirenas. Hawthorn está reuniendo a los equipos, pero todavía no han llegado. Mientras Aaron sigue golpeando la puerta, Jude se pregunta si deberían esperar a la Policía. Dave está muerto, así que no hay peligro. Tan solo tienen miedo. Miedo de lo que puedan encontrar dentro. Entonces se acuerda de la llamada de Scott desde la habitación del hotel y del hombre que ha intentado entrar. ¿Podría estar allí, en la casa de Stratford? Abre la boca para advertir a los Sullivan, pero al final la cierra. Nada va a impedirles intentar entrar.

Aaron continúa golpeando la puerta, pero sigue sin haber respuesta. Claro que no: Dave está muerto. ¿Y Maggie? ¿Y Faye? Jude se muerde el labio. Nunca le ha dado miedo nada, pero, muy a su pesar, en ese mismo momento teme lo que puedan encontrar dentro.

Aaron empieza a golpear la ventana del salón mientras Sive se aparta de los escalones delanteros y mira a su alrededor, buscando algo de forma frenética. Pero ¿el qué? Se da cuenta de que está intentando encontrar algo con lo que poder colarse dentro cuando la ve quitar una piedra enorme de lo que en el pasado tal vez fuese el borde de un parterre. Con un atisbo de asombro, Jude observa cómo Sive levanta la mano y hace añicos el panel de vidrio de la puerta delantera. Tras protegerse la mano con la manga de la sudadera, mete el brazo por el agujero para girar la manilla y, apenas unos segundos después, entra en la casa. Aaron va detrás, aunque se tambalea un poco en el umbral, y Jude los sigue al interior.

El pasillo es estrecho y está oscuro, pero Sive no espera a encontrar el interruptor de la luz. Gritando el nombre de Faye, entra corriendo en la primera habitación que hay a la derecha. Aaron le va pisando los talones, gritando también. Jude se mueve con mayor lentitud, observando el lugar, y traga saliva para deshacerse de la tensión que siente en la garganta. En el suelo del pasillo, pegada a la pared, hay una pila de correspondencia que la puerta parece haber empujado hasta allí. Se pregunta si ahora mismo o si ha ocurrido antes, cuando la haya abierto otra persona. Se agacha y recoge unas cuantas cartas. Algún tipo de factura a nombre de Carol Taylor. El menú de un restaurante de comida rápida. El folleto de una inmobiliaria. Otra factura, esta vez a nombre de Dave Taylor. Jude cree que Sive tenía razón:

Dave no ha vendido la casa. Dave les mintió y Maggie se ha dado cuenta.

Es allí.

Traga saliva.

Aaron sale corriendo de la primera habitación sin dejar de gritar el nombre de Faye y se dirige hacia el fondo del pasillo y lo que parece la cocina. Sive lo sigue y Jude entra en la habitación de la que acaban de salir. Es un salón. Pequeño, con olor a moho y silencioso. Los muebles están cubiertos con guardapolvos, lo que le da a la estancia un aire escalofriante y fantasmal que hace que se estremezca. Da un paso al frente y posa la mano sobre el guardapolvo de lo que debe de ser el sofá. ¿Hay algo debajo? ¿Alguien? ¿Una persona diminuta? Hay un bulto que podría no ser nada o ser una niña pequeña. Jude levanta la esquina del guardapolvo. Solo la esquina. Solo para comprobarlo. No habrá nadie debajo. Sin duda, no habrá nadie. Aun así, merece la pena asegurarse. Contiene la respiración y se obliga a levantar el guardapolvo. Entonces, mientras un miedo desconocido le recorre la columna vertebral, lo aparta por completo.

Cojines. Dos cojines mullidos y nada más.

No es Faye.

Suelta un suspiro.

Sale al pasillo y se dirige hacia la cocina. Desde allí, puede oír el estrépito que hace Aaron al rebuscar en una habitación que se encuentra al otro lado de una puerta que hay al fondo y que cree que es un garaje. Sive está intentando abrir la puerta trasera, que parece desvencijada, pero la llave se le escurre, repiquetea contra el suelo pavés y se pierde en la oscuridad. La otra mujer suelta un gemido de frustración y se deja caer de rodillas. Jude enciende la luz y se une a ella. Pasan las manos por el suelo, buscando la llave. Es ella la que le encuentra y es ella la que, con cuidado, la inserta en la cerradura. En apenas unos segundos, salen al jardín y empiezan a buscar entre una maraña de hierba y maleza. Conforme los ojos se le acostumbran al exterior, un edificio va tomando forma: un cobertizo que se encuentra al fondo del jardín. Echa a correr hacia allí y Sive le pisa los talones. Conforme se acercan, el cobertizo se alza sobre ellas, cada vez más grande. Tablones de madera, unidos con clavos de forma descuidada, que están empezando a caerse. Un pestillo. Un candado. Cerrado. «Mierda».

Jude lo examina. El candado es nuevo, pero el cobertizo es muy muy viejo. Agarra el candado y tira de él. Se oye un crujido cuando la madera podrida se tensa, pero no cede. Vuelve a tirar. En esta ocasión, los tablones ceden con un lamento de astillas y el candado se suelta y cae al suelo. La puerta se abre. Jude tantea en busca de su teléfono e ilumina el interior con la linterna. Sive pasa a su lado con un empujón, gritando el nombre de Faye, y empieza a apartar tumbonas, sombrillas y una escalera de mano pequeña mientras se abre paso hacia los rincones oscuros y sombríos. Pero Jude se da cuenta: allí no hay nadie.

No se detienen. No hablan. Juntas, vuelven a recorrer el jardín a toda velocidad y entran en la casa. Aaron sigue en el garaje, rebuscando con estrépito entre las cosas que hay allí guardadas y llamando a su hija a gritos. Sive se detiene en el pasillo, echa un vistazo atrás y después mira al techo.

De pronto, corre al piso de arriba y Jude la sigue, subiendo los escalones chirriantes de dos en dos. El rellano está sumido en las sombras. Vacío. Tranquilo. Tan tranquilo que es preocupante. Si Faye estuviera allí, en algún lugar de la casa, ¿no debería estar gritando a esas alturas? Jude, que se enorgullece de no involucrarse emocionalmente jamás en las historias que cubre, se deshace de una inesperada oleada de pánico. Ahora aquello es mucho más que una simple historia y desea con desesperación que esa niña a la que no conoce esté bien.

Conteniendo el aliento, observa a Sive, que abre la primera puerta que hay junto a las escaleras. La luz de la luna se
derrama a través de una ventana esmerilada. Un baño. Vacío.
Sive pasa corriendo a la siguiente habitación y ella la sigue.
Un dormitorio que huele a moho, cerrado. Cuando enciende
la luz, piensa que debía de ser el dormitorio de la madre de
Dave. Un resplandor tenue y rosado ilumina la estancia. La
cama está hecha con una colcha floral muy estirada. No hay
señales de que nadie la haya ocupado recientemente. Juntas,
sumidas en un silencio frenético, Sive y ella miran debajo de
la cama, dentro del armario y detrás de las cortinas.

Nada.

Mientras Jude vuelve a mirar debajo de la cama, la otra mujer ya se dirige hacia la siguiente habitación.

Entonces oye un grito.

Capítulo 70

Tres horas antes
La casa de Stratford

Maggie contempló la casa, hogar de tantos recuerdos, que ahora estaba deslucida, destartalada y deteriorada. El jardín estaba lleno de maleza, algo que la madre de Dave habría odiado. Siempre le había gustado mucho la jardinería. El edificio parecía descolorido y la pintura de la puerta principal estaba desconchada. ¿Siempre había sido así y tan solo se trataba de que ella no se había percatado hasta entonces? Oyó el timbre sonando en el interior, pero no contestó nadie. Volvió a presionarlo. En el exterior, la calle estaba en calma. Los coches flanqueaban ambos lados de la calzada, pero no se veía ni un solo movimiento. Maggie pasó los ojos por los vehículos. El Volkswagen azul marino que había a varias casas de distancia... ¿era el de Dave? Al pasar frente a él, le había parecido, pero tal vez no fuese así. Mucha gente conducía coches de la marca Volkswagen en color azul marino.

Probó a llamar al timbre una vez más y después se dirigió al lateral para echar un vistazo a través de la ventana del salón. Esperó, conteniendo la respiración, observando y afinando el oído en busca de alguna señal de vida, pero no descubrió nada, ningún sonido. Se dirigió hacia el acceso lateral y entró en el jardín trasero. Entornó los ojos mientras miraba a través de la ventana de la cocina. Movió la manilla de la puerta de atrás. Cerrada. Sin embargo, la llave estaba justo donde siempre había estado: debajo de la regadera que se

369

encontraba junto al muro del jardín. Tras dudar un instante, tomó la llave y entró.

En la cocina, sumida en la penumbra, hacía frío y, en cierto sentido, le resultó inquietante. En el escurridor había dos vasos, dos piezas pesadas de color verde botella que reconoció de la vajilla «buena» de Carol. Enjuagados y colocados bocabajo para que se secaran al aire. A Carol no le habría gustado: ella secaba todo en cuanto lo fregaba. No había ninguna otra señal de que la casa estuviese habitada. Fue corriendo hasta el salón. También estaba vacío. Volvió sobre sus propios pasos y se quedó de pie frente a las escaleras.

El primer escalón crujió bajo su peso, así que pasó a toda velocidad al siguiente. Los subió de dos en dos para minimizar el ruido (más por costumbre que por cualquier otra cosa). Se detuvo en el rellano para contemplar el entorno. Justo enfrente estaba el baño. Pequeño. Pobremente iluminado. Vacío. La siguiente habitación era la de la madre de Dave. Allí no había nadie. A continuación se encontraba el dormitorio que antaño ocupara Aaron. En silencio, dio un paso al frente y se acercó a la puerta cerrada. Se detuvo ante un sonido repentino, un crujido procedente del interior, como si alguien se estuviera dando la vuelta en la cama. Volvió a avanzar y abrió la puerta con mucho cuidado. En ese momento, pudo ver la pared del dormitorio. Se llevó una mano a la boca. Estaba cubierta hasta el último centímetro. Fotos de carné pequeñas. Fotografías grandes y ampliadas. Polaroids. Capturas de pantalla. Fotocopias. En todos los tamaños y en todos los soportes posibles. Un solo rostro. Yasmin. Yasmin por todas partes. Maggie empujó la puerta lo justo para poder echar un vistazo al interior. Y allí estaba. Faye. Tumbada en la cama. Dormida. O algo más que dormida.

Entonces oyó un crujido procedente del piso de abajo.

Capítulo 71

En la cama hay dos figuras. Tiesas como una tabla. Tumbadas como cadáveres en una morgue. Maggie y Faye. Jude se cubre la boca con una mano mientras Sive, gritando todavía, se acerca a toda velocidad a la figura más pequeña de las dos y la atrapa entre los brazos.

—¡Aaron! —grita Jude—. ¡Llama a una ambulancia! ¡Ya!

Él irrumpe en la habitación y se dirige corriendo hacia su esposa y su hija.

—¿Está bien? No tengo batería, no puedo llamar...

Pero Jude ya se ha hecho cargo y le está dando la dirección a los servicios de emergencia.

Sive está sollozando.

—Tiene pulso. Creo que tiene pulso. No lo sé. Compruébalo. Aaron, por favor, compruébalo. Dime que está viva, por favor. Por favor...

Él apoya la mano en el cuello de la niña. No dice nada y después asiente.

—No lo sé, pero creo que... creo que sí. Creo que respira.

Jude se acerca a la cama.

—Tengo algo de formación en primeros auxilios. Dejadme que eche un vistazo.

Y eso hace. Para su gran alivio (mucho mayor del que nunca había creído posible), la niñita está viva. Se le hace un nudo en la garganta. Y, de pronto, Jude, que nunca se involucra y nunca se emociona, empieza a llorar también.

—Está viva. Está bien. No sé por qué está inconsciente, pero una ambulancia viene en camino. Va a ponerse bien, va a estar bien...

Entre lágrimas, Sive le da las gracias con un gesto de la cabeza y estrecha a Faye contra sí mientras Aaron las rodea a ambas con los brazos. Jude se gira hacia la otra figura que hay en la cama. Al igual que Faye, Maggie está inconsciente, pero también tiene pulso.

«Ay, gracias a Dios», piensa. Le sostiene la mano mientras esperan a que llegue la ambulancia.

Capítulo 72

Medianoche
Hospital St. Catherin

Faye está sentada, bebiendo agua con una pajita, y Sive está a su lado, sosteniéndole la mano. Los médicos les han dicho que se pondrá bien. Sabrán con seguridad lo que le han suministrado cuando reciban los resultados de los análisis de sangre, pero todo apunta al temazepam. Es lo que la Policía ha encontrado en la encimera de la cocina y el médico les ha dicho que coincide con los síntomas de Faye. Si le hubieran suministrado una dosis más alta, habrían llegado demasiado tarde, pero Dave ha hecho mal los cálculos.

«Siempre se podía contar con la estupidez de Dave», ha dicho Aaron antes de que el rostro se le contrajera con lágrimas de alivio.

Sive no ha dicho nada. No se veía capaz de bromear sobre la estupidez de Dave o de sentir alivio. De hecho, todavía no lo siente. Su hija ha estado a punto de morir. Está ahí, con ella, y está viva, pero ha estado a punto de morir. No puede quitárselo de la cabeza. Y no puede soltarle la mano. Ni ahora ni nunca.

Maggie, que se encuentra en un cubículo contiguo separado por una cortina, también está despierta y aparta la tela para mirar a Faye.

—¿Se encuentra bien? —pregunta con un suspiro ronco.

Sive asiente.

—Dios, Maggie, no me puedo creer que... ¿Estás bien?

—Soy fuerte como un toro. Tendría que haberme dado una dosis mayor de la que me ha dado para...

Se encoge de hombros, pero los ojos se le llenan de lágrimas. Sive le estrecha la mano.

—Me alegro mucho de que sigas con nosotros. Si te hubiera ocurrido algo mientras intentabas encontrar a Faye...

—Tampoco es que haya servido de mucho, dado que, en realidad, no he podido hacer nada al respecto cuando al fin la he encontrado —contesta Maggie con un suspiro de frustración—. Dios, soy una idiota. Pero he tenido la sensación de que se había equivocado con la dosis. Eso ha sido lo único a lo que he podido aferrarme. A eso y a creer a Dave cuando ha dicho que soltaría a Faye.

—¿Qué?

—Me ha dicho que era o yo o la niña —contesta con voz temblorosa—. Que, si estaba tan dispuesta a salvarla, podía ocupar su lugar. No creía que fuese a hacerlo. —Con un sollozo, se traga una carcajada a medio camino de un hipido—. Dave, equivocándose hasta el último momento.

—Dios mío, Maggie...

Sive no sabe qué decir.

—No podía permitir que se lo hiciera a ella. Primero, he intentado verter el agua drogada en su *whisky* y llenar el vaso de Faye con agua limpia, pero la cantidad era demasiado pequeña como para hacerle nada a un adulto. Entonces se ha hecho con un cuchillo de trinchar. —Titubea y recobra la compostura—. Ha dicho que una de las dos tenía que tragarse el agua con la droga. Y, aunque no estaba segura, he tenido la corazonada de que no había puesto una cantidad suficiente. Obviamente, no soy médico, pero, gracias a que administro la clínica y veo las cantidades que aparecen en la documentación, tengo cierta idea. En cualquier caso, no era bastante para mí, pero sí más que suficiente para...

La voz se le quiebra.

—Dios mío... No sé qué decir. No sé cómo podré llegar a compensarte lo que has hecho.

Sive piensa en todas las veces que ha anhelado tonta y estúpidamente que Maggie fuese su amiga, que pudieran estrechar lazos gracias a la ginebra, una buena charla y los secretos compartidos. Pero eso, lo que Maggie ha hecho por Faye, es lo verdaderamente importante. Eso es la amistad de verdad.

–Basta. Tiene seis años y toda la vida por delante. Y, como te decía, tenía la esperanza de que hubiera calculado mal y no me pasara nada. ¡Y mira! –Dibuja una sonrisa resplandeciente–. ¡Estoy bien! –Entonces se le tuerce el gesto y señala a Faye con un gesto de la cabeza–. Aunque al final me ha mentido. También le ha dado a ella de beber igualmente.

–Todo el mundo miente –dice Sive, siendo apenas consciente de que está repitiendo lo que Maggie le ha dicho a Jude.

–Sin duda. Solo que no me había dado cuenta de hasta qué punto –contesta la otra con tono sombrío.

–Así es como te ha encontrado Jude. Cuando le has dicho «Todo el mundo miente», se le ha quedado grabado. Me lo ha contado y, juntas, hemos descubierto dónde estabas. De modo que sí la has salvado: nos has conducido hasta la casa de Stratford, aunque en el momento no hayas sido consciente de ello. Sin eso, Faye podría haber…

Empieza a derramar nuevas lágrimas.

Maggie se estira y le toca el brazo.

–No pienses en eso. Concéntrate en el presente. Faye está sana y salva. Se ha acabado.

Sive no se acuerda hasta más tarde de la segunda persona, del hombre que ha intentado entrar en la *suite* del hotel mientras ella y Jude iban de camino a buscar a Aaron, mientras Dave yacía en el suelo en medio de un charco de su propia sangre. ¿Estaba Dave trabajando con alguien más? ¿De verdad Faye está a salvo? Sive se quita esa idea de la cabeza. Hawthorn lo está investigando. Y Faye, ella y el resto de los Sullivan van a volver a casa.

Capítulo 73

Seis meses después
Dublín

Sive lo intenta con todas sus fuerzas, pero le resulta imposible dejar atrás todo lo que ha hecho Aaron. Las extorsiones, la muerte de Yasmin, las dudosas circunstancias del fallecimiento de Dave…

Pero, sobre todo, lo que le hizo a Joost. No puede pasarlo por alto. Ocultó deliberadamente pruebas que podrían haber propiciado que Joost recibiera una sentencia menor o que incluso evitara ir a la cárcel. Todavía no está segura de lo que opina al respecto: si Joost tendría que haber ido a la cárcel o no por acabar con una vida. Sin embargo, se da cuenta de que no es algo que dependa de ella y de que ni siquiera es necesario que se forme una opinión. La decisión tendría que haber dependido de un juez y un jurado en un juicio justo con un abogado ético y competente. Pero Joost no pudo contar con eso.

En su favor hay que decir que no se obsesiona con lo que le hizo Aaron. Parece haber aceptado que merecía la condena que le impusieron. En lo que sí parece interesado es en conocer a su hija. Y así, poco a poco, empezando por una visita supervisada a la semana, eso es lo que Faye y él han estado haciendo.

Aaron se ha ido de casa. Está muy ocupado intentando apagar los incendios (columnas diarias en los periódicos, cuatro investigaciones diferentes, acusaciones inminentes…)

y no ha tenido tiempo de ir a visitar a sus hijos a lo largo de las tres últimas semanas.

Por mucho que la horrorice lo que le hizo a Joost, Sive no quiere mantenerlo alejado de sus hijos y tiene la esperanza de que, en cuanto las cosas se calmen, pueda visitarlos de forma regular. Aunque, si los rumores son ciertos, la Gardaí ya es consciente de que su supuesto vídeo *deepfake* no lo era en realidad y va a pasar un tiempo en la cárcel. Menuda ironía. Aunque a Sive no le causa ningún tipo de satisfacción. Mientras tanto, Aaron va a viajar a Londres unos días para atar cabos sueltos con Scott, Nita y Maggie, para llorar juntos por la pérdida de Yasmin y para hablar de lo que hizo Dave. Para poner punto final.

Ya se conoce el resultado de la autopsia de Dave, que muestra que, gracias a los esfuerzos de Maggie, tenía temazepam en la sangre. No el suficiente como para matarlo, pero sí servirá de ayuda a Aaron, que todavía podría meterse en apuros por la muerte de su antiguo amigo. Si Dave tenía drogas corriéndole por las venas, tal vez hubiesen contribuido a su defunción; tal vez la causa no hubiese sido solo el empujón de Aaron. Para Sive, no se trata más que de una distracción. No está convencida de que la historia de su marido sea cierta. ¿De verdad Dave lo atacó o lo empujó él primero? Nadie puede saberlo con certeza y tal vez tampoco tenga importancia, teniendo en cuenta lo que hizo Dave. Y lo que ha hecho Aaron.

—¿Va a venir papá a vernos pronto? —le pregunta Faye, tal como hace cada pocos días.

—Este fin de semana no —contesta Sive, feliz de tener una excusa real—. Va a viajar a Londres para visitar a Maggie, Nita y Scott.

Abre el frigorífico con la esperanza de que le llegue la inspiración para la cena.

—Me caen bien —dice la pequeña con sencillez.

Sive se pregunta cómo puede separarlo todo, cómo puede separar a sus amigos de Londres de lo que le ocurrió. Aunque, por otro lado, a ella no la trataron mal. En ningún momento fue consciente de que había ocurrido algo malo. Dave le había tomado la mano, la había bajado del metro, la había subido a un autobús, en Clarinda Gardens la había pasado a su coche y la había llevado a Stratford. Le había dado caramelos, patatas fritas y zumo. Le había dicho que era una niña muy buena. Y entonces se había quedado dormida.

–Son gente muy simpática, sí –le dice mientras le alisa el pelo, le da un beso en la frente y se gira de nuevo hacia el frigorífico.

–¿Puedo beber algo?

–Pero solo agua, nada de zumo.

Faye suspira.

–Maggie me dio zumo.

–Un gesto muy amable. ¿Mientras tomábamos el brunch?

–No, en casa de Dave. Cuando me quedé en casa de Dave después de bajarnos del tren. Maggie también estaba allí con nosotros. Celebramos una fiesta y Maggie me dio una bebida. Dijo que era porque era una niña muy buena y porque, si me la tomaba, todos mis deseos se cumplirían.

A Sive se le hiela la sangre.

–Faye… –susurra–. ¿Por qué…? ¿Qué era esa bebida?

Su hija se encoge de hombros.

–Un agua-zumo muy raro que me hizo quedarme dormida.

Capítulo 74

Seis meses antes, domingo
Silchester Road

Aquella noche de sábado Maggie observó cómo Sive se metía en el taxi y, a continuación, cerró la puerta. Después de tanto cava y tanto Baileys, sumado a la presencia de los tres niños, quedar a la mañana siguiente con Sive iba a resultarle muy duro. No tenía ni idea de cómo lo hacía la gente. Le gustaban los niños, pero aún le gustaba más poder devolverlos.

Antes de que tuviera tiempo de subir al piso de arriba para comprobar cómo se encontraba Nita, alguien llamó a la puerta. Solo una persona iba a su casa tan tarde. Dave.

—¿Por qué no me has contestado al teléfono? —le dijo él en cuanto le abrió.

—Lo siento, pero Sive estaba aquí. Mira, estoy destrozada: hemos salido, Nita se ha caído, Sive acaba de marcharse...

—Necesito hablar contigo.

—¿Se trata de tu madre? —le preguntó con tono amable.

—¿Qué? No. —Dave sacudió la cabeza con impaciencia—. Necesito una copa.

Una vez en el salón, Maggie le sirvió un Jameson doble y él se bebió la mitad de golpe antes de hablar.

—Tú eres la única que va a entenderlo, Maggie. La única persona en este mundo con la que de verdad puedo hablarlo. Llevo todo el puñetero día volviéndome loco. Siento que voy a explotar.

–Un momento… ¿qué?

–Fue Aaron. Esta mañana he descubierto que es responsable de la muerte de Yasmin y no puedo dejar de pensar en su puñetera cara de engreído y en el hecho de que todos estos años se ha ido de rositas.

–Frena un poco. ¿De qué demonios estás hablando?

Y él se lo contó. Todo. Pemberton. El artículo del periódico. Las extorsiones. Rosco. El incendio. Yasmin.

Maggie intentó asimilarlo. ¿Aaron era culpable de todo aquello? De tantas mentiras. De utilizar a Dave. De extorsionar a la gente para ganar casos. De extorsionar a la gente en beneficio propio. Tal vez (aunque todavía no estaba segura) incluso de que enviaran a la cárcel al ex de Sive. Sin embargo, todo palidecía en comparación con lo que le había hecho a Yasmin.

–Era mi mejor amiga –le dijo a Dave de tal modo que incluso a ella le sonó como un gemido.

–Lo sé –le contestó él mientras apoyaba una mano sobre la suya–. Yo la quería.

Había algo raro en el modo en que lo dijo.

–¿La querías? ¿Entre vosotros…?

–No. Ella… nunca lo supo.

–Un momento. ¿Yasmin era la ex de la que seguías colgado cuando estábamos juntos?

A Dave se le hundieron los hombros.

–Sí… Ya sé que en realidad no era mi ex. Pero la amaba más de lo que he amado nunca a nadie en toda mi vida. Y el puto Aaron la mató. Y salió impune. Tal como ocurre siempre con todo lo que hace.

Maggie le dijo que acudirían a la Policía. Así de fácil. Pero Dave le contestó que ni de broma, que en ese caso él también se hundiría. Durante los primeros años, había aceptado pagos de agradecimiento de Aaron y no había ningún modo fácil de defenderse de algo así. En aquel momento, aquello de «Hay que hacer cosas que legalmente no están bien para enmendar daños morales» le parecía una tontería.

Tenían que encargarse del asunto con sus propias manos, tal como decía la madre de Dave. Ganarle a Aaron en su propio juego. Tantear un poco los límites de la ley. Hacer algo que lo pusiera en guardia. Algo que le borrara el gesto de suficiencia de la cara. Ojo por ojo.

Entonces Maggie le habló de Joost y le contó que sospechaba que su amigo había ocultado pruebas. Le dijo que se lo contaría a Sive, que investigaría un poco para darle credibilidad al asunto y se lo contaría al día siguiente, lo que podría llegar a destruir aquel matrimonio.

Dave le dijo que era una buena opción, pero no suficiente; que se le estaba ocurriendo otra idea. ¿Y si se dejaba caer por el Rooftop Bar por la mañana, un poco antes de que ella y Sive llegaran, y se llevaba a Bea a alguna parte? Solo un rato, lo suficiente para que Aaron entrara en pánico. Maggie no estaba muy segura. Sive sufriría tanto como su marido, pero ella no había hecho nada malo. Sin embargo, Dave insistió: Sive tendría que ser un daño colateral y, en cualquier caso, al final todo saldría bien; no era como si su intención fuese arrojar a la niña por el lateral del edificio. Aaron se merecía aquello. Llevaba años tomándolos a todos por tontos, consiguiendo todo lo que deseaba y haciendo lo que le apetecía. Era un narcisista que pensaba que a él no se le aplicaban las reglas. Se llevarían a Bea y después la devolverían.

Aun así, Maggie dudaba. Dave le dijo que pensara en Yasmin, que pensara en la preciosa, amable y graciosa Yasmin. Había muerto a los veintiséis años. Tenía toda la vida por delante, pero, en su lugar, había ardido hasta la muerte en un incendio. Un incendio provocado como advertencia para Aaron.

Aun así, siguió dudando.

—¿Y sabes qué es lo peor de todo? —le dijo Dave.

Lo peor de todo era que había seguido haciéndolo. Incluso tras la muerte de Yasmin, aunque sabía que era culpa suya, había seguido ganando dinero a base de extorsiones y poniendo a Sive, a sus hijos y a todas las personas que lo rodeaban en peligro.

Fue entonces cuando Maggie asintió. Lo único que tenía que hacer era lograr que Sive siguiera hablando. Dave se encargaría del resto. Se llevaría a Bea un rato, dejaría que Aaron entrara en pánico y después la llevaría de vuelta sin que lo vieran. No era tan mala idea.

No fue tan mala idea hasta que Dave cambió el plan.

Capítulo 75

Un día después, lunes
La casa de Stratford

El crujido de las escaleras se hizo más fuerte. Maggie giró la cabeza. Supuso que sería Dave. ¿Por qué había cambiado el plan? ¿Por qué se había llevado a Faye y por qué no se la había devuelto todavía a sus padres? La niña se removió en la cama y Maggie se acercó para comprobar cómo se encontraba. ¿Estaba dormida? ¿O algo más? Se sentó junto a ella y la tocó en busca de pulso. Alzó la vista en el mismo momento en el que Dave entraba en la habitación. Cuando él la vio, se detuvo. Al principio, pareció sorprendido, pero entonces sonrió.

–Así que me has encontrado… La inteligente Maggie…

–Dave, ¿en qué demonios estabas pensando? Se suponía que tenías que llevarte a Bea y solo durante un rato. Están frenéticos.

–Bien. De todos modos, esto es mucho mejor. Algo de lo que de verdad tenga que preocuparse. Te he llamado para contártelo, pero no me has contestado.

–Había perdido el puñetero teléfono otra vez. Después lo he encontrado y te he llamado, pero no has respondido. Me he pasado una eternidad intentándolo esta tarde. Seguro que habrás visto las llamadas perdidas.

Dave se adentró más en la habitación y se colocó al otro lado de la cama.

–Sí. Es solo que a esas alturas ya no estaba seguro de que tuviera mucho sentido que estuvieras aquí y te involucraras en el siguiente paso.

Maggie frunció el ceño. «¿El siguiente paso?».

Dave seguía hablando.

—¿Cómo has adivinado dónde la había traído?

—Por la mentira que nos contaste. No tenía sentido.

—¿Qué mentira?

—Cuando Nita te preguntó si podíamos venir de visita, dijiste que habías vendido la casa y que tu madre estaba en una residencia de ancianos. Lo cual es muy curioso, dado que tu madre, que Dios la tenga en su gloria, está más que muerta. —Con un gesto de la mano, abarcó toda la habitación y señaló las fotografías de la pared—. Entiendo que este es el verdadero motivo por el que no querías que viniéramos.

—Explicarlo habría sido un poco difícil.

Maggie volvió a pasar la vista por la estancia. Un caleidoscopio de Yasmin. El lazo que los había unido. Su baluarte. Y la situación había llegado a aquel punto: demasiado lejos.

Dave interrumpió el hilo de sus pensamientos:

—Entonces, ¿has estado en la estación de metro con Aaron y Sive? ¿Estaban aterrados?

Lo dijo con una alegría tan esperanzada que hizo que se le revolviera el estómago.

—Sí, he estado allí. Y sí, están aterrados. He estado esperando con ellos, pensando que se la devolverías en cualquier momento. Entonces, tras mi maratoniano intento de ponerme en contacto contigo, he descubierto que los había llamado la persona que se había llevado a Faye y he supuesto que habías sido tú. Así que he pensado que todo iba bien. —La niña se removió y Maggie le acarició el pelo—. Me he quedado allí sentada, esperando, con una amiga periodista de Sive, pensando que todo estaba arreglado y que ibas a devolvérsela. Maldita sea…

Dave parecía desconcertado.

—¿Qué? Yo no he llamado a nadie.

—Eso lo sé ahora. Jude, la periodista, me ha dicho que era

una mujer y casi vomito allí mismo al darme cuenta de que no podías ser tú, que era algún tipo de broma y que Faye para nada estaba de camino.

Dave soltó un silbido.

—Joder. —Sonrió—. Menudo día están teniendo, ¿eh?

—Créeme: Aaron está destrozado del todo. No es que no se lo merezca, pero ¿qué ha pasado? ¿Por qué has cambiado el plan y te has llevado a Faye en lugar de a Bea?

Dave se sentó al otro lado de la cama y se apoyó contra el cabecero, como si fuera a contarle un cuento y no a relatarle un secuestro.

—Estaba intentando llegar al Rooftop Bar antes que vosotras, tal como habíamos planeado, pero, cómo no, le habías dado a Sive las indicaciones para llegar con una cantidad ridícula de tiempo adicional.

Sacudió la cabeza con un gesto que parecía de reprimenda. «Por el amor de Dios…». No estaría insinuando que aquello era culpa suya, ¿no? Maggie no dijo nada y asintió para que prosiguiera.

—Al llegar a la estación de metro de Bond Street y alzar la vista, ahí estaban. Como una aparición: las dos niñas y, un poco más atrás, Sive. Al principio me he puesto furioso, porque eso arruinaba el plan. Entonces las puertas del vagón se han cerrado y se me ha ocurrido una cosa —Una sonrisa—. Ha sido como si Yasmin me las hubiera dejado entre las manos.

—Ay, Dave…

—Ha sido muy fácil. Tan solo le he dicho «Hola, Faye» y le he dado la mano. No se lo ha pensado dos veces. Dave, el amigo de papá, amable pero tonto, nada que temer, ¿verdad? —Una sonrisa taimada—. Le he dicho que iba a llevarla al restaurante y que su mamá tan solo se había retrasado un poco. Nos hemos bajado en Holborn y hemos ido en autobús hasta Clarinda Gardens. Después la he traído aquí en coche.

—Bueno, ya has conseguido tu objetivo. Aaron está aterrado. Sive también, y me siento fatal por ello.

—Pero no tanto como para contarle la verdad, ¿eh? Supongo

que te preocupa la imagen que pueda dar de ti. –Maggie no respondió–. Mira, deja de preocuparte por Sive. A Aaron le dieron igual los daños colaterales cuando hizo lo que hizo –añadió Dave mientras se sentaba más erguido y se cruzaba de brazos.

Eso no podía discutírselo. Pero pobre Sive… Cuanto antes pudieran devolverle a Faye, mejor. Cómo hacerlo cuando la fotografía de la niña estaba por todas partes iba a ser un problema.

–¿Y cómo es que nadie se ha fijado en vosotros? –le preguntó mientras le apartaba a Faye el pelo de la frente.

–Ha sido fácil. Le he puesto mi gorra de béisbol en la cabeza para ocultarle el pelo. He intercambiado su mochila con la de otra niña y he tirado tanto su chaqueta como la mochila de la otra pequeña a una papelera enfrente de la estación de metro de Holborn. Nadie nos ha prestado la más mínima atención. Un padre y su hija subiéndose al autobús, nada más.

Maggie se dio cuenta de que no le sorprendía. Con su aire ligeramente abatido, sus ojos profundos y marrones y sus rasgos suaves, Dave no era la persona que visualizarías si te pidieran que imaginaras a un secuestrador.

–¿Y qué plan tienes para devolverla con sus padres? No va a ser tan fácil ahora que su fotografía está por todas partes. Además… –Maggie se tensó–. Un momento… Dave, va a contárselo a la gente. El motivo por el que habíamos pensado en Bea era que es demasiado pequeña para contar lo que había ocurrido o quién se la había llevado. Pero Faye lo contará.

–Sí…

Fue lo único que dijo Dave, pero no pareció preocupado en absoluto.

Cuando Faye se despertó, bajaron al piso inferior y se sentaron en torno a la mesa. Juntos en la cocina de la casa de Stratford, donde antaño Maggie cortaba pimientos y pollo frito y abría botellas de vino, riendo y bromeando con Yasmin mientras planeaban su futuro. Todo perdido por culpa de Aaron. No se merecía vivir en paz, pero seguir reteniendo a Faye tan solo iba a hacer daño a la niña. Y a Sive. Además, aún no sabía cómo iban a evitar que la pequeña contase que había sido Dave. Aunque, a esas alturas, también la había visto a ella y una sensación enfermiza se le apoderó de la boca del estómago. Nunca tendría que haber aceptado involucrarse en aquel asunto.

—¿Quieres comer algo mientras esperamos a mamá? —le preguntó a Faye—. ¿Una manzana o un plátano?

—No me apetece demasiado una manzana —contestó la niña—. Aunque sí me comería algo dulce…

Maggie sonrió.

—Te entiendo. —Miró a Dave—. Podría salir a comprar unas galletas. ¿O tienes algo en casa?

—Vamos a beber una cosa —dijo él, y hubo algo raro en el modo en el que lo anunció.

Se sirvió un Jameson triple en uno de los vasos verdes de su madre y alzó la botella para ofrecerle lo mismo a ella.

—Dios, no, gracias. ¿Tienes agua embotellada o zumo?

Dave asintió, abrió el frigorífico y sacó una botella de agua. Sirvió una poca en otro vaso para Maggie y le preguntó a Faye si también quería.

—¿Puedo tomar zumo? —preguntó la pequeña.

—Tengo un zumo especial que al principio parece agua, pero que después se convierte por arte de magia en otra cosa —dijo Dave, y, con una floritura, llenó otro vaso hasta la mitad con agua y lo colocó frente a Faye—. Y ahora viene la poción mágica —anunció.

Maggie se quedó congelada.

Dave estiró el brazo hacia un armarito que se encontraba encima del horno y sacó una botella que reconoció: temazepam líquido.

—Dave… —susurró—. ¿Qué estás haciendo?

—Asegurarme de que Aaron sepa lo que se siente.

Sacó su móvil e hizo clic en algo.

—Pero ya tienes tu venganza. Aaron está viviendo la peor pesadilla de cualquier padre. Nunca se recuperará de algo así. Y, además, también le he contado a Sive lo que le hizo a Joost.

Dave le tendió a Faye el teléfono, donde se estaba reproduciendo un vídeo de YouTube. Ella lo tomó con ambas manos y se quedó mirando embobada a dos perritos que hacían trucos a cambio de chucherías.

—Claro que se recuperará. —Dave bajó la voz hasta convertirla en un susurro—: Yasmin murió y se repuso como si nada. El mismo de siempre. Y volverá a ocurrir lo mismo. Volverá a ser Aaron Sullivan, el superabogado. Usará a la gente y se deshará de ella para conseguir lo que quiere. Mentirá. —Estaba hablando en un siseo—. Es un mentiroso y un traidor y no es un amigo, para nada. No se merece volver a la normalidad. —Vertió una dosis del medicamento en el agua de Faye—. Y ahora va a ver lo que se siente al perder a alguien, tal como yo perdí a Yasmin.

—Es demasiado, Dave. Es una niña. Es inocente.

—Yasmin también era inocente y a Aaron le dio igual.

—Sí, pero nunca pretendió que muriera. No fue él el que la mató en realidad...

—Sus acciones provocaron su muerte. ¿Y sabes qué? Si hubiera aceptado su responsabilidad, habría cambiado su forma de hacer las cosas y habría mostrado algo de remordimiento, no estaría haciendo todo esto. Pero siguió adelante. —Hizo una pausa y la miró a los ojos—. Maggie, o estás conmigo o estás contra mí.

—Ay, Dios... Está bien. Pásame esa botella de whisky y un vaso limpio.

Capítulo 76

Lunes
La casa de Stratford

Dave sonrió a Maggie.

—Sabía que podía contar contigo.

Apartó su silla, alcanzó la botella de Jameson y después sacó un vaso del armarito. Maggie vació el contenido del vaso de Faye en el *whisky* de Dave con toda la rapidez posible. Cuando la niña apartó la vista del teléfono y pareció a punto de decir algo, se llevó un dedo a los labios.

Él se dio la vuelta con el vaso y el alcohol.

«Mierda». Iba a darse cuenta de que el vaso de Faye de pronto estaba vacío. ¿Pensaría que se lo había bebido todo? ¿Se lo preguntaría?

—¿Tienes hielo, Dave?

—¿En serio? Está bien, voy a ver. —Se giró de nuevo hacia el enorme combi y empezó a abrir los cajones del congelador de uno en uno. Entonces se dio la vuelta con un puñado de cubitos de hielo que habían formado un bloque extraño—. Están todos pegados. No sirven de mucho.

Maggie señaló el taco de los cuchillos.

—Agarra uno de esos y golpea el hielo; lo partirá lo suficiente como para que podamos usarlo. Es que odio tomar *whisky* sin hielo.

Dave se encogió de hombros y se giró para dejar el hielo sobre la encimera.

—¡Con un paño de cocina limpio, por favor! —le dijo ella—. ¡Tengo ciertos estándares!

Él sacó un paño de un cajón y colocó la tela debajo del bloque. Después empezó a golpearlo con la hoja del cuchillo una y otra vez.

Maggie volvió a llevarse un dedo a los labios y vertió la mitad de su vaso de agua en el de Faye. Después tomó el temazepam y echó un buen chorro en el *whisky* de Dave.

La niña parecía confusa. Dave se dio la vuelta.

—Es una bebida muy especial —le dijo Maggie a la pequeña mientras rogaba en silencio que no dijera nada—. Tiene una magia que hace que se cumplan los deseos. ¿Tienes algún deseo?

Faye cerró los ojos con fuerza.

—Deseo un árbol del que crezcan golosinas y barritas de chocolate y tenerlo en mi cuarto, donde mamá no pueda ver cuántas tengo.

—¡Es un deseo estupendo! —dijo Dave. Echó los trozos de hielo en un cuenco y los llevó a la mesa—. ¿Así está bien, su señoría? —Maggie asintió y se sirvió dos trozos de hielo en el vaso de *whisky*. Dave sonrió a Faye—. Ahora tienes que beberte la poción mágica para que se cumpla el deseo.

Maggie contempló a la niña mientras apuraba el vaso. Aunque sabía que era agua inocua, sintió ganas de vomitar. ¿Se percataría Dave de que a su bebida le pasaba algo? Lo observó y esperó conforme daba un trago largo, después otro y después otro más. Entonces le hizo un gesto expectante con la cabeza y, al principio, Maggie no comprendió lo que quería decir.

—Tu *whisky* —dijo él.

Le dio un sorbo.

Dave miró el reloj de la pared, pero, en algún momento del pasado, se había detenido a las dos y cuarto. Señaló con la cabeza el que Maggie llevaba en la muñeca.

—¿Qué hora es?

—Acaban de dar las siete y media.

—Es el reloj que lleva GPS, ¿verdad? Estaba pensando que tal vez no queramos que la Policía lo utilice para encontrarte. Dámelo y me desharé de él.

Maggie soltó la correa y se lo pasó.

—No hay motivos para deshacerse de un reloj que está como nuevo. Si no está al alcance de mi móvil, no funciona.

Dave se lo puso en la muñeca y alzó el brazo para inspeccionarlo.

—Me gusta bastante. Tal vez Nita pueda conseguirme uno… Bueno, le he mandado un mensaje a Aaron para decirle que voy a reunirme con él para ayudar con la búsqueda. Quiero aprovechar al máximo la oportunidad de verle la cara mientras sufre con todo esto. —Señaló a Faye con la cabeza—. Y con lo que se avecina.

—Yo me quedo aquí —dijo Maggie—. Así estaré con ella cuando pierda el conocimiento. —Se le quebró la voz y, al decirlo, los ojos se le llenaron de lágrimas, a pesar de que sabía que no era cierto—. Pero antes tómate otra conmigo.

Cuando Dave se marchó, Maggie se quedó un rato sentada en la mesa, pensando.

Faye contaría que Maggie había estado presente, por supuesto. Para aquel entonces, llevaba unas dos horas en la casa. Aunque la niña no pudiese señalar los tiempos exactos, era imposible que pareciera que la había encontrado y rescatado de forma rápida. Y, si Dave sobrevivía (no creía haberle puesto suficiente medicamento en la bebida como para que le causara ningún daño significante), contaría que ella también había estado involucrada.

Sería su palabra contra la de ella, por supuesto, y podría alegar que había estado siguiéndole la corriente, que era justo lo que había hecho. Solo que muchas muchas horas después de que todo hubiera empezado. Mientras miraba de reojo la botella de temazepam, pensó que había una manera de conseguir que su palabra pesara más que la de Dave. Siempre y cuando acertara con las dosis. Estiró el brazo hacia el medicamento y se puso en pie para buscar un vaso de chupito.

Esperó hasta que Faye se quedó dormida a causa del medicamento antes de tomarse su propia dosis y tumbarse junto a ella, estrechándole la mano. Aunque nadie las encontrara, no les pasaría nada. Se despertarían en un par de horas y llamarían a la Policía. Los análisis de sangre mostrarían que las habían drogado y Maggie contaría su historia: que Dave le había ofrecido la oportunidad de ocupar el puesto de Faye pero al final había drogado a la pequeña de todos modos. Tal vez la niña recordase que Maggie había estado con ella un buen rato antes de que se hubiera quedado dormida, pero eso podría explicarlo: había estado intentando ganar tiempo con la esperanza de encontrar la manera de salvarla. Con un trapo seco, tomó el cuchillo de cocina que Dave había utilizado para romper el hielo y lo dejó en la mesilla de noche. Así sabrían por qué no había huido sin más con la pequeña y cómo había conseguido Dave retenerla allí durante tanto tiempo. Se bebió su dosis y cerró los ojos. Faye iba a estar a salvo. Faye no se merecía nada de todo aquello. Aaron, sin embargo, iba a volver a escapar de la justicia.

Capítulo 77

Seis meses después
Dublín

Sive intenta llamar a Aaron al móvil por tercera vez, pero sigue sin obtener respuesta.

—Mamá, ¿podemos ir al parque? —le pregunta Faye.

—Sí. Más tarde. Ahora tengo que llamar a papá.

«Mierda. ¿Qué está pasando?».

Intenta telefonear a Scott, que sí que contesta.

«Gracias a Dios».

—Scott, soy Sive Quinn. Siento llamarte de un modo tan repentino, pero ¿estás con Aaron?

—Ay, hola, Sive. Me alegro de hablar contigo. Siento mucho saber lo de la… separación. Espero que podáis arreglar…

—Gracias, pero ahora mismo tengo que hablar con él urgentemente. Sé que había quedado con todos vosotros para poder hablar de lo sucedido. ¿Está ahí contigo?

—No. Yo tenía una entrevista de trabajo esta tarde, así que no he quedado con ellos hasta esta noche. Y Nita está trabajando. Así que Maggie y Aaron están solos.

—¿Dónde están?

—Creo que habían quedado en ir al Rooftop Bar a tomar unas copas a la hora de la comida. Es probable que a estas alturas ya hayan vuelto a casa.

—Voy a intentar llamarlo de nuevo.

Cuelga y, de inmediato, vuelve a marcar el número de Aaron, pero él sigue sin responder. Entonces le llega un mensaje:

Lo siento. Acabo de ver las llamadas perdidas. La cobertura no es muy buena. He contestado, pero no me oías.
¿Va todo bien? Estoy en la estación de metro con Maggie. Acabamos de salir del Rooftop Bar.

Capítulo 78

Dos horas antes
El Rooftop Bar

Maggie se tensa cuando Aaron le da un abrazo. Él debe de notarlo, porque se aparta de ella sin soltarla.

–¿Estás bien?

Ella asiente. Claro que no está bien, pero no puede contarle mucho. Debe tener cuidado. Se sientan en un reservado al fondo del local y Aaron abre la carta de vinos. Maggie no quiere vino. No confía en poder contener las palabras si toma alcohol. Pero él pide una botella de rioja y dos copas y Maggie no pone objeciones.

–Bueno… –dice él.

–Bueno…

–Me alegro de verte, Maggie. Sé que los últimos meses han sido un infierno para todos, pero he supuesto que estaría bien que volviéramos a hablar antes de… Bueno, es solo que valoro vuestra amistad.

«Antes de que te acusen. Antes de que alguien empiece a investigar lo que le pasó a Yasmin. Antes de que salgan todos los trapos sucios», piensa ella.

Sin embargo, no dice nada en voz alta. Se limita a asentir con la cabeza y esperar a ver qué rumbo toma la conversación.

–¿Quién habría imaginado que Dave era semejante psicópata? –prosigue él–. Lo que le hizo a Faye fue tan… –Da un trago de vino y Maggie piensa que es para ganar algo de tiempo. Aaron se aclara la garganta–. La cuestión es que todavía no se lo he contado a las autoridades, pero la noche que murió, además de admitir que era el acosador de Yasmin, me dijo que había sido él el que había provocado el incendio.

Maggie lo mira fijamente.

«Menudo cabrón de mierda».

—Aunque, si lo piensas, resulta bastante obvio, ¿no? Sé que, a falta de ninguna prueba, tal vez la Policía necesite algo más que mi palabra, pero tú estuviste allí. Tú viste cómo era Dave… Estaba obsesionado con Yasmin. Las fotos de la pared de la habitación en la que secuestró a Faye…

—¿Qué me estás preguntando, Aaron?

—¿Alguna vez te dijo algo así? Tal vez lo admitiera antes de obligarte a tomar el temazepam. ¿Te contó que había sido él el que había provocado el incendio?

El tono de su voz es elocuente. Persuasivo. Maggie quiere estirar el brazo por encima de la mesa y darle una bofetada.

—No. No me dijo nada parecido.

—¿Estás segura? Sabemos que era el acosador. No es muy raro suponer que fue el que provocó el incendio. Además de que, como ya te he dicho —añade de forma apresurada—, me lo confesó la noche que murió, por supuesto. —Se recuesta en su asiento y se cruza de brazos—. Simple y llanamente.

Maggie se muerde el interior de la mejilla con fuerza para evitar contestarle. No va a ganar nada enfrentándose a Aaron. Nunca gana nadie excepto él. Mejor beberse el vino e irse a casa.

Pero Aaron no se detiene ahí, claro.

—Imagínate… Si Dave no hubiera provocado el incendio, Yasmin podría estar viva hoy en día. Tal vez estuviera aquí sentada, con nosotros, compartiendo esta botella de vino, hablando de sus hijos. O su trabajo. O del hecho de que Nita la desquicia. —Señala el tatuaje de Maggie—. O de que os hagáis otro juntas.

«Basta, Aaron», le advierte ella para sus adentros.

–Si Dave no hubiera provocado el incendio, tu mejor a-
miga seguiría contigo, sana y salva. Puede que Dave esté
muerto, pero no debería salirse con la suya. La gente debería saberlo. Creo que, si pudieras mencionarle a la Policía
que confesó haber provocado el incendio, se haría justicia
para Yasmin.

«Justicia para Yasmin…». La ira bulle en su interior y des-
borda el dique del sentido común.

–Dave no confesó nada, Aaron –dice de forma precipita-
da–. Lo sé: sé qué fue lo que provocó el incendio. Sé lo de
Pemberton, Rosco y la extorsión. Sé lo tuyo. –Él abre los ojos
de par en par y Maggie siente un leve escalofrío de satisfacción ante su sorpresa–. Si la Policía viene a interrogarme sobre las cosas que dijo Dave aquel día –prosigue–, la historia
que le contaré será muy diferente a la que me estás pidiendo
que cuente. Tú eres el motivo de que Yasmin esté muerta.

Aaron entrecierra los ojos. Sin previo aviso, estira el brazo
y le agarra la muñeca. Ella se queda petrificada.

–Veo que has recuperado tu reloj. Debe de ser raro saber
que se lo quitaron al cadáver de Dave.

–Eh… Sí, la Policía me lo devolvió hace unas semanas.

–¿Y por qué lo tenía Dave?

–Se lo presté.

–¿Aquel día? ¿El día de la desaparición de Faye?

–No, claro que no. Fue antes.

–Sive me contó lo vuestro. Me dijo que os veíais de vez en
cuando.

Maggie siente que se le sonrojan las mejillas.

–Sí, bueno… Es evidente que no era consciente de la clase
de persona que era en realidad.

–Lo que pasa es que yo me fijé en que llevabas ese reloj
cuando llegaste a Oxford Circus el día de la desaparición de
Faye. Cuando estabas hablando sobre el hecho de que habías vuelto a perder el teléfono. Así que es imposible que se
lo prestaras antes de ese día.

«Mierda».

—Me lo quitó de la muñeca después de drogarme.

—Oye, oye, no puedes hacer eso. No puedes decirme una cosa y después cambiar la historia cuando no cuadra.

—Es cierto. Me lo quitó cuando estaba inconsciente.

—Entonces, ¿por qué acabas de decirme que se lo prestaste antes del día de la desaparición de Faye?

—Me he confundido.

—Mmmm… Tal como dijo una vez una mujer muy sabia e irritante: «¿Por qué mentir?».

—No he…

—Verás, después de todo lo ocurrido, estuve pensando en ello. En el reloj. En por qué lo tendría Dave y por qué os veríais aquella tarde. Sentí curiosidad. Entonces Sive me contó que seguíais viéndoos de vez en cuando. Así que sentí aún más curiosidad. Le hice unas cuantas preguntas a Faye sobre la tía Maggie, el tío Dave y aquel día en la casa de Stratford. Y mira, tiene seis años. Tan solo seis. Y sus recuerdos de lo que ocurrió son bastante difusos. Pero me habló un poco de unas bebidas, de YouTube y de estar sentados juntos en torno a la mesa de la cocina. Entonces sumé dos más dos.

—Maggie espera, petrificada—. Así que de verdad creo que tal vez quieras reconsiderar la confesión de Dave sobre el incendio. O puede que tenga que mencionarte cuando hable con la Policía. Y tener otra charla con Faye sobre qué pasó en realidad aquel día.

—No…

Maggie no encuentra las palabras adecuadas. ¿Debería admitir lo que ocurrió? ¿Explicarle que al principio tan solo querían asustarlo un poco? ¿Negarlo todo con la esperanza de que tan solo se trate de un farol? Mira a Aaron a los ojos. No es un farol.

—Sé que salvaste a Faye y te estoy agradecido, créeme. Y no creo que tu intención fuese hacerle daño, pero, si se entera la Policía, no lo verá con muy buenos ojos. De este modo, si les cuentas que fue Dave el que provocó el incendio, todos ganamos.

«¿"Todos ganamos"?». Solo ganará Aaron, como siempre.

Como si le estuviera leyendo los pensamientos, él alza la copa.

—Sabes que tengo razón. Y sabes que saldré airoso, porque siempre lo hago.

Capítulo 79

Tiempo después
Dublín

Aquel día Aaron no llegó a regresar al hotel tras la visita al Rooftop Bar. Maggie no fue capaz de explicar lo que había ocurrido o cómo se había caído. Nunca le había parecido una persona descuidada, de esas que se colocan demasiado cerca del borde del andén. Pero había bebido demasiado vino (casi una botella entera) y también un par de whiskies. El andén estaba muy lleno. Además, Aaron no era de Londres y llevaba mucho tiempo sin vivir allí. Tal vez hubiese olvidado lo peligroso que era acercarse tanto al borde.

La gente susurra. ¿Podría ser que la situación lo hubiese superado? Las acusaciones inminentes, los rumores, haber acabado en la lista negra, el distanciamiento, saber que se enfrentaba a una pena de cárcel… Después de todo, tal como se suele decir: «No hay humo sin fuego».

Joost está conociendo a Faye y sus hermanos y, aunque está seguro de que Sive y él nunca volverán a estar juntos, parece que están consiguiendo funcionar como una especie de familia. También le han presentado a Jude, la amiga de Sive. Es periodista y quiere ser la escritora fantasma de su historia. Tienen una reunión con una editorial la semana próxima.

Garvin también tiene una reunión con una editorial. Si dicha reunión sale bien y firman los contratos, el adelanto lo ayudará a pagarle la residencia de ancianos a su madre. La editorial no está segura de hasta qué punto pueden publicar todo lo que dice Garvin, pero él insiste con ahínco, deseoso de que la verdad salga a la luz. Dice que, de todos modos, un hombre muerto no puede denunciarlo.

Jerry, el hermano de Dave, está asimilando lo ocurrido con emociones encontradas: llora la pérdida de Dave, pero también le horroriza que secuestrara a Faye. La Policía lo interrogó sobre por qué había participado en la carrera con el nombre de su hermano aquella mañana y eso le molesta tanto como lo demás: que lo usara para tener una coartada, que lo hiciera cómplice, aunque fuese de manera inconsciente. ¿Cómo había podido secuestrar a una niña? Encargarse de las cosas con sus propias manos era algo que su madre siempre había defendido y Jerry reconoce que tal vez Dave pasara demasiado tiempo con ella. Él se contentó con mantener cierta distancia con ellos tras la muerte de su padre, cuando Dave jugaba a ser casero y cuando él y Carol intercambiaron casas. Ahora, para su sorpresa, es el propietario de ambas.

El padre de Scott conocía a alguien que conocía a alguien que lo ayudó a sortear su problema con los antecedentes y ahora pilota helicópteros para clientes ricos que pagan magníficamente con tal de evitar el tráfico en trayectos cortos. Gana dinero suficiente como para pasarse un mes entero en Florida con sus hijos y tal vez se equivoque, pero su esposa parece estar empezando a cansarse un poco del productor musical. Al final, Scott ha ganado a Aaron en el juego de la vida.

Nita sigue sintiéndose culpable. No por anunciar que estaba embarazada: cualquiera pude cometer un error y sus seguidores se mostraron comprensivos, sobre todo después de presenciar sus llorosas explicaciones en un directo de Instagram. Y, en cualquier caso, ahora que de verdad está embarazada de gemelos, se puede decir que casi había sido cierto. No, de lo que se siente culpable es de lo que ocurrió en el hotel la noche que estuvieron cuidando a Toby y Bea; de la lámpara que arrojó a la puerta, de la grabación temblorosa y de sus gritos de pánico. Se suponía que Scott no tenía que contárselo a Sive. Lo último que había pretendido era preocuparla. Se suponía que solo sus 50.000 seguidores de Instagram debían presenciar aquella pequeña puesta en escena y aquella grabación temblorosa.

Sive tiene una nueva mejor amiga. Jude está ahí para ella cuando Aaron muere, cuando los periodistas acuden a ella en manada y cuando todo se tranquiliza y, de algún modo, le resulta más difícil de soportar. Dice que se quedará en Dublín un par de semanas más, hasta que Sive se recupere. Jude es práctica y prosaica. La apoya y se niega a dejar que se derrumbe. Lo deja todo a un lado para ir a buscar a las niñas al colegio cuando ella se ve incapaz y se sorprende al descubrir que las intrigas de las madres que esperan a sus hijos a las puertas del centro no se parecen en nada a lo que le habían hecho creer y que, en realidad, son muy agradables. Jude hace todo aquello por Sive, pero, poco a poco, se da cuenta de que tener una mejor amiga le gusta bastante. Y de que, en realidad, puede hacer su trabajo desde Dublín con la misma facilidad. Jude se pregunta si se estará ablandando. Sive se pregunta qué haría sin ella. Por suerte, es una amiga de verdad, así que no llega a descubrirlo nunca.

La carrera de Sive está floreciendo. Gracias a lo que cobró del seguro de vida, puede permitirse una niñera y tiene más tiempo para escribir. Sin embargo, sigue centrándose en artículos sobre crianza y estilo de vida. Ha tenido suficientes delitos y tribunales para toda una eternidad.

Sive informó a la Policía de lo que le había contado Faye, pero, cuando interrogaron a la niña, la historia volvió a tornarse confusa. Faye recordaba que Maggie había vertido la bebida rara en el vaso de Dave y a ella le había servido agua. La declaración original de Maggie lo corroboraba: había intentado salvar a Faye al echar la bebida adulterada en el whisky de Dave. Sive lo apartó de su mente. Faye estaba bien y eso era lo único que importaba.

Sive nunca le preguntó a Maggie cómo se había caído Aaron, si estaba muy borracho o de qué habían hablado aquella tarde en el Rooftop Bar. Nunca le preguntó cuáles habían sido sus últimas palabras antes de caerse a las vías. No quería saberlo. Necesitaba distanciarse de todo lo que había ocurrido en Londres quince años antes y de todo lo que su marido había hecho desde entonces. Maggie, Scott y Nita siguen mandándole tarjetas navideñas y algún mensaje de vez en cuando, pero ella nunca responde. Ha llegado el momento de pasar página y dejar atrás a los antiguos compañeros de piso de su marido.

De vez en cuando, un pensamiento le ronda la mente. Es el tipo de pensamiento que pertenece al mundo de los «¿Y si...?» y de ponerse en lo peor. ¿Habría tenido Maggie algo que ver? ¿Habría empujado a Aaron? No. Maggie es una mujer amable. En un momento dado, casi la consideró una posible mejor amiga. Además, Sive sabe que ese tipo de cosas (una mujer amable que comete un asesinato) solo pasan en los libros.

Y, al fin y al cabo, nadie vio nada.

Agradecimientos

La niña del tren está basada en algo que ocurrió cuando tenía doce años y estaba de vacaciones en Londres: mi hermana de seis años y yo nos subimos a un vagón de metro y entonces las puertas se cerraron antes de que nuestros padres y hermanas pudieran subirse también. Se quedaron de pie en el andén, contemplando con horror cómo el metro se ponía en marcha. Todo acabó bien, dado que otros pasajeros se percataron de lo que mi padre nos había estado gritando a través de las puertas cerradas y nos dijeron que nos bajáramos en Tower Bridge. Por supuesto, en la versión ficticia, a los padres les cuesta un poco más descubrir lo que le ha ocurrido a su hija. Así que, antes que nada, gracias a mi padre por recordarme esa historia hace dos años y por llevarnos a unas vacaciones tan emocionantes y peligrosas que pueden inspirar un libro.

Gracias a mi fantástico editor, Finn Cotton, que es inequívocamente sabio y amable, así como alguien con quien es un placer trabajar y que siempre se percata de todas las cosas que yo no veo.

Gracias a todas las personas de Transworld, Penguin Random House y Penguin Ireland que han trabajado en *La niña del tren*: Becky Short, Louis Patel, Emma Fairey, Beci Kelly, Rich Shailer, Tom Chicken, Laura Garrod, Laura Ricchetti (¡y por las risas con aquel tuit que leímos mal!), Emily Harvey, Natasha Photiou, Ruth Richardson, Hana Sparks, Hayley Barnes, Laura Dermody, Sophie Dwyer, Nadine Cosgrave, Sorcha Judge, Sarah Day, Vivien Thompson y, por supuesto, Frankie Gray, Larry Finlay y Bill Scott-Kerr (fue maravilloso conocerte al fin en persona en 2022 y que nos viéramos en más de una ocasión).

Gracias a mi increíble agente, Diana Beaumont: me cambiaste la vida y sigues siendo la mejor.

Gracias, Sinéad Fox, por leer un primer borrador para revisar todas mis inexactitudes legales y no decirme nunca: «¿Por qué no dejas de hacer que tus personajes trabajen en el mundo legal cuando no tienes ni idea del tema?». Gracias por sugerirme soluciones alternativas para todos mis errores. Sinéad (@bumblesofrice en Instagram) es abogada y bloguera y Nita podría aprender de ella un par de cosas.

Gracias, Sarah Harper (@Sarah_Harper_Writing), por toda tu ayuda con mis preguntas sobre la Policía: no podría haberlo logrado sin ti. Te deseo lo mejor en tu propia aventura con la escritura. Ha sido todo un placer charlar contigo a través de correo electrónico.

Gracias también a John Morgan, de la Policía Británica de Transporte, que respondió a mis interminables preguntas. Al principio de todo esto, ni siquiera sabía que existía una policía específica para el transporte, pero, por suerte, resulta que, casualmente, John, que es primo de una antigua amiga del colegio, trabaja con ellos y me aclaró tanto eso como otros muchos detalles. Gracias también a Rhian J., Sean B. y James S. por la ayuda adicional con los asuntos policiales y a Elaine, Jennie, Kate, Niamh y Sinéad por ponerme en contacto con ellos.

Gracias, Rosemarie Hayden, por ayudarme (una vez más) con las preguntas legales. Y a Chrissie Russell por la parte del periodismo: ¡fue un placer conocerte en persona este año!

Un agradecimiento enorme para Claudia Borgatti por toda su ayuda con el Metro de Londres: a lo largo de mi vida, me he subido al metro en docenas y docenas de ocasiones, pero solo me di cuenta de lo poco que sabía cuando me decidí a ambientar una novela en él. Así que muchas gracias por rellenar mis lagunas.

Mis hermanas son siempre mis primeras lectoras y, como ávidas fanáticas de la novela policíaca, son el panel perfecto para poner a prueba los giros de la trama y las revelaciones. En el caso de *La niña del tren*, también tuvieron algo de trabajo adicional. Gracias a Nicola por la información sobre el remo, a Elaine por la información sobre Londres y a Dee por la información médica: os debo una copa de champán rosado a cada una.

¡Gracias a mis encantadoras amigas escritoras que conocí en la puerta del colegio, Amanda Cassidy y Linda O'Sullivan, por los mensajes de WhatsApp, los cafés, las salidas nocturnas, las lluvias de ideas y el sentido común!

Gracias a la comunidad irlandesa de escritores: ha sido un placer volver a veros en persona a lo largo del último año. Estoy resistiendo la necesidad de mencionar todos vuestros nombres, ya que la lista es muy larga y me olvidaría de alguien, pero he compartido muchísimas risas con una gran cantidad de amigos escritores brillantes en Harrogate, Murder One, Rolling Sun, Spike Island y un montón de eventos de lanzamiento. Casi todo lo que sé sobre el mundo de la escritura de novela policíaca procede de las conversaciones tras eventos como esos, principalmente con una copa de vino y, sobre todo, con Catherine Ryan Howard, Sam Blake, Liz Nugent y Sinéad Crowley. Pero sigo resistiéndome a mencionar nombres.

Gracias a la absolutamente fabulosa comunidad de lectores y bookstagrammers de Instagram: gracias por vuestro increíble apoyo y las preciosas fotografías de los libros. Un agradecimiento enorme para mi amiga Sinéad Cuddihy, líder incansable del Club de Lectura para Mamis Cansadas (valga la broma). El año pasado tuve el placer de conocer a un montón de personas encantadoras de Booksta y tengo muchas ganas de encontrar más excusas para volver a hacerlo este año. Y, por supuesto, ¡gracias también a BooKPunK por todo vuestro apoyo!

Como siempre, gracias a las lectoras de OfficeMum, en Facebook, por vuestra compañía y las risas. ¡Ya han pasado diez años!

Gracias a mis amigas de Sion Hill por vuestro apoyo incondicional y vuestra amistad. Este libro está dedicado a la maravillosa y valiente Alice Hayes, que, a lo largo del último año, nos ha unido más que nunca.

¡Gracias, papá y Eithne, por ser mis animadores y por lograr que las librerías locales sigan abiertas!

Todo mi amor para Elissa, Nia y Matthew: gracias por ser vosotros mismos y por mantenerme en el mundo real. Algún día de estos dispondré de ocho horas seguidas para poder escribir y, probablemente, no las disfrute en absoluto. Gracias, Damien, por todo y, sobre todo, por el café, los pasteles y por colgar mi chaqueta del radiador durante las mañanas frías de invierno. Gracias a la perra Lola por hacerme compañía en la oficina.

Y gracias, querido lector, por leer este libro.

Índice